HUOXINGZHILIAN

石 军◎著

火星之恋

黑龙江人民出版社

图书在版编目(CIP)数据

火星之恋 / 石军著. — 哈尔滨 : 黑龙江人民出版社, 2017.6
ISBN 978 - 7 - 207 - 11075 - 6

Ⅰ. ①火… Ⅱ. ①石… Ⅲ. ①长篇小说—中国—当代 Ⅳ. ①I247.5

中国版本图书馆 CIP 数据核字(2017)第 166751 号

责任编辑:姜海霞
封面设计:鲲 鹏

火星之恋
石 军 著

出版发行 黑龙江人民出版社
地 址 哈尔滨市南岗区宣庆小区 1 号楼
邮 编 150008
网 址 www. longpress. com
电子邮箱 hljrmcbs@ yeah. net
印 刷 永清县晔盛亚胶印有限公司
开 本 880 × 1230 1/32
印 张 8.75
字 数 200 千字
版 次 2017 年 6 月第 1 版 2021 年 6 月第 2 次印刷
书 号 ISBN 978 - 7 - 207 - 11075 - 6
定 价 36.00 元

目　　录

历险火星

有阳光的日子是明媚的，阳光下的青山绿水总是惹人分外留恋。太阳升起的时候，勾起的是人对生命的希望，就像春天一样给人一种盎然生机。

水是生命的源泉，随着地球水分的蒸发大地凸显出了另一种生命形式，人类出现了。当人类与月球上的外星人接触时，地球的另一种存在方式的构想产生了。

像是初次离家的孩子，怀揣地球人对遥远世界的梦想，远航另一个星球，去探索另一个星球的生存方式。

穿出大气层，随着闪烁的星星渐渐清晰，人仿佛进入了虚空，在太空中飘，飘向一个橙色的世界。

仿佛是梦，在梦幻中寻找一种理想，探寻另一个星球的梦，不愿醒来。飞船在飘，梦也在飘。

飞船徐徐地降落在火星上。地球人的身高和地球人体细胞分化、地心引力分不开，多量的干细胞使地球人智慧起来。不同地点的磁场把不等量的信息带给人类。

邓亚洲一行人趣味性地平均了地球人的身高，综合了地球人的长相。邓亚洲形象地长出了他的地域风格，棱角分明的轮廓，两道剑眉凝聚在一起，像不舍得分开的样子，只恨被眉心阻挡，给人总有问题的感觉。

李风神态虽也刚烈，却比亚洲少了些征服的味道；超然忧郁的眼神，罗飞、张山白面书生的味道。此时的五人如临阵壮士一样，搁下心中的激动，捧出一种忐忑不安，看着橙色的土地。印入脑海的是一种全然的陌生。感觉光线很强，看地表似有风吹起，露出的青石块上不时有可见的红土尘飘过。再看过去还是杳无人烟。看着这一切，不知怎么了，他们刚刚的壮志像踏在了冰坡上，有点下滑，下滑得不由自主。

当人没有选择和退路的时候，永远想到的是前行。

邓亚洲、李风、超然、张山、罗飞五人相互看了一眼，此时五颗心已凝聚在一起。这第一步怎么迈，人们的脑海还有着些许的茫然。沉默了良久，还是亚洲提议分成两个行动组，防止一起出去全军覆没。

邓亚洲、李风、超然依次走出船舱，踏上了这向往已久的火星大地。像是诀别，送走三人后罗飞、张山整理好装备一言不发地回到监测室，在镜头中看着这橙色世界的风起云涌、滚滚尘沙。张山启动自动探测取样程序，罗飞不眨眼地盯着三人的行踪。他期盼着什么，自己也说不清，只是觉得好笑，看着三人像是去做坏事的孩子，壮了胆却又鬼鬼祟祟，让人觉得他们是去偷人家的东西。三人东张西望的样子，把气质丢个干净，怎么也看不出他们迈出的是探索者的脚步，他们的腰弯得超出了行走的标准。

人类创造了地球的伟大。能不能创造火星的历史呢？

风吹得很紧，三人想站稳都很困难。尽管这样，也没吹走三颗激动的心。这毕竟是人类第一次踏上火星的土地。

是见证，也许是奇迹的开始。今天是今后永远纪念的历史。

像出征的战士去征服一个新的世界，三人手拉手，紧绷着神经，迎着这几乎将人卷起的风沙艰难地前行。宇航盔时而光辐射，时而风沙覆盖，只觉得脚步迈着艰难。超然越来越觉得蹊跷，这火星的地心引力比地球小许多，人走在上面应该是轻松的。他想许是体能消耗太多了。又行了一段路，再也走不动了，三人只好回飞船。

好像是在外为家里做了多大事，回到船舱后他们掩去刚刚的狼狈，做出功臣的样子。卸下装备，描述一遍刚刚的事情，超然擦了擦脸上的细沙。“好大的风，怕是有十几级吧！”李风笑了：“风从虎，我们刚到，这就来迎接了。”亚洲擦着脸自我解嘲道：“这哪是风从虎啊，这是给虎一个下马威，站不稳脚跟就把你吹到天上去。”超然看着李风说：“亚洲说得对，不想到天上就躲进船舱里嘛。”超然倒是像要掩饰什么。

罗飞盯着三人的狼狈相感叹道：“咱们这些人类来到火星尚且如此。以前飞船带来的白鼠、蛇、蟒等遇到这么大的风还不把它们直接送入天堂？估计不会有第二种结果，只能是悲哀。”李风倒想得开，“那样也好，说不准能成为流星，万一落回地球，也算回故里了。”听着二人的对白，亚洲的眉锁紧了。李风看亚洲的神态觉得自己的话有些不对，笑着把话题岔开。“我们来这儿不是有准备的么，找不到生命体，就自己努力生存下来。创造后来能生存的环境。”船舱里的几个人话说得没滋没味，生生地把个气势淡了。

天渐渐黑了。亚洲向舱外的天空看了一会儿，回头对李风说：“你过来看看这火星的晚霞与地球有什么不同。”李风看了一会儿笑道：“天地一抹红。”亚洲笑了起来：“你呀，观察不细，瞪着眼睛看不出云卷云舒。”李风觉得有些心里不舒坦，说亚洲刚刚落地就出现了变异。亚洲是有了兴奋点，显得有些忘情，自是体会不出李风言语的讥讽。

李风想睡觉，罗飞想起忘了备晚餐了。他站起来看看大家：“今晚这一餐意义别有不同。这是咱们在火星上的第一餐。”亚洲笑道：“既然这样那就准备得丰富一些，讨个吉祥。吃个火星味道。”听了亚洲的话，罗飞忙碌起来，他的动作快得出奇，很快就调剂好了晚餐，分到了大家手中。大家努力感慨着用完了晚餐。谈笑一阵后，心情趋于了平静。亚洲检查完仪器对罗飞、张山说：“还是你俩值班吧。”张山伸了个懒腰，看着亚洲一脸的疲惫关心地说：“从地球起飞到现在你一直没休息好。现在好好睡一觉吧。在这没有任何人类经验可借鉴的地方历险，没个好身体是吃不消的。”亚洲没再说话，躺下睡着了。

看着三人进入了梦乡，罗飞看看张山说：“咱俩还是别一起熬着了，轮流值班吧。”张山心里确实想睡一觉，不过看看罗飞想睡觉，便催促罗飞说：“疲劳还是你最疲劳了，你先休息吧。”罗飞倚着激光炮没等分辩就睡着了。

风一连刮了好几天，人无法下到地面，倒是成全了亚洲等人，直把他们睡到失眠的程度。这天李风开开舱门，试试风小了许多，温度也回升了许多。亚洲三人全副武装，鱼贯地走出舱门，几天的憋闷，让初时的忐忑早已消失殆尽。看着这橙色的土地，新鲜感把三人的兴奋点调到了极致。明显的沟道，水流交错，像是经历了一场浩劫，又回到了远古。看着茫茫的四周，亚洲心里起了疑惑，他问超然：“咱们的降落点是不是出了什么误差。”超然也说不明白，只是说以前都是无人飞船坐标定位。亚洲紧锁眉头。上次无人飞船拍回的照片按其坐标方位，这该有个大面积的海洋，而且树种也很丰富。李风若有所思，是不是这次咱们躲流星使航道出了偏差。超然好像悟出了什么，用肯定的语气说：“火星的地质发生了变化。”李风看着亚洲、超然：“变了也好，没变也好，结论是确定的，火星荒无人烟，至于生命的存在与否谁也没有准确的结论，猜测顶替不了现实。”亚洲擦了擦探测镜，仔细地观察了前面的一道深沟说：“李风说得对，猜测顶替不了现实。忘掉过去的一切，从现在开始做一个创始人，没有选择了，前进！”

天渐渐黑了，温度下降，风力强了许多，三人一身疲惫地回到船舱，卸下装备，懒懒地瘫在椅子上。罗飞准备好了晚餐，看着大家一脸的茫然，一向口若悬河的他也默然了。兴奋点消失了，剩下的是一种迷茫。笼罩飞船的是一种孤独疲惫的气氛。亚洲三人闭上眼睛想用睡觉来消除心中的茫然。见大家提不起精神，罗飞自言自语："怎么刚刚开始就泄了气了，今天没有收获不等于明天也没有收获，成功的关键还在于坚持。没有发现生命的迹象怎么样，没有发现生命的迹象说明火星没有生命存在。这就是发现。比如说，无人飞船探测这里有水有树，可咱们却没有看见。以前探测火星的温度是 -85℃，最高也才 5℃，空气也很稀薄，CO_2 含量 95% 以上。昼夜温度的差别现在不是实际体验到了吗？换个思路想问题。"听了罗飞的话，李风觉得很有道理，点点头说："罗飞说得有道理，换个角度看问题，思路变了，心情也就变了。先吃饭，身体是本钱，在这儿累倒了，没有救援还不是等着没命啊。"

精神来了食欲也来了，五个人风卷残云般用过晚餐。亚洲、李风、超然，简单地洗漱一下，上床睡了。值班的张山也是两个眼皮直打仗，心里不断地提醒自己不能掉以轻心，迷迷糊糊地坚持着。他趴在探测镜上快要睡着的时候突然眼前一亮，探测镜上出现的一幕把他吓得目瞪口呆，半天说不出话来。好久才惊叫出声来："快——有情况！"熟睡的几个人被张山的叫声惊醒。抓起冲锋枪奔向张山。怎么了？张山惊恐未消地指着探测镜："一种很大的怪物爬过来了。"亚洲望了望外面，漆黑一片，什么也没看见。超然打开了探照灯，罗飞打开了激光炮的启动开关。探照灯来回搜索了好几遍，也没发现什么异常情况。关上探照灯超然转过身问张山，你刚才是看到了怪物还是一种幻觉，张山深吸口气，"确实看见了，不是幻觉。我看见的怪物体大，印象中眼很大、发光。"亚洲低头想了想会不会是别的星球的生命体也来到这儿了。罗飞有些紧张，亚洲跳上床说："都带好装备，枪不离手，继续睡吧。"大家又睡了。

张山被刚才的一幕惊得睡意全无。抱着枪盯着探测镜，怎么也想不明白，怎么那个怪物眼看着就消失了？百思不得其解。

天亮了，探测镜外的火星黄里透着浅红，显出一种柔美。张山感叹着：“可惜了这么美的星球啊，竟然不生寸草。”亚洲等人此时也醒了。张山为他们准备了早餐。超然边吃边问张山昨晚那怪物的模样，直问得张山发窘。罗飞见张山的样，忙岔开话题让张山吃完饭上床休息。张山如释重负般吃了几口上床睡了。罗飞来到探测镜前仔细地搜索了几遍，又看看超然：“什么也没有，平安无事。”亚洲一边上着冲锋枪的激光弹匣一边自言自语：“平安不平安的现在不说，只有等回来才能知道。”说着开开舱门，三人出了船舱，回头看看关上的舱门，心中莫明其妙地产生了一种离别感。

当人处于绝对孤独的时刻，孤独的味道也就变了，绝对孤独使人迷茫，甚至大脑的空白也没有了。

邓亚洲三人，配备了探测仪，提着激光冲锋枪，小心加小心地探索前进。后面的飞船在不远处慢慢地跟着。

阳光把这橙色的星球照得越来越美丽，多少也给三个人缓和了一下心情。亚洲看看天自语：“真是难得啊！风雨后的天。”超然笑道：“因为你来了嘛。”亚洲笑了。

好像隐约地起了微风，李风迎着风觉得脸上有点潮湿，他侧耳听了听，转身问超然：“你听到了什么没有。”超然听了听，摇摇头。亚洲看看超然：“我像是听到了细小的水声。”超然抬头看看晴朗的天没有下雨的迹象，有点紧张地端起枪，“情况异常，拉开距离，注意搜索。”李风的大脑也紧张起来，加大了信息容纳器播量。三人对周围的环境审视了一遍，拉开距离向前搜索。走了一段路，李风停下来对身后的亚洲说：“我怎么越听越不对劲，怎么像水流的声音？”亚洲感觉了一下：“我也隐约听到点。”超然停下脚步仔细地听了半天。“好像水涌岸边的声音。难道？”说着心中惊喜。“是不是遇到水源了。”亚洲的心抖了一下脱口叫道:“极有可能。”超然平稳了许多,“看来离测到的海洋不远了。检查装备,顺着声音往前找。”三人互相正了正头上的探视灯,背上的氧气袋、水中通话器、激光弹匣,查个仔细。“一人拿探测仪在前面,有水源就可能有生命存在,得加倍小心。”超然说着自己拿着探测仪走在了前面。李风自我安慰:“没什么了不起的,就像地球上的死海,多少年也没发现有生命的存在。”超然反驳:“谁说没有生命存在?这十年不是发现海底有浮游生物出现么?”李风笑了,“不是没见它们对人类有什么伤害吗?”亚洲说:“现在是在火星上不能以地球的观点判断问题,小心无过错。”前行了好长一段路抬头看时,视线中出现了波伏状的影,他们看见了前方的一座沙丘。“注意协调。”超然提醒着向沙丘靠过去。飞船停了下来。

李风抢先冲上了沙丘,放眼望去,惊喜地叫起来:“水、水!”听到李风孩子似的呼喊,超然和亚洲相继爬了上来。看到了眼前的一幕,二人也是惊喜异常。

海,地球人第一次目睹了这火星的海,蓝色的水面,稍远处有雾,上面飘浮着几片薄云。亚洲望着有些出神,伴着仙境般美景,他也感到了自己的飘逸。

水不停地掀起浪花,像玉手要采摘那总也摸不着的云。让这美景润着心,三人都有一种陶醉的感觉。李风幻想能驾一片云,去往那海的深处,忘我,忘情。看二人飘逸的神态,超然倒有些相形见绌了,只得努力想象着火星海的烟波浩渺。他手指海面做感动样,没人理会他的样子。他手伸了半天感慨不出一个词来。李风看他的样子也伸直了手臂要感慨一番,没等开口眼睛睁得好大,突然僵住了。超然看李风想要取笑他,刚要开口,一见李风的惊恐状,顺着李风手指的方向望去,一下失去知觉似的毛骨悚然,傻傻地张着嘴说不出话来。

海洋,刚才还比较和缓的水面,突然高出了十几米,随着海浪的落下,几个奇丑的怪物露出水面,像一堆有形体的黏液,冒出几个圆圆的可能是头,闪光的黑红凹洞里闪着蓝光。这黑里透红像血一样的怪物,两侧伸出无数条臂,能站起来。它们扭动着身躯张着血盆大口,发出怪异刺耳的声音向他们扑过来。吓得掉了魂一样的李风下意识地勾响了手中带激光炮的冲锋枪。怪物的爪子被激光弹烧光了。可更多的肉臂伸出来,而且扭动的速度越来越快了。慌乱中的超然本能地喊了声快撤,便连滚带爬地逃下山丘,亚洲和李风打了阵枪后也向沙丘下逃去,三人奔向飞船,速度绝对称得上火星第一。几个怪物上了沙丘,看见飞船便向飞船急速扑来。

飞船里罗飞在探视镜中把一切看得清楚,经过上次的惊吓,罗飞稳了许多,不慌不忙地开了舱门,站在门边警卫。接着喊醒张山。张山惊醒后没等开口便听到了罗飞的怒吼:“快开炮。”他下意识地跳起来打开了激光炮的开关。随着三人逃进船舱,张山的激光炮喷射了,几个怪物像熔化的铁水瘫在了沙丘上。“快撤。”随着超然的喊声飞船快速地向后退去,退了很远。罗飞在探测镜里见没有怪物追来,才把飞船停下来。

亚洲摘下头盔,抹了抹脸上的汗,望着李风。超然也没了风度,讪讪地说:“好险,差点成了它们的美餐。”罗飞笑道:“别夸口了,你们不一定合它们胃口。不过你们奔跑速度确实惊人。”张山笑弯了腰。亚洲三人瞪着眼睛说不出话来,恐惧的心理渐渐消除了。李风喝了口水讪然道:“在地球上也见过水怪,可从没见过这样的,甭说宇宙的未解谜,仅仅这火星的谜团今生能解开也就足矣。”罗飞回过头来说:“别在那儿自解了,快把今天的经历记录下来传回地球。”本想让张山取水,张山却已经倚着激光炮睡着了。李风把水瓶递给罗飞,罗飞喝了几口放下,把海洋的位置坐标固定下来存入电脑:“这海还有其他资料吗?”超然点点头说:“有。”罗飞看看超然，“刚才我发现那个方向好像有片林。”超然好像想起什么对罗飞说：“应趁天气适合，围火星转几圈。”

第二天早晨，飞船起飞了，围绕火星进行实地测量，夕阳斜下的时候，飞船落回了起飞点。开启舱门，五人走出飞船，像走出家门一样，赏着晚霞。这火星的晚霞，像极光在天边，在温度还低的时候，使这个橙色的土地透出一种暖。远望山丘，云在天边连接，夕阳下透出一种异样，像一只无形的手轻轻地伸向你的心头把你挠痒。

随着一抹残阳的挥手道别，天渐渐暗了，亚洲伸了个懒腰。“火星夕阳无限好，叹少人间炊烟袅。”说着返回船舱。罗飞早就回舱为众人准备好了晚餐，见亚洲进来便做了个请姿，亚洲也回了个请姿，“船舱虽无夕阳照，餐桌却有罗飞妙。”“这头两句像个诗人，后两节，吃货的意味可很浓啊。”李风说着和大家一起走了进来。亚洲头也不抬地只顾吃：“吃货就是吃货，饱了总比饿着强。”张山也来了兴致：“莫学女子多忧伤，哀愁多伤脾胃肠。”“罗飞笑到断肠处，明月夜，短松冈。超然有一种寂寞，小轩窗，正梳妆，相顾无言唯有泪千行。亚洲抬起头来，火星上：朝阳西落，看人家烟火茫，谁为过客。”李风叹了口气：“这火星夕阳可真有一种神奇的魔力。一会儿的工夫就把你们搞神经了。东一句西一句的，再听几句我也神经了。”吃罢饭，李风建议还是罗飞、张山值班。罗飞心里有气嘴上不好说，张山则不言不语地倚在激光炮的前面睡着了。超然一边洗脸，一边对亚洲说：“火星有树？那这个树是什么样的生存形式呢？”

第二天一早大家起床，开了舱门。超然探出身，觉得今天特别好，也许昨晚的情志未消吧。看了一会儿，回身关上舱门。大家洗漱完毕吃早餐。超然看着亚洲建议应准备单兵作战，亚洲问他为什么。超然摇摇头，“我只是有种预感。”

吃完饭，亚洲、李风、超然开始全身装备，加带了弹匣，多带了几枚光弹，还有军刀绳索。罗飞、张山则忙着把火星的发现传回地球，飞船降落在林旁。

舱门开了，亚洲、超然、李风离开飞船，排成一个横排向那片林子靠过去。展现在三人面前的是灰蒙蒙的林海，看了半天不见有动物，少了些紧张。来到跟前，李风禁不住笑了："神奇！这些是枯树啊，灰秃秃的只是树干少有枝。"他想起了塔克拉玛干大沙漠，于是拿出刀，割下几片皮放入兜中。超然看看亚洲，"你敲敲看，好像是空心的。是不是上去看看里面的情况？"亚洲一时也拿不定主意，这树林的价值在哪里，有多大，心里没底。沉默了片刻说："还是取个样看看年轮，根据推理下结论吧。"李风看了下树皮说："这树是有些石化的样子，怕是有几千年了。""结论要准确一些。"亚洲叮嘱。穿过枯林，来到一片宽阔地带。他们不像是考察，说是火星原人在寻找适合自己生存的环境倒还恰当些。走出森林的三人，这时就是这个心理吧。稍歇了片刻，李风又有了新发现，他手指远方，你们看那也好像有一片林。两人顺着他手指望去，隐隐约约像是一片立在地上的标，两人点点头。亚洲说："靠过去。"三人端着枪一点一点地靠过去，样子像偷袭。摸到林子前面，心情不免有些失望，还是枯林。不对呀，怎么都千篇一律，亚洲有些烦。超然分析这在以前可能是火星的森林，这树的表皮没有被烧过的迹象。可能火星开始是适合这些植物生长的，只是后来环境恶化致使这些树木失去了生存的基本条件，才形成了现在的枯林。换个角度分析，这些树木已不适合火星改变后的环境条件，停止了生长，形成了现在这样。"这得通过对树下的土原成分、空气、温度、水分的综合分析才能下结论。"李风说着弯腰抓了把土放进样袋。亚洲紧皱着眉，"火星至少几千年前有过很大的变化，只是这变化的原因还无法搞清楚。我有一种预感，这种林就是火星的生态林，在不断演化和变迁。”李风有些默然，“往前走走看吧。”亚洲、超然点点头，三人向林子深处走去。李风边走边把行动方向和刚才分析的结果传给了张山、罗飞。走了很远，三人感觉口渴，超然看了看天，要是下点雨就好了，不过要是经常有雨，也就不会有这枯林了。“由此看来，火星不下雨的时间，可以用历史来计算了。”李风自语。

雨的产生多来自于海洋的台风，但环境的变化改变了自然平衡，使海洋的面积越来越少无法形成台风，故而就没有雨了。如果说前者是地球，后者自然就是火星了。李风仰望天空，心中祈祷，祈祷火星变地球。

亚洲、超然坐了下来，看着李风笑。无谓的祈祷只能消耗体能，最好的办法是暂时静止。李风坐下来，有些无奈，口渴难忍。在空气非常干燥的情况下，水的需要量是很大的，在这有限的条件下只能慢慢地进行身体的自我调节，李风这时也没有别的选择。“是上帝知道的多还是你知道的多?”超然望着李风调侃。李风有些得意，“相对来讲，我比上帝知道的多一点，因为我比上帝走得远。”亚洲频频点头，发自内心地赞许上帝拯救地球：“拯救火星的重任就落在你头上了。我由衷地期待火星的未来绿草丛生、森林茂密、大地昂然。”超然也笑了，“李风——火星的上帝。”李风被说得有些飘飘然，便开始谦虚起来，说自己忽然有了一种负重的责任感。可见亚洲、超然看他的眼神有些怪，又醒悟过来，亚洲和超然的话里有不良的成分。他露出愤怒的表情，手指点着他俩说不出话来，心恨到发痒。亚洲看着李风咬牙切齿地用手来回地点他们，开心地笑起来。笑着笑着见李风的手停了，脸有些变形，猛地站起来抓起冲锋枪，结结巴巴地说不出话来。超然顺他的眼神望去也惊呆了，顺势抓起了冲锋枪。发生了什么?

三人惊奇地发现，他们被一群白花花的动物包围了。定定神，亚洲才看明白，这是形如猫大的白鼠，眼里透着红光，正向他们靠拢。“从哪儿来的?”念头一闪,三人背靠背形成一个圈,对峙着这些白鼠。亚洲哆哆嗦嗦地问怎么办,李风平静了许多,牙缝中蹦出两个字“拼了”。然后说:“盯着前面的巨鼠,向一个方向往前打。”说着投出一枚光子弹,勾响了冲锋枪。

随着子弹的炸响,前面的巨鼠大片地化成了灰,激光冲锋枪的喷射,让前面的白鼠回了故里。三人顺势向前冲。亚洲左右喷射着。两侧扑过来的巨鼠,倒在超然的脚下。“李风你们快一点打开一个突破口。”李风边应着边叨叨:“这到底有多少呀?怎么非要把我们吃掉才算完?”边骂边在前面冲着。渐渐地打到了一个洞口处。“跟紧点。”他对身后的亚洲说着跳进了洞里,亚洲、超然跟了进来。李风看了看,洞黑得不见五指,但感觉还有空间,他打开了探视头灯,发现再向里边还有很深很远的路,望不到头。守在洞口的亚洲、超然紧盯着追过来的白鼠。巨鼠解人意似的停止了攻击,只是龇着牙,瞪着眼睛盯着他们,不进也不退。

这样对峙着。三个人趁空喝了口水,心中奇怪,它们怎么不攻击了呢?亚洲回头看看正坐在洞里探测的李风,问里面缺不缺氧。超然和李风都笑了,看亚洲确实慌了神。亚洲也觉出了自己的不稳定,转回不再说。

外面的天渐渐黑了,白鼠们没退的意思,就像猫抓住了老鼠先耍一阵子,亚洲三人就被白鼠当成了能使它们流口水的美餐。它们并没有着急的意思,就这样对峙着、僵持着。

夜在继续,松弛下来的超然看着鼠群有些发呆,在地球上鼠再大成了精也没有这么大。是火星特有的么,形状怎么与地球鼠如此相似呢?百思不得其解。亚洲一拍脑门。“我肯定这就是以前飞船带来的。它生存下来肯定是火星的引力小才使它们身体比地球的同类大。”李风说:“你的理论依据不充分。”亚洲盯着白鼠。“现在不是求证的时候,解决眼前的危机要紧,注意节省弹药。我分析有其他生物存在，因为单一的鼠类能存活到这个程度从哪方面讲都讲不通。首先它就不符合生物链的生长规律。”李风听了有些紧张，问怎么办。亚洲也想不出好的办法。只是说先守住洞口，别让它们进来，说着有所醒悟：“对，守住，等它们的天敌来了，那时它们自然会自己退却。那时我们趁势冲出去回到飞船就脱险了。”李风问还有没有其他办法，咱们这样跟它们耗着，困、累也会把咱们拖垮的，不如轮流值班。亚洲、超然也觉得这个提议好。亚洲提议自己先值班。超然和李风在洞口两边睡着了。

天黑以后，飞船里的张山、罗飞见三人还没回来，他们有些焦虑。张山不停地呼叫，直到亚洲有了回音。得知他们的处境，罗飞执意要救援，张山阻止了他。罗飞正要发怒，张山摆手让他冷静，说亚洲他们躲在洞里，情形还不明朗，飞船贸然过去，无降落场地不说，万一这里启动后他们又回来了，岂不误了时机，还是两边事急一边稳好。罗飞无奈，只得与亚洲通话。亚洲此时因为有了希望沉稳起来，再三地叮嘱收住飞船。听到亚洲的语气很轻松，罗飞的心情这才放松了些，嘱咐亚洲需要支援及时通报。

邓亚洲打开探测灯向洞外望了望，嘴里念叨：“这些祖宗怎么不退呀，这么冷的天。”说着关上灯，下意识地捂手取暖，心中暗自庆幸，多亏在洞里面，而且感觉微微的有暖气从洞的深处飘来。再看他俩一点也没有冷的样子。“暖气从哪儿来的呢，从地下来的吗”，这念头只是一闪，他就把注意力收回了，这个时刻他不敢分散注意力。半夜时分超然醒来，揉了揉眼睛问：“退了吗?”亚洲苦笑着摇了摇头。“你休息吧。”超然说着把灯打开向外环视了一下。巨鼠们挤在一起眼盯着洞口，排列还算整齐。超然关上灯，抱着枪，向巨鼠们微笑，“不退就不退吧，唉，这么冷的天多难熬啊。”此时他还有心情打趣。因为他并不觉得冷，还感觉有丝丝的暖透过来。相持了些时候李风醒了：“情况怎么样，鼠友退了吗?”超然笑了,“坚持呢,不和你吻别怎么舍得走啊。”李风看着熟睡的亚洲笑着说:“算了吧,还是让它们跟亚洲吻别吧,亚洲长得好,说不准被哪个鼠小姐看中迎回做个鼠王,将来生出一个半鼠半亚洲的物来,也算是为宇宙增添一个新品种做贡献了。”超然笑得开心,“你以为他是唐僧啊,人见人爱兽见兽爱。”“飞船那边怎么样了?”李风问。超然换了个躺的姿势说:“朦胧中听见亚洲与飞船通话,没什么异常。”说着睡着了。李风强睁着眼有些无聊,掏出军刀向鼠群示威。吃我们,想得美。饿急了,抓住你们做我们的美餐。

天渐渐地亮了。亚洲、超然从睡梦中醒来。一夜过去了,望望洞外,这么寒冷的气候,居然不退,纪律性真好。李风打趣说它们不退是等着迎亚洲做它们的鼠王呢。亚洲听了有些不屑,“这美差还是留给你吧。”

看看外面的鼠冻得紧,亚洲他们才觉出了暖,感觉到一股暖浪从里冲来,三人这才静下来考虑他们的第六感反应,这里一定有蹊跷,有情况。超然开了灯向洞里观察了好一会儿,没见什么威胁,但仍觉得有暖气往上一丝一丝地涌。细微的差异警觉了超然,他感觉有些不对,他努力地想象各种可能性,是遇到了火星的热气层还是这里面有热水源。如果存在水源,这种条件下应该有生命现象存在。超然越想越激动,禁不住对亚洲、李风说出了洞里可能有生命现象的推理。有了新的想法,至于鼠群,对他们来说已失去了兴趣。他们有些兴奋。只有李风的警觉性不减,替鼠友们想个周到。“鼠群不退是不是咱们占了它们的地盘。”这一提醒,亚洲、超然也似乎醒悟过来,“对呀,是我们逼得它们无家可归。它们往哪儿退呢,再冲出去把家给它们让出来?”超然默不作声,他还沉浸在刚才的推理中。生物链的理念充满了他的大脑。李风拍了他一下,“别愣神了,准备突击吧。”超然回过神来,表情有些凝重,看了看他们,“我的意见不向外走往里去。既然有可能,就往里前进,把里面探出究竟再往外冲。到时让飞船接应一下。”亚洲、李风被超然的坚定感染了，一起说：“超然想得对，前进，往里走。”意见一致了。超然说：“往里走，说不准会遇到巨鼠的天敌什么的，得特别小心。如此寂静的火星，它们的感觉灵敏度极可能更高，所以咱们的灵敏度也应相应地提高。”三人商议了一番。超然呼叫飞船，告知罗飞、张山，他们要继续向洞的深处进发。收起通话器，三人整理了一下装备，向洞的深处摸去。走了一阵，后面的李风回头望了望，果然鼠们涌进洞来，但没有追过来，李风暗自庆幸，又想，回来时免不了一番苦战。

三人走向洞深处。探照灯并不能照得很远，脚下很滑，两边的壁湿漉漉的，像初次穿上旱冰鞋在溜冰场上。千般小心，也还摇摆不定。亚洲说，“下面一定有水源。”亚洲的想法得到了肯定，超然的心里平稳了些，点点头，基本上可以断定有水源，而且可能像温泉那样的水，否则不会越走越暖。再往里，四周的壁滑得如鲶鱼身多涂了一层液，两边呈现了各种形状的土堆，很特别，样子很怪，如煞神。有的像巨型的刀和挥至一半的剑悬在头上，有的螺旋状悬下来，人仿佛进了妖洞。

亚洲止步仔细地查看了一下周围的环境，对李风、超然说：“这不像是火山爆发形成的，反有些刻意穿凿的痕迹。”超然说：“按你的判断，这有智能生命？”亚洲思索片刻说：“从石化的枯林、鼠类的生存，我甚至希望火星有人类。”李风看了看亚洲，“我估计火星的人类存在极有可能与地球的恐龙时代相仿，只是原因不能明确。”超然看看亚洲，莫名其妙地感觉到毛骨悚然。亚洲没理他继续向前摸去。

周围稀奇古怪的岩石越来越多，形如恶鬼，面目狰狞地看着他们。道滑，可又不敢去碰那岩石，生怕哪块岩石动一下会惹其怒吼，更怕其轻轻一叫，所以只能一点一点地往前蹭。又行了一程，李风也多了些毛骨悚然的感觉,“咱们是不是进了鬼洞?”超然听他声音有些发颤,自己也添了许多的恐惧,腿有些抖。看着他俩的样子亚洲心里有些想笑,便停下来安慰他们。

“恐惧往往来自于内心对环境的不适应,关注往往使人对安全担心。”亚洲的安抚使李风、超然平静了些。做了一会儿深呼吸,李风的硬劲上来了,“管它是地狱还是什么,就是往里闯了。”亚洲看看二人,自己心里也平静了许多。继续前行,怪石少了许多,穿过去又见两边变了样。堆立在两旁的像是小鬼,在向他们狞笑,似乎告诉他们:你们来啦,就不要回去了。三人竭力地稳住脚步,尽可能不碰那怪石。

路太长了,超然说是在走奈何桥。亚洲借助探灯努力地向里观察,笑着说:“真到了奈何桥就不那么难走了,前有领路后有护送,会稳稳当当地走过去的。”超然哼了一声,“我现在还不是给你领路,后面李风压阵。”李风瞪着眼睛对超然,“我扶了你一路怎么最后成了小鬼了。”亚洲笑了,“小鬼就小鬼吧,有时候鬼比人强。”李风做出怅然的样子,“鬼就鬼吧,只要有益。”

亚洲遥视着前方,“好像前方是墙壁,可能探到底了。”亚洲说着看看李风,“走,让超然这个小鬼过去看看。”说着手指了指前方,忽然手臂被什么咬着了不听指挥地僵直了。身体不由自主地向前挪去。惊慌中,见一圆形黑洞,手臂被那黑洞吸住了。他止不住身体向前移,像要飘起来,惊得只是张嘴啊啊地叫。李风、超然听到亚洲的惨叫,顺亚洲手望去,不禁啊的一声叫起来,“蛇”,准确点讲应该是蟒,正张着大嘴吸亚洲,眼看要被吸进去了。李风反应快,端枪向蟒喷射,超然推开李风上前一刀把探出的蟒头砍下来。随着蟒身的蠕动,超然掏出一枚光子弹顺洞口扔了进去。随着一声巨响,蟒身化成了灰。亚洲则挥舞军刀向地上张口瞪眼的蟒头狂劈下去。蟒头瞬间成了肉酱。李风向洞壁看了看,不看不要紧,一看几乎惊呆了，见壁上的洞一个接一个像是天然又像是一种刻意的安排，探出洞口的蟒头伸长了舌吸着气。李风下意识反应到：闯进蛇洞了。亚洲、超然有种掉魂的感觉。几人同时想到了“跑”，可是慌不择路，三人直着向前跑，瞬间被墙壁挡住了，到了前行无路的境地。回头看无蟒赶来，喘着粗气站下来。高度的精神紧张使鼠、蟒的臆想错乱地在脑中来回闪。不知过了多久，也许是危险没有再来临令三人平静了下来。

有些静。他们好像忘了对方存在似的，站在那儿大脑空白。良久，流水声惊动了大家，三人的眼睛露出了忐忑的光波。“好像有水流的声音。”超然的说话声忽然比那流水声还细，变了音调。“是地下河。”李风脱口说，说着就趴在地上贴地面仔细听，“水声很近就在眼前。”亚洲、超然急忙摸了摸氧袋，同时加大了探灯的亮度，怕的心理瞬间消失得干干净净。

人处绝地时顾虑也就化为乌有了。这话对这三人的目前状态正合适。

亚洲、超然的灯光来回地摆着，最后不约而同地定格在了壁的裂缝处。照了一会儿见没有反应，超然把头伸进缝里，听了一会儿，缩回头语气肯定地说：“我断定这水声就是从石缝里传出来的。”亚洲把这裂缝端详再三，看不出什么特别，只是像锥字形越往上越宽。他侧着身子进去探了探，感觉如果侧身能进去。他侧身向里走了几步又退出来。看了亚洲的举动，超然和李风一下子有了到绝地的感觉，看着这裂开的壁却步了。是进还是退，拿不定主意了。进，情况不明，生死未卜；退，蟒蛇、巨鼠在恭候。

三人我看你、你看我地相起面来。进，是个未知数，不知能遇上什么危险，那时有没有退路呢。三个人都挤在一条缝隙里，被固定在里面怎么办，三人的脑电波来回交错着。李风说了句无厘头的话：“要不要与飞船商议一下。”一句话让亚洲、超然扑哧一声乐了出来,“现在跟谁商议都于事无补,只能咱们自己定夺。”亚洲说。超然铁了心似的,进也难退也难,那就选择前进。哪那么多的负效应,碰到困难的时候再想办法,我死也不信我们解不开火星这个谜。被超然的坚定所感染,亚洲、李风的思路清晰了许多。是啊,考虑那么多困难干什么,把进取的因素干扰没了。李风禁不住想。亚洲此时想到了飞船,心里祈祷,如果遭遇不幸,祈祷飞船能安全返航。

飞船在亚洲三人进洞以后就没了位置信息。一天一夜了,信息中断后就再没联系。张山、罗飞像热锅上的蚂蚁坐立不安,失去了目标。两人傻坐在那里,心中除了三人的安危再也装不下别的,就这样沉默等待。

“预感告诉我,他们一定有了新的发现来不及传回信息,危险他们不会有,不会,绝不会。”罗飞的语气像是安慰自己,也像是坚定张山的心。对罗飞的观点张山说不上是同意还是否定,只是茫然地点头,“咱俩还是轮流值班,你先盯着,我醒了你再休息。”

罗飞在探测镜前坐了一会儿,对躺在激光炮边上的张山聊道:“你能不能晚些休息?我一个人太寂寞了。”张山翻过身,“有什么惆怅吗?”罗飞看了看张山,陷入深思。“不知怎么啦,我的孤独感忽然很强烈,仿佛冥冥中走到了生命的尽头,感觉特别无助。”张山看着他恍惚的样子,“是不是太疲劳了,精神紧张过度引起的疲劳容易使人产生孤独绝望的幻想。”罗飞摇摇头。“不会那么严重吧!是不是远离地球造成的?”张山笑笑说。他也说不准。罗飞看看张山,“我小时常有孤独感,经常不明原因地害怕,有时恐惧心强烈,心就会有崩裂的感觉。”张山有些担心了,“这样不是很危险?你得调整啊!”罗飞苦笑了一下:“这些年每当夜晚来临我都刻意地把自己关在屋子里,关着灯静静地听音乐,仿佛心随着音乐在飘,仿佛在空中,仿佛在寻找,又不知找什么,就那么飘。飘的孤独演化成了轻松、舒缓。”听着罗飞的描述，张三分析：“其实那时你已经很孤独了，你没有感觉到，可能是一种你感知到的精神在支持你，而你却丝毫没有察觉到这种精神的存在。我觉得你感觉在空中飘就是在寻找那种精神支柱，只是还没找到，你一定觉得还有希望，尽管是隐约的，因为这样你也就觉得希望没有了的时候虽然孤独也还舒心。渐渐地就被表面的舒心蒙蔽了，现在你的这种孤独忽然强烈了，就是你突然觉得没有希望了，安全感没了，那潜意识里的希望不知躲到哪去了，你也就有了害怕、无助和失去安全感的焦虑，这是一种忧郁，这种忧郁是你长年孤独压抑产生的。你得舒解自己的心情啊，你知道，经常压抑，体内会产生一种毒素，这种毒素可在几秒钟内杀死一只白鼠。”罗飞看看张山，不作声，只默默地听，张山的语气越来越慢，越来越舒缓。“缓解压力得换位思考，相信那支持你的精神支柱的潜意识还在，希望还在，它就在不远处，在等你想，努力想。”张山说着叹了口气，“我安慰你，有时我也有孤独感，也常觉得心在飘，在空中找不到着落点。”

罗飞看着张山心情好了一点，只是这希望在不远处，到底有多远，今生能不能走到那个不远处？张山给他的还是未知数。“你休息吧，我都感觉累了。”张山笑笑，“是心累。”罗飞莫名其妙地心里很害怕，怕他没有走到就倒下了，觉得大脑木然。张山说：“这是在这荒无人烟的星球上的特有心理反应，大家都会有无助感。”罗飞长叹，已经没有了点滴激情，失落中抓不住那根稻草。

张山脸上笑着，可他内心的焦虑不比罗飞差，只是没有像罗飞那样直白地表达出来。他望着罗飞，进入了梦乡，渐渐地他觉得自己的心飘了出来，飘在星空中，向远方飘，很远，想着陆，却怎么也落不下来，正急，忽然一只手伸过来把心抓走了，隐隐听到一丝笑。

张山正迷糊，听见有人喊他，睁开惺忪的睡眼，是罗飞。罗飞关心地看着他问：“怎么说着说着睡着了？”张山把神秘藏在心里，只是笑。见张山如此，罗飞知他是太疲惫了，便换了话题，“你说地球上许多生物物种灭绝是不是与孤独有关？不可能全是天灾人祸吧？”张山看看罗飞，强打起精神：“你这想法有创意，值得研究，只是现在在火星上。等回地球上再研究吧。”

见张山这样说，罗飞心里已明了，张山又给他一个未知数。他又想总比老这么绷紧了强，于是换了一种方式有心无心地问张山：“你是怎么入选宇航员的。是不是你们部队挑选不严格？我们部队筛选得就非常严。像我这样才华横溢、一表人才的，当选也是险过关。”看看罗飞，张山笑了：“你是觉得我入选突然呢，还是长相突然。”罗飞忙谦虚，“你这是让我没有自信心。”张山说话带着严肃样，“你失去自信心，地球怎么办？人类怎么办？”罗飞假装惊讶，“你是说我是来自地球的天使？”张山再也忍不住，哈哈大笑起来。

两人侃着侃着没声了，一起睡着了。

短暂的休息，让亚洲、超然、李风恢复了体力，他们整齐装备走向下一个谜。

“宇宙浩瀚，星云密布，也布满了星云的谜，探知这些谜的过程也是人类从无知到有知的发展过程，地球的百慕大三角使多少先进的水下航行器流连不返，星球有多少秘密呢？”面对石壁，超然像是诀别地在做最后的感叹。“当玛雅人推算出这地球的劫难时，除去杞人忧天者，智者想到了什么？玛雅人见过星际飞行器。现代人探知了月球这个外星球基地，看着这些我们在想什么，是把大脑局限住还是把它扩到无限。我们给月球上的外星人留下地球人的什么记忆，只能把路走完了才知道……”

亚洲不等他说完已钻到了石缝里。超然见状忙止住话和李风一起先后跟了进去。亚洲举着枪一步一步地横跨着向里摸，走了十几米后觉得道宽了许多，可以直着前行了，而且越走越好走，耳边的流水声越来越近了，接近地下河了。又走了五六米，一片宽阔地出现在眼前,好似另一片天地。李风松了口气,没想到就这么过来了。超然在后面跟过来,“看来恐怖是想象出来的,平淡才是生活的真谛。”李风指着超然笑道:“刚刚还是满脸惆怅,现在平安了,又充起哲人来了。”说着三人笑起来,笑了一会儿他们开始巡视周边。长方形的开阔地,光秃秃的四壁,有一条小溪从左边向右边流过。溪水散发出丝丝的暖。这溪很窄可以轻松跨过。细长的流水中似有浮游生物。跨过溪流,是一面石壁,李风和超然的目光被石壁的凹凸状吸引住了,俩人对着它们琢磨起来,亚洲面对石壁用手来回摸,仿佛有神明在引导他,冥冥之中启迪他,这石壁上应该有什么秘密。借着探视灯的光,他仔仔细细地摸着、看着、琢磨着,忽然他的探视灯不动了,一种像文字样的痕迹把他的注意力吸引住了。

“李风快过来。”李风不知何事丢下正在看的像文字的刻印凑过来。“快蹲下。”亚洲没看他。李风有些莫名其妙,见亚洲一脸的严肃,只好蹲下身。亚洲踩着李风的肩让他站起来,亚洲觉得上壁与下壁不同,于是用力在壁上擦,慢慢地显出一片刻的字。“是字,文字。”亚洲惊喜地叫起来。他迅速从李风的肩上跳下来。听见亚洲的惊叫,超然也凑过来用探灯照,“是文字。”好像比刚才自己看到的规矩得多,像甲骨文。他看看李风说:“像是甲骨文。”李风笑了:“不可能吧。这是火星还是地球?”超然的思路可没断,“会不会也像地球那样出现个仓颉造字?就是说火星有智者存在的时候偶尔看见了什么悟而造字。”亚洲凝视着这些文字说:“不能轻易排除一切可能性,一切皆有可能,甲骨文的出现,是当时人类为了记事把文字刻在龟甲或兽骨上。记得《山海经》上是这么说的:‘仓颉为帝,南巡狩,登阳虚之山,指于玄扈洛汭,灵龟负书,丹甲青文以授之。”超然仍盯着那些文字,“你说的是文字的产生过程。”亚洲笑问“为什么这么说?”超然语重心长地说:“自从我知道郭沫若破译了甲骨文字后我就开始觉得我有责任去进一步研究。”李风差点摔倒，直视着超然，想讥讽他几句，又放弃了，只把壁上密密麻麻的文字指给超然，“这些字不少于四五十吧，要解其意可是要费时的。”超然很自负的样子，“这些文字是火星智者记录某些有意义事件的。”亚洲笑道：“你那么肯定？”超然的目光茫然了：“一种猜测。地球上的甲骨文有两千五百字左右，记载着公元前 1 300—前 1 000 年的事件。由于历史的原因，在变迁中出现了断层，破解甲骨文之谜耗尽了历代文人几千年的心血。而现在这么短的时间，让我做确定的判断，我可不敢贸然下结论。”

亚洲端详着这些文字越看心里越困惑，百思不得其解。他思索了片刻后说：“先记录下来再说吧。”说着让李风蹲下。“你怎么可我一个人踩呀？”李风嘴里叨叨着蹲下来，亚洲看看他没作声，踩着他的肩，摸到有文字的地方，开始记录，好在只有几十个字，亚洲一会儿就记录完了。他余兴未尽地又向右上角察看，看不到头，便低头催促李风向右挪。李风向右挪步，步大了一点儿，脚下一滑坐在了地上。上面的亚洲直着身子向右倒去。他手努力地扶着墙面向下滑，快倒下时，手像触到了什么，想抓却陷了进去，只听咔咔的响声，墙壁移动了。瞬间墙壁裂开一道约两米宽的口子。亚洲跌了进去。

发现火星人

面对这突然的变化超然、李风急端起枪，跳过裂口扑向亚洲。这突如其来的变化让亚洲也惊出了汗，一个前翻抓枪站了起来。他刚站起来便觉有光刺眼只能眯着，进来的超然、李风也被光刺得眯了眼。几个人眯了一会儿眼睛，当他们再睁开觉得不那么刺眼时，眼前的一幕让他们愣住了，他们的脑海里映出了个郁郁葱葱，亚洲恍然跌到了草坪上。“这地下有植物。”李风禁不住惊奇地说。他的话里有一种隐隐约约的兴奋。超然则像个幼儿看到了陌生的天地。

绿莹莹的草地，毛茸茸像毯。不高的林排列很密，叶是透明的。罗飞起来轻轻地摇摆，仿佛有人在故意碍眼，不让看到那一边。

亚洲强迫自己冷静下来，虽然这是降落以来遇到的最宜人的景色，可他还是出了一身冷汗。咔咔的响声传来，回头看裂口不见了，完了，退路断了，三人的眼里透出一种绝望。

片刻的惊魂后觉得有闪闪的光照向他们，他们被罩住了，又像有微风吹过。三人的大脑被禁锢住了。当看见影子晃动着向他们靠近时，三人本能地丢掉了枪。他们被俘了。

几个银灰色的人从林后出来，晃动着一个怪样的武器麻得他们不能动。过了一会儿，过来一辆车，在一个发音像鸟一样的人的指挥下，三个人被扔到车上的铁笼里，开去了远方。

不知过了多久，笼子里的三人觉得麻木少了许多，他们相互看看，苦笑道："彻底完了。"语言不通，对方什么心理也未可知，就目前态势看，最好的结果是当成展品。也许这是心中最期盼的吧。而另一种可能性也许是必然性就是做实验品或研究物，像白鼠。这当然是他们最不期盼的，是最反对的。"上帝保佑，千万别被活体解剖。"李风嘴不住地叨叨着。亚洲心理懊恼，怎么没见好就收，及时撤回。这一想法未完，他们的大脑立即被另一个念头取代了：火星这不是有人么，有人存在么？天大的发现。刚要兴奋，沮丧又袭了上来。火星人是看着了，可受到的是这样的待遇，一切未卜。如果命没了一切不都归于空。

车开到了一处房旁，三人被押进了屋里，房子很大，三人边走边向周围观看，都是笼子，关着各种各样的动物，也有人模样的，但看不清。亚洲瞥见有个笼里关着的动物像是在地球见过的。没等多想，他们被推进一个空笼子里关了起来。不断地有其他被关着的动物被提走。过了好久，来了一群人，医生模样，在笼子外端详三人，仔细地观察了半天，又相互谈了半天，挥手叫过来几个人把三人从笼子里带出来，领到一间空房中，把三人脱得一丝不挂绑在床上。接着把消毒喷雾喷在了他们身上，走过来一个人拿着一器具对着亚洲上下左右地比画着，最后停在了脖子处。亚洲脸色苍白，闭上眼睛，有些绝望。

过了一会儿，没什么异常，亚洲试着睁开眼睛，见脖子处的器具移开了。这些人好像在他身上发现了什么。亚洲感到头顶有东西注入。这些人鸟语的发音听得亚洲发傻，他想说话，想说自己来自地球。这些人看他只是笑，因为他只张嘴发不出声音来。那领头的大脑也在不停地转——他们来自哪里，宇宙，银河，太阳系，地球？可他们？语言？慢慢地另一个房间的门开了。一个人探出头说了些什么。这些人盖了个单子给亚洲，转身进到另一个屋去了。

亚洲长出了口气,好险!

被绑在另两张床上的超然、李风,见那些人离开了亚洲更是摸不到头绪,不知所以然。看看亚洲一脸苦笑地看着他俩,内心的酸楚泛上来,任人宰割的滋味不好受。

等待是渺茫的,是未知数,不管是希望还是失望,特别是有关命运抉择的等待。李风、超然渐渐连愿望也没有了,慢慢地闭上了眼睛。

像是少不更事的童年飞奔在溜冰场上,滑着童年的梦。在大学的校园里,一身戎装在演兵场上,还有来火星的途中,三十年时光,现在躺在这里,等待、期待奇迹来临好绝地重生。仿佛是梦……

据科学研究,生长因素只能适用于相同的物种,看火星人的外表行为与地球人应属同一种生长因素。可他们怎么会是银灰体呢?亚洲百思不解,忘了自己还被绑在床上。思绪在飞,模糊的记忆总是离不开地球。

记忆中地球人总是把一些诡异现象归于鬼神,归于天命,归于上帝,用周易来解释世界万象。天文的介入使人类懂得了奇怪的密码。只可惜周易的推理没能推出来火星的轨迹。这样迷迷糊糊胡思乱想,恍惚地感觉飘了起来,好像记忆飘得很慢很慢,飘向远方,飘向地球,飘过大沙漠,飘过美丽的大草原,飘向生长的故乡,好像看见了通往家的路。感觉有些疲惫,提不起精神。迎面而来的是一个女孩,在向他招手,顾不及形象,印象就是一个美,好像还有记忆,冥冥中常相见,不知心怡了多久,是梦里相约。见到了,像抓住了救命稻草,终于喊出了声音:"哈娜。"

不是梦,身着淡蓝色服饰的哈娜俨然地球人模样。鹅蛋圆的脸,两道弯眉很黑,嵌在两眼上很明显,两眼含笑透着情,和着微翘的嘴唇。她正轻轻解开亚洲的绑带,面上带有一种羞涩。触碰亚洲的肌体时像突然触了电，缩回了几次才解完亚洲的绑带，看着亚洲的胴体，把衣服放在他身旁，低头要离开。谁知亚洲猛地起身一把将她拥在怀里，像个蒙受莫大委屈的孩子大哭起来，嘴里喃喃地叫着哈娜。忽然他撒开了手，两眼睁得大大的。怎么眼前又是那些火星人。他们在用一种奇奇怪怪的眼光看着他，有两个人在揭自己的面罩。被亚洲一拥，哈娜也有些惊异。回头见有几个同伴在向她笑，顿觉脸色绯红。亚洲也意识到了自己的窘态，忙把衣服穿好。只见哈娜神色有些慌乱。他拧了一下自己的脸，想告诉自己这是梦，可疼痛向他的宣告却很庄严，这不是梦。这时哈娜轻言地自我介绍道："我叫哈娜，欢迎你到火星来。"说着浅浅地一笑，仿佛一汪甘甜的泉水直流入亚洲的心底。亚洲觉得骨头有点酥。虽然刚刚接受过磁辐射，可对火星的心语还是知之若婴儿的他，只能用地球的语言讪讪答语："我叫邓亚洲，来自地球，是代表地球人来传播友谊的。那二位是李风、超然。"说着回头见他俩已穿着整齐，站在那看着她和他。哈娜向超然、李风笑着点点头："欢迎你们，地球人，现在请跟我走。"（心语）

亚洲三人及那些火星人跟着哈娜走出屋子，拐了几个弯来到一个比较宽敞的房间，她示意亚洲三人坐下。哈娜转向那些火星人说了些什么。那些火星人也都向亚洲三人露出了笑脸，微笑着点点头出去了。亚洲环顾房间，皆木质结构，敞亮且大方，给人一种宫廷式的感觉。哈娜见三人还站在那边，又向三人做了请坐的手势，然后自己坐了下来。亚洲三人这才坐下，但是显得很拘谨。亚洲心里紧张，眼神却没固锁，不时地瞟着哈娜。虽然亚洲嘴上没说，但亚洲的心理已被哈娜探去。她假装不知，暗笑亚洲的诡异，再看超然、李风，似还没缓过来。一时也想不出什么好办法，只能让他们看看周围的环境，做做深呼吸，心里也替他们委屈。

亚洲三人按哈娜的说法闭目深呼吸，感觉好了许多。亚洲看着哈娜,发现她好像在计算时间,于是明白了她在对地球人的安排做着盘算,亚洲心里彻底放松了,一股心火去了,像浮云遮住太阳的辐射,给心里带来丝丝凉意。超然、李风似乎被这样的情绪所感染,迷迷糊糊地从梦中醒来,环顾着房间的陈设景致,像被换了环境的小兔子,感觉处处新鲜。全然不顾哈娜、亚洲的眉来眼去。

房间的面积不算大也不算小,木椅是圆的,桌子是圆的,自然的花纹比雕刻的还美。陈设自然得不看墙能使人忘记在屋中,像在自然中。此时进来一个火星人,端了几杯水。此人没有银灰色外皮,让人一百个放心地认为自己是处在绝对的同类中。哈娜端起杯,演示性地喝了一口后放下,又端起一杯递给亚洲。亚洲接过杯,手不住地抖,水在杯里直泛涟漪。超然却做起了主人,拿起一杯递给李风,自己也端起一杯,两人的目光不约而同地向亚洲瞥去。看亚洲在哈娜面前,像是受了惊吓或做了什么错事,低着头不敢抬起来。而哈娜却在用柔情的眼神看着他。见此情形,李风看看超然,超然看看李风,两人的目光在空气中交错往来,仿佛要把亚洲、哈娜编故事一样编在一起。

哈娜打破了宁静,也打破了亚洲三人刚要平静的心。哈娜笑说:"一定觉得很奇怪吧,咱们分别在两个星球,遥远得很,我却和你们说同样的语言?"亚洲疑惑地说:"长相差不多,可这语言?对,是不是在我们身上注入了磁,通过它读出了我们的本意和语言。"哈娜笑了,"确是这样,理解了这些就没什么可匪夷所思的了。主要是我们属于同类,有着同一种生物因素,同属人类,总的基因相同。"李风似乎醒悟了,说:"对啊,类似于民族不同罢了,就像地球上的日耳曼族、斯拉夫族、汉族。"哈娜笑着频频点头,"说得对,这样说来我属于火星族。"亚洲不解地问她为什么身在两星球却能短时间磁沟通。哈娜看看他沉默了半晌,"我们年幼时就被送到了地球,体验地球人生活,学习地球人语言,年近少年才被接回火星。"

听到这里，三人彻底惊呆了。“现在地球的许多地方还有火星人。”她看着亚洲的眼神有些离不开，有立刻把自己知道的全讲给亚洲的意味。“在地球的孤儿院里还有不少火星人，也有其他星球的人。和我一批被送到地球的火星人，有的现在也没离开地球，还和地球人结婚孕育了后代。”听着哈娜的讲述，亚洲仿佛在听神话故事。听到地球孤儿院有火星人时，他们三人不约而同地想到一个人，罗飞。罗飞是在孤儿院长大的，难道他也是火星人？想到这儿不觉疑惑起来，但又立即觉得这幼稚的想法可笑。

说到罗飞，此时的罗飞和张山在船舱里正焦虑不安。罗飞像只关在笼子里的野兽在船舱里转圈，边转边吃了后悔药似的叨叨个没完。“这三个神仙不论遇到什么事总得来个信儿吧！这纪律性哪去了？要是我跟去就好了。”“你去了又怎么样，”张山有些气愤，“你以为你能左右局势吗？我们不是上帝。”“现在怎么办？”罗飞问。张山也是无计可施，“坚守比什么都重要？”罗飞还是有些急躁。“坚守！我也得静得下来啊？飞了几次了？连个人影也没有，一点消息也没有。到底发生了什么事？这三神仙到底怎么了？”张山的情绪比罗飞稳了许多，他慢悠悠地说：“福祸天注定，现在的形势既然我们左右不了，只能耐心等待了。求上帝保佑他们吧。你也该省省体力了，别到需要你的时候软得像堆泥。”罗飞一时也想不出别的办法，只能依了张山的话，停止了转圈，望着张山又问：“那怎么办？总不能就这样向地球汇报吧？”“怎么办？等！”张山说完又看看罗飞。“记着吧，越是紧张越要平稳，越急越冷静。冲动是魔鬼，现在需要的是耐心地等待。要有信心才会有结果，不要被搞昏了头，把复杂问题简单化点好。坐下吧！不论结果怎样，对你我来说就是坚持等待，没有别的选择。”

人世间的事就是这样，说来容易做来难。人因为有大脑，所以有思维。人的大脑不能像机器一样说关就关，停止运转。人克服焦虑是需要毅力的，这种人为的抑制力往往很折磨人。人往往被它搞得神魂颠倒，甚至行为怪异，所以才有了心理师来疏导人的心理，使思维正常化。可当一个人处在特殊的环境时，哪来的心理师为你疏导，只能自我调解，除了顽强的自我克制力别无他法，应相信人能战胜自己并能完美自己。

罗飞和张山此时正是如此。他们靠自己顽强的意志力，在坚守，在等待。

不觉间天黑下来，罗飞闭上眼睛，倦意向他袭来。张山则精神十足地坐在瞭望椅上观察，努力地想发现什么，异常的平静像是在和他作对。看到罗飞已经睡着了，他的大脑转向了亚洲三人，猜想着他们三人的可能处境。约夜半时分，眼有些惺忪，隐约听见信息器响，他猛地跳起来，扑向信息接收器，清晰的文字信息一条接着一条。张山的眼睛开始湿润，喊罗飞的声音有些哽咽。罗飞被他唤醒，看张山激动的样子有些不知所措。张山指着银屏有些发抖。罗飞刚要笑张山不镇定，忽然他也呆了，“发现火星人！”字幕一遍遍地译出来，按捺不住的心情，从吃惊到大脑空白，忘了欢喜，直盯银屏，心在颤。大脑中只“火星人”三个字在闪现，把刚开始亚洲三人有消息的激动闪到一边去了。

激动的心情平静下来需要时间，这时间的长短取决于使人激动的事情。张山的心情是看着罗飞平静下来的，他压住自己的情绪，冷眼读着罗飞的面部变化，像在分析有没有逻辑性。罗飞经过无逻辑的面部表演后，思路转向亚洲三人。

几乎是同一时间，罗飞、张山想起了立即往地球发信息——立即向地球报告特大新闻，最有价值新闻。

信息发出不久，地球的回复信息就过来了：“丰功伟绩。”读着地球的高度评价，罗飞、张山虽觉得有成就感，却仍不免有心空的感觉，只是看到地球传来让他们全权处理火星事宜时，他们才感觉到自己的责任，路还很长。

当态度严肃起来后，工作效率也就提高了。罗飞迅速地把地球方面的指导精神传给了亚洲。

超然与李风交叉着同哈娜讨论地球情况，亚洲则乖乖地只是听，因为他一时还想不起该说什么，直至罗飞的信息传来。

哈娜的心情很愉快，不仅因为她有与地球友好的主导思想，更是交谈使她忆起了地球，这第二故乡的情怀。谈了很久，在服务人员再三催促下，他们才起身去用晚餐，这时已是半夜时分了。餐后三人被请进了房间休息。进得房来，三人有些疲惫的心情顿时又活起来，房间里四张床，不高的床铺放在毛茸茸的绿草中，床边上有几株绿色植物相衬，全然一派自然景色。哈娜笑着打个招呼走了。看着哈娜的背影亚洲的眼有点直。

超然把哈娜送出门，李风向飞船发信息，把刚刚的情况简单地做了通报。做完通报，李风已没了睡意，他盯着亚洲眯起眼，用色迷迷的眼神，学着哈娜的腔调：“洲哥哥再抱抱我吧。”亚洲的脸涨得通红，伸手向李风打去。李风忙跳到床上，扭着腰，叨叨个不停。两人在房间里追打起来，李风边躲边嬉笑亚洲对待哈娜的样子。超然来回左拦右挡地劝个不停，见无效才以注意影响为由加以威胁。

想到影响，亚洲止住了追打，擦把汗坐在地上喘。超然看着亚洲，“你这一天像梦幻一样的，恐惧还没吓倒你？”李风看亚洲不再打他，也坐了下来，“看那人用器具量你的身体，加上你有些变了声地叫，当时我就觉得如被关在笼子里的动物等待宰杀。看着表面没反应，其实是被吓傻了，这恐惧用什么词语都不为过。”亚洲苦笑了一下，“我的感觉可没你说的那样。”李风笑了，“看来体验别人死亡比自己亲自体验更让人惊心动魄。”超然笑着问亚洲：“你张嘴有惊恐状，是不是想表达什么意思？”亚洲想了想，“我只是想阐明我们的来意,可不知怎么了,嘴里说不出来,只是大脑在思维。”超然说:“那是你的大脑被控制了,无须用语言表达,就已通过转换仪把你的思想以他们的语言转述过去了。”李风笑了,“就是转译了也没有用,那时咱们还没得到地球的全权授权,能让他们理解的只是意向,不过说来也很神奇,你闭着眼叨叨,那外交官就来啦。你们是不是心灵相通啊?”亚洲推说是巧合,她是在工作。超然斜视他一眼,“工作?工作你就没头没脑地拥抱。”李风在旁帮腔,提醒亚洲尊重现实,不要解释为那是一种礼仪。亚洲有些窘,干笑着说:“那会儿我只是胡思乱想求生,没想到奇迹发生。”说着倒下身转过去想睡觉。李风还想叫他交代他对哈娜的想法被超然止住了:“大难不死还有活路。今晚都休战,休养身体。养足精神让明天有个好心情。”三人洗洗便睡了。他们睡得很香很甜,睡梦赶走了几天来的恐惧和疲劳,把他们带到了蓝天、白云、碧草的天地。心情愉悦时也许常会想到美事,飘飘然仙女进了他们房间,脚下的云还没淡去,步履轻柔得听不出声来,目光里透着情地望着他们。都在做美梦,只亚洲脑里哈娜的影子一闪吓得他忽地睁开了眼。眼前一女子站在门口处向他们微笑,感觉头有磁光,亚洲脑里出现了她请他们用早餐的意思。他忙喊醒李风、超然。李风起身抬头眼睛变直了,飘逸的概念直直地在大脑中闪现。女子直接体会到了李风的意思,微笑着用半生不熟的地球话请他们。三人跟着出去用过早餐,在回房间的路上,李风得意地觉得自己是到了天堂,享受起贵宾级待遇了。亚洲和超然也很欣赏火星人的礼仪。

回到房间,李风看看亚洲、超然,见他俩只顾整理自己的衣服,全不顾及其他,有些心急,说他俩思想上懒。亚洲说现在只能在这里等待,动意念是枉然。李风说我的想法是咱们也别在这里傻等,趁这时间咱得把工作思路理顺一下。亚洲醒悟,“是啊,角度变了思路也得变,否则主导思想乱了,一切的努力都可能归于零。”超然听了亚洲的话，也感到了大脑的空白，在一个新的星球上独立面对各种绝对陌生的人和事，思路从哪开始呢？良久，亚洲提议先形成组织，由超然任组长，在不失共同利益的条件下，争取最大的收益，商议妥当三人静下来等待。

三人在这边等，火星领导团也在等待，气氛像待产的孕妇在受痛苦的煎熬。火星领导团那边起了波澜。会场里人头攒动，争论声嘈杂在一起，此起彼伏，刚定下的对地球人的方针政策，又被刚从宇宙其他火星云团回来的领导人推翻了，他们带着其他星云团的大思想，认为现在同地球联络友好太早了，落后的地球会影响火星。议会厅里充斥着各种争论，他们争论着平衡着。

火星环保大臣刚回到火星，就听到了地球人破译了火星村(邨)密码闯进了火星村的消息。有人直接告知他，领导团的许多人有借此机会开通同地球往来的通道的意愿，听到这些，这位性急的环保大臣顾不上回家直接驱车奔向了火星村议会厅。他来得也还算及时，领导团的成员还在，一进门他就扯开了大嗓门大嚷道："谁提议的开通地球通道，为什么不考虑地球的实际情况。我们去的飞碟只能停在月球上。"不等他说完，那些反对开通地球通道的人就鼓起掌来。会议陷入了僵局。

环保大臣的样子与他的职业倒也相称，高耸的鼻梁，额头的皱纹和眼角的鱼尾纹相衬得非常得当，下垂的眼角和下弯的嘴唇显得格外忧国忧民。他忧苦的样子帮了他的忙，使他成为火星领导团资格最老、最有威望的元老。他经历了火星的历史性演变，他说的时候很少，但他对讨论的议题的态度，在领导团中还是有相当影响力的。主席看他一进门的态度，本想说几句，不过还是忍耐下来了。直待看会议陷入僵局才站起来驳他："你反对开通地球通道有没有带说服力的理论依据？这可是关系着两星球今后向什么方向发展的大事啊，往严重处讲这是关系两个星球人类的生死存亡的大事啊!”当着主席的面,环保大臣也不好像对其他官员一样话语强硬,他用缓和的口吻说:“正是考虑了两个星球的存亡,我才坚持不开通地球线的。他们对本星球的防护意识太差了,每个星球的生命过程都是有限的,一个不注重本星球存在质量的生命主宰,我怕他们毁坏星球的意识影响到我们这里。”主席沉默下来。秘书长看这时候不表态不行了,过来解释,“主席也难啊,目前银河系中太阳系有人类基因的智能动物力量是最差的,由于落后的技能,在与银河系接轨时,总处于被动,如果不早拿出战略性规划,恐怕我们就得永远落后。”秘书长的一番话倒把环保大臣说得底气软了许多,“我没有感觉到火星不如别的星球啊?其他许多星球,用我的眼光比我们还差得很远呢。”主席苦笑一下,“您老那只是从环保的角度看问题。”秘书长忙接道,“如果这时不抓住地球人主动示好的机会与他们建立友好关系,从长远讲对咱们两星球都是不利的。”

老人坐下喝了口水,气消了些,他望着主席和秘书长,看到二人都憔悴了许多,主席的鬓角添了丝丝白发,掩饰不住过度劳累的样子,老人情不自禁地透出对晚辈的爱怜。他终于还是妥协了。

妥协的意义有时很耐人寻味,一是综合压力下的无奈让步,再有就是前辈对后辈的容忍,这里有许多层意思。老人叹了口气,他也有些酸楚的感觉,努力地缓缓情绪,“我理解你们的想法,我刚才只想到了地球人好斗,破坏力强。”秘书长也叹了口气:“是啊!他们把地球的自然环境破坏到了极点,还把造成的垃圾投到了太空,这是什么原因造成的呢?理念,环保理念、生存理念、发展理念。”秘书长说着有些激动,“人类的发展是事物发展的延伸,用联系的观点看,把火星的环保理念注入地球人的理念中创造一种变革,不失为一种尝试。”环保大臣低下了头,“看来我老了,理念跟不上了,只考虑咱火星本体,怕地球人把他们的环保理论带过来,破坏我大半生的经营。”主席笑了,“仅从促使地球把垃圾投入太空少一点,就得加紧同他们建立关系，用我们的理念去改变地球，否则让他们把外太空环境影响了。仅菌类漫过来也会有让咱们火星毁灭的可能啊！真到那时候，人没了，还谈什么这样那样的。”环保老臣低下了头。

望着老人家的样子主席换了口吻，“您老人家，高瞻远瞩，分析问题透彻，地球弱点说得很清晰，地球人如果长此以往地继续下去，只能是加速自我毁灭。我想，不，我敢断定地球最高领导层已认识到这一致命点。更高一层的认识，不比我们浅。所以我想拉一把总比推一把强。”环保老臣看了看主席，没再说话，只是低头喝水。秘书长笑了，“老人家看问题准确，主席分析问题准确，地球人的环保理念是被动型的，咱们用的是人与自然和谐相处的理念。主席讲得好，拉一把，把我们的理念加进去。”指挥长插言称，“两星球联合最好，不仅能解决向太空投放垃圾的问题，从战略意义上讲作用也是大的，意义更大。”

思路在主席的大脑里飞快地回旋着，太空垃圾、羽翼战争、拯救人类、武装地球。他沉思了片刻，环视了一下会场，“我有一个想法，打开地球联络通道，把地球纳入我们建立的星河星系循环圈，把星际律条灌输给地球，打破他们禁锢的思想，共同发展才能生存。”环保老臣笑了笑，笑得有些勉强，“我承认我考虑得太片面了，思想有些落伍了。”秘书长笑了：“您的思想可不落伍，在环保这个经济型循环链上，您的系统管理理论可谓首屈一指。”得到肯定的环保老臣忆起自己的政绩，心里安慰些。主席看看指挥长说：“落后的思想产生落后的行为，”说着表情严肃地看着大家，“今天与会者都应在思想上更新一遍，要站在更高的思想高度上考虑问题，把思路向宇宙外延，我想现在提出这一点是时候了。”好像受到了一次洗礼，反对地球的人眼睛似乎明亮了，支持地球的人也从数着地球各种优势的思路中拓展开来，思想上统一了。

环保老臣被感染了，想还是年青一代的思想好，看问题能站在更高点。他禁不住想，把地球纳入星河循环，把星河环保律条植入地球人理念，宏观上改变了，微观也就改变了，宏观改变微观，把这一理念植入各星球中，应该就能创出一个整洁的星系。他这样想，许多人也在想。想通的人心满意足地清闲喝水，场面静了下来。主席看看这儿，瞧瞧那儿，笑了，“为什么不说话了，畅所欲言嘛，你们这一言不发地躲清闲，剩我孤家寡人，这不是要我的好看吗？”说完指着几位要员：“谈谈你们的观点。”几位刚才许是吵累了，只是低头喝着水、偷笑。主席催了几次，见无效，叹道：“你们是存心要罢工呀，看来也只好如此了，在你们没罢工之前，先把你们发配了吧，也争取个主动。”主席的话把大家说笑了。看着大家笑了一阵，秘书长嘟啰站了起来，“我提议组成一个洽谈组，由我负责，劳丹、哈娜做助理。一个副指挥长，一个翻译总局的副总长，阵容也算强大吧。级别够了，谈起事来也就方便多啦，大家没意见吧？”秘书长笑着问。不等秘书长说话，大家都笑了起来，主席笑得更是开心：“意见一致了，散会。”说着转身走了。

天亮了。嘟啰、劳丹、哈娜，来到餐厅用完早餐，嘟啰看看时间对劳丹、哈娜说：“别休息了，抓紧时间商讨一下洽谈的内容吧。”哈娜看着劳丹，劳丹笑着说：“连续作战就连续作战吧，这点疲劳还打不垮人，别把公事耽误了。”哈娜笑了，“早点进入正轨也好。”走出餐厅来到后花园嘟啰提议边走边理理思路，三人说着走向后花园。

漫步林荫间，哈娜全然提不起精神，只觉得眼皮发紧，时而又看见星星。见哈娜如此疲惫，嘟啰指了指远处的草坪，建议在那里坐。副指挥长劳丹走得快，来到草坪间木椅处坐下，周边有叶形的水池，有鱼游动，草坪上不停地晃动着一些小动物，给人一种可爱的感觉，仿佛自己也在其中，只是在神游。见劳丹忘情的样子，走过来的秘书长嘟啰心笑劳丹幼稚，后面的哈娜倒觉得童心可爱。

伴着仔细体验才能感到的风,这里简直像是一个乐园。欣赏有时是一种很好的休养方式,没有目的性,只是在不知不觉中融入其中,忘了自己。劳丹看了一会儿笑着对嘟啰说:“这样缓解疲劳很好,还能陶冶心情。”

坐在劳丹旁,嘟啰也想试试劳丹的体验,学着劳丹的样子去看,可怎么也找不出那种心情。哈娜倒是自得,坐在那儿闭上眼不出声,心中暗笑这两个老顽童。过了一会儿嘟啰有些按捺不住,把身向劳丹靠了靠问程序的洽谈。劳丹只是观赏草坪上小动物的嬉戏不作答。嘟啰看了半晌无奈地笑了。哈娜闭着眼想休息,可大脑还是不住地在想,动物嬉闹声时不时传入耳中,打断了她的思路。劳丹看得全神贯注,忽地转向嘟啰,“你说这动物们的种类不同为什么能相互交融,没有陌生感,就像对我们。”说着摸了摸跑到脚边的小动物的头。嘟啰有些摸不着头脑,想了半天:“也许是和谐吧?”劳丹笑了,“我看不止这些,是安全感,给了他们相互的快乐。”哈娜睁开眼很赞同劳丹的样子,“安全感给他们快乐,融洽的接触使他们忘了类的不同,产生了同一种感觉。”劳丹点点头:“不难看出一个整体生物圈的和谐,只要总体有规划地布局,各小生物圈也就能和谐地链接起来了。”哈娜笑了,“就像环保,动植物间的能量转化自然可以创造一片纯洁的乐土。”嘟啰听着两人的攀谈,问:“那我们同地球人的交谈,怎么能和谐地进行呢?”嘟啰的一句话,立时让两个人不知该怎么回答。哈娜面有难色,劳丹一时也拿不出洽谈的程序。谈到原则性的把握,还是劳丹似乎悟到了什么,看看嘟啰,又看看哈娜:“我的意见是总原则不变,谈从情开始。”说着看看哈娜,哈娜有些细微的变化。

来到休息处,哈娜敲开了亚洲他们的门。看到哈娜、嘟啰、劳丹进来,亚洲、超然、李风同时站了起来。哈娜向亚洲微笑着点点头,转身介绍嘟啰、劳丹。听着哈娜的介绍,亚洲三人有些吃惊,一一握手后，房间里开始充磁。哈娜笑着说我们经过了最高领导层的会商，代表火星郇（村）来同你们进行一些具体事宜的洽谈。看哈娜机械地说完，嘟啰示意到会议厅谈。

六人来到会议厅，分宾主落了座。哈娜坐在靠后面座位上，嘟啰不等冲完磁，便回身对哈娜说了一阵。哈娜翻译道："从地球来到火星路途远，你们是名副其实的远方客人，作为火星郇（村）的代表，你们同类的人，对你们的到来表示热烈欢迎。"外交辞令很浓。亚洲笑着说："我们是首航火星，初始的目的是探索和寻找，是幸运让我们相识在这里。我代表他们也代表地球，对贵方的安排表示衷心的感谢。"嘟啰听完笑了，"从探索到发现对我们讲应该是缘分。"嘟啰从火星领导层想同地球建立联合关系谈到两星球的友谊，说得滔滔不绝。超然则借题发挥阐述着地球希望与火星人建立友谊的话题。哈娜快速地翻译着，两名速记的记录速度似乎更快了。

随着时间的推移谈话多了融洽的味道。嘟啰谈得很开心，微笑着说："关于和平友好的原则，咱们两星球的观点是一致的，可以在这总原则的基础上洽谈一些具体事宜。比如现在就可以展望将来有没有可能建立大使级星球关系，建立战略伙伴式星球之间的关系。"说着看看劳丹，"副指挥长的意思是我们先交朋友后谈其他，交谈深入了感情也就增加了。"轻松下来的超然看着李风、亚洲笑得很开心："我们已经得到了地球的最高授权，代表地球人的一切，我很赞赏先交朋友后谈事宜的说法，有了友谊其他事谈起来也就好找方向了。"嘟啰看着劳丹、哈娜笑，心想这事不能只方向对，步骤、方式方法也得对，就现在这个会谈气氛，看将来对地球的一些具体事宜还有得谈。他握起超然的手，现在我们是朋友啦，我们应该进一步成为无话不谈的朋友。

找对方向走起来也就有了动力，好比星星之火可以燎原。对星际来讲这朋友友谊的星星之火，从他们开始便将广阔地漫到星球之间。超然笑着说："听了秘书长的解析，对朋友、好朋友的理解更深刻了。"嘟啰看着他笑而不语。超然则不以为然，"既然做好朋友，有个问题我还真想请教一下。"嘟啰笑着说："提么，有问题讲出来，共同探讨。"超然深思了一下，"可能是预感吧，关于星球的环保问题我想听听秘书长的意见。"嘟啰看着劳丹笑了，心想这是环保老臣的环保理念影响他了。细想说又说不透彻，只得支吾："你这一句把我问倒了。火星的环保最有发言权的莫过于我们的环保老臣，如果你非常关注这些事情我可以创造机会引荐环保老臣给你认识。"劳丹打趣说："现在问的是你。"嘟啰有些尴尬，"问到了我，我只能对环保问题就我的理解，谈一些浅显的看法。"超然点点头，嘟啰边笑边说："我个人认为要真正地解决地域环保问题，得先从改变人们的生活方式做起，把人们的生活方式融于自然中，把人类自己也融入自然生物链中做其中一环以达到人与自然相结合，火星的理念也就是这样吧。在这生物链中，人既是主宰者也是参与者，得有这个理念，要把它根植于自己的思想中。当然了，这是一个复杂的系统工程理论。"超然点头："这确实是一个巨大的系统工程，看来得尽早地把星球间的大使级关系建立起来，先拉起两星球人的手，联系地共同发展。"劳丹笑了，"有了大思想，就不难有大成就。"亚洲鼓起掌来。

哈娜翻译得恰当，双方谈得也融洽，都忘了午餐时间。天渐渐地黑下来，看到大家有些累了，劳丹提醒哈娜该用晚餐了，哈娜看看嘟啰，嘟啰这才意识到自己的废寝忘食影响了众人的饮食程序，他做出歉意的表情，起身请大家去用餐。亚洲、李风也觉得饿了，超然虽然谈得意犹未尽，但见嘟啰提议也就不好再说下去，起来随着众人去解决饿的问题。

哈娜引导大家来到餐厅用餐，早餐到现在胃肠开始战争了。

嘟啰、劳丹、哈娜商议了一阵，哈娜对超然说："秘书长考虑到这几日大家很辛苦，希望你们多休息些时间，他也好把今天谈话的主导思想汇报给上级，研究一下下一步的工作。这几天，你们可以商议下一步的洽谈内容，也可以体验一下火星的生活方式、生活环境，我将全程陪同。"超人欣然地说些感激的话，表示尊重主人的意见。嘟啰想了想对劳丹、哈娜又做了一些布置，让哈娜翻译给超然。听完嘟啰的话，哈娜笑了，对超人说："秘书长和副指挥长计划为你们举办一个欢迎会。"嘟啰补充道："这是为增进友谊，使地球人进一步了解火星的风俗。"说完嘟啰似乎想起了什么，探身哈娜，低声说："我产生了一个新想法，可能得你亲力亲为啦。"哈娜愣了一下，没明白嘟啰的意思。嘟啰看哈娜好像有些不解，说话的声音又小了许多："在个人问题上你有些耽搁了。"哈娜听了心中有些惆怅，低头不语。嘟啰看了看亚洲，"今天我边谈边观察这个人，他的气质、品相都不错，能成大事的。我想你应该注意一下，别错过了这个机会。"哈娜脸有些红："我是在工作，哪能谈个人问题?"嘟啰则提醒她陪同期间，可以假公济私。随着嘟啰的笑，哈娜的脸红得更甚了。嘟啰和哈娜交谈时李风看在眼里，他心里断定他们在谈亚洲，暗笑亚洲傻，隐约地觉得亚洲可能会发生什么。嘟啰、哈娜、李风的眼神自然逃不过劳丹的眼，他对亚洲、哈娜早有耳闻，心里也好像有什么感觉。嘟啰过来轻拍他一下，又与超然三人握了握手，示意哈娜请三人回房休息，他和劳丹先回去。

道完别，哈娜引导着三人回到他们的休息房，此时的四人已经很熟了。服务员的皮肤白得像娃娃，心理反应仪上，李风的脑里连跳出几个漂亮，使他的心一下子拘谨起来，直到服务员出去。没了陌生感，谈起话来也就轻松多啦。看到前来送水的服务员，李风心赞火星女孩儿的美，想如果飞船不是一直奔火星来，真就会以为自己到了天堂。忽然他觉出了失态，赶紧低头喝水，脸有些热。哈娜与超然、李风谈笑着，只把亚洲晾在一边。谈兴浓时，李风看出亚洲的窘，再看哈娜说笑间眼不时地向亚洲瞟，于是趁哈娜、超然说话时问亚洲在想什么？亚洲没好气地回了一句："什么也没想。"李风见亚洲心里有鬼，便说亚洲在吃醋，亚洲红着脸要打他。巧遇哈娜的眼神，忙收回了手。超然早就看出了门道，笑劝李风莫陷困境。李风也恍悟自己的身单势薄，忙称自己是和平主义者，向亚洲解释自己只想看戏不想做戏。哈娜有些不解地问："是何意？"李风笑而不答，超然避开哈娜的目光笑着对李风说，不要只想着看，得把演员的激情激发出来。李风觉得超然有要演戏的意思便加以怂恿，意在使剧情非常一些。超然说自己的戏在地球上演过了，已失去了机会。亚洲忽然明白了超然、李风的意思，他一脸的不自然，整个脸一会儿红一会儿白。亚洲的表情变化令哈娜也觉出了其中的味道，跟着红了脸。

与异性身体的触碰常是触动女孩子心的关键，特别是女孩子异常珍惜的第一次。哈娜被亚洲拥抱后，回到家里一夜未眠，她也没逃过那女孩第一次的定律，不觉中她的心就牵在了亚洲身上，像春天的花绽放的感觉，既有羞涩又有欲望。她见亚洲的次数多了一些，亚洲拥抱她时的心情时常泛起，异样地挠着她的心。许是初次被陌生人拥抱，像初恋的情怀含苞待放。心思动了人也就多了些细微的变化，心离亚洲也近了些，人离亚洲也近了些，局促过后是舒心的坦然。女人添了智慧，男人抵不住。哈娜明白了李风、超然的语意后，心想二人在做鬼，于是便不由自主地同他们动起心机来。她夸李风机智，笑问超然在地球上的心上人的情况，同时又不给超然回答的时间，紧接着送上许多赞美的话，之后再拐着弯地套超然、李风关于亚洲的个人情况。

男人比起女人还是略逊一筹，超然、李风一五一十地描绘着亚洲在地球如何的窘，听得哈娜很开心。等亚洲醒悟要阻止时，自己的后腰又被软软地捅了一下。

年轻是一种本钱,青年人在一起总是透着一种火热,在他们身上你总能看到那种对新事物好奇的天性,也总体现出牛犊的闯劲。他们工作起来认真,玩起来又不失孩子的天性。

侦查完的哈娜像做完了一次心理课,觉得安全了,对其他人的好奇心也就多了起来,她又转向超然追着让超然讲一讲他地球女人的故事。超然还沉浸在捉弄亚洲的快乐中,见谈笑转了主题,他心慌起来。李风扭着他的鼻子强迫他,要超然在这儿人面前谈自己的恋人。羞于出口是当然的,超然只能忍受李风的折磨。无奈哈娜追得紧,超然想想自己怎么说也是个男人,最后只得投降,摸着被李风扭痛的鼻子陷入了深思。在记忆中,恋人印象已变成了影墙,挡在了他前行的路上,使他记不起却又无法完全忘记,他的脑海里只有来火星时的情景时时闪现。过了半晌,看看他们着急的样子,想想哈娜,慢慢地说起了自己的故事。

依稀风华正茂,书声琅琅的校园,看他人念同桌的你。超然的思绪回到了地球。他和她相识在校园的林荫小路,依稀是傍晚时分。相识缘于一本书。记不起许多,只是一路慢慢走来,直至走出校园。她个头不高,虽不漂亮但很迷人,特别是眼睛给人一种小鸟依人的感觉。每次林荫漫步,都要被她蛮不讲理逼讲诗词,对着她感悟人生,附和着她谈理想讲未来,不管你的感觉如何,都得表现出一种非常幸福的感觉……

随着超然娓娓的讲述,大家的思绪也被带回了那充满激情、充满幻想的校园:偷窥同寝的恋爱,跑出去模仿欢笑,尽兴回来还得把恋爱者搞窘;无聊时躺在床上幻想明天。大家想着听着、感觉着超然的幸福。

“她常搂着我的脖子,不厌其烦地问我到底爱她有多深,而且每一次都要确定,还时不时地搞突袭,直把我搞得心里没有其他……那次她发烧,我陪她在医院输吊瓶,她一天一夜都没醒来,搞得全病房人都知道我叫超然。后来她醒啦,我倒了。当我在病床上的时候才体会到受尽磨难后的幸福,以至于希望病永远医不好,直到被她揪着耳朵拽下床。这个刁蛮的家伙变着法地欺负我,就连吃饭也得我喂她,给她打洗脚水,洗完了还得我倒。不过她煲的汤还是很好喝的。有时撒泼耍赖地非要给我刷牙,几乎每天都跑来检查我的衣服是不是整洁,直到她满意我才敢走,她也不怕烦。其实最折磨我的是她回家的日子,那心情用什么词语都难描绘。后来她告诉我,她特别讨厌假期,愿永远没有假。记得那是周末,我俩去郊游,登山看晚霞,下山时地震了,石块不住地滚下来,我拉着她,左躲右闪。这在平地都不易何况在高山,闪得脚下发沉时,有一大块石头向我砸来,我再也无力躲了,就在这一瞬间是她把我推开,她被砸成重伤成了植物人,现在还躺在医院里。其实这次来我也是有私心的,因为不止一个人说过,有一种矿石可以治植物人,而且这种矿石只有火星地表有。"说着超然沉默了。良久,继续说:"够啦,对我来说足够了,一生能遇上这样一个女人,相伴永远,生死关头是她把生的希望留给了我,把爱留给了我,知足了,足够我享用一生了,来的时候我就想回去以后再也不离开她了,永远留在她身边陪伴着她。我盼望我可以看到潘多拉魔盒蹦出的是最后一个——希望。"超然的眼湿润了。

沉默,寂静,许久许久。哈娜的头不知不觉地依偎在亚洲的肩上泪流满面。是啊,世间事物有差异,但爱是相通的。看着还在沉思的超然,李风转过身不声不响地躺下了。哈娜在亚洲肩上依偎了一会儿抬起头凝视亚洲,没有了羞涩,过了好一会儿才回过神来。她站起身,擦擦眼角的泪,走到超然面前很歉意的样子,"你的经历让人动容,我知道这不该谈起,应永远留给你自己,你说的那种矿石我也听说过。明天我就派人去找,一定帮你找到。"亚洲点点头，“找到矿石就等于为超然找回了希望，找回了爱，有了希望，一切就都会有的。”哈娜看了亚洲一会儿，又看看时间，低声嘱咐亚洲早点休息就转身出去了。亚洲跟出来相送，哈娜拥抱了他一下默默地走了。

超然讲述自己的爱情经历时，罗飞、张山驾驶的飞船也刚刚落地，亚洲他们走后罗飞、张山就进入独立工作程序，对火星地表进行更深层的考察。他俩架着飞船围着火星转了几个周次，一遍遍地录拍火星的全貌，直拍得自己心烦。落地后两人嘀嘀咕咕地在心中疑惑：邓亚洲、超然、李风在哪里？火星人在哪里？有没有防卫？是原始状态么？他们思路有些乱了。

罗飞、张山的安全系数并不掌握在他们手中，劳丹的命令是使他们处在既安全又惶恐中。

亚洲从哈娜出门时拥抱了他一下，思绪就有些收不住了，大脑有些乱。这是第一次被女孩主动拥抱，第一次回味被女孩拥抱的感觉。

人的一生中有多少个第一次，第一声叫爸爸妈妈，第一次站立，第一次笑，第一次吻，第一次爱。

从第一次见哈娜，他的思绪便不时地开小差，努力地搜索各种记忆。在梦里、在地球、在飞船上，是佛光普照，是灵感相随，相随到了火星？不知用现代宇宙磁做相应解释是否合理。想着想着，亚洲又觉心里美滋滋的，暗想这月下老人竟耐心地把红线牵得这么长，从一个星球牵到了另一个星球。想着想着心里又有些怨，把哈娜牵得这么远！他生出一种担心，担心月下老人的红线牵得太多了，巴望月下老人把牵的其他红线都忘了。当他努力断定自己是正确唯一时，纷乱的心开始分析起哈娜来。她到过地球，是经过地球磁场圈影响的，和自己的共同点应多一些，可能根本就是一致的。他想把心腾出一点空间，可哈娜的影子挤得满满的，不肯让步。在这面前他又显得那样软弱无力。看着超然、李风心里忽然又担心起来，出众的哈娜在他们心里是否有了感应呢？表象上他们在同一起跑线上，差距只是半步。起了妒心的亚洲心里隐隐有些痛，没有了谈话的兴致，只得躺倒睡去，以掩饰内心的乱。睡到天亮眼有些肿，见超然、李风无恙，心中稍安。用过早餐三人漫不经心地交谈着，等待哈娜的来临。

在火星邨

哈娜见嘟啰时，劳丹正和嘟啰议事，看到哈娜，两人同时笑了起来。看着哈娜的疲惫，说起哈娜一夜间有了成熟的变化，哈娜的心好像被他俩窥视去。哈娜的脸微微有些红，努力地压着自己的窘态。嘟啰没有哈娜的心情，只说她不注意自身，并威胁再不注意休息就对她采取措施。哈娜被说得无可奈何，只得婉转地应承，不说自己的吃苦耐劳只赞嘟啰带兵有方。见嘟啰、哈娜在笑谈，劳丹建议忙里偷闲，工作中间休息。劳丹漫不经心的语言透出他好像还有什么心事。嘟啰看看时间，布置哈娜道：“今天带他们去天然动物园游览，要有选择地看，主要是让他们认识一下人与自然和谐生存的理念。”劳丹插话：“介绍时注意安全纪律、保密原则。当然了这些不需我多说，只是有些题外话，不知怎么讲?”见劳丹有些吞吐，哈娜的心里一时没转过来，她正顺着劳丹的思路想保密措施的事。劳丹也觉出了语塞，转话题问：“你和亚洲聊得怎么样？看着你们的接触我好像有了新思路，按开始的方针何不从身边着手。”哈娜笑着问怎么入手，嘟啰笑着说：“缘，抓住一个缘字。”哈娜有所领悟，忽地红了脸。劳丹顿了顿，“昨晚我一直在考虑一个问题：地球人与我们，特别是这几个年轻人，虽然在不同的星球，但长期的演化已经把我们同化了。你应该在亚洲身上进一步做做文章，在感情上加加码。”嘟啰看着哈娜。哈娜红着脸低头不作声。劳丹见嘟啰没有下文，只得自己说下去，“在和亚洲的接触中顺便了解一下李风在地球的情况,我觉得这人不错。”哈娜眼前一亮,顿觉开了心智,一下子她觉得自己抓住了劳丹的心思。她把诡异的目光投给劳丹,像抓住了他的把柄,笑而不答劳丹的话。嘟啰也明白过来,想劳丹是在考虑女儿的事,他笑着问劳丹:“你女儿从地球回来至今一直单身?”劳丹长叹:“聪明人就是聪明,一语破玄机,我这女儿不知怎么了,从地球回来这些年了,好像成心和我们作对,就是不谈朋友。儿子也一样,从地球回来后就像躲瘟疫地躲着我,成天见不到影。我怎么也想不出个再三,这次拜托看有没有机会为玉珠牵牵线。”由于与李风不熟,哈娜觉得牵线还是有一定困难的,她笑着说:“牵线可以,只是牵成了是不是得有个酬劳问题。”劳丹笑着对哈娜说:“这还没开工就敲上竹杠了,不会是亚洲交的吧?”嘟啰笑着对哈娜说:“成人之美,帮帮忙,等你成亲的时候我亲自给你这位副总主持婚礼怎么样?”哈娜只笑不说话,见哈娜不说话,劳丹在一旁催促:“别听秘书长空许诺了,快去见你的白马王子吧,小灰姑娘可别让人等急了。安排好时间,可能晚上还有晚会。”哈娜笑道:“只顾和你们说话了,忘了我母亲嘱托我的事。”她转向嘟啰,“她好像找您有事谈,”停了停继续说,“我怕我和亚洲进一步会引起母亲的顾虑。你能不能借此与她谈谈,先疏通一下。”嘟啰想了想对哈娜说:“你谈你的,你母亲那边我会做好工作的。”哈娜点头说了声谢谢,向亚洲处走去。

哈娜来到亚洲房间,听到里面有说笑声便敲了敲门。里面静下来。不待里面的人开门哈娜便推门走了进去,笑问三人休息的情况,李风嘴快,“我们谈你呢,亚洲一夜未休息好,谈谈也给他解解心。”哈娜笑了笑,瞟了亚洲一眼,对超然说:“我刚通知了翻译总局,让他们去寻找你说的那种矿石,他们会想办法的,找到后我会通知你们的。”超然忙感激地说谢谢,哈娜摆了摆手说不谢。“今天安排的是陪你们参观一些景点,晚上秘书长请你们参加欢迎晚会。”三人听了喜笑颜开。哈娜见大家有了喜色，笑着提醒，参观的时候请不要提问涉及火星安全防卫的问题，到时我会讲解该说的事，又转向李风道：“晚会的时候你一定要唱支劲歌，唱出男人的雄风、男人的魅力，在火星上歌声是获取少女芳心的重要渠道。”说着向李风做个友好的姿势。李风弄个大红脸。亚洲心咯噔一下，他不了解女人心有所属后的心态。众人欢乐，他却沉下了脸。他的这一细微的变化，被哈娜窥了个正着。

哈娜转脸问亚洲怎么了，“晚上睡不着，病了吗?”她不自禁地伸手摸摸亚洲的额头，“不烧呀？想什么了?”说完立刻觉出了此话有些多余，可还是忍不住地说他该好好休息，不要思虑太重。她叨叨得亚洲直点头，检讨自己睡不好的不对。超然见亚洲窘迫的样子，取笑哈娜，亚洲休息不好是想念她的缘故。哈娜笑说亚洲的心里只装了地球与火星的友谊事业，他是累的。她嘴里虽这么说，心中却多出了几分甜蜜，反倒产生了亚洲可以夜夜休息不好的感觉，而亚洲则一头雾水。见亚洲傻愣着，哈娜心笑她的傻气，又心疼他的身体，笑着说：“今儿得走一天，晚上还得参加舞会，早晨就多歇会儿吧。”超然笑着对哈娜说她聪明，笑着建议哈娜带亚洲见她的父母。放开了心的哈娜只是听着笑，然后告诉他，她的父亲去了银河系不在家，只母亲一人，现在去怕不方便。亚洲不自然地笑。李风好像听出了什么，好奇地问：“你父亲去银河，那来回路程不得几年呀?”亚洲说他多嘴，忘了自己是怎么飞来的。哈娜回答得很认真：“太空的飞行速度是靠磁场力，不以光年音速计，几年可以飞几十个来回。火星飞碟的飞行速度是很快的。”说着又向李风打趣问，想不想去银河遨游，可以找个火星女孩儿做伴侣。李风听了则是摇摇头一脸的沮丧。哈娜问他是不是对火星女孩没兴趣，是不是在地球上有人秘而不宣。李风苦笑，“地球上没能幸运得到女孩儿的垂青，找火星女孩儿语言不通，每日靠充磁用意语交流，常守在一起怕生活会没味儿的。”听了李风的话哈娜心里倒充满了喜悦，觉得是向自己的意愿方向发展了，于是试着问：“如果你遇到的是一位到过地球，讲地球话的美丽女孩你会怎么办?”李风看看超然、亚洲，有些腼腆地说：“真能这样也只能顺其自然了。”哈娜抓住机会语气有些凝重地说：“你们来到这里，目的是有所发现。至今日，到了考虑两星球关系的程度。我们彼此相处得很融洽，也应了领导团先交朋友再谈事情的话，特别是今早秘书长提出了结缘，我思索了一路，觉得应该提醒你们，以自己的行为来缔结两星球的友谊。”李风、超然没细想便知晓了哈娜的深意。亚洲却觉得有点危机。哈娜顾不上亚洲的感受了，换了语调，面向李风，“我的用意，有没有退却的想法?”李风笑了笑：“你把这事说得这么庄严，我自然义不容辞。”听了李风的表白哈娜觉得很开心，亚洲的心情也似乎好了许多。哈娜看李风认真，便换了轻松的语气笑侃李风，说怀疑他有迎合的嫌疑。李风无奈，只得表决心似的表示会为他那个她做一切她愿意的事，让她幸福。说着李风挠挠头，好像有所醒悟地看着哈娜说：“你严肃地往这个话题上绕我，不会另有阴谋吧?”哈娜笑了，“怎么，警觉了，有警觉也好，可以不打无准备的仗了，阴谋也好，阳谋也罢，这谈朋友总不是坏事。再说了你自己也认可火星女孩的美，在这水土养美人的星球上，如果遇上可心的女孩要抓住缘分，我说的这些你得有个心理准备。”李风被说得有些心动，小心地问什么玄机。第一步成功了的哈娜这时开始在心里为亚洲腾出了一块地，她看看亚洲说：“看在亚洲的份上我先给你透露点信息，你可能有机缘，只是当那个女孩出现的时候，你要做个勇者。”李风被哈娜说得仿佛感到了那个女孩的美，挠头傻笑。看着李风的憨态，哈娜忽觉得心里有些痒，她怕李风看出来，情急中忙用亚洲遮掩，对着亚洲耳朵说：“你看李风的样子，将来对她的女人一定好，超然也是女孩的偶像，就不知道你将来怎样?”哈娜的心理变化过程亚洲不知晓，他脸皮厚起来小声说：“我肯定比他俩做得好，把你当成手里的宝。”哈娜心里颤了一下，看着亚洲发起愣来。话说出了口，亚洲开始不管不顾起来，“我不傻，也不会像李风那样还得等你启发，我逮住了就不撒手。”他的话直说得哈娜有些发毛，半天才缓过神来，心里莫名其妙地产生了一丝怒，于是转向超然，把他冷在一边。超然看着哈娜的表情变化拿不准亚洲和她生出了什么矛盾，可她的话又不敢不答，只得拣着中庸的话和她应酬。哈娜同超然边聊边出气地看着亚洲的窘。李风不声不响地摆弄着地上的草叶。哈娜等到感觉气出完了，她才忽然地转向亚洲带了气地问：“你老实交代，你是怎么知道我的名字的，初次见面就能叫出来，是不是蒙的。”声音虽小可还是给李风听见了，不作声地低头偷笑。亚洲的回答有些支支吾吾，“不是蒙的，是出于自然的发音。”哈娜冷冷地笑了笑，低语道：“你别说在梦里梦见我了。”亚洲见哈娜提到了梦，立即忘了刚才的窘：“我确实在梦里梦见了你，我认为对你说假话，会谴责我的良心。”哈娜听了不语，心里觉得对亚洲有点苛刻了，于是心软了，目光也变了，两人又开始过起电来。

李风看哈娜的眼神与亚洲交织相错，不免起了疑心。小心问亚洲，“你们有眼神交流是不是有什么阴谋。”亚洲不言语，心笑李风心疑的不是时候。哈娜倒是理解李风的心情，像是一种未介入前的恐慌感，她想宽慰他几句，可她的心在亚洲身上，考虑到亚洲的感受她只得笑着解释说是想探他是不是心里在作怪。超然当然看出了哈娜、亚洲在交集中的升温，他笑李风多嘴，不识时务。李风不满，反怪他不解自己的意思。

见二人争执，哈娜回过身来看着亚洲笑个不停。笑了一会儿哈娜又劝李风多考虑考虑晚会的演唱。李风想捣乱不成，只好悻悻搭讪，说怕演唱不好让大家失望。哈娜笑道：“歌唱是表达心情，是情志的抒发，情感到了情意也就到了，关键是酝酿情绪。”李风点头称是。看李风应承得爽快,哈娜继续说着,“火星女孩儿不但知识渊博,对爱的专一度也是绝对的,这是火星男女世世代代一直引以为荣的。所以你如果爱上了火星女孩儿最好别起他意,如果你伤了她的心,那就等于要了她的命,要知道心灵的创伤是很难治愈的。”李风沉默了,哈娜的话让他陷入了深思。见李风渐渐投入,哈娜又旁敲侧击地说:“男人就得负起责任,得经得起时间考验。”边说边看着亚洲。亚洲忙低头不语。沉默了片刻,哈娜站了起来,“勇士们别沉重,现在是打起精神放松自己的时候了,迎着阳光出发吧!”三人跟着哈娜走出房间。

初识火星邨

拐了几个弯，上了一辆车，关上车门，车里亮着灯，怎么没有车窗，李风好奇地问，哈娜说："这是为了保密的需要。"亚洲看着车内环境说："这车好像是电动车。"哈娜点点头，"火星的车都是电动的。"超然不解，"难道火星上只有一种能源？"哈娜笑道："火星没有地球上那种原油什么的，着重点在于微电子核的开发利用。利用天然。"超然道："这样最好，不破坏星球的整体自然环境，使一切源于自然。"哈娜赞他领悟能力强。李风闭目，细品着哈娜的话。亚洲沉默片刻问哈娜："你父亲去银河，飞碟上是不是也用这样的电能？"李风笑亚洲没见岳母倒惦记起岳父来了。哈娜不解，只知他说的不是好话，笑着打了李风一下，对亚洲说："飞碟上有这样的电能，但主要还是用磁场，左右太空的磁场。这样才飞得快。"亚洲感叹，仅利用太空磁场这一点火星就比地球先进上千年。"更有许多高科技项目具体我也讲不明白也不能现在讲，先游览，以后我会像讲故事一样讲给你听。"哈娜说。大家笑了，说笑间不觉到了。

开了车门，几个人走出车厢，感觉清新，映入眼帘的是一片自然风光，仿佛把人带入了童话世界。哈娜指了指，这是火星的天然动物园。亚洲盯着草坪细看，本想问哈娜，这草坪好像有幻影。没等他问，哈娜笑道："那是高透明遮挡，幻觉是光的作用。"亚洲醒悟，接过工作人员递过来的望远镜，望了一会儿。"这动物园的面积不小。"哈娜有些自豪地说："它的面积占火星面积的三分之一。"

李风惊道："这么大呀。"超然体味着说："面积能体现出火星人对自然的尊重，把人与自然融为一体。"亚洲问哈娜："这么大的面积连为一体，里面的动物怎么管理呢？"哈娜一笑，为什么要管理呢？它们有它们的生物链，一切顺其自然。亚洲边听边瞭望了一会儿，忽然兴奋地叫起来："看见了，有动点。"说着大脑自然地反映出地球上的狮子、大象、狼群以及丛林中的野人。看亚洲孩子般的神情，哈娜有了新发现一样，对他又有了另一种感觉，重新把亚洲看个仔细。见亚洲兴奋得差不多了，告诉亚洲，地球上的许多动物她这里也有。跟着哈娜的感觉亚洲好像回到了家乡，再缓缓地被哈娜的话从感觉的梦里唤回。"这还有银河系及其他星系请来的远方客，也有火星的原生动物，慢慢看吧。"观光车开了过来，哈娜与三人上了车，李风坐边上扶着栏杆笑问："这栏杆能挡住猛兽吗？在车上我倒觉得我像是被观赏的。"超然笑道："互相欣赏。从某种意义上讲我们也是动物。我们可以观察人家，人家为什么不能观察我们呢？相互赏识，谁也不吃亏！"挨亚洲坐的哈娜忍不住笑个不停。

不知不觉，观光车驶进了动物园深处，车速很快。亚洲不解地问："观光应慢行细看，开这么快，观什么光？"哈娜也是一脸无奈地解释道："今天只是有选择地看，要仔细看，怕得三天时间，今天只选几个能说明问题的，好让你们对火星有个大概的了解。当然了，你也别只顾动物，注意一下两边的草木、林地、湖泊，车速快了，看到的是另一种景致，你看那晶莹闪光的是湖泊，绵延草丛中的你觉得像什么？"亚洲一时答不上来，只说这全部被绿化了。哈娜看着他笑，"也不都是，只是绿化程度接近绝对。咱们呼吸到的氧气除了来自地表的部分，其他都是绿色植物提供的，你感觉一下这儿的空气如何？"亚洲嗅了嗅，"感觉清新，氧气很足。"哈娜很自豪，超然频频点头，李风问哈娜："你说的地表是什么意思？怎么从地表把氧气引进来呢？"哈娜显得有些惊讶，"你们飞船绕着火星地表在一圈又一圈地转,没有发现什么吗?"超然显出一丝窘态:"当时,主旨是地表搜索,没有把这个问题考虑进去。"哈娜缓了缓,明白了问题所在,指了指头顶:"火星地表环境恶劣,只少部分适合人类生存,所以地下就成了火星人的乐园。""原来如此。"李风点点头,明白了许多,但好奇心又使他不禁地问,"地下没有太阳的阳光,人的体能怎么受得了。"哈娜笑了,"你现在不是在阳光下吗,利用光的折射原理,使太阳的光能照到火星邨的各个角落,只是光线被过滤了,柔了许多。地表的绿色植物的光合作用比起这儿来就逊色多了。"车在行驶,哈娜一一解答着三人的各种提问。

谈笑间车行到了一座山的附近,车速慢了下来,重点的观赏景点到了,随着哈娜的手指,三人仰望着山。这山直顶着上部,像顶着房梁的巨大立柱,高不见顶,被绿油油的绿色植物覆盖,环抱得很紧。哈娜介绍:"它的上部直顶最顶层,其作用如房的支柱。我在地球时听过女娲的故事,她为地球人制定婚制禁止兄妹通婚,炼五色石补天。据火星上的记载,确有其人,女娲可能就是火星人的另一种体态,火星的女娲是火星邨的英雄,我想她在地球的故事是在火星邨事迹的延续,是后人把它演绎成了神话。"三人感叹哈娜的解析,感叹神话的延伸,眼前的山仿佛笼罩在神话里了。

车继续前行。三人惊喜地发现不远处一头豹在追逐一只羚羊,飞奔的场景使人忘了这是在屠戮,不一会儿一只羚羊就被扑倒咬住了喉。"生物链的残酷。"亚洲说着想起了地球上的一个实验,将一条小河两岸各放十只羚羊,两边的草食都很丰富,只是河东没有天敌,河西岸的树林中有一狼群。一年后发现河东的羚羊只剩三只,而河西的羚羊繁殖到了十四只,自然界中的法则:安逸颓废,竞争生存,和平是相对的。想到这儿亚洲的心一下明朗许多,领悟出了哈娜传递的火星人的生存理念,要尊重自然规律,也要有居安思危的思想。

注意了,前方是蛇岛。不待亚洲的思路止住,游览的话题已转了。转不过思路的亚洲也只得跟着哈娜的思路走。耳边传来哈娜关于蛇岛的介绍:“这岛上的蛇部分来自地球,由于环境改变的原因,它们的习性也有所改变。从银河系来的一些蛇类,值得你一看。”哈娜说着提醒亚洲注意。车驶进了蛇岛,蛇岛面貌随车的行进渐渐清晰。像魔幻般,呈现在眼前的是鸟语花香,使人生不起恐怖,在这花草覆盖的岛中仔细辨认才能见蛇的影。随着里程的延伸蛇的身影渐多起来,有静卧那里不动的,有延伸着自己的身子爬行的,还有些婆娑起舞,像在欢迎。李风的眼光还是比较独特的,伸手一指,那盘在石上的蛇,众人看时却是像被切割的蛇的片片。再看李风欣赏的样子,众人笑出了声,李风却很认真地说:“我知道它的特性,这种蛇平时盘在石上晒太阳,一遇到天敌就迅速分解成一片一片的,使天敌无法下口,即使被抓住几片也无所谓,待天敌离开它们又能一片片地自动连接起来,活动如初。”听了李风的介绍,大家才知道蛇把自己当天敌了。亚洲惊叫起来:“快看连体蛇。”大家见那有两个蛇头的蛇,笑亚洲少见多怪。哈娜怕亚洲窘,指向树上以转移众人的视线。顺哈娜的手指看去,大家都不禁啊的一声惊叫:“娃娃头。”哈娜笑说:“这就是美女蛇,是从银河系来的,繁殖很快,攻击力极强。奇怪的是它能自己控制繁殖数量,看着它的生存轨迹,不难使人联想到人类自身,人类的存亡。”

“人类的存在不外乎几种情况,从外部讲如果星球毁灭或气候剧变使人无法适应,因逃离不开而灭亡。从内部因素讲,人类无限制地繁殖,超出了星球的负荷,然后通过杀戮再使人类生存数趋向平衡点。如果低于繁殖平衡点,便会自取灭亡。想起这些都是很可怕的。所以应增强人类的流动性,从地域到星球,从星球到星际。”

听了哈娜的这番话亚洲理解能力似乎更进了一步,自己能活下来得感谢火星人对人类的理解，他看了哈娜一眼心想："你是把我们当成使者，传达友谊的使者。"心里想着竟忘了观景。见亚洲发呆，李风笑了起来，也不顾亚洲，拉着超然观赏。"看大白鼠都进到这来了。"李风喊着。超然看了也笑，"看清楚些，那不是追是逃命。"李风向后看，果见几条大蛇在追白鼠，李风笑得更得意："我说呢？跟咱们又不是亲戚。怎么拼命似的向咱们跑。"亚洲终于笑了，"也许他们把你当亲人投奔了呢？"几个人同时笑了起来。

车来到一片塘边停下来。走过来几个工作人员，端来几盘吃的。哈娜四人，也没下车，在车上接过盘子吃了起来。盘中的几种鱼、虾、蟹味道很美，很快就被吃完了。四个人都有没吃饱的感觉，但也只能眼巴巴地看着盘子被车下的人收回去。哈娜擦了擦嘴说："再向前就是火星湖，这湖的面积相当于一个小海洋，只不过它的水是清水，这水纯净，是可以直接饮用的，水中的矿物质丰富。湖水以一定的速度在球心磁场的作用下自转，湖中的水生物有上万种之多，火星人的美多与这湖有关。"听着哈娜机械的解说，三人都感到了哈娜的疲惫。车驶向湖深处，回头看湖水一浪浪地拍在岸边的石上，像是有节奏地拍手欢迎。近岸边的地方有蟹在张牙舞爪，湖中的鱼层叠状像是在拼图，湖深不远处不时腾起一阵阵气雾，仿佛仙境一般。亚洲茫然，李风不禁为之吸引：给人造化的感觉，在其中你仿佛自己成了仙人，进了仙境，给人一种欲说无词、欲罢不能的感觉，挠得人痒痒的。半晌恍惚的李风只是不停地说："不是仙境一般，而就是仙境。"看李风的痴，超然笑道，"既然心往，何不留下来在此度过余生，也不妄来此走一遭。"哈娜笑了，"想在这生活不难，找个火星女孩做伴侣不就成真了。"李风装傻，"怎么找，难道真如你说，唱好歌就行了？我才不信呢，如你所说，得负起责任。"其实在他的潜意识里已经开始酝酿那歌声了。哈娜点点头，对亚洲说："听见了吗，生活的内涵很多，有浪漫的幻想，更离不开平凡的劳作，美好的生活就是在平凡中不断地创造浪漫。生活不是虚无缥缈的，是实实在在。”亚洲看了看哈娜说，“这话很有哲理，有研究价值，我得认真地体会研究。”一句话把哈娜说乐了。

从早晨到现在，哈娜抛出一个又一个谜团，一直让李风疑虑重重地想细问，可又不好意思张口。不问又像怀里装个兔子，一直不能真正安稳。虽然眼前的景致一时能冲淡些，但是这种情绪不时反抗似的蹦起来，直搞得他心焦。在哈娜演说式的引导下，再往前是水族馆，说着话，车往前行，向地下通道驶去。

听着哈娜的话，车驶进了水族馆，大家的注意力转向车外。李风说水族馆没什么好看的。哈娜解释是路经此地，并提醒这除了地球运来的，还有银河的。见大家听到银河物种时有了些许兴致，哈娜有些疲惫的心情，才没跌落下来。进了水族馆就像进了一个大玻璃内，那些哈娜所说的地球水生物约好似的在这儿会齐。看着看着李风笑了，他拍了拍超然，“瞧！迎接我们的是谁?”超然、亚洲一看也笑了。哈娜问他们笑什么，亚洲说：“刚来的时候差点被这个像烂泥的家伙给吃了，多亏罗飞、张山的手快，用飞船激光炮把它们消灭了，否则也活不到现在，咱们也见不到面。”哈娜忽觉鼻子有些酸，“一路走来你们吃了许多苦。”她说话声音有些颤。亚洲看看她，见她身有些颤，忙脱下自己的外套披在哈娜身上，微微地拥着她，帮她取暖。哈娜指了指那烂泥怪，它是从银河系带来的，体态看起来软，性情却很凶猛，它特爱吃地球的各种鲨鱼。亚洲问那人面鱼身的美人鱼。哈娜一看，自语似的说，“这美人鱼性情温顺得很，属雌雄同体，一体繁殖，每年繁殖两次，卵生。”超然感叹，这鱼在地球上，被当成了神话传说。李风惊奇地看到一个人在水中游，问哈娜是不是水族馆的管理人员。哈娜笑了，水族馆的工作人员，不会入水的，这是银河系星球的人类，因他只能用腮呼吸所以只能在水中生存。超然看着她说：“怕是有几十岁了。”哈娜一笑:“你瞧她的臂上印着出生年月日呢,来时已六百多岁了。”说着她摆摆手,这外星人笑着向他们点点头,笑中透着忧郁。哈娜看他摆着鸭脚掌向远处游去后,也被感染了似的带着忧郁的眼神说:“他的智商很高,只是不能在陆上生活。”李风把自己的孤独感努力向那人靠近,亚洲也表示出了同情,说他通人性,超然则体味着说:“他有些像罗飞,甚至他和罗飞可能有亲属关系。”亚洲威胁道:“当心那二位神仙知道,后果会很严重的。”

罗飞和张山在飞船,正暗忖着他们三人的严重后果。做完了几项试验,两人无事可做,坐在那儿相互望着,觉得无趣,话题自然转到超然、李风、亚洲的身上。张山咬牙切齿, 发泄心中的愤懑:“这三位神仙一走这么久也没有一个回来替换的,把咱俩扔在飞船上不管了,也不知发现的是不是能主宰这个星球的火星的智能生命。”罗飞见张山生了气,不好再添火气,忙岔开话题问:“你能不能想象一下这火星人的长相?”张山白了他一眼,“有什么可想象的,人的样不是美就是丑。”罗飞眨眨眼,“说的也是,但愿长的,让咱们都能接受,千万别像你的样。”被戏弄的张山更是气,“像我这样就好了,我只是担心万一像我的样,岂不便宜了他们的眼。真若如此,等他们回来,非把他们活剥了不行。”罗飞听了,非常满意地点头。见罗飞心满意足的样子,张山显出意外的大度,“我有个想法,担心你留下会孤独。”罗飞赞他想的。张山又一阵狞笑,“我准备处理完了他们,再把你活剥了。”罗飞不解,“把他们处理完了,这飞船可就剩你和我了,把我处理了这星球上你不成了孤魂野鬼了吗?”张山说:“想不处理你的,可你的英俊让我看不顺眼。”他俩你一言我一语地直吵到累,张山闭目休息。罗飞见张山不再说话,转身向瞭望镜看,看着看着目光呆住了,对张山喊:“快来看,有架飞碟向咱们飞过来啦!”张山并没有过去看而是奔向了激光炮。他从瞄准镜里向外看,见一飞碟瞬间落在了飞船前,下来两个人。罗飞、张山疑是看错了眼。人是地球人模样，并见那二人向飞船摆手笑。张山本能地想勾响激光炮，可手却不听使唤，只有盯着二人发呆。二人接近飞船时展开旗一样的牌子，上面写着：欢迎友好的地球人。张山心里一百个不解，罗飞忽地想起了亚洲三人，不由得心里乐起来，对张山说："是火星人，友好的火星人。"罗飞的话使张山镇定下来，看着"友好"二字心情舒缓了许多。他们商议了几句，打开舱门，把那两人迎进仓来。张山脸上笑着，身体却靠近了自己的冲锋枪。那火星人笑着同罗飞、张山握了握手，全然地球人礼仪。"欢迎你们地球人。"看着罗飞、张山惊讶的样子，两个火星人笑了，其中一个笑着说："是不是觉得不可思议，我们在这遥远的星球上会讲地球语言。"罗飞木然地点点头，两位火星人大笑起来，"还是我们来解释一下吧，我们火星人有许多到过地球，地球的语言也因此在火星上有一定的流传，我们也学会了使用。"罗飞看了张山一眼笑了，觉出了一种亲切感，心想按他们的解释，他们会讲地球语言，就没什么奇怪的了。罗飞客套几句问起亚洲三人的情况，火星人摇头说不知道。见他二人失望的样子，便又解释道："我们只是听说，其中一个叫亚洲的人挺传奇的，信息说他们在同火星领导人一起商议着什么？"罗飞惊喜道："他们见到火星领导人了？"火星人笑了："现在陪同他们的都是火星高层领导，我们是奉领导之命，给你们送吃的，见见面，看你们有什么困难，需要我们提供什么帮助？"张山握了握他们的手，透出无限感激，"感谢火星领导的关怀，目前我们没有什么困难。"一位火星人拿出一个黑盒子，对着讲了什么，一会儿飞碟上走下几位火星女孩儿，穿着样式像空姐，端着盘子走进船舱把盘子放在桌上，微笑着做了个请的姿势便转身出去了。罗飞顾盼盘中食物，有水果、肉、鲜鱼虾，很精致。张山的目光被女孩儿的容貌所吸引，目光直跟至舱门，才觉出自己的失态，忙转眼看盘里的吃食。见罗飞、张山欣赏食品的样子火星人笑了，

"这是我们的一点心意,请二位慢慢享用。请二位放心,你们的飞船我们已经做了严密的安全保护,是没有问题的,我们告辞了,会再来看望你们的。"说完回到飞碟。待飞碟起飞了,二人才关上了舱门。张山心里嘀咕,亚洲他们没危险是缘于与他们的相近。又想到送餐的女孩,愿几个女孩儿多来送几次餐。见罗飞有所思,张山问罗飞在想什么?罗飞赞叹:"这火星人很伟岸、英俊,使人羡慕,回地球一定得把火星人的俊美说给地球人听。"张山拿起一只虾,"看来他们三人,谈得很成功。"罗飞笑问原因,张山笑道:"这些美食不说明问题吗?"罗飞笑说,口头慰问亚洲三人。

伴着罗飞、张山的口头慰问,亚洲他们的车驶出了水族馆,继续向前。一座直顶上部的山呈现在眼前,先映入眼帘的是一个很宽的瀑布,超然脱口说是水帘洞。哈娜有些惊讶,指着瀑布说:"这是猴山,瀑布后有个山洞,里面住的可能是美猴王。这儿的猴群组织严密,俨然军队一般,这里的猴群比其他类聪明,智商相当于人类,脑干细胞容量与地球人相当。据说,这儿的猴王本领很大,能腾空飞跃,看猴群就能使人产生许多联想,但极少出来,我没见过。"李风想,这猴王是孙悟空?取完经来火星安家?超然也有同样想法,只是没有东海,于是又笑自己昏了头。亚洲虽然也有同想,但很快就把念头打消了,因为他觉得距离太远。他已习惯用太空的思维方式考虑问题了。哈娜见他兴趣盎然,没再过多介绍,依偎在亚洲怀里稍息,感受那丝丝的暖、丝丝的爱。

看着哈娜,不能不使你感叹爱的伟大。再冰冷的心,在爱的温暖下也能融化。

爱使你幸福,爱使你痛苦,爱是人类永恒的话题。爱不仅仅使你肾上腺激素提高,也不仅仅使你的心跳加快,爱是一把开启心门的钥匙。爱隐藏得很深,在心灵的深处它有时会突然跳出来,于是出现了一见钟情;有时会一点一点地释放,也就有了日久生情;有时会印在心底一生一世，于是有了情到深处人孤独。人不是因为美丽而美丽，而是因为爱才美丽。爱有时很广，人类的博爱几乎涵盖了世间万事万物；爱有时又很狭隘，便有了爱情的独占性，也就有了世间的因爱而喜，因爱而悲。

哈娜这边沉浸在爱的幸福中，劳丹那边可没那么痛快。劳丹因与女儿沟通困难，望着家门发怵。夫人抱怨他不该把女儿年幼时送到地球，以至于回来后，对她多了许多陌生感、距离感，不愿与父母交流，一天说不上几句话，有时几天说不上几句话，二十几岁的人不知谈朋友，除了工作就整天把自己宅在家里，性格越来越孤僻，经常搞得人一头雾水。对女儿的心思，劳丹夫妇无法问，只能去猜。

玉珠可没劳丹夫妇想得那么复杂，玉珠是个心思缜密的人，就像她的相貌，两道微微上翘的眉总想往一块凑，在端庄的脸上形成一种疑问，时而的忧伤透出一种妩媚。从地球回来后她把自己陷入了孤独，以地球幸福生活的回忆来陪伴自己的孤独。

她忘不了在地球上的快乐时光，忘不了一起成长的伙伴，她渴望地球，渴望回到地球寻找那心中的白马王子，眼前的现实告诉她那是不可能实现的梦。可心中就是管不住自己那么想，像总是思念那永远摘不到的葡萄。每天工作后把自己宅在房中，回忆往事是她最大的快乐。

今天吃完晚餐，玉珠回到房间躲避父母的问话，要关门时听劳丹与夫人低语。正起心烦，忽听父亲说地球的事，心咯噔一下，好似琴弦被拨了一下，便虚掩着房门，竖起耳朵偷听起来。隐隐约约地听父亲对母劝说："这次地球来了几个人，火星方面考虑举行一个欢迎歌会，来表达对地球人的欢迎，你看能不能劝说玉珠让她去参加，放松一下也好，总宅在家里怕憋出病来。"劳丹夫人本来正用心听着，可听到要她去劝说女儿，心中发凉，生出无名的胆怯，直摆手,“要说你去说,我可不敢惹你那心肝宝贝,你一家之主怎么一遇事就往后躲,你不敢惹她我就敢呀?把我推在前面,也好意一点行不行,现在每天好歹能和我说几句话了,我这心里才高兴点,你又跑出来说这事儿,是不是看我高兴一点不舒坦?让我贸然地跟她说,万一把她惹生气了,不理我怎么办?”劳丹皱着眉头,听夫人唠叨完说:“我才说了几句,你就唠叨起来没个完?”见夫人不言语也不说去还是不去,就坐那儿不动,只得硬着头皮把事情分析给她听:“我可以直接去说,可是万一碰个钉子,就没有回旋余地了,你去说,她不理你,我还可以接着说。告诉你实话吧,我看中了一个地球人,我对他的印象很好,让玉珠去歌唱会,就是为了给他创造一个机会,你说这事不该你去说?”听劳丹这么说,夫人也有些心动,试着问:“你与那地球人谈过了吗?他的情况探得怎么样?我担心他没见过咱玉珠,怕看不中玉珠,伤她的心。”劳丹笑了,“李风的情况通过测探仪探过了,而且今早我也同哈娜谈过,让她旁敲侧击地与李风谈谈,只先别明确,怕玉珠万一看不中不好收场。”夫人一笑,“所以要先与玉珠沟通?”劳丹点点头,“对!如果看中了,我也好做下一步工作。”夫人想了想也是,便准备起身。劳丹叮嘱道:“主要是争取她去会场。”看夫人同意了自己的观点,劳丹又有些不放心起来,一再叮嘱夫人得装出随便的样子。先谈起对地球人的印象,引出她对地球人的好感,再引导她谈朋友。不等他说完,他夫人就烦了,“人还未老就磨磨叨叨,我知道怎么说,不用你一句句教我,别忘啦,她是我女儿!我是她亲妈。”劳丹忍不住想拌嘴:“你是她亲妈,我是她父亲,你想独占我女儿是办不到的,是会超出我容许的范围的。”看劳丹着急的样子,夫人忍不住地笑,“好了,别像孩子似的,懒得理你。你先歇息一下,我去执行任务。”说着做出一副镇定神态去见玉珠。

听见父母刚才这些话,玉珠心里暗笑,见母亲起身,忙关上门,装作全然不知，拿起一本书作样。随着敲门声，母亲走了进来，玉珠忙站起身："怎么母亲没和父亲去散步?"夫人坐下叹了口气，"刚和你父亲吵完。"玉珠笑道："都老夫老妻了怎么还吵?"夫人苦笑，"吵了多少年了，现在吵架，吵得轻了，吵得凶的时候你没见过!"玉珠歪头听，夫人继续说："从你被送到地球开始，也不吃早饭了，总是气不顺，只是吵。平静下来就掉了魂似的一直吵到把你接回来。"说着不觉流下了眼泪，见母亲这样玉珠的鼻子酸了，眼泪也流了下来。搂着母亲，搂得很紧。好久夫人止住了悲伤，怜爱地望着女儿，忘了自己来做什么了。她看着女儿，突然感到一种说不清的温暖，不由得心中生出许多幻想，如果每天都能贴心地与女儿谈谈话，该多好啊！想着、憧憬着温馨的梦，摸着女儿的头，忽一哆嗦，想起来自己进来的目的，一股莫名其妙的恐惧袭上心头，心中隐隐地痛，嘴里喃喃吐出心中的不舍。玉珠抬头看着母亲，"我不是天天都在你的身边吗？我不会离开你的。"女孩子大了，心事也多了，多了许多秘密，多了许多言不由衷，而夫人此时也忘了自己的女孩时代，她向玉珠苦笑："傻孩子，妈妈不舍得你，可也不能拖累你一辈子呀！你长大了是要嫁人的。"玉珠小嘴一噘，"我才不嫁呢？一辈子在你身边让你赶也赶不走。"夫人听了自是觉得心里甜甜的，搂着女儿说："妈妈年轻的时候也不愿意离开你姥姥，后来还不是被你姥姥赶着嫁了你父亲。"玉珠听了笑道："你是不是也想我如你一样被赶着嫁人?"夫人舒心地笑，"女儿大啦，总不能一辈子留在家里。"玉珠看着母亲，"我真的嫁人你不孤独吗?"夫人笑她痴，"我不是有你父亲吗?"说着，长叹了口气，"妈妈舍不得，妈妈也感谢你！你给我和你父亲带来的快乐是无法比拟的。"她嘴上说着心里却觉得痛："妈妈希望你幸福，希望你也能享受到这快乐甜蜜。"玉珠把头埋在妈妈怀里不作声。话谈得有些滞。半晌她突然问玉珠："你父亲还算英俊吧?"玉珠点了点头。夫人若有所思地说："他年轻的时候很帅，认识他是在那年的歌会上，只是在人群中多看了他一眼。”玉珠笑，“是一见钟情？”夫人没理她：“孩子你没体验过牵挂一个人的滋味，无论是醒着还是梦里，你父亲的样子总在大脑里闪。”玉珠有些调皮，做了一个茫然不知所措的表情。夫人拍了她头一下，你怎么什么都懂？玉珠笑，“这是一种甜蜜。”夫人笑得很温馨：“你长大了该去体验一下这种甜蜜。”玉珠眨着眼想了想。“体验得有智慧，要有勇气，会抓时机。”夫人和玉珠一愣，是劳丹的声音，门没关严。她们笑了。夫人笑着说：“人生就像一面镜子，你笑了她也笑了，我和你父亲希望能成为理想主义者，希望你有勇气实现你的理想，完美你的人生。”玉珠望着母亲觉得她变成了哲学家。

听着妈妈的说教，看着妈妈说起爱来的表情，玉珠仿佛已置身其中。片刻的激情后，心又不免有些凉，她毕竟未谈过恋爱。憧憬的青春期是在地球上度过的，脑中抹不去的是地球男子的英俊。看着妈妈不知从何说好，从妈妈进门到现在还只是把她的思路引到谈朋友的路上，具体事只字不提，想到这儿心中的急不免微显在脸上。这细微的表情变化当然没逃过做母亲的眼，夫人觉得火扇得差不多，该是打铁的时候了，便小声问：“玉珠啊，你是不是还怀念你在地球上那些时日？”玉珠不避讳地点点头。夫人深深地理解，“儿时的梦总是难以忘怀。”玉珠低下头，“其实我总是梦想有一天去地球，去那里寻梦。”说着红了脸，低下头不停地摆弄着衣襟。知女莫若母，夫人笑着问：“假如有一天，地球人出现在你面前你会怎样？”玉珠含羞说，不知道，又怪妈妈拿她寻开心。于是说：“你知道地球人飞不来，前些年从地球带来的地球人，早已和咱们火星人婚配生子。”忽然又想母亲是不是用这话探自己，把自己的思路引导过来后嫁给火星人。看着女儿的无措，夫人乐在心里，嘴上却卖关子：“选朋友也不一定非地球人，火星人不也很好？”门外劳丹咳了一声:“她的主要经历是在地球。如果能转过弯,不早就在这儿交友了。”夫人也觉得说走了题,忙转回来:“一种经历必然有一种选择,妈理解你。”玉珠红着脸说妈妈揭她的秘密。夫人笑了,“我的傻女儿,妈妈告诉你吧,地球这回真的来人了,我和你父亲觉得这是个机会,希望你能抓住。”玉珠心里释然了。夫人不待她表态接着说:“今晚有个歌会,你该去看看。这个机会别错过了。”玉珠轻轻地点了点头。门外劳丹又咳。夫人说:“我告诉你父亲一声。”说着出去了。

夫人出了门,心里美滋滋的,庆幸自己说动了女儿,而且拉近了母女的心,进门时的忐忑已荡然无存。她有一种成功的自豪,甚至有点崇拜自己。她兴奋地走着。忽然一愣,一拍脑门,眼睁得大大的,站在那里呆了。劳丹见她的表情突变也呆住了。她愤愤地望着劳丹,“怎么一不留神又上老家伙的当了。”愣在那里的劳丹望着夫人的怒视,心中也不觉有些慌,小心问夫人想起了什么这么气愤? 过来扶夫人,夫人甩开他的手,愤怒地瞪着他。“好阴险的家伙,你是设计好套让我往里钻,让我拿刀捅自己的心啊! 和你生活了几十年,我怎么没看清楚你这阴险的嘴脸。”说着身有些抖。听了夫人的话劳丹更是摸不着头脑,心急又不敢表现出来,更加倍小心地迎笑脸,“你这东一句西一句说得我糊涂了。”夫人生气地坐在椅子上。“你糊涂,你糊涂真好!”说着流下泪来。见夫人这样,劳丹也忍不住小心抱怨:“我没做什么错事,好好的,被你数落糊涂得真好!”夫人擦了一把眼泪,“想不出是吧? 那是你干的坏事太多,一时想不起来错在哪里。你头脑一热,把玉珠的事定了,就不想一想玉珠要是和地球人成婚,不得跟着去地球啊! 地球那么遥远,你不是成心让我再也见不到女儿了吗?”

听了夫人的一番话,劳丹恍然大悟。他歪着头看着夫人不作声了。夫人见他这样,心更是急,拍着大腿,“你倒拿个主意啊! 这时间可不多了,总看着我干什么?”劳丹问:“玉珠同意去歌会了?”夫人说同意了。劳丹望着夫人又不再说话了。夫人越问他越不说话,心里更急,瞪着眼睛告诉劳丹:“如果玉珠真的去了地球,等待他的将是很严重的后果。”劳丹笑了,“没那么严重吧!”说着仰脸坏笑地看着夫人。见他这样夫人更是气得手抖,指着劳丹:“我说话是算数的,到时候别后悔!”劳丹摆了摆手:“好了,好了,别闹了,洗洗脸,你也去参加歌会。”夫人不依不饶:“不把话说明白哪儿也不许去!”劳丹笑她孩子气。让她相信自己,他会安排好一切的,一再表明他也舍不得女儿,说着有事先走了。望着劳丹的背影,夫人心存疑虑地站了一会儿,还是转身洗漱去了。

早晨,曲飞迷迷糊糊地睁开眼,还没睡醒的样子,环顾房间空荡荡的,一种陌生感,想站起来,腿软腰也有些酸。待了一会儿,努力地站了起来,看哈娜的房间,门开着,床上整整齐齐的,看椅子上的凌乱,想是也坐了一宿。想想早晨没吃早饭就出门了,曲飞眼睛又湿润了,她开始恨自己,恨自己昨晚的话,渐渐地她又怀疑自己,怀疑自己阻止哈娜与亚洲的做法对不对。

待在哈娜的门前,想起哈娜提起亚洲时幸福的样子,想着自己反对时的愤怒表情,想着哈娜伤心欲绝的痛,她的心又碎了一次,感到了痛的加剧。黯然了很久,慢慢地试着,以哈娜观点来考虑,想她的幸福,想她流着泪求自己不要阻止她这来之不易的爱,想哈娜每次进门不管不顾地搂着自己的脖子喊饿,想到这心缓了许多。想着女儿幸福地成双入对地进出家门,想亚洲喊自己母亲的样子,不禁幻想着亚洲不是地球人而是火星人,他和哈娜会永远留在她身边,她没有再也见不到女儿的痛了。她分不清这是不是在安慰自己,只是觉得心发木。

哈娜一路的心情,亚洲当然不知道,她不敢和亚洲说出母亲对他们的反对,她怕失去亚洲,只得把痛苦埋在心里强颜欢笑。当早上秘书长说他主持她和亚洲的婚礼时，没人看得出她内心甜蜜和痛苦的纠结与挣扎，她在痛苦中期盼。

嘟啰一早听了哈娜的简单诉说，觉得这事有些严重。常年的工作环境养成了他细心观察和思考的习惯，哈娜诉说的表情让他起了疑心。哈娜的父亲旭东飞银河系了，作为旭东的好友他有义务照顾好哈娜母女。送哈娜走后，嘟啰马上开车回家接上夫人奔向哈娜家。

嘟啰敲哈娜家门的时候还犹豫该怎么说，当门开时又惊喜起来，开门的是旭东。旭东没想到是嘟啰，一愣神，接着两人兴奋地拥抱在一起，把嘟啰夫人闪在一边。直至夫人敬辉抗议才把他们让进了屋。曲飞见敬辉更是拉住不放，怪敬辉不来看她。旭东请嘟啰坐下，笑问："敬辉怎么成了嘟啰的助理?"敬辉迷惑地说："他一早回家，也不说什么事，只叨叨着来看曲飞，就被他糊涂地拉来了。"曲飞看着敬辉忽有些心酸，费了很大的劲儿强忍回去。敬辉不觉，只是向旭东问候。嘟啰看了旭东个仔细："老了许多，瘦了许多，什么时候回来的?"旭东笑说："到火星时正好是早晨，这刚进家门还没坐下你就来敲门了。"嘟啰看着旭东，心里有了谱，笑说："真是巧得很，要知道你早晨回来我们就该晚点来，急匆匆地赶来把你们亲热的时间都给占了。"敬辉和曲飞几乎是同时指着嘟啰，"听！这老东西满嘴浑话实在找打。"说着都笑了。嘟啰问旭东："这次银河情况怎么样？怎么用了这么长时间?"旭东无奈地长叹，"这次飞银河不止去了宏星座、英仙云团也停留了几天。仅宏星座各处观览就用去了好长时间。"嘟啰叹道："难怪一脸的疲惫。"旭东感慨宏星发展的速度，说："宏星的发展可用日新月异来形容，这次在宏星，正赶上从宇宙回宏星的飞行队，见了几位朋友周凯、郭林、海洋，拉着我这家住几天那家住几天，因此多待了些日子，我那叫付东江的朋友一直不让我走，非逼我把女儿嫁给他儿子。"曲飞听了心咯噔一下，缓过不长时间的心一下又紧张起来，盯着旭东问："你刚才说什么，我没有听清，你再说一次。"旭东抬头见曲飞的神态发愣，"没说什么，付东江让我把哈娜嫁给家文。"曲飞只觉得血往头上涌，直晕，敬辉忙去扶她，问怎么了？曲飞看着敬辉："你们来前我正为哈娜与地球人的事揪心。他这一回来就说什么把哈娜嫁到宏星去，这宏星离我们比地球还远。这左一事右一事，这不是要我的命吗?"说着流下泪来。敬辉听了也没了主意，只得抚着她的背劝她冷静，凡事从长计议。守着嘟啰、敬辉，曲飞不好发作，只得低头抹泪。

旭东被曲飞这一哭，摸不着头脑，愣了半天，解释自己的话："我只和付东江说要回来同家人商议一下，又没有直接定下来，何必没头没脑地哭。"曲飞从昨晚到现在无处发泄，现在总算有了发泄的对象，便一直抽泣着。搞得旭东直窘，劝她不住只得说："又还没定下来，再说凡事可以商量么。"曲飞不语。敬辉瞪眼气得直嚷，"商量什么？事情发生在谁的头上都不会同意。"嘟啰也点点头迎合，旭东无奈只得作罢，他转向问地球人是怎么回事？嘟啰看了看曲飞，"这不是地球来人了么，其中有个叫亚洲的人和哈娜很谈得来。说也奇怪了，据说他一见哈娜就喊出了她的名字，听说哈娜也在梦中梦见过他，真是奇怪。"换了角度的旭东心情也转了弯，"真有这事？够奇怪的，我说我女儿……"不待他说完曲飞气乐了，"你又觉得自豪是吧?"旭东显出一脸的得意，"孩子大了，她的事儿我是管不了。"曲飞生气地看着他。敬辉用讽刺加打击的口吻说："真羡慕你们有个这样有才气的宝贝女儿，一面宏星逼婚，一面地球纠缠。"

奉承的话总是让人听了顺心，曲飞这样急也掩不住内心的喜，指着旭东说："他没心没肺，我都急疯啦，他倒来个撒手不管。"敬辉笑了，"曲飞啊！我看你是急昏了头。"曲飞看敬辉，"怎么办？希望孩子好，可事到临头又不知所措。”敬辉笑不出来，“谁都一样，可急也不是办法，先冷静下来再说吧。”嘟啰说：“是得先冷静，事情清楚了，才能想出好的办法，着急上火也解决不了问题，反把事情搞得更糟。”曲飞叹气：“我也是只顾着自己了，越急越火，就忘了冷静。”敬辉点头，赞嘟啰说到了要处。曲飞转向敬辉：“哈娜交地球人为友，将来还不得跟着去地球？我要是孩子多也罢，就这一个，当然舍不得，你见识多，帮我拿个主意，我现在头晕，脑子里一团麻。”旭东想说什么又怕惹急了曲飞，只得一旁听。嘟啰笑，“冷静了也就有办法了，任何事都不只有一个发展方向，解决问题的办法只有一个就是冷静下来，分析找出解决问题的办法。”“关键是要相信没有解决不了的事。”旭东补充。曲飞点头沉默，见事情有了转机嘟啰把话转入了正题，“不瞒你们，我和敬辉就是为哈娜的事来的，我理解你们的心情，舍不得她，可这事放在谁身上也难处理，我想你们是坚强的，我看哈娜身上就有你们的影子。”曲飞看看嘟啰，“理是如此的，人有几个不疼爱自己子女的呢？谁都希望自己的子女幸福，转过弯来我对哈娜的事也就不那么揪心了。”敬辉笑了，“你呀，就是对哈娜关心过头了，凡事得有个度。”“那也得有个原则吧！我绝对不是那种做事无原则的人，你看哈娜就知道。”曲飞反驳。敬辉白她一眼，“你的原则就是把哈娜留在身边。”一句话把曲飞说乐了。嘟啰笑了笑，“对哈娜的问题，解决有两种原则，现在是看怎么把两种观点吻合。”曲飞刁难道：“吻合我无话可说，否则你拿不出合理的理由问题还是难以解决。”嘟啰忽然大笑起来，“想办法把哈娜留在你身边，把亚洲留下。”曲飞长出一口气，心里一块石头落了地，敬辉心里也豁然开朗。

解决问题的方向找到了，话谈起来也就轻松了。嘟啰笑着问曲飞：“你想没想过，如果你成功地阻止了哈娜与亚洲，结果会怎样？”曲飞听了心里颤，发自内心地投降了，不自主地想哈娜每日痛苦地孤独过一生的场景，苦笑一下说，“真是如此，有些事情的后果是不敢想象的，现在想起来有些后怕。”看着曲飞释然，旭东的话也多了起来：“你这遇事不冷静的脾气得改一改，一味地着急上火不但不利于事情的解决，对你的身体也无益，你要是病了我和哈娜怎么办？”嘟啰说话有些严肃：“哈娜是你们的也是火星的，她更是人类的一员，她不仅是要为你们负责任，更要对社会尽责，做父母的不能节制，得换一种发展的角度去爱护关心。”曲飞叹了口气，“理是如此。他要是在家，事也有的商量，只我一人忽然冒出这事，唉！只能一点一点地消化。我希望哈娜好，可又不愿她把我的心牵得那么远。”

嘟啰叹了口气：“谁说不是？做父母的自然舍不得孩子。盼着他们长大，希望他们发展，又不舍得他们离开。为人长者累，有事想着苦啊！”嘟啰的话说出了大家的心声。

看着旭东，嘟啰笑道：“哈娜的工作还是很有启迪性的，在她身上能使人明白如何寻找自己的位置。能在最佳位置，把自己发挥到淋漓尽致，我羡慕你有个好女儿。”旭东不语，笑得有些谦逊。嘟啰好像不会放过任何一个发挥自己的机会似的，“这凡事啊得学会大事与小事的比较，如征战某些星球一样，摆正了力的取舍度，也就摆正了战争的方向。人生事的成就与否，与这有绝对的联系。”曲飞有所悟地说：“你这是点我的狭隘性。”大家听完笑了。

敬辉看看嘟啰：“我有一个想法，让他们做两星球的联络使者，可以两头兼顾。”嘟啰的头脑极速地运转着，旋即有了思路，“这个提议好！给他们提供一架飞碟，往来两星球，成就了他们，也成全了你们。”曲飞听了高兴：“这样最好！等他们有了儿女，就能把他们留在火星了。”敬辉笑：“咱火星邨的生存环境这么好，留下他们不应是难事。”曲飞听着心里更是舒服，笑着对嘟啰、敬辉说：“这样我不仅有了女儿而且多了儿子。”说着，忙不迭地道谢。嘟啰得意地卖关子说:“只怕哈娜不同意,她一个副高职官员,舍下高官不做,去做联络员,我怕她不会同意。”心情释然的曲飞噗地笑出声来:“你这老东西,一时不坏就缺了什么?”大家笑了起来。

嘟啰笑着起身:“我们的观点表达完了,主动权就交给你们了。别忘了学会攥沙子,学会怎样‘舍得’,如何体味‘大舍大得’,剩下的就是你们的事了。”说着拉敬辉出了门,旭东、曲飞相送直至看不见了。

劳丹从家里出来,直奔指挥长室。在指挥长办公室门前,秘书淑花正低头忙碌,他想偷偷溜进去,刚要推门进屋,被淑花一把拽住。她看着劳丹笑:“副指挥长,想蒙混过关不成?”劳丹见溜不进去,只得笑着等她进去通报。淑花站着不动,劳丹想,她又要敲竹杠。不出所料,淑花果然提出一个条件。劳丹四处张望,嘴里也不闲着,像是问她,又像是问自己地嘀咕:“这敲竹杠的人怎么哪儿都有?”听了劳丹的话淑花以为还有人敲他竹杠,疑惑地问:“怎么还有别人敲你的竹杠? 是谁呀?”劳丹不语。淑花说:“别人我求不到,只请你老人家答应我去晚会,我想看看现在的地球人什么样了?”见劳丹不表态,淑花软磨硬泡,不住地央求:“我没去过地球,地球人的语言我向从地球回来的人学了不少,没有亲身实践,这次地球来人我不想放过这个机会。求您帮帮忙吧!”指挥长推门出来了,见二人状,笑着对劳丹说:“淑花是小机灵,为了参加晚会磨我不成又磨上了你。”劳丹见陈永江如是说,怕淑花再纠缠,对她笑了笑说:“你这次没白下功夫,你的请求我批准了。”说完随着指挥长陈永江进屋了。“坐下说话。”陈永江端了杯水递给劳丹。“旭东这次回来,说宏星已成功地穿越了宇宙虫洞,飞出了宇宙,带回的宏星资料说宇宙外的恒星比例数有所提高,宇航技术进展得难以想象。旭东这次带来了正在服役的飞碟设计图,还带回来核心部分的制作原料和在役的最新碟样。旭东介绍宏星的宇宙航行器的最新模样已出雏形，现在就要看咱们的了。”说着递给劳丹一些图纸、例样，问：“这次派往宏星的少年团准备得怎么样了？”劳丹边看图边说：“已经出发了，这次去的有三百人，比去年多了一百。”陈永江看了看劳丹憔悴的脸，“这些日子辛苦你了。”劳丹抬头笑说：“没办法，事赶到这儿了。”陈永江只是喝水没说什么。劳丹看看图低语说，“宏星可谓高手如云，得放在重点考虑，明年开始得选派留学班，这很多技术只靠咱们自己是办不来的，得有外来借鉴，得有更尖端的人才。”陈永江点头感慨，“是啊，没高精尖端人才，对我们一切都是空谈。外交辞令解决不了实际问题，星际之间得靠技术说话。”劳丹深有感悟地点点头，“明天我就着手选拔去宏星留学的人员。”陈永江看看劳丹，“越快越好，尽快形成制度。”说完又想起了什么似的，“还有件事，你提议的在火星的表面划出一块适合地球人生存的地域，帮助地球人建立存在区，已得到了主席的首肯，你就去办吧，我只是建议区域应在可控制范围内划面积。”劳丹想了想，“是不是还应考虑把这个存在区办成一个留学院的形式，用于地球人来火星学习？”陈永江拍下桌子，“这个建议最好，都进步才是真正的进步，还可以考虑设立接洽机构。”劳丹笑笑：“接洽机构必然涉及星际星球关系，得先有使馆部门的考虑。”

陈永江想了想，“这事再往上反映，咱们先把自己的事重点办。”劳丹点头又问，“有件事，今晚的歌会你看请不请飞船上的两个地球人参加？”陈永江笑道：“请不请你们自己定么，只是如果请，得注意安全性，密封进出线路。”劳丹点头：“知道，往来我们派飞碟接送，等哈娜回来就让她和亚洲去接。”陈永江笑了，“哈娜和亚洲谈得怎么样了？”劳丹笑了笑说：“还在为她提供机会。”陈永江笑问：“听说你也在为玉珠创造机会，你看需要我做什么？”劳丹摇摇头，“这事我一个就够啦，你还是歇歇吧，别越帮越忙了。”陈永江笑，“看来我也只有随礼的份儿了。差点忘了件事儿，主席提议用飞碟武装地球,我想现在可以先有个印象。”劳丹点点头:“我找亚洲把这事与他知会一下,让哈娜参与进来。”陈永江想了想,提醒道:“今晚的晚会让玉珠陪同地球人去,哈娜就不要参加了。”见劳丹愣神,陈永江笑了笑,“哈娜应尽快地进入武装地球的计划中。”劳丹没想这么急,但陈永江说了,他也不好再提他议。“那就让亚洲、哈娜一起参加这事吧。”陈永江点了点头,“让哈娜把陪同的安全纪律给玉珠交代清楚,别忘了给亚洲打上联络信号,这信号哈娜身上有吧?”劳丹说,“她在赴地球时就打上了。”陈永江说:“这样就便于他们联络了。”劳丹起身:“我这就开始布置,这图直接交给设计部门?”陈永江说:“你看了直接交给设计部门,让他们特事特办,给哈娜一份武装地球用的飞碟图纸。”

劳丹出来。淑花见劳丹出来忙问:“今晚的晚会我怎么办呀?”劳丹笑道:“下班后你直接找玉珠,她会为你安排的。”淑花听了高兴,连说谢谢。

哈娜在陪同超然三人参观的路上接到劳丹的信息,通知停止参观返回休息处。哈娜一行从动物园出来,直接回了休息处。意犹未尽的三人,心静不下来,哈娜见他们的兴致还在,也不好打扰,只得嘱托李风准备好晚会的歌唱。

火星之恋

李风听了哈娜的话，低头沉思酝酿着参加晚会的情绪。门开了，劳丹领着玉珠走了进来。亚洲等人起身迎接，劳丹与李风、超然、亚洲一一握手问候大家的参观，哈娜上前拉玉珠挨自己坐，高兴地说："她来得正是时候，一起参加晚会。"说着把玉珠介绍给超然、亚洲、李风。劳丹看看李风笑着说："玉珠是我的女儿，你晚上唱歌可与她交流交流。"玉珠笑着解释："我父亲这么说，是因为我去过地球。"李风听了觉得奇怪，怎么来得这么巧，若他乡遇故知。他在内心处不住地感激哈娜的用心。超然、亚洲上前与玉珠握手。玉珠一只手被哈娜握着，另一只手被二人抢来抢去，弄得脸又热又红。看着三人，玉珠禁不住有些激动，似回到了童年，那种熟悉的童年时光，让她忘了起身。劳丹没想到玉珠与三人融洽到这样，好像他们三人才是她的亲人，做父亲的不好表达什么，只能心里高兴。他笑问哈娜身体是否疲劳，又不待哈娜回答，便将计划告诉了她："计划变动，你今晚另有安排，晚会就不能参加了，让玉珠代替你吧。"哈娜一愣，亚洲三人也是一愣，好像走了哈娜身上缺了灵魂。哈娜的心中起了波澜，想："秘书长是不是没做通妈妈工作，而把她留下来使她让出亚洲？"她心有些堵，虽然笑容还在脸上，但动作僵硬，握着玉珠的手忘了松开。玉珠感到哈娜的手凉了，不解地望着父亲。这一切劳丹自然觉察不出来，他示意哈娜到一旁，"你把安全纪律讲给玉珠，你和亚洲得参加另一项工作。"一场虚惊，哈娜暗暗地松了口气,哈娜虽然还是不了解,这另一项工作是什么工作,但听与亚洲在一起,心一下子热了,什么工作都无所谓了。她定了定神,问:“什么事项?”劳丹笑说:“是好事,指挥长提议你与亚洲参加地球、火星的总联络事宜,从我的认识看,跑不出战略范畴。”听了劳丹的话哈娜的心情自然转喜,回身忘情地掐了玉珠一把。玉珠叫出了声,倒把李风吓了一跳。哈娜瞬间地捕捉到了李风与玉珠的眼神相碰。在短暂的时间里,哈娜觉察出两个人有心动的迹象,这一瞬间他俩仿佛忘了自己,哈娜能感觉到这个心动波纹的余音。

玉珠进门后,李风只顾与劳丹客套,至于与玉珠的熟也只是她去过地球的缘故,直至刚刚突然有了一种心动,想转移注意,又觉得那样费力、那样难。哈娜可不想放过机会,拉着玉珠的手介绍李风。把她知道的和臆造的李风的优点说个不停,直说得李风有些不知所措。哈娜把李风的优点穷尽了语言的精华又不失精练地介绍个全,玉珠脸红得抬不起头来。得了便宜的哈娜,把李风、玉珠的手握在一起,攥着让他们分不开。把亚洲、超然看个开心,玉珠红着脸挣开手打哈娜,劳丹一把将哈娜拉到一边,用目光示意玉珠。玉珠也觉出了失态,也忙住了手。劳丹看看时间:“时间不早,准备准备去晚会吧。”说着转向亚洲、哈娜:“我得把具体事宜讲给你们。”哈娜点头。劳丹同李风、超然握握手,转身出去了。

出了门,劳丹笑着对哈娜说,“你今天的成就不小啊!”哈娜不语只是笑。三人边走劳丹边把该办的事一一说给了哈娜,哈娜边听边记,亚洲边听边思索,两人的感觉似乎相同,像身上突然压了一个担子,沉而且不知怎么担。劳丹交代完把他俩送上车去接张山、罗飞。劳丹上了自己的车,抬头见淑花站在道旁,忙问:“怎么站在这儿?”

淑花说:“玉珠让我在这儿等她。”劳丹笑笑:“这玉珠,办事这么不周到。”劳丹挠头想了想也没有什么更好的办法，职业让他的思维机械化了，看看淑花笑道：“既然她让你在这儿等，我就不好带上你了。”淑花笑着点点头。劳丹歉意地看了淑花一眼，开车走了。

哈娜与亚洲乘车来到一片空场地上，一会儿飞来一架飞碟，两人登上飞碟。亚洲第一次进入飞碟，止不住的好奇心，四处望。过来一人笑着向他点点头，示意他闭上眼，用眼罩蒙上了他的眼。亚洲想起这可能是不让乱看，又听哈娜在一旁叮嘱这是纪律不要摘下来。接着听到关门的声，随身体的轻微感觉飞碟起飞了。看不见的亚洲坐在那儿，哈娜又不和他说话，只得努力地想象自己在飞碟中飞行。感觉将要入境时，飞碟降落了，哈娜亲手摘下亚洲的眼罩说到了。亚洲揉了揉眼不知道到了哪儿了，哈娜见他茫然，笑着带他走下飞碟。亚洲不敢全睁开眼，眯着眼睛向前看，出现在眼前的竟是飞船。看着飞船，亚洲竟没有激动，反像迎接远方来的亲人，他走向飞船，哈娜只是在后面跟着。

飞船里的张山、罗飞见飞碟来了，以为是送吃的，按开了舱门，起身迎接。触目的身影让他们发愣，忙揉眼，是亚洲。仿佛是大难后的重逢，又仿佛是久别不见的挚友。没有时间细看两人跑过来，两人几乎同时抱住了亚洲，亚洲被抱得说不出话来，只随着二人喜泣流泪。看见哈娜站在一边，两人松开了手，亚洲定了定神向二人介绍哈娜。一一握手后罗飞和张山拘谨起来。站在那里规矩的，像这飞船是哈娜的，自己反倒是来做客的。他们的规矩让哈娜反不知所措起来。时间的关系哈娜看看亚洲，亚洲会意，向罗飞、张山说：“火星主人为迎接我们，准备了欢迎晚会，我和哈娜接你们去参加。”张山还有些拘谨，罗飞则有了轻松感，问亚洲飞船怎么办？是不是留下一人？哈娜笑道：“安全问题放心，歌会是欢迎你们的，有人不去会辜负大家的心。”亚洲也说都去，说歌会时间不会太长，结束就送二位回来。张山听到亚洲的话心里不舒畅，仿佛他不是同船来的人似的。亚洲倒没觉出语言的失误，催罗飞、张山行动快一点。罗飞、张山随亚洲、哈娜走出飞船，张山遥控关上了舱门，问罗飞，“试验品的项目程序输入没有？忘了给地球传信息汇报一下了。”亚洲看出他有点紧张，“我们已经得到了地球全权授权，不必要的就不要请示了。”哈娜领着他们上了飞碟，倒是一视同仁，过来一人蒙上了亚洲、张山、罗飞的眼。时间不长三人的眼罩被摘了下来，哈娜请他们下飞碟。

四人走下飞碟。因在飞碟上被蒙眼使罗飞、张山不敢环视，低头跟着，不那么紧张是因为亚洲在旁。开过来的还是刚刚那台车，四人无语地上了车向休息处驶去。亚洲被蒙了两次好像觉得数没凑足，自动闭上眼不说话，哈娜与罗飞、张山不熟，也不好多说什么。心恨亚洲把她晾在那里，只好勉强地向罗飞、张山笑。车在行驶，车内的寂静使人听出了呼吸的节律。

哈娜一行在路上，寂静地行驶。休息处这边，哈娜、亚洲走后，房间里也静下来。只是静的时间不是很久，就被打破了，打破这宁静的是超然，他充分地把这静态用来养精神，待神足，他便管不住嘴了，开始自言自语：“真是怪事，屋里去了亚洲，心里怎么觉得空了许多，像少了半个世界。”玉珠也想打破这个尴尬的寂静，只是找不到话题。见超然说话忙搭腔，“这心里的空间变化显示一个人在他内心的位置。空的地方大了，那人在他心目中的位置也大了。”说着又觉得对超然说这些有点贸然，忙改口说：“我觉得是你们一时不适应我的出现。”李风因为刚才的事自然是不敢多语。而超然觉得自己再不说话这场面可真冷下来了，便开口笑道：“不是，不是有你的出现，而是刚才觉得有些累，聊聊就好了。”超然的话玉珠自是愿意接受，因为她记着自己是来陪同的，不说就等于没完成任务，她刚要开口，李风在一旁耐不住问：“玉珠你去过地球？”问完又觉出了这话的多余。玉珠理解不理解地点了点头。“你多大去的？

待了多少年?”玉珠刚听出李风问话的不当,像问女人的年龄让人不好回答,她淡淡地笑了笑说在地球的时间是她生命的重要组成部分,让她难忘。李风不解的样子不知是不是装出来的。超然笑着提醒李风,别犯了探问女人的嫌疑。玉珠见超然说出了她的内心话红了脸,李风被说得低下了头,玉珠还是淡淡地笑说没关系,她建议谈大家共同感兴趣的话题。李风之所以问话文不对题,决然离不开他与玉珠眼神相碰时的心动。玉珠提议谈共同感兴趣的话题时他自然要往这方面想,他忽然想问玉珠的家庭情况,可话到嘴边却说了“火星花草美,你喜欢养花吗?”一句话惹玉珠、超然笑了起来。地球上养花不仅是养性,花的种类也蕴含着养花人的思想。李风自然不明养花的另一层深意,因为他只知给人送花时什么花代表什么情绪,所以超然、玉珠的笑让他发蒙,特别是玉珠的笑,笑得他看她的眼又成了直线。

超然笑了一会儿问玉珠,“这儿的野生动物园建成多久了?”玉珠摇摇头,“具体时间我也不知道,在很久以前它就存在了,我想计算它的时间应该是从不规范到规范的时间。”超然恍然有所悟地频频点头。玉珠也似乎悟到了什么?“规范它们是不把它们当另类,而视它们为与人类同等存在的生命。”李风被玉珠说得心动,“在这儿谈话,每句都能悟出真理,你们火星真了不起。”玉珠倒心觉李风的话像一下拉开了彼此的距离,把相知拉回到了相识,心有点滴的不爽,可还是笑着说,“说话有哲理性是每个火星人的特点,这也许是这种理念在作怪,其实每句悟出什么样的道理还要看听话的人。”说着说着把自己的心情说转回来了,看着李风问,“参观动物园你悟出什么道理?”李风看着玉珠心里的得意溢于言表:“人与自然。”玉珠看了李风半天,忽然有了佩服得五体投地的感觉。“太精辟了,太羡慕你了。”一旁的超然看玉珠的样子,笑着说:“我也悟出了一个道理,非善意的吹捧,有时比善意的吹捧,更能显出一个人的另一层意思。”玉珠心里把超然的话理解为了正面的含义，很高兴超然理解她的话，看超然的眼神有些感激。李风被玉珠捧得飘飘然的，不想理人了。超然对玉珠说：“李风被香风吹晕了，他在幻想能不能得到再一次的赞赏。”玉珠被超然的幽默弄得笑个不停，见超然说李风喜欢听赞美的话，又转向李风，说他“人与自然”概括得好，一句话包罗了万象生机。李风谦让，说自己也是临场发挥还没经过大脑思考。玉珠心里一兴奋说：“你的脱口而出能证明你的素养好，你做个火星人再合适不过了。”李风心里美自是不在话下，他心里得意，偷窥超然。超然一旁闲散客般观赏他和她越谈越投机。他们竟未觉出有人敲门。

门外的哈娜见敲门无人应，直接推门进来，开门声惊动了李风、超然，抬头见罗飞、张山进来，超然、李风脸上的笑容收不住地僵在了那里。像是经过生命的轮回又相见在人间一样缓不过神来。见过了亚洲的罗飞、张山见二人状自是气，可没待这气生成，李风、超然大步地赶了过来每人结实地赏了他们一拳。这一拳打散了许久未见的陌生感，痛得罗飞、张山指着他俩说不出话。超然、李风缓过神后自按不住喜悦的心情上涌，不顾哈娜、亚洲，每人拉一个，争着向玉珠介绍，把玉珠亦如众星捧月般。亚洲、哈娜只在一旁看，待他们热情地相互认识完毕，哈娜笑着对玉珠赞赏一番，一并把罗飞、张山交给她，然后向众人挥挥手，道了声“祝大家晚会愉快”，便拉了亚洲出门跑了。她跑得很开心，仿佛是她要和亚洲跑向只属于她和他的那条路。

哈娜、亚洲出门上车，直接开到劳丹处。来到劳丹的办公室，劳丹正坐在桌前批阅文件。灯光下，劳丹双目中显出了疲惫，见哈娜、亚洲进来，招手打了个招呼。亚洲惊讶，副指挥长在办公室里，地球话竟说得如此流利。哈娜看到他在批阅关于地球的文件。劳丹把手里的文件批阅完，抬头见他俩仍站在那儿望着自己，笑着请二人就座，端过两杯水递给亚洲、哈娜。哈娜接过水杯：“副指挥长这么晚了还在工作？”劳丹笑道：“你们不是也没休息吗？喝口水，时间紧任务重，需处理的事太多了，你那边的事怎么样了？”哈娜笑答：“办完了，很轻松的。”劳丹老人看孩子般看了她一会儿，低头取出一样东西交给哈娜，这是你要的医治植物人的矿石。“找到了？”哈娜边说边惊喜地接过包，对亚洲说：“终于替超然圆了一个梦。”亚洲忙站起身向劳丹致谢，哈娜也是连声道谢。

劳丹看了哈娜一眼对亚洲说：“请你来是想跟你谈谈我的一些想法，准确讲是上层领导对你的一些想法，首先，我代表领导向你道谢，你和哈娜的合作带给上层领导许多工作的新思路，应该感谢你，感谢你们。”从副指挥长的话里，哈娜听出劳丹现在进入工作状态了，她看看亚洲，收住了脸上的笑。劳丹接着说：“简洁点讲，就是通过你们，从你们开始正式建立火星与地球的友好联系，你们责无旁贷地要担任起这个责任。另外，哈娜得身兼两职。”说着他向哈娜点点头，亚洲起身向劳丹敬了个军礼，劳丹示意他坐下。亚洲坐下说：“建立地球与火星的友好联系是我们的愿望，能具体地为这一愿望服务我感到幸运。”听完亚洲的话，劳丹笑了，“官方语言就谈到这里吧，我不习惯用什么外交辞令，谈点实际情况。现在的形势并不乐观，从远处着眼是危机重重，星系间的宇船技术在赛跑，星球的强弱从根本上讲是宇船技术的高低，其他原因不谈。火星领导层为了缩短两星球间的距离，设想用飞碟武装地球。”亚洲听到地球可以引进飞碟兴奋异常，眼光由倾听变为期待。劳丹看看哈娜：“指挥长的意思是将火星正服役的一种飞碟的制造技术提供给地球，给地球的宇船技术来个飞跃。”说着递给亚洲一卷图纸，“计划先提供三十架这种飞碟的核心部分原料，目前正准备着，准备好了交给你们。”说着笑看哈娜，“现在你该理解为什么你得做联络员，为什么必须我给你讲这些了吧？”哈娜笑道：“我是翻译的作用。”劳丹点点头，“更主要的是你现在开始涉足了火星的军事秘密，所以说……”不等说完哈娜的事，劳丹就笑出了声。哈娜现在的心情自是听不出劳丹的弦外音。劳丹笑完，嘱托哈娜：“你得在短时间内教会亚洲驾驶飞碟，将来两星球的联络得你们两个人来回奔波了。”看着哈娜感觉任重道远的目光，劳丹想到了什么似的，半天对哈娜说：“注意在短时期内多培养几个接班人啊。”

随着敲门声进来几个人，向劳丹敬礼，劳丹指了指亚洲，几个人将亚洲身上的信息吸了进去。作业的速度很快，操作完转身出去了，劳丹笑着对亚洲说：“联络信号已注入你的体内，你进入火星联络网了。”又看看哈娜：“你和哈娜现在起，应该都有双重身份了。”

亚洲的心情自然是高兴，这等于拿到了火星的绿卡，重要的事情谈完了，放松的三人喝着水闲聊起来。谈到在火星划出一区域给地球时，哈娜和劳丹的意见发生了冲突，哈娜笑劳丹考虑问题不周，漏掉了地球人来火星的重要衔接点。亚洲以地球人的观点提出了自己的看法。在划分区得有大使馆的机构才能使两星球联络的程序完整化。劳丹看着哈娜、亚洲不语，但他的心里已开始盘算着安全的布控方式。看劳丹神秘，哈娜转向亚洲：“按你的想法是建使馆，依我的想法是选在使馆工作的人。”亚洲也看出了哈娜的思维和他同步，笑着说：“这使馆的负责人我看李风、玉珠合适。”听了二人的话劳丹从思索中回过神了，看着哈娜、亚洲，眼光不仅呆而且有些傻，直看得二人笑起来。劳丹绷着脸，等二人笑完，站起身，“也不知晚会怎么样了？咱们去看看吧，看能不能凑个热闹。”

哈娜走后，玉珠与李风聊了一会儿，惦记淑花便以赶晚会为由领他们出了门。上车时，玉珠憋不住地乐，淑花在她的车上快睡着了。玉珠把淑花介绍给大家，寒暄几句后车奔向了晚会现场。

此时的晚会现场布置工作已接近尾声，大型的舞台被花草围绕着，花草中不时隐现一株高出的花朵摇曳，摆出向舞台表演者表达心意的姿势，随微风的吹动婀娜地移动着。立体装饰的舞台中有浅黄色的草，被围在绿草坪中，像淡淡的光。巨大的荧屏挂在舞台对面，立体地展现着宇宙的现状，此时正转到一虫洞的直播场景。飞碟的速度，让人得注意细看才能辨出它的飞进飞出，台下不时的欢呼声是为火星自己的飞碟喝彩。玉珠等人的车穿过守备区，直至台边停下。玉珠引导众人登台，在贵宾席坐下。台下一阵骚动后，随即平静下来。

从一上车，淑花的眼神就被罗飞、张山、李风、超然吸引住了。她本来也想多看李风几眼，可见玉珠和李风交谈的神态，心里感觉到了什么，觉得不便打扰，注意力便转移到其他三人身上。他们身上像有神奇的魔力，这魔力使她对这几位地球人好奇，她听他们交谈听得那么认真那么仔细，她已调动不起来自己对地球语言的记忆，却能从他们的交谈中辨出其中的意思，也是神奇，不用努力，她已渐渐融化在语言的交谈中，有些忘我。

贵宾座上玉珠发现了哈娜的父母，起身向他们挥手。旭东和曲飞坐在那边见玉珠领着这一行人上台，并没有特别留心。他俩的眼在搜索哈娜，直至玉珠向他们挥手笑。李风四人当然不认识旭东、曲飞，玉珠挥手时，也只是随着看看。之后便被屏上的景观吸引住了，屏上又转至了另一画面，星星斗大如托盘，托着小如珍珠的星，星间有云，更远处的星簇在轻轻地移，移出朵朵星花，云雾间似有仙女踏步珍珠云间，采摘那束束的星花。恍恍惚惚的，屏上的仙女飘飘下来，将一束束鲜花送至贵宾眼前，轻盈的体态瞬间麻醉了这些宾客的心。此时已没有了感叹的旭东看着这忘我的三人，心笑他们被景致吸引至深，就没觉出这仙女是飘过屏前而来。

掌声、欢呼声把他们从幻觉中拉回现实。随着礼仪女孩的开场白，秘书长走上台，他不愿打扰贵宾们的幻觉梦，站在话筒前只向他们微笑，随后转向三面的人海环顾，拖延着他们梦醒的时间。半晌才向观众深鞠了一躬，开始了讲话：今晚是个特别的日子，我们迎接到了地球来的宾客朋友，说着走过来与李风、超然、罗飞、张山一一握手并介绍给观众。玉珠和许多星球的翻译，快速地翻译着他们的语言，淑花和李风、超然、罗飞、张山一样旋即被众多语言的翻译声带入了星际的海洋，在他们心中展现出无限的辽阔，阵阵掌声又把他们拉回现场。激昂的语言再次把他们推向星空海洋。伴着经久不断的呼声，嘟啰来到贵宾座请他们出个代表讲话。无法推辞，超然走到话筒前，向台下标准地敬了个军礼。“我们很高兴来到这里与大家见面，向大家传播地球人的友谊，我们相信友谊、相信未来、相信朋友，我们感谢友好、感谢未来。”讲完又敬了个军礼。随着观众的掌声，嘟啰宣布晚会开始，嘟啰拉超然回到座位上。

袅袅余音，乐声轻轻响起，舞台上起了雾样的云飘向他们的脚边，应着屏上的宇宙光，闪出了星光点点，变化着颜色。乐声悠扬让人进入遐想，在星空中遨游把感觉拉得好远。踏云而至的女孩仙女般轻撒着鲜花，看得人飘飘然，听不见了玉珠解释表演的内涵。当歌声由远及近传来时人们还没从遐想中回过神来，欲想走得更远，飘真好，飘的感觉真好，直至少女兜着裙捡拾花时，人们的思绪才渐渐地回到现实。携篮的女孩轻步来到贵宾处拉起李风、超然、罗飞、张山，一起捡雾中的花。看着他们步履沉重，玉珠、淑花轻步过来带他们轻慢慢地进入舞步，当女孩们浅笑着离开舞台时，他们知道该回座位了，这是人生的一次退场的好感觉。台下的观众用轻轻的歌声陪伴他们退场。

雾未散，散花女走到台边植下一株小树后退至台边看树长。这树宛若地球的梧桐，虽然长得慢但在长。一只飞鸟过来落在树枝上，金黄色拖着尾，是幼小的凤凰，它闭上眼歇息身上的疲惫，显出一种祥和安逸。乐声响起的时候一名叫宋欣莉的女孩出场了，她穿着华丽的凤凰衣，端庄华贵。如果有倾国倾城，那么这就应该是倾星球倾星际。当她走到台中央，向观众行礼的时候，一片肃然。伴着乐曲欣莉翩翩起舞。舞台上，幼小的凤凰忽然动了起来，两眼紧紧地盯住了欣莉，仿佛是找到了同伴。渐渐地露出了欢喜之色，想靠近她。欣莉的目光与它相对，舞动双臂示意着凤凰宝宝不动。小凤凰似懂了她的语言，乖乖地看着她不动，用意识与她交谈。欣莉没想到自己忽然懂了凤凰的语言，一瞬间觉得有些心慌意乱。

多年的舞台生涯让她旋即平静下来，她慢慢地悟出了小凤凰的深意，心中又由然生出了感动和欢喜，只觉得要和小凤凰融为一体。她一边展现自己的优美舞姿，一边与小凤凰交谈。

台上的融合引来台下一片啧啧的赞叹。欣莉与小凤凰讲述成长的过程，欣莉肢体语言的阐述又让小凤凰入神，仿佛它也看到了自己的未来，他们之间的交谈也动了情，情景交融。小凤凰第一次在自己生命旅程中体验了一种成长的经历。在这短暂的时间里体会了人类传授的华贵理念，这是一种高贵的和谐。

屏幕上转出了凤凰星球的景象，人们看到了青山、绿水，这是难得的画面，可是观众的眼还是不听指挥地落到了舞台上。

宋欣莉把凤凰从幼稚到成熟的过程演绎着，直至小凤凰觉得自己渐渐地长大了，看得观众也不自觉地端庄自己华贵自己，好像没有了虚幻，有的只是现实中高贵的自我，自己飘入高贵的境地中，一种令人难以忘怀的幻觉在人的脑海里飘荡。慢慢地宋欣莉的舞蹈停止了，谢场退出舞台，全场一片寂静，弄得好像冷了场，人们忘了是在观看，思绪还处在幻觉中。过了好久，不知是谁先把思绪飘了回来，鼓起了掌。掌声拉回了众人的思绪，雷鸣般的掌声响起，久久地停不下来，直至宋欣莉谢了几次幕。远处仍有掌声依稀传来。

再登台的是青年男女，手拉手地唱着。玉珠看了看李风，见他还在愣神，笑他还沉浸在欣莉凤凰舞中走不出，她的话语中细心的人能感出她的醋意。李风没觉出玉珠的话外音，回头向玉珠讲解他第一次体验到了入境的感受，什么入境才能忘我，忘我才能达意，直讲得玉珠提醒他已换节目了，李风才问台上唱的是什么？玉珠压着心情说："把心收回来，自然就知道了。"见李风听得发愣，玉珠缓心笑道："唱的是在火星上。"李风静心听了一会儿说："我怎么感觉是在太空中散步。"一句话让玉珠的心又有了一种欣然，李风的乐感真强，她抿嘴笑了笑，不再理他，专心听起歌来。看玉珠转入了赏听，李风的心情也随歌声入了境。听着听着觉得声音走远了，玉珠忍不住地称赞歌唱出了悠远，李风点头赞她的欣赏水平高。

随着掌声，莉萍慢慢地走上台，轻轻唱起来。玉珠、李风等人几乎同时听出了雪绒花的音调，地球的声音。李风的眼湿润了，超然、罗飞、张山险些泣出了声，只有玉珠的抽泣稍稍地影响了莉萍的演唱，但歌声的韵味又很快地把莉萍拉回了对地球的畅想，唱得自己也带着地球梦下了舞台。看着唐莉萍远去，玉珠问李风是不是该把对地球的情绪延续下去，见李风犹豫，玉珠低声说离开地球后她很久没有听见地球的歌声了。玉珠的话让李风心里一颤，忽觉心痛，再看看玉珠的央求样，他站起来走向舞台，看看观众："刚刚的雪绒花唱出了地球的声音，我只有感激的情怀，我也演唱一曲地球的歌。"回头看玉珠忧郁期盼的眼神，一股力量把《青藏高原》从李风的喉中推出，推得李风忘情。听得玉珠只想让珠穆朗玛来清自己的心，不经意间眼前李风变成了高耸的珠穆朗玛峰，玉珠看李风的眼神有些变化了。

玉珠眼神的变化，唯一没逃过的是她母亲的眼，读着女儿的眼神她会心地笑了。

和玉珠母亲相比曲飞是一副伤感。从宋欣莉的凤凰舞后，她没有了欣赏下去的兴趣，呆坐在那儿只是看，心在哈娜那边，旭东表现出欣赏的样子，似乎比她装得还像，看得全神贯注，还不忘鼓掌。

掌声告诉观众，李风的演唱结束了。伴着掌声，他回到潸然泪下的玉珠身旁，看到了玉珠的模样，一股异样的痛，从心底生出令他想拥她在怀里。

李风唱完退台的时候，劳丹、哈娜、亚洲来到会场，他们被从后面让进会场来到贵宾席。伴着歌声的余音，哈娜笑看着李风、玉珠，问淑花玉珠为什么哭泣，淑花摇头佯装不知。哈娜扭头张望四周，猛然，心头一颤，泪止不住地流下来，她看见了父亲。她不知是怎么走到父亲眼前的，只是泪水难以表达内心的委屈。亚洲看见此情景反呆在那里不知所措。

情感的传达方式各有不同。歌声传递情感，笑声传递感情，哭泣的情感传递更是把感情进行了淋漓的发挥。

玉珠渐渐地停止了哭泣，她红肿着眼睛望着李风，夸他“唱得真好！”她揉了揉眼睛对他说：“谢谢你，你把我多年的压抑唱了出来。”李风只是看着她默然，这时一群火星女孩涌来，不由分说地把他们从座位上拉起来，台上的场面乱了。玉珠不知所措，又不见哈娜的身影，忙拉了李风，顺势拉着亚洲叮嘱他们别参加唱歌，“这是火星的一种风俗，男女的赛歌往往是火星男女交友的手段，如果你们被哪个女孩看中缠上就难以说话了。”亚洲看着她不解，玉珠认真道，“以前带来的地球人就是通过歌会，被领走的。”李风笑了，岂不是更好？被领回家成婚配。玉珠有些生气，挥挥拳告诉他，他的话引起的后果很严重。说完自己也吓了一跳，她没想到自己已经投入到里面去了。李风吓得耸肩向后躲，狼狈态惹得玉珠、亚洲笑了。

亚洲问玉珠:“台上的这些人,怎么都讲地球语言?”玉珠猜,她们至少跟在地球生活的人有联系。不等玉珠猜测完,几个女孩跑来硬是把李风、亚洲拉走了,李风手快一把拉住了玉珠,三人都被拖入了人群。

欢乐的青年男女们一阵嬉戏后,便分成了男女两个阵营,当李风、亚洲等还不知所以然的时候,便听到了有人用地球语言唱了起来。随着人群的轻声伴唱,李风、亚洲等也渐渐地融入了,一曲完毕另一曲音起,两边的人群靠近交融在一起了。心仪的男女们渐渐地成了双,亚洲、李风、超然、罗飞、张山,不时地被女孩拉近,只亚洲、超然两人,对着学慢舞来应付。在一个女孩儿要拉李风时,李风被另一个女孩拉了一个踉跄,拉他的正是玉珠,淑花见状也笑,伸手快速地拉了张山的手。当另一个女孩儿走向罗飞时,劳丹走了过来,嘟啰看劳丹走来的神态,也觉得时间差不多了,便起身走向台中央,对着话筒一再地向大家道歉。年轻人倒也配合,手拉手地唱起了告别时刻。随着歌声人们开始退场。台下意犹未尽的人群接着轻歌曼舞。

超然过来和嘟啰握手时,说想回到飞船上,嘟啰点点头嘱他注意身体多休息。张山过来问多待一天是否会影响制度,嘟啰看着哈娜笑说,“来去自由,选择自由嘛。”嘟啰的话外音也许只有自己懂。因为淑花缠上张山被他撞见,只罗飞被唐莉萍缠上来得隐秘些。哈娜看嘟啰的样子,再看张山,心里也领略到什么,只是不确定,因为刚才见父母时不见了亚洲,搞不懂亚洲在人群里有没有勾当,思考片刻,对劳丹、嘟啰说:“今晚大家兴致浓,不如依他们的意,都留下。”劳丹、嘟啰见状,也只好如此,点点头送大家齐去休息处。

到休息处时,劳丹、嘟啰见哈娜没有离开的意思,便同大家握手道别。握手时,见多了淑花、莉萍,劳丹忍不住地笑,请她们上车送她们回去。淑花拉了莉萍转向哈娜,提出想留下凑个热闹。嘟啰会心地在旁圆场,拉着劳丹走了。路上嘟啰笑问劳丹有什么收获?劳丹问他收获在哪一方,说着笑了,很开心的样子。嘟啰笑着对劳丹说,"现在该考虑他们的下一步安排了。"劳丹皱着眉头,一时也考虑不出什么来,嘟啰笑着说,"可以考虑提议李风担任地球驻火星大使的这个位置了。"劳丹笑了,这事让上层拿主意好一点。嘟啰思索着说:"按主席的思路,先把对他们的安排做一个统筹。"劳丹点头,"这样最好,把哈娜、亚洲的事也作为重点来抓。"嘟啰有所感叹,"现在年轻人的效率也快得让人不得休息地赶。这淑花、莉萍留在这里也得引起关注。"劳丹看着嘟啰心里明白了什么。

送走劳丹、嘟啰,哈娜转身看着这扩大的队伍,盘算了一下多开了一个房间给莉萍、淑花,大家自然是欢喜。她们并没有立即住进给她们安排的房间,而是随大家来到亚洲、李风他们的房间。房间里顿时挤了起来。哈娜看着玉珠、淑花、莉萍都有心事的样子,不好再说什么,只嘱咐别闹得其他房间不好休息,转身问超然是不是今晚一定要回飞船,超然笑着解释:"回飞船只是接续与地球的联系。"亚洲看了他一眼,"这整晚大家都很愉快,少你一人岂不扫大家的兴?"超然看着亚洲,无奈地向哈娜摇头说只好如此了。哈娜拿出矿石交给超然,你要的治植物人的矿石找到了。超然接过矿石,向哈娜深鞠一躬,把谢字说出了连声。哈娜笑了,"别谢我,要谢得谢副指挥长。其实真要谢谢的应该是你,你给我们讲了那真实感人的故事,而我更应该谢谢你,你让我看到了一个活生生的肯为女友去另一个星球找矿石的人。"哈娜这一说倒把超然说得腼腆了。见超然如此,哈娜转向莉萍、淑花,"你们聊累了记着回房间休息。"淑花、莉萍笑她,把她们看成小孩子。哈娜笑着走到亚洲身边坐下:"很累吧。"亚洲点点头,哈娜握住他的手,"好好睡一觉吧,明天不知道还有多少事情呢!”亚洲说:“你也开个房间,早点休息吧!”哈娜心思重重地说:“我得回家,父亲回来啦。”亚洲红了脸低下了头,哈娜紧握了他手一下:“明早我来接你。”说着起身,笑着对淑花、莉萍说:“两个丫头有话注意悄悄谈,不会谈的时候记着请教我。”一句话把二人说得满脸羞容,齐声劝她立即消失。哈娜听话地转身走了,出门回眸时见她们已不顾看她,各自悄步地向自己的目标靠拢,那神态直让哈娜笑了一道,却没注意后面玉珠拉了李风悄悄赶上了劳丹的车。

车把哈娜送回了家,家里旭东和曲飞都还没睡,他们在等女儿回来。哈娜进门时见曲飞的眼神和缓了许多。旭东的眼里好像没有她,只把眼神投到她的身后。哈娜纳闷笑问旭东,“父亲看什么呢?”半晌,旭东有些失望地问:“怎么就你一个人回来?”哈娜点点头:“是啊,就我一个人。”“亚洲呢?”曲飞问得有些不自然。哈娜听话,淡淡地笑了笑说,“知道妈妈不喜欢他,我就把他留在休息处了。”曲飞心想,这孩子是跟自己有隔阂,她笑了笑说,“你这孩子,还生妈妈的气呢,你应该和他一起回来。”哈娜见母亲转了口气,解释说,“他太累了,想跟我来见见你,被我阻止了。”旭东看着曲飞说:“既然哈娜留他在那,还是情况特殊,多休息休息也好,这面晚些见也没什么。”哈娜趴在旭东的肩上说:“爸爸我累了,不想多说话了,明晚我把他领回来,有话你和他说。”说着起身回房休息了。看着哈娜走路的样子,旭东看着心疼,叹口气摇摇头,对曲飞说:“有话明天说吧!早点休息吧。”两人也回房了。

休息处这边,哈娜一出门就热闹起来,相互笑侃晚会上的窘。听得淑花、莉萍乏味,催他们谈地球的事。亚洲见他们的目标都有了转移,忙躺下闭目要睡去。天不作美,这时偏偏有人敲门,是送餐的来了,他们把餐盘放下也跟着聊了一会儿才离去,弄得亚洲无奈,超然又强迫他吃,只得胡乱吃几口躺下睡了,再也叫不醒。超然也累,吃着吃着这眼皮也打仗,只因矿石的缘故安心地想支撑,神如半朦胧态。和他相比,罗飞、张山可是精神十足,淑花、莉萍也不许他们疲惫,丰盛的晚餐,以水代酒边吃边谈,忘了已入深夜。

聊天的兴致在于聊天的人能不能聊到同一个主题上。罗飞被莉萍缠上自然是心里欢喜,边吃边回答淑花的各种问话,还不忘超然,不时地拍打超然,像是哄他睡,却把超然的睡意一一拍打到了一边,直把淑花看得笑个不停,当瞥到莉萍有妒心的眼神时,便去拿了吃的给张山,看张山吃得香时忽然心酸低头想流泪。张山吃得兴致正好,见淑花伤感的样子,不解地问淑花:"是不是食物,不合胃口,怎么吃着吃着伤心起来?"淑花这边情绪的变化影响了大家。莉萍悄声地问她想起了什么伤心事,罗飞也说,什么事说出来大家都拿拿主意,也许有解决的办法。莉萍又更进一步地劝:"他们是人类的精英,把事说给他们,办法一定很多。"淑花擦了把眼泪,"问题就出在这儿,他们是地球的精英,可他们不还是要回地球吗?"淑花的一句话直说得三人心凉,不知怎么解释。

从亚洲、哈娜与劳丹他们单独接触,超然也似乎感觉到了什么,只是不敢全然断定,现在头脑冷静的人应该属他了。他快速地回忆近些时间的过程,心里略有些底后,也想起了开玩笑。睁开眼戏谑地看着罗飞,"怎么不拍了?你停手我睡不着。"罗飞不言语,莉萍有些哽咽,"听淑花的话,在想明天他俩回飞船了,所以难过。"一句话说得超然笑了,"知道这样还不抓紧谈,还有时间在这哭鼻子浪费时间,唉,都是傻孩子!"见大家笑不起来超然似乎更是得意,"这地球上的杞人忧天忧到火星来了,你们一个两个想不开可以理解,可怎么一下子都不会分析问题了。动脑想一想火星领导允许你们这样,还为你们创造条件,为的是什么?总不会为了最终拆散你们吧,别浪费了领导对你们的一片苦心!"张山反应快,一拍脑门,"我怎么没想到这点,误事误事。"说着想替淑花擦脸上的泪,

“别哭了，超然分析得对，他分析出了大方向，离开是暂时的，应该相信火星的领导会有安排的，会好的。”淑花听了超然的分析觉得有理，看张山的自信，淑花心安了许多，抬头默默地看着张山。超然见大家心情好转，谈起了罗飞、张山的演唱，又谈及演唱的技巧。超然笑着问淑花、莉萍：“听没听哈娜、玉珠讲过地球上的‘在那遥远的地方’？”莉萍笑问：“听是听过啊，是不是远离地球产生的联想？”超然有所思，“也许是吧。”莉萍笑了笑，“听玉珠说，这首歌的创作背景和表达寓意极有可能与作者的爱情经历有关。”看超然笑而不语，莉萍有些疑惑。“玉珠说得不对，”超然笑看罗飞，“为什么不问问罗飞呢？”莉萍听了脸红了，又不好问，只得抬头直直地望着罗飞，罗飞听完超然的话笑骂他太坏。张山也提醒超然太坏，别一不留神中了他的计。超然脸皮厚，笑着对莉萍说：“看看吧，什么叫好人难做？”说得淑花、莉萍直笑，直讲同情超然的话。超然自然得意，说罗飞应该讲讲《在那遥远的地方》是怎么通过乐理表达情感的。罗飞看超然，看得很认真，“真想听真言，就得找真神，他会给你讲得很透彻的。”罗飞说得并不幽默，淑花、莉萍转向超然，像小学生一样。超然一脸的无奈，干咳几声，“这歌唱不是凭嗓子喊，它是通过发声技巧，把情寄予艺术的语言，再从乐声中把情感表达出来，情融于唱。真正的演唱，首先感动的是演唱者自己，再把感情传达给听众，这是一种能量的传播方式。”见淑花、莉萍听得入迷，超然反倒讲得有些不自信了。转向罗飞、张山，可以让他俩再讲得深一些。张山笑笑，已经很透彻了，只是发音得来自腹腔。淑花转向张山：“你在地球上专门学过歌唱艺术吗？”张山摇头。淑花怀疑上了超然的当，超然只开心地笑，并不解答。淑花向张山噘嘴生气：“你骗人，没学过为什么能唱得那么好？能唱出歌的精髓。”说得张山委屈，我确实没学过，我唱的时候是用心用感觉去唱。淑花被他感染了，“听了你的歌给人一种无法用语言形容的感觉，这心仿佛被带到了那歌唱的地方,感觉很神秘,像是在梦里产生一种异样的感动。”说得张山脸红:“你一夸我,都不知道该说什么了?”说的声音越来越小。“怎么你也有不好意思的时候?”超然是不会放过这一插嘴的机会的。罗飞很同情地望着张山,“别介意!这是我们的张山,说不好意思就不好意思了,不好意思的时候谦虚装假都是不好意思。”一番同情,把大家同情得哄笑了起来。笑了一会儿,莉萍听外面好像有声响,嘱咐大家小声点别影响他人。罗飞看看熟睡的亚洲,伸手想摸摸他的脸,被莉萍轻推了一下,“别惊醒他,咱们说话。”罗飞被莉萍弄得拘谨了,不敢动,莉萍笑着问他,“你笑张山,那你是学过艺术的喽?”罗飞心中叫苦,摇头说:“我可确实没学过,我在孤儿院长大,接受的是常规教育,后来到军队学的是科技知识,没涉猎过艺术门类。”听了罗飞说的话,莉萍差点泣出了声,半天平静不下来。她强制自己的情绪轻声问,“那你从小就不知道自己的父母在哪儿?”罗飞点头沉默了一会儿,“孤儿院就是我的家,在我的旅途中是集体化解了我的孤独。”

“家是你不论走多远都想回的地方。”张山看着淑花,“晚间不回家,家人惦记该怎么办?”淑花轻轻摇头说:“没事儿,我怕回家,一进家门总是父母叨念我和哥哥不找朋友,弄得我和哥哥都做下心病了。”淑花的话让张山觉得好笑。淑花倒是很认真的样子:“我和哥哥,把心思都用在工作上了,哪还有心思谈朋友?参加了几次歌会也没碰上有感觉的人,为此父母对我和哥哥的意见很大,所以回家只能冷战。”淑花说着低下了头,“我可能得了回家恐惧症。”超然看着她的样子,好像理解她的心情似的,感到了一种对孤独的渴望。淑花继续说:“今晚真好,谈得很愉快,像找到灵感似的。”说着脸红了。莉萍好像没注意淑花的表情变化,延续着淑花的情绪:“我也一样,回家父母就唠叨,我又没什么向父母交代的,心里总是有一种被压抑的感觉。”罗飞叹口气,“你们真是身在福中不知福,每天都被惦记，都有人关心，多好！”超然闭目慢悠地说：“我忽然有一种感觉，感觉有幸福进门了，好像在寻找牵手的人，莉萍你有这样的感觉么？”莉萍听他故弄玄虚地说着，忽然红了脸低下头。淑花笑着看她的羞态，看到得意，转头问张山：“你对家？”说着又摇摇头，问：“你是怎么理解生活的呢？”张山想了想：“我个人认为家是有爱的地方，那应该有你爱的人，生活是一种积累，是你存入家中的一笔幸福，这种幸福让你和爱人相守一生，守到老时一起看日出。”淑花笑了笑：“家是与你爱的人一起营造幸福的港湾，当你不愉快时有人呵护你，当你心痛时有人为你疗伤，幸福就是两个相爱的人一起保卫属于他和她的家。”莉萍被她的话感染了：“幸福应该是两个相爱的人永远牵挂。”超然也被感动了：“家是存放责任心的地方，家督促你的责任感。”罗飞点头：“家应该是你存放爱的地方。”望着罗飞，莉萍笑问：“听语气你好像找到这种感觉了？”罗飞心里顽皮，脸上认真，一字一句地说：“这么多年了，今晚灵感突现，终于找到了这个地方。”罗飞的神态让莉萍差点哭出了眼泪，声音发颤地说：“既然找到了，那就好好体会吧！体会一种有人永远牵挂你的感觉。”罗飞深情地望着莉萍，看着莉萍又想笑，“谢谢你让我的心不再飘。”说着拉起莉萍的手，莉萍想挣回来，却又显得无力，无奈地看着他，“存放心的地方是神圣的，你能守卫它么？”罗飞不说话，只望着她。莉萍觉得他的握力加重了许多。看二人的样子，淑花转向张山，“你总看着他俩是不是心还在飘？”张山看着淑花，“我的心呀白天就飘起来了，说真话现在感觉是飘到了眼前，像是港湾，在这港湾里，这颗心遇见了一个人，这颗心动了，想对这个人说，我飘得很累，请你接纳我吧！让我为你跳舞，我愿一直为你跳到跳不动为止。”话说得淑花感动，“真可怜这心了，那就留在我这里吧，记住不要乱跑，周围许多魔鬼专吃这种心。”张山看淑花怎么也看不出她的感动和真诚，试着再问，“有一个人也随着这心来了,你能不能一并把它收下。他愿做一只咩咩的小羊,任皮鞭轻轻地打在他身上。”淑花现出无限怜悯,叹了口气:“真可怜,我的小羊,能留就一起留下吧。”张山像得了特赦令一样,忙躬下身:“感谢主人的隆恩!”头低到淑花说平身时才直身抬起了头。两边的戏直看得超然“愤怒”,不管他们理不理,摇摆着怒视两边,放射着“愤怒”的目光,从怪罗飞、张山的无情到怨淑花、莉萍的心胸狭窄。直到淑花再三解释她这港湾太小了,放不下两颗心了,莉萍也显出痛苦的样子解释自己这儿的空间太小,只能放下一颗心。罗飞冷眼看着超然:“这儿的空间太窄,至于你的心爱去哪儿去哪儿吧!”把超然说得一脸无奈,“看来我的心只能飘回地球,飘回那能容它的地方了。”听了超然的话大家很开心,但望着他却笑不出来。

劳丹到家,李风、玉珠也跟到了家。玉珠母亲一进门就开始忙碌,她在为全家准备晚餐,忙出了一种新姑爷进门的感觉,总有一种准备不充分、不丰盛的感觉。劳丹拉李风坐下,玉珠也靠李风坐下想当翻译。劳丹对玉珠说:“你去帮帮你母亲,坐这儿干什么?”玉珠不动,说想做翻译,劳丹说:“地球话我自己会讲,不用你给翻译。”玉珠耍赖,“我歇会儿不行么,你那地球语言有时讲得地球人听不懂,火星人听不明白,我在这儿给你做适当的解释岂不更好。”劳丹笑着看李风说没办法,一副无可奈何的样子。李风也是笑,看玉珠妈过来,忙起身想伸手帮忙,被劳丹按住。“从你们来到现在一直没得闲,今晚到家里就不用再忙了,歇歇身体,歇歇脑子。”说着手指了指大脑。李风局促,身不由己地向玉珠靠拢。劳丹看着低头喝水不作声。玉珠妈探出头来,看两人亲近的样子,心笑接触不长这相互的感觉倒着实好,笑着叮嘱劳丹给李风加水,问李风现在身体可好,李风笑笑称好。劳丹给李风加了些水,“这年轻人的事儿我说不好,至于你们,我想与其他人不同,你们的情况特殊,时间不等人,留给你们谈的时间也许太少,要有个心理准备,把两个人的感情放到工作中去磨合。”李风、玉珠听了，感觉有什么事发生，又不便多问，只严肃地点点头。劳丹看二人的样子，不觉得笑起来，“紧张什么，现在是在家里，放松些。”玉珠妈在外面嘶嘴，孩子初次进门，别给孩子造成什么心理压力。劳丹听了笑：“说的是，在家里放松些，只要有了家的概念一切也就都好了。”玉珠妈手忙嘴也不停，“对，有了家的概念一切也就都有了，你们忙工作，至于你们的婚事我和你爸为你们办。”话说得玉珠乐，李风却不知所措。劳丹说得有些意味深长：“是啊，有了家一切都好办了。”看到李风平稳了些，劳丹深思了一下：“这地球和火星是互通往来的，我考虑你留在火星负责地球与火星的往来交涉。”玉珠看着劳丹问：“是指军事么?”劳丹摇摇头，“是外事。”玉珠转向李风，“我父亲说的就是星球间使馆的样式。”李风看着劳丹明白了他的语意。“您说的是地球驻火星的大使类的职务?”劳丹笑了：“让玉珠给你当助理。”玉珠争辩：“我不要做助理，做就做他的副大使。”看玉珠满脸孩子气，李风、劳丹都笑了。李风转向劳丹，“我没想到事情来得这么快。”劳丹笑：“这也有些特事特办的意思，按主席的思路这也是必然的步骤。”玉珠感激地看着劳丹，直看得劳丹心里暖，有些话忍不住地说了出来，“上层的意思是准备在火星地表划出一块适应地球人生存的地方，给地球人建生活区，也就是你说的地球驻火星大使馆。还设一所供地球人的留学生院校。”看李风兴奋，劳丹打开了话题：“你任地球驻火星大使，开始是想请亚洲、哈娜任这正、副大使，可两星的先期联络又离不开他俩，所以你们的工作得专心，得用业绩说服众人。”李风表情严肃，“您放心，我俩一定会把这项工作做好，不辜负您的希望，不给您丢脸。”劳丹笑了，“还应不负地球人的期望，不丢地球人的脸。”随着谈话的继续气氛浓了许多，亲切了许多。李风给劳丹加了一些水，劳丹喝了口水，“至于地球使馆建造的事，你具体统筹一下让玉珠协理，人力、原材料我给你打个招呼。"玉珠母亲听了高兴，心想看来这女儿是留在身边了。玉珠的心里更是高兴，提前设想着如何把淑华、莉萍留在使馆，脑中不由自主地幻想。很多时候，观念是潜意识在平素中形成的，逻辑在脑海里形成思维，也就规律化了。玉珠想不久的将来自己忙碌地迎接着络绎不绝的地球来客，直想得入神，直至劳丹谈到给李风注入火星信息才回过神来。只听到了劳丹叮嘱李风明天以大使身份和自己一起去外事部报到注册后，再也听不进父亲嘱李风如何与外事部接洽的具体事宜，因为这时母亲已准备好了晚餐。三人来到餐厅，劳丹笑着说："李风头一回回家吃饭，是不是可以搞一点酒。"说着用祈求的目光望着玉珠的母亲，玉珠的母亲起身又坐下："自己孩子，时间又这么紧，喝酒会误事的。"劳丹用无奈的眼神看着李风，"工作忙，以后有机会再喝吧，不喝酒误事也好，就以水代酒吧。"说着李风端起酒杯和劳丹碰了一下，两人笑着喝干了杯中的水。玉珠母亲望着这一家人心里暖洋洋的，眼盯着李风送这个、拿那个的乐得合不上嘴。女人的磨叨显现尽然。什么工作呀、回家呀，说得李风心暖。看李风吃得香，玉珠母亲转身问玉珠，"咱以后得多学些地球的饭菜做法了。"玉珠忙点头。李风看着玉珠，"这样就很好了，别让老人家挨累。"话说得玉珠妈妈心里喜悦，劳丹的心情自是不用说。作为一家之主，他当然得为家庭成员扩大化高兴。看着李风也是说不完的叮嘱，"还有一件事得告诉你，哈娜和亚洲作为火星与地球的联络员，他俩以后将直属外事委员会，不可能与外事部没有接触，你们得注意自己工作的安全性，在工作上可以考虑先接触些可联系的工作项目。"玉珠想起来什么似的，"何不把他们先合并在使馆里工作，只分出两个部门。"劳丹笑了："那他们吃大亏了，他们的级别可高许多啊。"劳丹贴近李风耳朵，"火星准备为地球提供飞碟的制造技术及原料。"李风听完有些心惊。劳丹没注意到李风的惊，"这是军事秘密，你可以了解一些，注意保密的范围就行了。”李风点头，心里高兴，有了飞碟从地球到火星，就不会那么久了。吃完饭，劳丹看李风有些疲惫的样子，看了看玉珠，“李风累了，让他休息一下吧。”玉珠听完放下手中的杯笑道：“说的也是，该让他休息休息了，说着把他带到了客房。”自己回房休息，劳丹夫妇收拾完也休息了。

第二天，天刚蒙蒙亮，哈娜就醒了，洗漱完吃了几口剩饭就溜出门走了。不知是早起的原因还是什么，没走多远就觉得有些头晕。站了一会儿，觉得有些心酸，静了片刻，把意念扭转过来，想这是疲劳还未缓过来，再睡一会儿就好了。又笑自己管不住自己的腿。再就恨亚洲，心被他勾走了。想回去再睡一会儿，可方向还是走向休息处。

走在蒙蒙亮的路上，昨晚父亲、母亲的话语不住地在脑海中浮现，她了解母亲的脾气，她决定的事是很难更改的。秘书长做了一点儿工作，就让她的态度能一百八十度大转弯，这弯转得有点太快了，连缓冲的程序都省略了，这心里怎么想怎么不托底，这不可能的印象越来越深。是不是妈妈来了个诱敌深入，把亚洲骗到家里直接向亚洲表明她的反对意见，把自己的后路掐断，要是那样可就惨了，那自己就一点希望也没有啦，还是小心为妙吧。看看同龄女孩恋爱时的百媚，想想自己，不由得眼泪流了下来。

来到亚洲的房门前，听里面静悄悄的，哈娜擦了把眼泪，轻轻推开房门。屋里的人还在睡觉，超然、亚洲睡得香甜。看张山、罗飞时不觉心惊，淑花依偎在张山怀里，莉萍依偎在罗飞的怀里，嘴角透出浅浅的笑。哈娜站在那儿细细地把四人端详了一阵，看见睡梦中眼还在动，心想是在做梦，还手拉着手。走向亚洲的床，中间床上的残羹剩饭看上去可能是闹了近一夜，才睡过去不久。哈娜抿嘴笑了笑，轻步来到亚洲的床边坐下，歪头看看亚洲的熟睡，一早的坏心情这才荡涤干净，心里也才体会出无尽的安，看着他，好想与他化为整体，共享甜美的梦。亚洲的心好像在配合着某种感觉，时平静时起波澜，可是这微妙的演变没持续多久，他的眼角流出了眼泪，一会儿竟轻轻地抽泣起来。哈娜掏出手帕，把他眼角轻轻地拭。她这一擦倒把亚洲吵醒了，他睁开眼，屋里静悄悄的，哈娜坐在他身旁，他看着她慢慢地把手递给她，让她把自己轻轻地拉起来，轻声问："你什么时候来的，我一点声也没听见。"哈娜看他的样，轻声说："刚来不久，见你流泪。"这时有人敲门，是送早餐的来了。敲门声惊醒了熟睡的人们，大家不情愿地睁开惺忪的睡眼相互望了望，不觉都笑了起来，笑对方的狼狈相。送餐的人收拾了昨晚的剩饭菜，把早餐摆好，向众人点头出去了。见来了早餐，几人忙下床去洗漱了。回来看到哈娜，淑花、莉萍向哈娜害羞地笑。哈娜一脸坏笑地看着她们，直看得她俩一边一个搂着哈娜的脖子撒娇。看哈娜被她俩环抱，亚洲也忙下床洗漱去了，走到门口时还听哈娜笑她俩，"今天真是的，一进屋就看见两个不知羞的丫头，累了不知回自己房间，非缠绵在他人的床上睡，居然还手拉手，若不是我定力强还不得把我麻死。"直把个淑花、莉萍羞得顿时脸通红，恨得她俩把哈娜按在床上，左右掐哈娜的脸。哈娜急出了眼泪，淑花、莉萍还是不手软地对哈娜进行报复，任她怎么求饶只是不依。张山、罗飞见莉萍三人嬉戏，有些不适应，坐在那里勉强地笑。罗飞的理解程度比张山差，这时便显现出来了。张山瞬间理解了，这不仅是个性问题，更是一种内心约束后的典型释放。他无声地把这个意念转给了罗飞，只可惜罗飞的理解程度慢，只懂了应该理解眼前的女人的含义。淑花不经意地回头看见了张山傻看着她，慌得收手握住了莉萍，心里一百个不舒服，暗恨张山瞧她，心里突然绞起来，可能这是无意自己的结果吧，她不自然地笑。直到亚洲回来俩人才停下手，开始不管不顾地吃早餐。亚洲扶起哈娜，问吃过早餐没有？哈娜摇摇头，揉揉被掐麻的脸，"你吃吧，我歇一歇。"说着倚在床旁闭目小憩。

聪明人就是聪明人，近一夜的交流，淑花已能用流利的地球语言和张山交谈了，张山和罗飞的口味差不多，对火星的鱼虾情有独钟，起码在飞船上是这样。现在的张山更觉这鱼虾的味美，因为有淑花传递，加上她的眼神使他吃起来更是觉得味道非凡。他吃得很起劲，因为他有个信念，这不是为自己而是为淑花，直吃得罗飞眼里多了一些愤怒，莉萍的眼神多了一分笑。张山四人眼神交替，看得亚洲几乎忘了自己，只顾看他们双眸交战的点滴，少吃了许多，待他觉得有些饱时，心里已有了打算。他抹了抹嘴，“请大家慢用。”见四人忙于交战没理他，只得悻悻地来到哈娜身边，还没坐定，哈娜就醒了，她揉了揉双眼，问亚洲吃饱没有？亚洲点点头，看着哈娜，觉得她身子有些软，想是疲劳还没歇过来，劝她再睡一会儿。有了亚洲在身边哈娜觉得没有了虚套，也只想再睡去，挺了一会儿又怕睡过去误了时间，扶着亚洲勉强站起来，“别歇了，时间不等人，还是抓紧吧。”

亚洲轻扶了哈娜一把，因为她刚站起来时身子有些晃。看着眼前这个女人，亚洲心中有一种疼得发颤的感觉，他甚至冒出了强制她休息的念头，但他做不出来，只是心动了一下，因为她身上有一种精神在感染着他，不时地向他发出前进的指令。她有另一种强烈的感染力，使他觉得她有时像一束光能照亮你的内心世界，照亮你前进的方向，不仅照亮前方，更能推你前进，当你倦了累了，有她在，你就会有后背被轻轻推的感觉。他忽然开始欣赏她，她不仅温柔，更有其他，觉得她像一本书。

哈娜来到桌前，手扶着淑花、莉萍的肩，看看她又看看她：“你俩别只顾自己，也得周到一下他人，给你们一天时间，抓紧浪漫。我可要晚上来领人，记住没有？你们两个没羞的丫头。”淑花、莉萍动身要打她，哈娜哪能给她们这个机会，脱手笑着跑了出去。亚洲见状也笑着跟了出来。哈娜挽着亚洲登上开来接他们的车，一上车，便依偎在亚洲肩上闭上眼睛，亚洲轻拥着她，“以我的观察我能断定罗飞、张山留在火星的可能性较大。”哈娜轻语一句，“看淑花、莉萍的态度吧。”亚洲沉思一会儿：“应该抽时间和他俩谈谈，看看他俩有没有做联络员的意愿。”哈娜似抿嘴要睡过去的意思，只嘴里喃喃道：“能谈成么？”亚洲抬头后仰：“成不成的先谈谈试试吧。”沉默了一会儿，哈娜忽然说：“我觉得他们做联络员成功的可能性不大。”又停了一会儿冒出一句：“但愿你是对的，我是错的。”说着睁开眼，“差一点让你蒙过关，有件事我得问你，为什么你睡觉哭泣？你到底察觉没察觉我的到来？”说完两眼直视亚洲，像要看穿亚洲的心底。亚洲被看得心里发毛，又不敢作答，只得努力回忆：“我做了一个梦，梦见咱俩被强行拆散了，我莫名其妙地被抓回地球。他们抓着我的手，紧抓着我的身体，把我带到高空，让我怎么也够不到你伸过来的手。望着你的痛苦，我痛苦地远去，从此再没见面。后来我老了，好像是夜，我遥望星空寻找你的位置。我想飞又飞不起来，一种遥远的欲得的渴望折磨着我，我心里难受极了，梦着梦着就哭了，哭得正伤心的时候听见你的声音。”说着，木然地看着哈娜。想看她的感动，可哈娜的脸上却丝毫没有激动的迹象，反倒多些审视的目光。“你像在编故事，而且这故事我好像在哪听过。哦，我想起来了，在地球，牛郎和织女的故事，还有个什么节。对，好像是‘七夕节’。”亚洲看了她一眼，纠正道：“那是情人节。”哈娜将身子往里靠了靠。“强行地拆散两个有情人，陷入相思的痛苦中，还不把人折磨死。”说着眼瞪着亚洲，“告诉你，我可不想过那样生不如死的生活。”说着狠狠地哼了一声，“从我们见面，我就没想过离开你，你也不许想，不许你再做那种梦，我们在一起多难也得坚持。”说完抬头见亚洲无反应，起身使劲儿搂他，“你听见了没，你到底说不说话。”又见亚洲不以为然的眼神，她把头向他怀里一埋，不管真的假的哭泣起来。

哈娜的磨叨，亚洲无动于衷，可她的哭泣让亚洲慌了神，忙不迭地赔罪认错，直安慰了一路。到了飞碟场哈娜才消停下来，噘着嘴，白了亚洲一眼，“警告你，邓亚洲，今天是个预演，今后再敢气我，后果很严重。”吓得亚洲不敢辩，只委屈解释，“做梦又不是我的意愿，我不就是没及时向你赔理吗？”见哈娜又要瞪眼，忙改口，“我以后不再气你就是了。”哈娜才露出笑容：“那还差不多。”

两人下了车。这是飞碟场，放眼望去，面积很大，许多的飞碟在起落架上。亚洲东看看，西看看，眼转得惹人怀疑。远处的宇航员似乎察觉到了有人在观察自己，向亚洲处看，觉心里不爽。只是看到哈娜才露出笑容，缓了情绪，远远地喊着向哈娜打招呼，还做着挑逗的手势，气得哈娜挥拳向他们警告。控制台上指挥员帮哈娜驱赶那些调皮的家伙，又回头向哈娜买好。亚洲心奇，觉周围很静，自己却能与许多人通话，回过神时，早已有人等在这里，亚洲忙向他点头微笑，握了握手。哈娜似乎同他认识，只向他点了点头。哈娜去了洗手间，出来后她和亚洲被领到一架崭新的飞碟旁。那人笑笑指着飞碟，“这是专门派给二位领导的专用飞碟，我奉命担任二位领导的飞行指导师，负责飞碟养护。”说着向哈娜和亚洲敬了个军礼，看亚洲的愣态，心笑他是第一次近距离接触飞碟。哈娜点点头随指导老师进了飞碟。亚洲的视野进了一个崭新的世界。身体进来，心也进来了，他感觉最良好的是不再被人蒙上眼睛。亚洲以前也没少见飞碟，但那只是外观上的认识，今天以这样轻松的心情看飞碟，还是第一次。里面的空间很大，第一感观就如同进了高级别墅，他和哈娜随指导师开始了对飞碟的认识。

指导师介绍得很认真，讲解起来如数家珍：休息间、洗漱间、食品储存间、卫生间，操控台在中央，呈椭圆形。亚洲在指导师给哈娜介绍功能时努力地记忆着，哈娜看他记得费力，把电脑的操控盘给他，叮嘱他按她的翻译输入电脑。当输入完自动躲闪飞行程序后，定位射击、移动射击激起了他真正的兴趣。他试着主动提问射击原料的安装，随着指导师的讲解，他终于明白了越复杂越简单的道理——飞碟除了启动需高能源外，其核心是巨型磁场体，飞碟进入空间后是在空间的磁场力作用下飞行的。人忙起来忘性也就大了，他们忘了用午餐。

早晨旭东和曲飞起床后，看见桌上的饭菜，曲飞数落起来，“这么大啦，还是孩子气，吃剩饭。”旭东笑了笑：“她是晚上饿了。”曲飞笑着收拾了剩饭，开始做早餐，待旭东洗漱完，早餐也做好了，喊哈娜吃饭无人应答，推开哈娜的屋门，知道哈娜已经走了。旭东叹气，曲飞也只能说哈娜工作忙，她已习惯哈娜早出晚归。用餐的时候，曲飞与旭东商议早点把哈娜的婚事办了，免得她整天孤孤单单的。旭东犹豫，怕准备时间不够，“领导可能近期要派我去宏星参加年庆节。年庆节后各星球的代表免不了要互相走访。听外事部透出的消息，可能还有个宇宙战略研讨会，时间可能会长些。”曲飞不解，“这战略研讨会不是刚刚开过吗？怎么又要开？”旭东苦笑：“树欲静而风不止，银河的日星球上的智能生命又起了战争，他们把那个星球破坏得很严重，再任其下去，那星球会因质量问题发生位置偏移，影响整体空间星系运转的可能性极大，咱们太阳系会直接受到影响，波动会使整个太阳系的运转平衡受到影响，后果是无法估量的，说严重些影响人类的生存不是没有可能。”曲飞也叹息：“能成为星球智能生命的主宰却不知珍惜，如果这次把这些智能生命从星球上毁掉，再造新的智能主宰又得等时日的变迁。”旭东也惋惜：“但愿不会发生。”曲飞笑道：“那得重新给他们注入灵魂。”旭东笑笑，“不知他们是怎么想的，把他们居住的星球当成他们自己的了。”曲飞听得更是气，“就没想过用星际的眼光看问题？太不负责任了。”旭东看把曲飞说动了气，笑得开心，“别说这些了，换个话题,说点高兴的事儿,这边吃饭边生气,气伤了身体划不来。”听了旭东的话曲飞转乐:“年轻时让我操心,现在有了年纪反倒乖了。”旭东瞪眼,“这是什么话? 我这人一向注意身体健康调节,我怎么就……”曲飞可不愿意听他唠叨,忙拉住他的话,“好了,全是你对。”旭东哼了一声,“我什么时候错过。”说得曲飞笑出了声,话题又转到了哈娜的婚事上,“嫁妆我都准备齐了,时间你定,我可不想得罪人。”旭东边吃边说,“总说哈娜做事急急火火的,你这做母亲的也一点不落后,是比赛的速度,真是什么母什么儿。”曲飞道:“那是自然,基因的遗传在她身上显现无遗,我想关键是我教女有方。”旭东冷眼看看她,“你教育有方,想清楚些,她身上流着我的血,她的优秀是我的基因好。”曲飞刚要争辩,旭东身上的联络信号突然振动。旭东忙吃完剩下的饭,喝口水,向曲飞摆摆手说了声再见,说完出门走了。望着旭东的背影,曲飞笑着摇摇头:“可是好基因,父女俩这一点倒是相随,就是没有一个收收心在家多待一会儿的,都把家当旅馆。”

提起旅馆,含义很多,它像驿站,当人累了,它是休息的客栈,当人生累了,它又是转折点。

把家当成旅馆的劳丹做得一点也不差,这一早家人还在熟睡,他就起床了,洗漱完毕就喊玉珠妈做早餐。听见喊声李风、玉珠也起床了,玉珠领李风来到洗漱间,洗漱完来到劳丹身边坐下,看李风没睡醒的样子,劳丹也是无奈,难为孩子了,时间还是太紧迫了,他用安慰的口吻关心李风说:“没休息好吧? 咱俩一样能再睡一天就好了。”李风笑着点头,玉珠笑道:“现状态下再休息一天也不起作用。”李风看看玉珠。劳丹笑了笑,“也许是吧,刚换了环境不适应,时间长了,慢慢习惯就好了,这习惯是慢慢养成的。”说着又看了看玉珠,“这语言方面你俩得多交流交流了,火星语言得流利使用,在今后的工作中会起到至关重要的作用,你俩一会儿就去外事部把前期的事办了，抓紧时间尽快投入，越快越好，做事得有紧迫感。”说话间玉珠妈把早餐端了上来，吃完早餐劳丹出门了。李风被玉珠妈留下来给李风量尺寸做衣服，直到玉珠心急地催促，她才放他出门。

火星�的外事部坐落在一幢白色的楼里，这里不是很高，其实火星郡的建筑还真的没有太高的。外事部楼的外形呈现下层飞碟型和上层球体型，其寓意可能是代表了火星人的宇宙观吧。里面的设计布置，也可能是以这个观点为指导思想设计的，宽敞雅致，给人迎接八方客的感觉。进入大厅，中央水池里有各个星球寓意吉祥的水生物，海王星的金龙在这里非常突出。

外事部设置水生物，可能是与海王星等水域星球联络频繁的缘故吧。其实，实际也是这样，了解一个星球，从他的外事部就能看出端倪。

玉珠、李风来到外事部，在办公人员的引导下做完登记，然后领李风去注入了联络信息。

李风和玉珠以地球驻火星大使馆大使的身份，前往部长办公室拜见外事部部长许刚。李风庄重地向许刚递交了刚复制出来的地球星球书，同时将表达地球人同火星人友好的愿望书也一并由玉珠递交出去。许刚笑看着玉珠的端装严肃，本想赞她几句，李风站在那里已开始了宣读地球的星球书。平时喜欢嬉笑的李风今天也显出了特有的庄严，郑重地表达了地球人对火星人民的尊重，对火星主权的尊重，对和平的尊重和人权的尊重。玉珠表达了两星球在贸易、学术往来方面的议项。看许刚的表情变严肃且不断有信号扫过，玉珠想到了媒体报道。

火星的各新闻媒体，对信息都进行了现场报道，理性地评价了两星球建交的开创性历史意义，玉珠一瞬间和李风走红火星传媒。在信息问答会上，许刚以热情洋溢的语言表达了火星政府及火星人民对星际间外交的看法，对地球人的主权尊重，对促进星际和平的愿望，问答会时间一再延时，许刚的谈笑风生，李风的应答如流，玉珠的翻译补充，都不失为一道问答会上靓丽的风景线。

许刚、玉珠、李风三人终于熬到了问答会结束，待宣传信息撤走后，许刚如释重负地笑拉李风、玉珠的手，以地球语言问好。李风不防，一时还不适应许刚的举动，已全然没有了外交场合的礼仪，又不好随意言谈，只得笑赞许刚的地球话讲得流利，得体地询问许刚是否到过地球？许刚点点头。玉珠让李风放松一些，李风心里发愣，想地球上到底有多少火星人，玉珠问明了情况，告知许刚他愣神的原因，许刚笑道："很奇怪是不是，不必惊奇，习惯了就好了，多见不怪，我母亲就是地球人。"并再次说李风拘谨，直说得李风笑出了声，因为他刚才把许刚的地球话当成了火星语言听。许刚笑着解释自己和玉珠的父亲是好朋友，公事谈完，就是朋友和长辈晚辈之间的关系了。对于许刚的转变李风自然是乐于接受的。谈笑间许刚叮嘱："在火星上李风的私人问题可以在工作之外的时间找我。"他说他很愿意做他在火星上的亲人。言外之意，如果玉珠欺负他，他可以为他主持公道。许刚的话说得玉珠直要申明自己的不服气，还说要向父亲告状，许刚只是同李风谈在地球的生活而不理玉珠。气得玉珠一旁挑战不成又改变策略，把笑意堆了满脸向许刚申明关系："咱们之间是星际间的友好关系，通过我和李风今后可以当成亲戚。但您始终站在他的立场说话，只怕我最后支撑不住，破坏您的计划，弄得您老不好看不说，也影响我们两星球的关系。"许刚笑了起来，指着玉珠向李风诉怨："看见没有，我这刚要涉足，她就把星球关系搬出来威胁我，你说我要主持个公道多难。"玉珠娇蛮起来，一幅不说理相，又惹来许刚的大笑。外交场所能见玉珠和许刚这样的和谐李风深感自己见识浅薄。他禁不住地感激浩瀚星空，感激这星际遥远，思绪随着感知飞翔，他产生了把许刚当成知己的感觉。许刚倒像未解李风的意，还指着玉珠笑侃她对地球人的迷恋。说得玉珠心中气愤又不敢发作，直忍到许刚询问她结婚的日期，她才得以报复许刚，把日期说得模棱两可。说得许刚下了最后通牒，说玉珠的婚事必须得他主持。直把玉珠说个狼狈，只说如果许刚主持他俩现在就把婚礼办了。许刚笑她做了大使还小家子气，不待玉珠分辩便要赶她走。这可让玉珠抓住了理，说他侵犯人权，以地球使者的身份争辩，辩得许刚不赶她，只是笑，像看小孩子。笑她嘴像刀子样厉害，说俯首称臣了。李风一旁看得更是开心，在这里他体验到了工作时的认真，娱乐时的认真。看李风笑得开心，许刚笑说，工作中笑侃是常事。说他很喜欢这种工作方式，这样在工作中不论是同事还是上下级之间都会形成一种工作中的协调性，说着又想起了今天是与李风的初次会面，才更改了语调，笑同李风说："公事谈完了你们不妨去地面，看看选择的地址，还有地面直通车，专为转送星球使者使用的。"李风被火星的工作效率惊住了。从劳丹和他谈话到现在这么短的时间，工作程序就安排完了。许刚没注意这些，只说："看完地址可乘这专用车，回外事部的停车中心，从停车中心开车回家。"玉珠心里自然高兴，因为她从心里是乐于这种快节奏的。他们与许刚道完别，一起去了停车场。不待站定，就有工作人员走来迎接他们，把他们领到一辆很豪华的车前，笑着说："这是大使专用车，是留给你们的。"说着又来了几个人，笑着自我介绍是许刚部长委派来协助他们工作的，交流中得知他们也都去过地球。他们告知他俩许刚部长已在外事部给他们提供了办公场所，并命令明天就把房间腾出来。看玉珠得意，他们奉承道："这是许刚部长头一次破例。"李风这次是真心地发出了真诚的谢意，他心中有意无意地把许刚当成了偶像，他的诙谐，他的效率，他的细致周到几乎都成了他模仿的偶像。

李风等人上了直通车，车仍是密封的看不见外面，虽然里面的设施很全，却仍给人一种舒适的憋闷。几个陪同的外事部人员坐稳后先后向李风、玉珠做了自我介绍：玉伟、仁舟、树奎，并把自己的信息号告知李风、玉珠。车里李风依然是最高官员，大概是初识，也许是自己还未从对许刚的崇拜中走出来，李风的交谈又陷入了刻板，看着几个人只是有一种回地球的快感而已。他词不达意地与仁舟闲谈："您在外事部做事，接触的星际来客一定很多，能不能讲一讲？"仁舟看着他，笑瞥一眼玉珠："在外事部工作这些年，还真没接触过多少外星球的主宰生命。"玉珠听了感觉出他对李风把握外星球生物概念的不准确有些轻视，感觉的传递也使仁舟醒悟，忙岔开话题："对外星生命见识得少，但对地球生命的研究，我常在人后称自己是专家。"一句话说得车里的人都笑了起来。仁舟看了看车的环境笑着问李风："您看这车有什么特点吗？"李风笑着摇头："我只觉得这是电能车。"仁舟笑道："它的特点就是无人驾驶。""无人驾驶？"李风惊道："这通地面的，会遇到许多崎岖的路！"见李风惊讶，玉伟笑了："这车由总监控中心监控，属于控制驾驶。""这也是为了安全考虑，防止被外星人劫持，如有意外它会自动封闭去它该去的地方。"玉珠听着玉伟的解释，心笑李风像个初识世界的孩子，心好奇得惹人笑。待要笑出声时车停了。

车门开了，一束阳光照进来，几个人下了车。车门在回头的瞬间就关闭了，车向前开，转了弯就不见了。一行人来到一片空地前，玉伟指了指这片空场地对李风说："这里的地势，说是地面，其实是在像盆地一样的地方，底层露出青石面。李大使，您看盆地位置后倚高坡，向前延伸开来，从地理位置讲应属于行云流水的最佳地理位置。"李风看了看四周，从理性的角度仔细观察了一遍，伸手向半空试试温度，觉得还行，对玉伟说："车上我略算了一下，房间建筑得上百套，还有少不了的健身休闲场地，计算面积时这些都要考虑进去。”玉伟拿出遥感设备测试，测量了一会儿说：“面积小了点。”玉珠插话：“若考虑面积，种植养殖也必须考虑进去。”玉伟笑了：“那还得扩一倍，再有，一切供给由火星有关补给部供应，种养殖应该省略。”玉珠笑了：“你忘了火星的第一宗旨，自然环保。”树奎笑说：“建个垃圾处理点环保就解决了，挖开地下河饮水也解决了。”玉珠笑笑说：“建种养殖场不仅是解决食物，也是改变地面土壤层的一个步骤，其他星云由于其星球生存习性的缘故，各有不同。地球人不一样，他们同我们类同点多，应该考虑把自然移到地面的设想。让人体产生的垃圾融入大自然的循环链。”仁舟看了玉珠一眼说：“这以前咱们从来没设想过。”玉珠说话有些斩钉截铁：“如果以前没有那就从现在开始，总得有个开头。”说着笑了笑，这就叫创造。李风巡视完四周问仁舟：“这河水怎么处理？”仁舟指指地面：“这简单，向下挖1米左右就能看见河流了，地面上使馆区都通向海洋。”李风点头，心里想着改变陆地植被同改变大气层结构和气候的关系，随口说：“得加个污水处理站，还有这外防护墙不能等同于地下，这河流的流经线路得顺应自然。”仁舟皱眉：“这是系统工程和环保工程的结合体，考虑起来很费脑筋。”李风看着仁舟，“这人为的事情再难也会找到解决的办法，只是这天然的、无法抗拒大自然怎么办？”树奎不作声，只一旁盘算如何解决食品贮存问题。玉伟测试完显得胸有成竹，“开发出前面的场地足够了。”树奎拍了一下脑门：“防护墙得把自然灾害考虑进去。”玉珠突发奇想地说：“也可以考虑半地下半地上，消防问题就解决一大半了。”玉珠的话把仁舟说乐了，他边记边画着图纸，“这真属于极特殊情况极特殊处理了。”说着把图纸捧给李风看：“你看这是大城套小城的格局，外加田园风光，设想的几乎都在里面了。”李风伸头看个仔细，笑着说：“你很细致，连警卫室都标出来了。”仁舟笑笑：“不但这些，这植物类都是先选高产氧的，如果没有异议就动工了。”李风一时也再想不出什么，只得点头，“越快越好。”仁舟点头，脑信息转动，一会儿直通车来了。

看着开来的直通车，想想刚刚的设想，玉珠反倒有些不自信起来，因为今天提出的不是她预先想的，甚至可以说一样都没有，能发挥出来也许是集约发散的思维结果吧。在旁的李风也浮现出玉珠的设想，自己也浮想联翩。是啊！火星人容纳了我们，使我接受了不少火星人的理念，今天又要用这个理念去为火星的改变去努力，真是一种理念指导一种思想，一种思想指导一种行动。

李风等人刚乘车回到外事部，就被一位工作人员拦在他们前往许刚办公室的路上，说要看外事部配给他们的车，玉珠无奈只得把他领到自己的车前。来人是宋少强，他按照玉珠的指点，细细地端详车内的装饰配备，看里面布置得办公场所一般，回身对李风竖大拇指夸奖，玉珠也被夸奖得喜形于色。宋少强这才开口说出了拦他们是想进使馆工作的目的。宋少强的婉转惹来了李风等人的大笑。李风只看了玉珠一眼没商量的口吻一口定了下来。李风的同意，玉珠自然不能反驳，自然高兴地同宋少强握手表示欢迎并接纳。李风见大家兴致很浓，问玉伟、树奎、仁舟想不想一起去开车兜风放松一下，三人忙摇头。玉伟笑说李风、玉珠操心劳顿应该两人去兜风放松才是。玉珠笑着点头：“这样也好，宋少强你们四人去办公室整理一下，把先期工作开始开展起来。”四人见李风无异议，转身走了。

从许刚办公室出来，李风、玉珠上了车开走了。李风坐在后座上拍拍这，看看那，端起水杯望着开车的玉珠，自语道：“香车美女。”一副怡然自得的样子。玉珠听了心满意足地笑道：“这得感谢你，没你任大使，我也开不上这样的好车。”李风笑笑：“这种专用车是不是有外交豁免权的?”玉珠点头：“是的，这车里的人享受特殊的待遇，怎么样我带你去看看火星旖旎。”李风听了心喜：“那还不快开!”玉珠像一台计算机接到指令似的,立刻开上了路区。玉珠边开边欣赏李风,为自己能为他服务而欣然,回眸瞬间瞥见李风看情侣馆,她心里一颤。“停车。”玉珠机械地停了车,“怎么啦?”李风想了想:“你看是不是带上超然一起去?”本来玉珠想过二人世界,听李风要超然一起去心里一百个不愿意,憋闷在那儿不作声,见玉珠心中的不满意流露于脸上,李风后悔一时高兴嘴说快了,眼前的情况只好赔小心,“我感觉超然可能近期就回去了,我想多点时间陪陪他。”说着鼻子有点酸,短时间克制,平静了许多。看李风的样子,玉珠心又软了,说道:“本来想简单看看,你要带上超然就带吧,扭不过你。”李风叹口气:“一起飞来,不能一起回去,算是地主之谊吧。”玉珠再没有说话,掉过头驶向休息处。

来到休息处,玉珠本想等在车里,可李风不许,拉玉珠的手到超然房门前,示意玉珠敲门,玉珠心里本来想气,但李风把她作为女主人,她又不能不做出样子——二人团结的样子。玉珠上前敲门,听见里面有说笑声,二人进了房间,罗飞、张山见李风、玉珠进来,过来拉李风的手问,“你们躲躲闪闪的,不露面跑到哪儿去了?”李风要答,淑花抢过来,笑说:“这还用问,同玉珠一起进来,被玉珠领到家里去了呗。”超然笑淑花把话说得太远了。李风挣开罗飞、张山的手:“我得先歇歇,为地球人,我不辞劳苦勇于献身地投入到为地球人做贡献去了。这不,我忙得连饭都没吃上,饿死我了。”说着看了看超然,“不行就将就一下吧,先把超然吃了吧。”边说边抱着超然的头就啃,吓得超然挣扎着往床里躲,嘴里不住地告饶说自己的肉不好吃。玉珠看李风孩子似的玩耍也跟着笑出了声。她开始喜欢男人这种情感表达的方式了,虽然她以前常见男人间嬉闹,但这次不同,嬉闹的是自己爱的人,她欣赏有情有义、真诚不虚伪。

李风和超然闹了半天才停下来,他看了看大家说:“向你们传达一个好消息,从今天起地球与火星正式建交了,本人荣任地球驻火星首任大使，玉珠任副大使，临时使馆武官。”超然等人笑他玩笑，玉珠拿出交换的火星书，传给大家看。见玉珠的神色，结合火星文的证书大家信了，只是有些突然，没反应过来只有听的份儿。李风得意：“从现在起超然、罗飞、张山、亚洲都将列入大使馆本大使的保护之列。”超然笑了笑，“都是一路来的，应该考虑记录先些时候来火星登记的人。”李风先前只是被人权保护措施充斥了头脑，超然这一提醒，一下子把他的思路拉了回来。看看玉珠，见玉珠向他点头，心便放下。张山、罗飞互相望望，心有些激动，自然地把自己当成了他乡客，看了罗飞、张山的表情，淑花、莉萍的心里也自然一凉，又不好表现出来，只鼓掌表现高兴的样子，说：“张山、罗飞这回你们的安全感可是有尊严的，有律可依了。”她们这一提法让罗飞、张山的心又一凉。莉萍和淑花的心这一凉一时缓不过来，说话便客气了许多，“这次你们回地球的时期可就写在日历上了。”莉萍说着望望淑花，其实这时她们的心被搅得很乱。像是冷了场。本来很有兴致的李风想和他们谈几句就拉超然走，见此状心中自是不解。玉珠心细看出了端倪，坐了下来也不顾李风急与不急，笑着问淑花：“如果将来两星球通行，你有没有意向去地球星际旅行？”淑花勉强地笑：“我还有工作要做呀。”玉珠的心情轻松了，“别忘啦！是我在和你说话。”淑花问：“那又怎么样？”玉珠心笑，“你现在可以这么说，等我把张山送走，看你到时候怎么求我。”淑花听了玉珠的话心一颤，想说张山走她自然不许，觉不妥，又想说她自然会去送行，可嘴却不听指挥张不开，只觉心转暖，说：“大不了哭一场。”说着看看张山，眼泪差点流下来。张山的心里忽然激动起来：“等到哪天我带你去地球。”罗飞看看莉萍，“我也一样。”玉珠笑着看看淑花、莉萍，“我要是你们呀，就开动脑筋诚挚地恳请玉珠大使帮助，请求玉珠副大使告诉他们把个人资料准备好，先办个星际护照签证，以备他们逃离地球时没有护照被困在月球上。”玉珠的话差点让淑花、莉萍喜极而泣，同时也使淑花、莉萍受了启发，相互望望，说话的语气像商量，大意为办理护照不如劫持人质来得方便。说着两人微笑着走向玉珠，玉珠感到了危险来临，忙向李风身后躲，李风也是笑着躲。玉珠见李风挡不住便向超然身后躲。淑花、莉萍当然穷追不舍，把李风看得开心地笑，超然独挡有些招架不住的样子，忙不迭地嚷亚洲无情，此时不来救驾。听超然的话李风一惊，太失误了，使馆区怎么忘了商量亚洲，给亚洲留下区域的使用空间，本想制止他们之间的嬉闹，但见超然的狼狈，又不敢多嘴，于是又多了丝忧虑。

此时的亚洲在飞碟上已是汗流浃背了，哈娜累得几次要昏过去。从清晨练到现在，快一天时间了。指导师看他们支撑不住的样子才提出休息。他们像得了特赦令一样，终于可以坐下了。亚洲坐在地板上，哈娜倚在他身上软作了泥。亚洲努力地直身做哈娜的椅。他很累，但他觉得更应分担另一种累，哈娜的累。

关心是一种良药，它的治疗效果往往好得出奇，哈娜歇息一会儿觉得缓了许多，伸手摸摸亚洲的脸，亚洲感觉她的手湿凉，看着那椅上的指导师恳求地说："今天能不能练到这儿？"指导老师看着两人，心里也是怜悯。他自己也累，也想休息，但任务、时间阻止了他的想法。见指导师为难，哈娜站起身，伸手拉起亚洲对指导师说："我们能坚持，继续吧！"看站起来的亚洲脸上还有汗，指导师心里妥协了："正常训练得几个月时间，现在压缩到几天完成，面对这操作难度大的军用飞碟，也真难为你们了。"哈娜苦笑："没办法，时间紧任务重，往往得用瞬间的变化激励自己。"听了这话指导师笑了笑："好在你们都是高智商，理解接受问题超出了我的想象极限。"哈娜谢他赞赏。指导师看看剩余的训练内容，笑道："今天偷回懒，再歇会儿。"不等指导师说完，哈娜拉起亚洲的手，逃向舱外。

和煦的阳光下，阳光暖得柔。哈娜、亚洲席地而坐，不管亚洲同意不同意，哈娜就往亚洲怀里挤。亚洲躲闪，“你累我也累，你别欺负我好不好！”哈娜抬头仰脸：“我知道你很累，我很同情你，但我比你更累。”话说得亚洲哑口无言，只能任哈娜挤在怀中间。“是不是很舒适？”哈娜点头，亚洲叹气：“哈娜的幸福往往建立在亚洲的痛苦上。”哈娜脸贴着亚洲的胸口：“唉！没办法，只能这样了，受着吧，就当这是任务。”亚洲一脸的苦：“我的任务更重了。”哈娜闭上了眼，“我也担心你的身体，可现在不把你训练好将来可怎么得了。”亚洲笑了。哈娜什么也没想，她在亚洲的怀里睡着了。

熟睡的哈娜使亚洲静了下来，他的累转化成了一种轻松感，也许是能量的转换吧，累也是能量。它通过微粒子流转化到亚洲身上，同时这种粒子流也把亚洲心里滋生的疼爱转到了哈娜身上。能量的传递给了亚洲一种感觉，使他感觉到了火星人勤劳的本性。看着哈娜熟睡，他更多地体会到女人不是因为美丽而可爱，而是因为可爱而美丽的真谛。每一次发现都是新感觉，每一次感动都令人骄傲，望着熟睡的哈娜，他抱着她一动也不敢动，生怕惊醒了她，她累了，也该歇歇了。

世间事，人间理。哈娜的感动藏在了心里。

听说哈娜有了恋人，又见淑花彻夜不归，淑花家可就不消停了。平静的家庭起了波澜，父母脸上的皱纹展开了，温暖的涟漪开始在家中荡漾。她的父母坐下来也有了话题，猜测女儿是不是也谈到了朋友。在相互的推理中，他们选择了肯定的答案。因为他们希望是这个答案。他们猜测女儿会谈上一个什么样的人？长得什么样？哪一家的子女？二位老人专心得如猜灯谜一般。吃晚饭的时候几乎一个月没与儿子玉昇说话的淑花母亲英繁看着儿子终于先开了口：“听没听说你妹妹的事儿？”玉昇听母亲的问话有些意外，看着母亲小心地说：“刚听说，怎么啦？”英繁心急：“刚听说，你回来还这么稳当？”玉昇听了笑：“不就谈个朋友嘛，有什么急的？

让她自己说不是更好?”淑花爸笑说:“你妈急了,想说什么说什么?”玉昇添口饭,“我是通过哈娜、玉珠的信息得知的这事。”英繁听了忙说:“明天探问一下你妹妹的情况。”淑花爸一旁冷笑:“你真是病急乱投医,托谁问不好,还敢指望这种人。”玉昇放下饭碗,不服气:“我是哪种人?”淑花爸没理他,“不知道,官做大了,忘了自我了,学会揣着明白装糊涂了。”玉昇鼓起嘴,脸皮显得愈加厚,“有什么不明白的,不就是没谈朋友吗? 我想不至于那么讨人厌吧!”淑花爸说话有些气愤:“也不知道我是哪辈子没修好,碰上这么个冤家。”见父亲要继续长谈,玉昇心急,把脸上强堆了笑,“我是因为工作忙没时间谈,有一点我保证绝没与你作对的意思。”父亲更是冷笑道:“有忙的理由当然好,可主观不努力客观理由一大堆总还值得参考吧。”谈话冷场,寂静往往是大战的序幕。英繁忙接话:“都少说几句吧,看你们同龄人没成家的还有几个?”玉昇听了沉默。英繁又数落起淑花爸:“有什么话不能好好说? 要么整天不说一句话,要么说一句就吵。”淑花爸指着玉昇:“你先看看他,哪是想解决问题,消极抵抗!”英繁看着他心笑:“偌大的年纪拌起嘴来还是不相让。”玉昇见话有了转机,忙安慰母亲检讨自己不好,只忙于工作,忘了个人问题,顾了大家忘了小家,他直解释得自己心虚。英繁说话语重心长,“你父亲说话也不无道理,他也是心里以你为重。我知道你们忙,可我和你父亲,也想这家里多些家庭的气氛。我们一天天老了,希望生活有个盼头。”说着流下了眼泪,玉昇低下头,“这些年对你和父亲的关心太少了,忽略了您二老的心情,忽略了自己对这个家的责任。”父亲也低下头:“你能想到这些最好,工作上也还是不能放松。”玉昇点点头。“淑花的事你也得多关心一下,你是兄长。”玉昇见母亲又要把话题拉回来,忙起身溜,应允把淑花的事查个明白,并狡猾地回头许诺很快就找女友。他的话英繁一点儿没信,只看着儿子的背影摇头笑。

门前有一棵树，女人看它是艺术是美，男人看它是材料，希望它能成有用之才。母亲希望他开花结果，父亲想到的是落叶归根。众人眼里它是植物，运用自己的身体装饰环境，把二氧化碳吸入体内，把氧气还给自然，于树本身它是自然界的一员，为整个自然界贡献着自己的力量。

玉昇溜出家门的速度很快，可出了家门这心里也就犯了难，淑花的事好办，可这女朋友又上哪儿找啊？茫茫人海，这位在外事部做事的玉昇，早年流浪地球，回火星后又不忍妹妹远离父母，代替妹妹去了宏星，他精通三球的语言，能力使他负起更多的责任，不觉成了大龄青年，谈友成了一道难解的题。

无独有偶，莉萍家的情况也差不哪去，她仿佛和玉昇在单身的路上赛跑。形象地讲，她只是把自己融化在自然界中，把自己和研究的项目融为一体分不开，仿佛她是研究项目的情人恋人，把恋爱时这世界再没有其他的身影淋漓尽致地体现出来。仿佛是年龄越大心越远，一年又一年自己的项目仿佛由恋人变成了夫妻。父母只这一个女儿，怎能忍心看她在人生路上独往独来，每日挖空心思地把她往谈朋友的路上引导，可这又何其难。

哈娜在亚洲怀里迷迷糊糊地睁开眼，睡眼惺忪地望着亚洲，揉了揉亚洲的脸，“我睡着了？睡了多久？”亚洲笑说：“才睡了一会儿，你累了。”哈娜没起身懒懒地说：“我像睡了很久，走了很远很远。”亚洲让她再睡会儿，她摇摇头，看看飞碟，“终于有自己的家了。”亚洲看着她心安不语。哈娜仍梦幻般地说：“得把这个家每个角落每个环节搞清楚，防止以后过起日子来它发脾气。”亚洲看着哈娜：“请注意语言结构，一词表达一意，一语双关会让人反应不过来。”说着两眼直视着她，好像要把她看透。哈娜抿嘴笑：“是反应不过来，还是不想有反应。”说着瞥了他一眼，“你怎么总是看着我？”亚洲摇了摇头：“我这不是看，是在观察。在观察中寻找一种美!”哈娜脸一扭,“吃蜜长大的。”说着把脸枕向亚洲怀里,“就不让你看。”过了一会儿抬起头,见亚洲还在看,她忙又埋起来,“你怎么还看?”亚洲笑,“趁有光多看一会儿,等天黑就看不见了。”说着又哼了一声,“那时求我看也不看了。”一听说天黑,哈娜忙起了身。“天哪,怎么把正事忘啦,快向指导师招呼一声,让他把我的办公用品搬到飞碟上。”说完站起了身,拉亚洲:“快点走。”亚洲问她忙三火四地干什么去?哈娜开心地笑,“做恶人去。”亚洲听完一拍脑门,“忙昏头了,副指挥长说今天还要把制造飞碟的原材料送到飞船上,可飞船又无人值班。”哈娜笑笑:“如果送不上去可以延后几天吗?”亚洲叹口气,“早晨把超然送回飞船就好了,罗飞、张山谈情说爱,没他什么事儿,只怕他触景生情,这看着和看不着可是两种感觉。”哈娜笑看他,“会理解人了,我想这刺激不到他,他的心在地球上,心不在,一切皆是惘然。”亚洲想了想,“这也是,到时候丢开三载离别恨,收拾长吁短叹声,重温旧时梦。”哈娜也夫唱妇随地感叹,“再有什么梦,也没有这梦甜。罗飞、张山现在多体会些也好,为将来的回忆多增些资本。就是现在回飞船也会有很多回忆,只是把他送回飞船有些不忍。”亚洲苦笑:“没办法,如你说的恶人总得有人去做,要不我明天请示下副指挥长,看看能不能再给他创造些机会。”哈娜不语,因为具体情况她拿不准。美好的愿望靠人去实现,这一点他的理解是很深的。见亚洲为难,哈娜深思了一会儿笑了,“你呀有时像个谋略家,智慧时如战略家,有时又像小孩子,这罗飞、张山的事儿不是你想的那么简单,看他们的目光不能只盯在情上,如果他俩的目光盯在情上,他们也不会想你去与指挥长提这事儿。”亚洲有些醒悟地点点头,哈娜想了想:给他们制造机会得把思路引到使他们能更大地发挥创造力的机会上,那样我就可以做主,总比准他们多待几天体面。亚洲忙谢,恭称她为大善人。哈娜被恭维笑了,“我是大善人,这也对,得分什么事儿,究竟有些事是不能自己做主的，人在什么时候做什么事，是由环境决定的。当环境需要这种人时，把他推出来，那样他做事才能体现他的价值，发挥他的创造力。否则，仅人为地帮助，不仅帮不了反而会害了他。”亚洲听得频频点头称是，听哈娜说完亚洲看着她，不知用什么话恭维她好了，“你呀有时就是个典型的小女人，有时又是政治家。”说着满脸自得起来。“我邓亚洲看来是祖上积德了，让我今生遇到了你。”哈娜摆摆手，“有点肉麻，换点新鲜的，最好以后自律地约束自己。安排好时间，每天用点儿好词儿来取悦。”亚洲抬头愣神：“用什么词？”哈娜一笑：“当然是赞美我的了！如怎么才能隐赞我长得漂亮，别的我不爱听。”亚洲看着她心想，这刚成为哈娜，怎么又变成小女人了。哈娜似乎理解了他的意，笑说，“别多想了，咱们就是小人物，得做咱们该做的事，生活在现实中得真实点。”亚洲点头，想想说：“我想今晚应该回飞船，把近期的新思路传给地球，再有，也得接收一些地球的新信息了，你明天早点来接我，你看行不行？”哈娜看着他，“这样也好，有益于今后的方向，别忘了传出你今后将生活、工作在飞碟上的信息，只是我担心你这没白天晚上地连续工作，会累坏身体的。”亚洲紧拥着哈娜的肩，“我理解你的心情，会注意自己的身体。”哈娜点头：“也是，很多时候我也说服不了自己做事，总觉得时间不够用。”亚洲也苦笑，“凡间事凡间做，伟大是平凡构造起来的。”哈娜笑：“这话往细里品还真有意思，小处看是两星球的友谊，大处看是人类的生存与发展。”亚洲得意：“事无巨细，有意就行。”哈娜拍了拍亚洲的肩，心满意足的样子：“别演戏了，我的大哲学家，回到现实中来吧！幻想换不来饭吃。”说着拉起亚洲去了洗漱间。

精神好了，人也自然清爽。身体也是一样，洗漱一遍哈娜觉得身体清爽了许多，换了服装出来，不见亚洲。挥手招来指导师把一些事情向他做了交代。亚洲出来的时候，只看得哈娜差点落泪，因为亚洲的外衣还带些湿气。他说洗漱前把衣服洗了,洗完未烘干。哈娜暗骂自己不是个好女人,没真正关心亚洲。亚洲见哈娜难过、心酸的样,低头看看自己问:“怎么啦?”哈娜低语说:“我太自私了,忽略了生活上对你的关照,很凉吧?”说着伸手摸摸亚洲的外衣。亚洲心暖了一下:“没关系,一会儿就好了。”哈娜拉了他的手说:“我会改的,相信我。”像是在激励自己。

人与人的关心,更多应该体现在细节上,体现在细节上的一种默然。绿叶扶花的时候总是悄悄然,到花朵绽放时,美诞生了。哈娜搂紧亚洲,把自己身上的热粒子转给了他,温干他的衣服,温暖他的心。

车到了休息处,见外事部的豪华车停在那儿,哈娜的心诧异。她还没到休息室门前就听到了里面的说笑声。没待亚洲敲门,哈娜就推门走了进去。门一开,险把哈娜惊倒,屋里凌乱的场面,差点把她的头炸开,屋里的人玩疯了。二人的出现使屋里人齐声欢呼起来。亚洲突然看到了超然孤单的身影,苦笑着鼻子有点酸,向超然点点头,“瞧你怎么还是一脸的疲惫。”说着走过来,挨他坐下。超然看他的脸:“怎么你一直未休息?”亚洲笑了,看哈娜一眼。哈娜向超然笑了笑,转向淑花、莉萍二位:“疯丫头在聊什么,聊得这么兴趣盎然?”莉萍歪头:“想听么?”淑花拦住:“不告诉她!”玉珠一旁笑,“看你一脸鲜花绽放,我们能聊什么?”哈娜正了正脸色:“胆大的疯丫头,玉珠不学好,你们怎么也学她的样,这么大了可怎么得了?”淑花看看莉萍,两人心相通地止住了笑,向哈娜表情严肃地走了过来,趁哈娜愣神之际两人一边一个把哈娜按住,按倒在床上,揪住哈娜的耳朵,喊着一二地你捏一下我捏一下,把无法反抗的疼痛有节奏地留给了哈娜。相衬得当的是玉珠直不起腰来的笑声。淑花、莉萍边工作边配合玉珠的笑,捏了一会儿见玉珠一旁幸灾乐祸得也差不多了,放开哈娜转向玉珠,玉珠也被这突然的目标转移吓到腿软，哪逃得过，被淑花一把拽住，按下进行了通身的人体按摩，还不准投降，直至有人敲门进来送餐，玉珠才得以“生还”。

亚洲挨超然坐，本想多陪超然聊聊，却被眼前这突发的恐怖事件搞得发毛，张山等人倒乐得做个观众。待晚餐摆好亚洲才体验了他们相处的交融。屋里静了下来，哈娜看了看玉珠的狼狈不比自己差也就心安。淑花、莉萍的胜利者姿态无形中连接了一种默契。当哈娜笑喊亚洲、超然进餐时，忽然觉出他俩的孤单，便一愣神。亚洲拉起超然，不顾别人同桌吃饭。玉珠看他俩的急，笑说他俩在进行最后的晚餐。超然只笑说还修行不到稳稳地进行这最后的晚餐的境地。说着又不免心惊，琢磨这怎么成了最后的晚餐。李风喊大家到桌前，倡议大家陪超然吃好这最后的晚餐。许是玉珠这最后的晚餐提得不顺，张山、罗飞只吃了几口，淑花推不饿，莉萍只是喝水。见他们这样，超然倒吃得起劲，填了个饱，吃完床边一坐，看着大家，如一老人看难过的孩子。

大家坐了一会儿，哈娜心有余悸地看了看莉萍和淑花，摸摸耳朵笑着说：“天下没有不散的宴席，今晚的恶人还是我来做吧。”说着小心地拍了拍淑花、莉萍，直接告诉她们，“分别是暂时的，团聚才是永恒的。”超然好像感到了自己要回飞船，笑着对大家说：“你们总是看错剧本，一再告诫你们现在演的是喜剧，别演错了方向，把剧向悲处演，把自己演得很悲伤。”超然说得很勉强，听得人默然，只哈娜勉强点头，“超然说得对，人生经历风风雨雨，在这特定的环境下，我也只能说是暂时的分开。”说着看看淑花、莉萍，“相信我，相信爱的力量，坚定信心，我对我说的话负责。”淑花、莉萍点头，哈娜对罗飞、张山等说：“时间不早了，咱们就早点动身吧！”张山、罗飞恋恋不舍地跟着哈娜出了门，转身与跟出来的淑花、莉萍握手，没想到她们二人像没看见一样径直走向了车门，罗飞、张山弄个没趣，跟着哈娜上了车，看淑花、莉萍表情木然，以为她们乘车回家，也不好搭话。待亚洲、超然过来，看到淑花、莉萍在发愣，哈娜苦笑地劝淑花、莉萍，“送君千里终须一别，下车吧。”把话说到这份儿上，淑花、莉萍相互看了看，慢慢地下了车，下车时，张山、罗飞几乎同时感觉到了大腿的疼痛，咧嘴但不敢出声，玉珠见她们下了车，便把她们带上了自己的车，两人躲进车里眼泪止不住了。

哈娜把亚洲四人送上飞船回到休息处，又上了玉珠开的豪华车，玉珠与哈娜商量，请她去家中做客。哈娜心想回家，可回家的想法一产生又突然有一种恐惧，稳稳神，看着失神的淑花、莉萍：“带上她俩吧，现在送她们回家，她们的心情也平静不下来。”玉珠见哈娜这么说，也没反驳，心想带上她们聊聊天也好。哈娜转身问淑花、莉萍：“去玉珠家聊聊天舒缓一下心情？”莉萍点头。哈娜笑着对她发难，笑她哭出了一个悲惨世界，悲得比世界末日到了还惨。淑花冷笑：“你不也哭了吗？你敢说你没掉眼泪？”莉萍帮腔说：“我都看见了，她哭了，还是个大官呢，也哭鼻子。”哈娜笑了，“大官怎样，大官就不是人，就没有七情六欲，看清楚点，我是一个女人，咱们都一样，都是小女人。”说着看了看李风，“你怎么一言不发？”李风闭着眼睛，“我在回忆我的一生。”哈娜忍不住大笑，“你的一生？就是生在地球上，死在火星上的一生，就是一辈子给玉珠当牛做马的一生。”李风觉得浅便补充道：“我的一生是为两星球人类服务的一生。”说着睁眼看看淑花、莉萍哭泣的眼，“我有个愿望，希望能接淑花、莉萍的班回地球去，把长城全哭塌了。”说着用力地挤着有些干的眼睛，试图挤出几滴泪来。见李风的样玉珠问哈娜，“你给俺的孩儿使了什么魔法？他好像不会正常说话了。”淑花抹了抹眼泪笑道：“谁说他不正常了，他在那儿变着法儿地笑我和莉萍呢。”李风笑了笑，“你误解我的意思了，我是发自内心地想把我的眼泪当成一条长长的河，从地球到火星，便于淑花、莉萍驾一叶小舟从火星到地球，去探望名叫罗飞、张山的负心人。”话音未落，车里的笑声一片。哈娜笑着摸李风的头:“不热嘛！怎么忽然就不会说人话了?”李风绷着脸看哈娜,“我会说人话啊!”

超然见罗飞上了飞船,便立即关了舱门,望望关上的舱门,罗飞眼光呆滞地坐在椅上,望着张山不作声。短暂的沉默。亚洲走来望着张山、罗飞,“怎么一时还过不去心上这道坎?”罗飞、张山不语,超然笑笑:“现代版的牛郎织女。”罗飞望着超然咬牙切齿,“我宁愿相信聚散离合总有时。”张山苦笑,“只是愿望吧,回地球后只能靠望星辰来度余生了”。亚洲一旁观火,唯恐二人的心火烧不旺。“张山的想法不好,不如超然的提议,每年还能见一面。”超然冷笑:“就这样还悲观失望?还要与火星同在?”罗飞被超然的话逗笑了,“我要是能实现这愿望就好了,只这星球间星河遥远。”说着摇头叹气,亚洲变聪明的速度似乎超常,“人说恋爱中的人有一突出特点,就是瞬间变为傻瓜。我看这话一点都不假。”超然故作惊讶,“有这事儿,我怎么没碰见,我那时只会钻牛角尖。”罗飞、张山看着超然心明镜般清楚,超然在讥讽他们,两人向超然咬着牙,心中恨不得把超然撕碎了。超然看看罗飞、张山,担心要遭到他俩的报复,于是做出后悔了的样子说亚洲:“不应该看他们的样子幸灾乐祸,要小心自己也有这一天。”亚洲显然比超然更能把握自己的心:“我和哈娜在工作上是搭档,生活中是朋友,你有寄托了,拿他俩的痛苦寻开心。事发了,反推到我的身上。”超然被揭了底,哈哈大笑。罗飞比张山聪明些,转过神来欲寻超然的短处。超然见罗飞的眼神现出诡异,感觉情况不妙,忙转向亚洲把话题岔开,“你知道的事多,可以具体事物具体分析,对他俩的事还是用事实推理开解开解他们才好。”超然怕事不妙,紧咬着亚洲不松口。罗飞、张山心里要治理超然,可听超然的话又觉得有道理,俩人心里也迫不及待地想知道个究竟,便把渴求的目光转向了亚洲。这倒让亚洲得意起来,笑了笑对他们说:“超然说得对,趁你们全傻之前开导开导你们,也让你们全傻后也傻个明白。”罗飞、张山忙不迭地点头,表示愿意接受这样的开导。亚洲又笑了笑,他也没思想准备,想了想对他俩说:“你们想啊,当初火星人没有非礼遇地对待我,还为我们设计了一系列的程序,为什么?我想他们一定有更深远一层的意义在等待我们。如果理智一点儿地看这几位女性,我想她们不会这么轻易靠近我们,选择是她们的自由,但带着任务的选择意义就不同了。结合他们设计的程序,他们给我们规划得更深远的意义远比我们想象的远得多啊。”罗飞、张山虽听出了一丝希望,但头脑中这层雾还是散不去。其实亚洲也是一头雾水,超然见亚洲这般笼统地开解,觉得他说得还不彻底,沉吟了一下接亚洲的话说:“说了半日,说不到点子上,直说爱是他们设计的程序之一不就可以了,做好的程序怎么能散呢?”一句话点醒梦中人,罗飞、张山二人心里一下子明朗了许多。亚洲的心也被超然说开了,心情好了,态度也变了,他对罗飞、张山说,“别顾影自怜了,快点工作,别再做牛郎织女的梦了。”说着踢了张山一脚,踢罗飞时,罗飞快速地躲开了。

几个人开始分头工作,查看地球发来的信息。查来查去只总结出一条——对他们的工作很满意。亚洲把近期的工作细致汇报,用信息发回了地球,重点汇报了火星人将帮助地球制造飞碟,待汇报至计划建设驻火星大使馆时,地球方沸腾的信息接踵而至。询问玉珠的信息似乎更多些,还增加了对他们五人的调侃内容,把舱内的气氛搞个盎然,多了许多喜气。还有信息求罗飞帮忙寻找火星女孩的,并讨好加调侃地发来不工整的喜字,引得四人笑个不止。

时间分秒地过去,汇报接收程序完毕,亚洲擦了把头上冒出的细汗,回头看超然,问他直眼在想什么。超然摇头不解,怎么这许多地球人争着来火星寻缘。亚洲笑笑,“那是你没细看,火星的女孩的骨骼美感特别突出，哪一个到了地球都会是倾国倾城那种，加上让人酥麻的肌肤，说来总是在这里没白活一回。”罗飞终于明白了，直直地站起来向亚洲敬礼。亚洲抬头看他满意地笑道：“怎么样，年轻人，还有悲伤吗?”罗飞摇头：“回您老人家的话，我看到了希望。”说着看张山：“我感觉到了我比这白痴强。”张山望着亚洲、超然：“我倒霉不倒霉，一句话没说，先弄了个白痴的美名。”一句话说得大家笑了，亚洲大模大样地看看张山：“白痴竟从我头上被搞走，到底是年轻人脑筋转得快，看来我是老了。”众人忽然停止了笑，都仔细看他的脸，且每个人的脸都带着急迫。

当亚洲的脸皮被众人看得厚了的时候，他的工作效率似乎高了很多，谈起了政治与爱情。超然带头抗议，说这样是玷污了他们的感情。罗飞、张山也建议先抛开政治情感，在投入作战之前先有个预演。接罗飞的话题张山首先谈到了一见钟情，不待超然解释，来了灵感的罗飞抢了先，“一见钟情就是你一眼看上了我，我一眼看上了你，绝没有恶心的意思。”超然笑着解释：“这一见钟情分男女两种方式，男人一眼被女人的美吸引了，无论这美出自她的哪个部分，都是你永远记不准却也永远忘不掉的，这种美结合在她的美貌和气质中；女人看男人则主要看男人的气质，相当一部分是男人的味道，比如说我，我站在那儿无论多远我的味道都会被靓女闻到，并寻味而至，追寻我一生的踪迹。”罗飞听得意味深长，“我觉得闻到你味道的，不像女人像猎师，寻找你一生踪迹的应该是我们。”亚洲看着一脸严肃的超然：“他的一见钟情把自己奉献了，而我的一见钟情却带有一种幻觉感，更确切的是一种重逢感。”张山听亚洲说，眼神中也似乎带有一种梦幻感，但用否定的语句提醒亚洲，说跑题了，偏离了一见钟情的主题，亚洲没听见似的沉溺于幻觉中，若有所思地回味道：“幻觉真好。”张山跟着亚洲的幻觉，跟了一段儿，忽觉跟错了方向，回过神来打个哈欠。“睡吧，我已渐入了我的幻觉,值班的事你们来吧。”看着入睡的张山,超然觉得时间差不多了,“你们休息吧,我值班。”大家睡下了。

哈娜一行来到玉珠家时,劳丹夫妇正在聊天,他们聊得正投入的时候,玉珠她们进了门,劳丹夫妇抬头见玉珠领到家里来许多人,夫妇二人忙起身相迎。先看见哈娜,劳丹关心地问:“这么晚了,还没睡?”哈娜笑道:“我要是休息,怎么知道二老在密谈,而且看样子你们谈得很温馨。”夫人过来拉她,说她贫嘴。玉珠听了母亲的话,也笑哈娜该打。莉萍、淑花等跟进来,劳丹请大家入了座,他笑对哈娜说,“你这工作起来也是争分夺秒,我刚进家门,你们就跟来了。”说完转向淑花、莉萍问,“你们谈得怎么样?有没有收获?”淑花和莉萍红着脸低头不语。劳丹看看哈娜,笑笑,对淑花、莉萍说:“看样子,这第一步是迈出去了,成功了!”哈娜笑说:“他们谈得很融洽。”劳丹笑说:“他们是从一个星球选出的精英,人中的精华,如果谈不好丢掉了太可惜了。”李风听了劳丹的话看看玉珠,腰不觉得直了许多,略露出了些傲气。玉珠看他的样子,抿嘴笑,笑得很甜,暗里却悄伸手捏了他一把,疼得李风当时就咧嘴弯腰。玉珠做出心疼样地问他怎么啦?李风忙把笑堆在脸上,说很好。劳丹转问李风:“今天进展得怎么样?”李风忙笑说:“都布置得差不多了,只是忽略了给哈娜的飞碟留块场地。”劳丹笑了笑:“事后才想起来,也罢,没留就没留吧,他们现在直属外事部,还没完全独立出去,用现在的场地也行,而且安全保密性也高。”李风问:“明天就动工了,您看是不是得有个开工典礼什么的?”劳丹笑着拍了拍李风肩:“这搞不搞开工典礼的是你们使馆的事儿,要搞我就协助你请有关人员,其实就我个人观点看典礼就免了吧,那只是形式,不重要,眼光要盯在重要的事上,那就是内容建设和速度,今天你俩走后我听说建筑材料就送去了,明儿一早就可以动工了。”李风恭维火星的工作效率。劳丹笑,“我考虑的是你们与地球通信联络设备如何解决，因火星与地球连接不上。中间还得有翻译过程，影响通信的保密性。”李风看看哈娜：“飞碟速度快，是否劳烦你和亚洲回地球一次，把设备带过来，还可以顺便带几个人过来，我这儿人员不够。”听了李风的话哈娜一下回过神来：“人员不够可以慢慢解决嘛，再说了，现有的人员为什么不用呢？”劳丹也笑了，“是啊，人员不就在眼前么，罗飞和张山。”再看淑花、莉萍：“淑花、莉萍也可以考虑嘛，这提供一次机会就可能创造一个奇迹，完美的工作方法。”劳丹的话说得淑花、莉萍一时手足无措，呆呆地看玉珠。

事情往往就是这样，所谓的巧合、暗合都是需要安排的。适应了这种安排，事务顺利发展，背离了，产生的就是无休止的矛盾，劳丹、哈娜、李风的意见正合这种规律。

玉珠没想这么多，她的脑海里只把怎样协助好李风作为第一位，见他们三人意见基本合了拍，一旁笑着说：“既然三位领导人没有意见，我看明天就把他们的工作定下来吧，哪怕是暂时的安排。”哈娜笑笑：“玉珠说得对，没有暂时哪来的长久。”李风思考得比较全面，笑着对玉珠说：“既然需要，这事你就具体办吧。我的工作重心得放在使馆建设上。”一件看起来比较复杂的事情，就这么简单化了。劳丹转头对淑花、莉萍说：“今天上层领导还研究了你们的事，对你们的事很重视，你们明天把工作交代一下，调离现岗位。”突如其来的变动，淑花、莉萍一时还不适应，听工作变动，愣了神儿呆在那里。劳丹看她俩的样子想笑，“怎么，舍不得？”淑华、莉萍笑笑：“工作这些年了，说调动就调动一时有点不适应。”哈娜推了莉萍一下，“怎么突然不呆起来了。”劳丹一旁仍是笑，“总有个适应过程么，再者是调到外事部，从哪方面讲都是有深远意义的。”当涉及工作的意义时淑华、莉萍表情严肃了，很认真地点头表示服从上级组织的安排。看着淑华、莉萍，劳丹也止住了笑，“事就这么定下来了，明天先交代完工作，去外事部报到，至于玉珠请不请你们，什么时间请你们，我管不了，家里面有阻碍我倒可以去做做工作。”这意识转移过来了，情绪也就好了。淑花、莉萍忙着道谢，劳丹又问哈娜飞碟场的情况。哈娜苦笑只说还有明天。劳丹猜到了哈娜的难度，直视她笑，笑得哈娜直猜疑，“我一去就发现上当了，这是新式飞碟，从未接触过，一切从零开始学，您老实话实说是不是您指使的。”劳丹笑着点点头：“是我让临时更换的，它的飞行速度更快，各项功能更先进，武器装备在银河系也属先进行列。”哈娜不怀好意地说：“那好呀，明天我就去仙女座星系炫耀一番，显示一下太阳系的力量。”劳丹哈哈笑起来：“不要这样嘛，做人要厚道些，仙女系星云有四亿颗恒星不比银河系小，同是生灵，相煎何急。”一句话说得大家都笑起来。劳丹看李风一眼问：“罗飞、张山都送回飞船了?”“都送回去了。”李风回答。劳丹又笑看哈娜，“原材料原定今晚送上飞船，恐飞船无人检验搞混了。”哈娜心笑劳丹的狡猾，直视着他一语不发。劳丹被看得心慌：“我说的情况是真实的，空送一趟劳民伤财嘛！”哈娜笑说是怕空城计泄了机密。她笑了笑又说：“鉴于现在这个情况，什么时候送上去，还是等我的通知好一点。”劳丹也笑了，不是同事之间的那种坏笑，而是一种长辈的善解人意的笑：“这凡事啊，都要讲个具体问题具体分析，武断不好，臆断也不好，从实际出发得讲个灵活运用，今后你肩上的担子更重了。大脑的内涵更应跟着实际丰富起来。进步是要有思是要有想有根底的，否则接踵而来的问题没法应对和解决啊！”哈娜想听下去，劳丹却摆摆手：“你看我这唠叨起来没完，你们谈吧，我回避。”说着和夫人回房间了。

劳丹一进屋这里就热闹起来了，最高兴的是淑花和莉萍，她们不是为调到外事部而高兴，小女人的心思，在她们身上表现无遗，她们的内心世界里罗飞、张山的影子开始晃动，这影子蒙上了美丽的细纱，遮着内心。使馆缺人，她们认为这是天作之合。

玉珠当然看不到淑花、莉萍的内心世界，只是满心想着怎么开她们的玩笑。淑花、莉萍用乞求的目光看着哈娜，心里的话不好直说，只能用目光里透出的信息和哈娜交流，哈娜理解了她们的心意后，向玉珠笑问："你准备什么时候把她们调到外事部的地球使馆工作呀？"玉珠心里一愣，笑问："你说话颠三倒四的，她们去使馆，是外事部借调。"说着向莉萍眨眨眼，"人才级别。"莉萍抿嘴一笑。哈娜笑着说："能快你就快一点嘛！"玉珠的心里本来比哈娜还急，想说明天就到外事部，当眼神看到淑花、莉萍焦虑的眼神期盼地望着她时，到嘴边的话改了意思："她们的事等过几天看看再说吧，这不是一时能办得了的事。"莉萍耐不住了："能快你就快一点嘛，你不知道这等待是最急人的呀！"哈娜笑着看玉珠对淑花、莉萍说，"处理事情的方式方法有很多，有的方法是可以很快就见效的，比如说……"不待哈娜说完，淑花来了灵感向莉萍递个眼神，莉萍会意，和蔼可亲地向玉珠微笑着走过来，玉珠见势态不对，有些慌神，"你们两个疯丫头，想要干什么？"说着便后退："挑衅和武力一样都属于侵犯。"莉萍似乎笑得更甜了，把玉珠轻轻地按在椅子上，在玉珠的臂上找了块肉嫩的地方掐了一下，"这地儿不错。"玉珠叫苦。莉萍做着惊恐状说："这不是捅马蜂窝嘛，没觉痛便叫起来。"玉珠哀求地辩说："君子动口不动手。"淑花也找了块肉嫩的地方笑着说："我本来就不是君子。"边说边与莉萍商量，怎么个掐法。莉萍咬牙说："一块掐。"玉珠喊冤，淑花做出心疼的样子，有些心软地劝莉萍："礼节性地示范一下就放手吧。"莉萍听了无奈，"也是掐的时间久了，累了。"松手放了玉珠。玉珠起身大睁双眼望着哈娜，"哼！关键时候见友情。"哈娜苦笑说难敌四手，自己的身体也只有做声援的资格。李风抹了一把笑出的眼泪，在一旁作揖直谢淑花、莉萍的宽仁厚道，边说边递过来面巾，关心地催淑花、莉萍擦脸上的汗。莉萍边擦汗边看着哈娜，"我有股意犹未尽的感觉。"此语可把哈娜吓了一跳，退至李风身后。玉珠起身要拉哈娜又觉得臂疼，恨恨地说："像这样的疯丫头，谁敢要？娶回家还不等于把暴力娶回了家。"看哈娜的样子，又叹："世之不公平的事太多。"哈娜不理睬她，笑赞莉萍、淑花的强权政治，回头又说玉珠："在强权政治下，就不觉得冤了。"说着看看李风，"把玉珠借给我们，让她送我们回家。"玉珠无奈地摇摇头，冤就冤吧，不服务到家，恐怕还得发生恐怖事件，说着不回头地出门上车，完成自己刚说完的话。

哈娜回到家时家里很静，父母已睡下了，寂静的房间只因她的进门才有了点响动。她洗漱了一下就睡下了，把寂静还给了这静悄悄的家。

莉萍进门，房间灯还亮着，爸爸妈妈坐在那儿等着她，莉萍见这么晚爸爸妈妈还在等自己，心头不免一热，跑过去搂着妈妈的脖子说不出来地起腻，"这么晚了还不睡，总这样身体怎么能承受得了。"妈妈望着她很心安的样子。莉萍心疼，也怪自己，把心放在这个家的时间太少了，望着妈妈没意识到妈妈一天天地变老，她眼圈红了。妈妈无言只轻拍拍莉萍的背。孩子大了，懂事了，知道疼人了。看了女儿许久才想起问女儿用没用晚餐，莉萍点点头。爸爸看着莉萍："听说你谈恋爱了。"莉萍笑父亲："那该称谈朋友。"父亲笑："年轻人，称呼也是年轻，是哪家孩子？是不是可以领来让我们也欣赏欣赏。"莉萍看着妈妈，母亲也笑了，"女儿的朋友，自己欣赏还不够，还让你欣赏？""是哪家的孩子我总该知道吧？"看父亲的样子，莉萍得意："让你想也想不到。"妈妈拍了一下她："别卖关子了，告诉我们吧！"莉萍倒是经不住妈妈这一拍，脱口而出："是地球人。"爸爸一愣，地球人？地球来人了？莉萍见爸爸发愣，自己也纳闷，"是啊，是地球人。爸爸怎么这么新奇？"妈妈一旁看着丈夫，笑对莉萍说："你爸爸过去也在地球上生活过。"莉萍扑哧地笑出了声，"怪不得我对地球语言不陌生，根源在这儿呀。"妈妈倒是平静，轻问:“怎么认识的?这么巧就遇上个地球人?”人高兴的时候遇上的事总是从好的观点分析,莉萍自然也躲不了这一关,得意地心里笑,“在赛歌会上,我本来不想唱可不知怎么了,领导一鼓励竟然上去了,而且感觉还不错。”看着女儿幸福的样子,做母亲的心里高兴。父亲却像是多了些心事,叹气:“这世界上的事很难预料,这一谈朋友竟把我女儿的脸皮谈厚了。”莉萍听了怎依,望望得意的父亲,推妈妈为自己做主。妈妈倒是主持公道,要拿皮尺量父亲的脸皮厚度。家庭的气氛暖了。母亲问:“这个地球人怎么样?长得帅不帅?”虽然问的声音很细、很轻,可还是引来了父亲嫉妒的眼光。莉萍觉不出这些,仍陶醉在自我欣赏中,“高高的个儿,长得帅极了,特有男人味儿,就是火星邨儿的副指挥长也很欣赏我的眼光,他还答应了调我到外事部去。”兴奋之余忘了玉珠,把副指挥长捧上了天,赞他仁慈、厚道,把为她恋爱提供条件的功劳一并加在了副指挥长头上。看女儿心满意足的样子,疲劳的父亲不想扫她的兴,可天已很晚,只得口念颂词,称女儿福星高照,推女儿回房休息。兴头上的莉萍尽力挣扎,可还是被父亲推进了房间。莉萍休息了,这个家温暖的波澜也就渐渐平息了。

早晨,哈娜迷迷糊糊地睁开眼,起身伸了个懒腰,觉头晕又躺了一会儿。听见外面有响声,想到还得去接亚洲,只得勉强起身出门。见早餐已经做好了,爸爸、妈妈坐在那儿等她呢!她走到父亲身旁懒洋洋地坐下,把头依在父亲的肩上,挽着爸爸的胳膊闭着眼睛说:“爸爸,我累了还想睡一会儿。”说着不作声了。曲飞看看旭东,“你先吃吧,我扶着她。”看女儿疲惫的样子旭东说不出地心疼。他静静地坐在那里,好一会儿的工夫,轻轻地拍了拍哈娜说:“先吃点东西吧!吃完再睡,好吗?”轻轻地叫了几次哈娜才起身洗漱,洗漱完觉得精神好多了,回来坐下吃饭。看孩子吃饭似乎成了父母的一种享受,旭东一样一样地递着哈娜爱吃的,省了哈娜动手。吃了一会儿，哈娜拍了拍肚子，示意吃饱了，旭东才吃。曲飞说："亚洲怎么没来?"哈娜擦了擦嘴说："他回飞船了，得向地球汇报工作进展情况，我现在得去接他。"说着摆摆手走了。看哈娜出门时身体晃了一下，曲飞的心也跟着晃了一下，对旭东说："她没歇过来，你把她喊回来吧，休息一天，工作不是一天能干完的。"旭东摇摇头："没用。她不会回来的，你没看出来吗？孩子是用工作排解心中的压抑，你到现在也没体会出来她心中的苦。"曲飞诧异："我已经不反对她了。"旭东笑了笑，"可你没能让她知道你的态度是真正转变。这些年她一心扑在工作上，好不容易碰上了一个意中人，照你这样突然冷水扑面，她哪能受得了。这火星郡哪个家长这样对待自己孩子的，你说我女儿屈不屈，受了委屈还无处诉说，可怜我优秀的女儿。"旭东说着眼眶红了，曲飞见旭东难过，自己心里也不好过，"我也在心里一遍一遍地说服自己，把自己融入她的思想中，难道直白地向她表述事情的一切，效果就会好吗？母女连心，你呀！以后不该知道的就少些过问。"一席话说得旭东哑口无言，半天缓过神来，说话的底气也不足了："我只知道替女儿申冤，又哪考虑许多，好了算我多事。"说着起身要走，曲飞看看他的背影笑了，心想不是哈娜像你，应是你像哈娜。

哈娜乘飞碟来到飞船时，亚洲几人也刚吃完早餐。见哈娜来了，忙开门迎出来。超然、张山、罗飞也都跑出来与哈娜握手，哈娜看着他们笑，也觉得心暖，好像他们身上无数的热情能量包围着给她阳光般的喜悦，当然亚洲除外。张山看哈娜自是不怀好意地笑，"哈娜你可来了，这一夜未见你，与一日不见如隔三秋相比，有过之而无不及。"哈娜心里当然知道张山是在和她玩笑，只装作不知道。"真是这样我好感动，只看见你，我又有些妒忌淑花，而且现在感觉妒忌更加重了。"一句话把张山说得脸红，转身做别的事去了。罗飞是不会放过这碰场子的事，拉了张山一把，向哈娜讨好："我敢肯定地说张山这家伙一定一夜未睡好，见了你才起来，虽然他一贯口是心非，但这点我可以保证。”哈娜看他笑，心想莉萍的魅力也把他折磨得一夜未眠。当她看到亚洲心中就又有了气，他竟睡个精神十足，与超然一般，不过想到这是在众人面前，只得忍了。哈娜环顾大家，笑容可掬地说，“感受着花与叶的感觉真好。”当看到亚洲空手站在那里傻笑时，她才想到应该查一下，嘱他做的事做完没有。哈娜做出和蔼的样子问亚洲，准备得如何。亚洲此时才一拍脑门：“忘个干净！服装。”看哈娜眼中还没露出愤，赶紧回身进舱，身后传来哈娜的叮嘱：“把所有的服装都带上，特别是设计图。”亚洲回应的声音让哈娜知道他是个细心的人。看亚洲进舱，哈娜对罗飞、张山说：“淑花、莉萍今天到外事部报到，玉珠可能很快就会来请你们到使馆工作，真替你们高兴，你们见面的日子不远了。”说着看超然，“你可能也躲不了清闲。”超然笑了，“我是随时听候召唤的。”这时亚洲把东西抱在怀里出来了，哈娜向大家摆了摆手，道声再会，与亚洲上飞碟走了。

来到飞碟场，哈娜、亚洲抱着装备衣服，钻进了自己的飞碟，里面指导师见二人进来，忙招呼，接过亚洲抱的服装放入他的休息间。回来笑问：“昨天累到了，今天怎么没休息，来得这么早？”哈娜笑得很祥和，说：“你比我们更累，你没休息，而且比我们来得更早。”指导师笑了，“我是为你们服务的，当然得多做些事，咱火星邨儿有哪个敢在铁娘子面前偷懒的，我可不想往枪口上撞，是想在强硬面前显示我的更强硬。”说着请哈娜察看舱内的变化，哈娜看指导师得意的眼光，环视了一圈，笑着说：“这休息间的床大了许多，洗漱间的用品添增了不少。”看毕赞指导师的工作缜密。受到表扬的指导师心里更是得意，一再介绍储藏间的食品、生活用品都是怎么备齐的，还特别地介绍从地球搬运过来的酒类，当听到武装原料备足时，哈娜满脸浮上心满意足的笑容，“可以说这是一个完整的家了。"说着看看亚洲，问他还需要补什么，亚洲摇了摇头，想不出还需要什么，只说，"这就很好了。"哈娜想了想说，"我的衣服也得发过来，还得备些原料，以后我给你做几套衣服。"亚洲笑了笑。指导师说："还应该再扩出几个休息间。"说话时面露心情沉重的滑稽样。哈娜开始想不出扩充的原因，忽然想起了什么似的，脸红了。亚洲问怎么了？哈娜支吾以后自然知晓。睹二人心思，指导师心乐，暗笑亚洲这个男人的粗心，不解哈娜儿女情长的细柔，又不好直对亚洲说出原因，只好转了话题："今天的任务是学习武装的使用，定向飞行，空中滞留。"提起工作，哈娜才从怀抱儿女的幻境中走出来，点头应是。看指导师愣神，才觉出自己的应付状，忙笑着提问："普船飞碟起飞可直接操作，这军用飞碟的起悬浮上引体，是靠另一飞碟?"指导师笑了笑："问题不在这里，关键是对飞行的操控熟练程度。"哈娜想到要独立驾驶这庞然大物，不免心有忌惮，想到亚洲时才鼓足了勇气，强制命令自己挺下去。

淑花早晨起床后，出门见早餐已准备好，全家人都坐在那儿等她，急忙洗漱一番，过来进餐。伸手拿饭的时候，哥哥一下按住她的手，"先别忙着吃，老老实实地把自己问题谈清楚。"看着玉昇一脸的严肃，淑花笑了："谈什么，谈吃饭与健康，谈晚睡晚起?"玉昇并未按她的话走下去，绷着脸说："当然是交代你的恋爱问题了。"听玉昇这么说，淑花摸了摸哥哥的脸，"哥哥还没找到恋人吧？是不是着急了，要不要妹妹帮你的忙?"玉昇说："我说的这个事儿你严肃一点好不好。"淑花更是笑得灿烂，"我说的就是正事儿，我有个特别好的主意，你先别忙，等一等，地球来了女宇航员我帮你扣住一个，你们再谈，你认为怎么样?"见兄妹俩你一言我一语地又要斗嘴，挑起家庭的常规战争，英繁急了，忙又拉出和谈代表的面孔说："先吃饭，有什么话吃完再说。"说着转向淑花："你是不是真的谈恋爱了?"淑花红着脸显出羞涩，轻轻地点了点头。英繁会心地笑了笑，柔声地问淑花谈的朋友是哪家的？问得淑花有些紧张，忙说：“是地球人。”相对淑花的紧张，英繁并未表现出惊讶，只稍一愣神，马上平静了下来，顺嘴说了句：“地球人。”语气显得很淡，见母亲没有愠色，淑花努力平和下来心态：“对呀，是地球人。”说着挽起了英繁的胳膊，幸福的神色渐渐地从脸上溢出，仿佛进入了回忆：“他长得可帅了，副指挥长说他是几十亿人中挑选出来的精英，还让我好好把握呢。”英繁看着女儿脸上幸福洋溢，心里也觉得很甜，细语嘱咐些小心的话语。淑花似乎并没听见，喃喃地叙述：“本来想独身很好，没想到遇上了他，打破了我心中的事业梦，得好好报复他。”看着女儿有些语无伦次，爸爸笑了，“你说的是真的么？如果真如你说的那样，就把他请到家里来我们帮你报复。”玉昇见妹妹向母亲撒娇告父亲的状，不免有些嫉妒，撇嘴说：“别听她自吹了，我就不信有说的那么好。”淑花听了没急辩解，生怕哥哥扰了她的梦。见爸爸、哥哥开心地笑，更是拽着母亲胳膊，催母亲打哥哥。英繁也笑着说：“你哥哥逗你呢，不过你得用实际行动说服他们，把人带回来给他们看看。”父亲也点点头，提议早些把人带回来，别像玉昇一样没有实际行动，只会拿话骗人。说着看玉昇的眼开始斜转，玉昇见自己又要被孤立，忙辩说：“谁拿话骗你们了，我不是没时间么，工作这么忙。”说罢看看淑花：“等我有时间，一点头就会有人跟我回来。”看哥哥的得意，淑花转头叹了口气：“借口谁不会找啊！我也想海王星上的钻石，可不行动会什么样呀？”玉昇恶狠狠地瞪淑花一眼：“你就和我作对吧，当心我给你那位小鞋穿。”淑花见状忙摇英繁的胳膊：“妈妈这是你看到的，是我欺负哥哥还是哥哥欺负我？”英繁笑着拍拍她的手：“好啦，别斗嘴了，还不快吃饭，去不去上班了？”提到上班，兄妹二人立时住了嘴，低头吃饭。

淑花匆匆吃了几口就不吃了，擦了擦嘴说：“今天不能晚去，今天得向接替我的人交接工作。”英繁一听：“为什么干得好好的忽然就交接工作？是不是犯了什么错？”淑花淡淡一笑：“放心吧，不是犯错，我被调到外事部工作了。领导说我这样可以工作恋爱两不误，这是对我的特别关照。”听淑花这么说，英繁的心放了下来，看女儿好像与先前不同了，英繁再没说什么，只催她快点去，别误了时间。淑花边答应边向玉昇威胁：“今后你得一切顺着我，否则我天天找你麻烦。”玉昇瞪了她一眼，见不起作用，转身不理她，淑花一溜烟地跑出去。望着淑花的背影，英繁叹气，“家里好久没听到笑声了，今天才有了些家庭气氛，玉昇你得抓紧时间谈朋友了，别落在妹妹后面，你看今天一家人快快乐乐多好。”玉昇本想在家多赖一会儿，听妈妈转移话题，忙擦了擦嘴，笑容可掬地应酬母亲，“您放一百个心，您的吩咐我一定照办，您就等着好消息吧，今天事急，改天向您汇报。”说着起身跑了。

淑花交代完工作来到外事部门前，莉萍也站在那里，两人招呼一声，拉起手向里走。听后面有人喊她们，回头看是玉珠在不远处笑着问她们二位来得早。玉珠说着走近又问工作交接的情况，三人边说边向部长办公处走去。淑花看看玉珠：“怎么就你一个人？你的白马王子呢？”玉珠笑笑：“去接你们的白马王子去了！”一句话说得二人有些脸红，又现出些将信将疑。玉珠看在眼里心中暗笑，说：“他走时一再保证说一定接来，听那话像是怕某些人患上相思病。”淑花、莉萍一听相互看了一眼，商量的口吻道：“你说怎么办，这人单势薄的，有人还敢惹是生非，这次好像该用刑了。”玉珠听罢忙往后躲，嘴里告饶，“一不小心说走了嘴，望二位高抬纤纤玉手，先办事。”淑花、莉萍见玉珠可怜兮兮的样子便停住，斜视着玉珠：“好吧，看态度良好就缓期执行吧。”玉珠忙千恩万谢，三人一起向许刚部长的办公地走去。女人在一起总是少不了笑声。嫉妒是女人的天性，也是女人的美，玉珠三人把这一特点悄悄地隐藏起来，使得她们之间的嫉妒成了节日的食品珍贵起来。

早晨李风乘飞碟来到飞船旁，超然三人刚刚收到地球传来的通信。飞碟停稳后李风跟送早餐的人一起走出来，这几位与飞船的人已经很熟了，上了飞船收拾完上次的餐具，把早餐摆好，跟超然等人招呼着聊了一会儿，才回飞碟。趁着超然他们吃早餐，李风查看他们和地球的通信记录，看着笑问："看样子你们是忙到现在！"罗飞边吃边抱怨，忙了一早晨，又怨超然不让工作人员送餐太早。超然笑道："这叫不好好工作，不给饭吃。"张山挖苦超然："你的意思是把饥饿和效率挂钩？"超然笑着想辩解几句，张山瞪他一眼不准他辩解。又说罗飞的话可当作没听见，因为罗飞没说过真话，罗飞翻着白眼问张山："按你老人家的话我是说谎话长大的？"张山领悟地点头，"终于听到了一句真话。"李风笑他俩是一对天敌。超然看看李风笑说："今天早晨，与地球的领导联系，领导还问你的工作进展情况，督促你速度再快一些，寻问你工作有什么困难。地球方面还说已经开始为你培训工作人员了。"李风听完这些倒是心情有些沉重，长叹一声，"我也是为了使馆的事来的，咱们现在远离地球许多事都得独立思考，不能什么事都等地球的指示，等得到地球的后援那不仅工作上会误了时机，就是工作效率也跟不上。使馆建成以后，大家都得换脑筋了，把它看成空房子，一切都得从零开始。把思路转到具体事宜上来，抛开不必要的形式，一切工作都还要靠大家来做。"李风顿了顿，"来的路上我想可不可以边建设边工作，提前量多打一些，把规章制度先制定下来，如保密制度呀、机要通信，还有看似普通的档案管理的特殊化处理，还有财务制度、人事制度和工作纪律等等，我看可以通报地球总部，把我们独立工作的运作思想汇报过去，好把后援准备好。唉！时间不等人。"张山对李风的感叹颇有同感，也叹息时间太紧，认为应该把工作做在前面，不能人跟着工作跑，不能被动工作。他看着李风笑了笑："这使馆的工作人员得十几人，没个章程、没个系统程序以后运作起来难免一盘散沙。”罗飞笑着说:“管理系统无论是组织管理,还是系统管理可以说我是略知一二的。这制定各项制度,我应该略显强项。”对罗飞的系统管理程序李风很感兴趣,等罗飞说完,李风笑笑说:“这刚好各显其能,你的系统管理应该成为统筹,正式运作前所有的上岗人员的人事运作等于有了理论依据,一切你来定,制定得全面、细致些,特别是惩罚措施要严厉,以后是制度管人,不是人管人,所以制定起来要慎之又慎。还有,超然在与地球联系汇报的工作方面你得抓起来,至于其他具体的事宜你们和玉珠商量吧,要注意的是考虑问题别忘了把她们本星球人的玉洁、高贵的性格考虑进去。玉珠现在到外事部借调淑花、莉萍去了,我看她有点移山倒海的味道,有借了赖着不还的意思。”众人笑了,李风看看超然:“根据现在的实际情况,这飞船上必须留人值班。”超然笑道:“不用点将,我自告奋勇了。”大家又笑了起来。李风长叹一声:“这项工作非君莫属啊,不多说了,我还得去建设现场。”说着出了飞船,登上飞碟走了。

玉珠三人来到许刚部长办公室,刚要请秘书通报,许刚开门出来了,看见玉珠三人笑道:“副大使光临,理应远接欢迎。”说着把三人让进里屋,三人坐下。玉珠笑着问:“您这是要外出啊?我也没提前请示就贸然来了,打扰您的日常安排了,您有急事我们可以等。”许刚笑道:“不忙,既然来了就先谈你们的事吧。”玉珠接过秘书递过来的水杯:“长话短说,我是代表我们使馆求援来的。”许刚一愣,玉珠忙笑:“就是借几位工作人员,再借几个房间。”许刚笑了:“是这样啊,好说,一定大力支援。人员嘛,你自己点,这房间以前不是给你们安排了吗?”玉珠笑道:“想换几间条件好一点的。”许刚笑了笑:“可以,你自己选吧,直到你满意为止。”玉珠指了指淑花、莉萍:“人就借她们两人,别人还得交接一番,麻烦,借她俩可省不少事。”许刚大笑:“你考虑得长远,眼光准确,不过只借她俩够吗？要不要再加几个？”听了部长的夸赞玉珠心里自然得意，抿着嘴笑：“先借两个吧，那边还有罗飞、张山、超然呢，人员紧张的时候还有哈娜、亚洲呢。”许刚一听忙摆手，“哈娜、亚洲现在是直属外事部，但这是临时安排，主席关照过他们二人的工作将来得直接向主席负责，他们二人的工作性质比你们更重要。主席开始就考虑到了地球的地理环境会成为未来星球人类的一个衔接点。”看玉珠三人不解地盯着自己，许刚笑道：“不用不解，我开始也是不解，后来同主席私聊才知道，所以说他们的工作性质非常重要，他们的工作级别比我高，你指挥不了他们，何况他俩现正进行飞碟驾驶的强化训练，够紧的了。如果人手紧，我再给你们派。”玉珠想了想：“只好如此，按您的意见吧。”许刚现出满意的神态，笑着点点头，随后转向淑花：“你和你哥哥同属一个部门了，你哥哥的工作精神也是值得学习的，以前向地球派人的时候是你哥哥替你去的，他吃了不少苦，你现在地球话讲得怎么样？”淑花低头轻语答道：“在家里和哥哥说话，有时怕妈妈听到就讲地球话，偶尔也讲宏星话。”许刚笑了：“你们这两个机灵鬼呀。”淑花笑道：“我哥哥开始用地球话讽刺我，我听不懂，后来听懂了。他又用宏星语挖苦我，还洋洋得意，我早晚得跟他清算的。”莉萍也在旁添油加醋地鼓励：“对，跟他算账，他还拿地球与宏星语讽刺过我呢，也是以为我听不懂。只是我一个人打不过他，现在咱俩一块打他，看他老不老实。”玉珠听了笑：“这下玉昇哥的麻烦大了，他做梦也想不到他惹的人会联手蹂躏他。”许刚笑说：“我得告诉玉昇见着你俩躲着走，对了你俩的手续还没办吧？”说着唤来秘书，交代领她俩去办理调入外事部的手续。看三人出门，许刚对玉珠说：“现在只剩咱俩，作为你的长辈叔叔得透给你句话，主席对你们的工作有些不满，没有章法，没从主观意识上进入工作状态，人被工作拖着走。按主席现在对你们的看法，就是推断这样下去怕你们把工作搞成一盘散沙，所以得紧张了。

要根据你工作的特殊性，考虑适应你工作的系统程序，有了程序就等于有了结构，一切也就好理顺了。”玉珠听得一知半解地点头称是，许刚没时间等她理解透就接着说：“以后工作先理顺程序，可以简化的就简化，凡事不要人为地复杂化。我知道你这个年龄正是活泼好动的时候，一下子把这需要沉稳的重担压在你肩上，难为你了，可实际是责任需要你，以前带一带你就好了，现在是特殊情况只能特事特办了，干中学，学中干吧。以后做外交工作这语言要严谨，眼光得放远，你代表地球就要充分了解地球人的政策，并有尊严地在工作中把地球的人类政策体现出来，以维护地球的利益。这外交工作一句话的失误就可能造成极大的损失，还有这保密工作一定做到头等位置，星球间的人类是不一致的，这一点得认识到。内部不但要有法制部门，还要有相互监督机制。作为星球级大使，你们不仅要和我打交道，以后还要与许多其他星球打交道，还要参加许多星际的外事活动。得强调形象这一点，你直接代表了地球人的形象，在工作中外交辞令、真假虚实、保密性、技巧性等一定得慎之又慎呀！”玉珠听着，听得很认真，不觉得眼有些湿润，她压抑着内心的情绪，不住地点头，努力使模糊的眼睛亮起来，把敬仰的目光投向许刚。

秘书领着淑花、莉萍回来了，许刚停止了与玉珠的对话，转向秘书：“是否办理完了？”秘书说：“办理完毕。”许刚吩咐秘书去处理另一件事，秘书出去了。许刚示意淑花、莉萍坐下，笑着说：“你们现在是外事部人员了，向你们祝贺，热烈欢迎。”二人起身一再表达谢意，什么刚开始一切都不熟，还请多指导之类的话说了一遍又一遍，仿佛她们的每一句话都不是虚套而是发自内心，让你必须认可她们的诚恳。许刚看着她们只是笑，半晌才说些安慰的话：“一切都得慢慢来，大家都一样从不明白到明白，凡事总有个过程，请坐。开始做外交工作了，以后说话呀、办事呀都得注意自己的形象了，身份不同，得以外交官的要求约束自己了，工作上有什么不明白的可以向玉珠请教。现在玉珠要借你们去使馆工作，到了那儿要听从指挥，服从领导，你们在使馆的具体事务绝对不能外泄，包括我。”两人应允，明白了要服从安排、听从指挥。许刚喝了口水，看看沉思中的玉珠，笑着对她说：“办公室选完后秘书会告诉你，以后有事直接交代给秘书，让她协助你。”玉珠勉强地笑了笑，起身告辞，许刚送出门，看着三人开车走了。

车开了好一会儿，玉珠才在思维领域中缓过神来。心境调整过来了，情绪也就跟着有了改观，调皮的心性自然地浮了出来。转头告诉淑花、莉萍，“李风现正在使馆建设工地指挥，我怕他应付不过来想过去看看，你俩商议一下是去使馆还是先回家休息一天。”玉珠的话使淑花直愣神，不知如何回答。两人早晨出门时满心的渴望被玉珠的话给搅乱了，有些不知所措，好似一颗火热的心一下子冰冻了、僵住了。你看看我，我看看你，不约而同地低下头，谁也不出声。玉珠见状心中暗笑，车开的速度也慢了不少。

好一会儿的时间，车开到了一架飞碟旁停下。玉珠说：“走吧，上飞碟。”心情失落时好像理智判断力也跟着失落一样，二人表情木然地下了车，跟着玉珠上了飞碟。在玉珠暗暗示意下，来人蒙上了淑花、莉萍的眼。玉珠又示意蒙上自己的眼，蒙她眼的时候玉珠同蒙她眼的人耳语了几句，那人笑了。被蒙了眼的淑花、莉萍直板地坐在那儿，心中茫然，说不出是什么滋味，是失落？一种难言的痛苦，像是跌入深渊，最后木然了。许久觉得有人来牵自己的手，她们可是第一次经历这个，想也许是什么秘密基地吧，不敢多问也不敢多想，只知跟着走。

飞船上见来了飞碟便打开了舱门，超然、罗飞、张山走了出来，见玉珠牵着两个蒙眼人向他们走来，还示意他们别作声，超然当然希望看个究竟。罗飞、张山就没这个心情了，他们认出了淑花、莉萍，没管玉珠的暗示，几步上前，过去摘下两个人的眼罩，淑花、莉萍木然地睁开双眼，心头一热，一下呆住，眼泪不听指挥地涌了出来。张山情不自禁地一把拥住淑花，莉萍也被罗飞拥入怀中。接下听到的是泣不成声，超然和玉珠握着手，谁也没说话就站在一旁看着这两对恋人。欣赏、享受着喜极而泣的甜蜜，见他们黏在一起不愿分开，玉珠不耐烦的表情露了出来，也把讽刺的话没忍住透了出来："好了没有，磨磨叽叽的有完没完。分手时哭，这见面还哭，挺大人也不知道羞。"被玉珠这么一说，张山、罗飞松开了手，有些不好意思，淑花抹了抹眼泪看了莉萍一眼，两人向玉珠走来，玉珠见状心一紧，亡命般急急地跑进飞船，淑花、莉萍紧赶。超然也来了灵感似的飞步跃进了飞船，忙按下关门键把追赶慢了一步的淑花、莉萍挡在了舱外，二人收不住脚撞在了门上。飞船里的玉珠见安全了，才放下心来看淑花、莉萍拍门喊开门的样子，把她们端详得很仔细。对超然道，"好险，差一点被她们逮着，否则少不了被她们蹂躏，想想都后怕。"超然看着她们嬉戏只是开心地笑，有心想加入做个恶作剧，可还是被理智止住了。门外张山过来，拉淑花，"什么事把你俩弄急了，非要使用暴力？"淑花噘嘴说："本来一早满心欢喜地以为咱俩可以很快见面了，可她一路上满嘴瞎话，吓得我俩一路忐忑不安，说不出的滋味。"听了淑花的话张山笑了，笑得有些酸楚，淑花看他的表情也被感染了似的，嘴里喃喃道："你们还笑，你们知道这一路我们多苦闷、多难受、都怨……"淑花一番话说得张山不敢言语，只是无法排解，自己也说不明白的愧，恨不得把淑花拥在怀里解释心中的疼。莉萍一旁看得眼直，感染得罗飞和她一起傻站在那儿成了观众。舱内的玉珠静了一会儿再向外望时见四人又凑在了一起，知道危险已经解除了，笑着向超然点点头。超然开了门，回头示意玉珠别作声。玉珠心中也不愿打扰眼前这幸福画面，只触景生情地感触了好一会儿才使心情平静一些，笑着对超然道："看见她们俩了吧，这也可以说是我们火星人品质的一种缩影吧，爱就要大胆地爱，用心去爱，去体验，无论男女。"超然笑了。这种爱情方式与地球没什么两样，都蕴藏着多种表达方式。他看看玉珠笑道："对人类来讲爱的含义应该是相通的，通过爱促出一种结合体的愿望，产生维护这个结合体的责任心。"玉珠钦佩他的理解力，换了口吻请教地问："你说的是不是地球的忠贞不渝？"超然笑得很勉强，他还没想好如何用自己的经历去说教另一个含义，只是说："如果相爱的人出了意外，那另一个人就苦了，他或她会孤独地度过一生。"玉珠听了心中激动："是啊，心中已容不下第二个人了。"话出口忽然觉得说错了对象，只有自解道："开始这个问题困扰了我许久，为此我也研究了几年，我觉得这与太阳的核辐射有关，受了过量辐射的人体细胞吸力会因遭破坏而减少，身体会因引力减少而出现思想上的动摇啊，感情上的破裂啊，你可以比较一下，地球上赤道附近和远离赤道的人对感情的态度，是略微有差异的，火星上的人体细胞受太阳核辐射少，细胞结合牢固，所以能形成这种结合度高的恋爱。"超然看看玉珠笑了："你的这种分析很有见解，特别这核辐射的论述值得研究，这也许能挖出许多社会现象的根源，只是感情方面这论据还有些牵强，一方水土养一方人，人的情感是不能一概而论的，人这一生可能遇到许多美好的东西，可不是每样都适合自己，所以出现了最珍贵、最幸福。最珍贵的就是遇到了适合自己的，最幸福的她会为他披上梦的衣裳。"说着说着，超然仿佛回到了地球，回到了那有梦的地方。看着超然把自己说陶醉了，玉珠欣赏地笑了："想爱人了吧，是不是被张山他们感染了。"听玉珠这么说，超然回过神来，有些不好意思："你看说着说着说到自己身上了。"玉珠叹口气："你爱人真有福气，今生遇到了你。"超然客套地回谢，想到人的一生，超然笑着问玉珠："有个问题我想请教你。"玉珠笑笑："什么问题？我尽我所知。"超然顿了顿说:“我想问你们火星人平均寿命有多长? 请原谅我问这样的问题,在参观了火星的一些地方后,我就常想火星的自然条件这么好,人的寿命一定很长。”玉珠点点头说:“是啊,我们火星人的寿命平均在百岁以上,相当于地球两百岁。”超然不解地问:“怎么差这么多?”玉珠笑道:“这都是星球旋转的结果。”超然也笑了:“是不是地球上讲的,天上一天地下一年?”玉珠笑着摇了摇头:“地球上的天上一天地上一年,是金星而不是火星,金星的一天相当于地球的一年。”看超然笑得有些疑惑,玉珠笑道:“你忘记了金星的自转速度极慢,不知你晓不晓得,金星的万有引力与地球相比少三倍之多,几十万年前金星上的智能生物行走有飞的感觉,就是我说的这个缘故。”超然笑了:“那是地球人看神仙的生活方式,具体是不是真的存在,无法考据。”玉珠笑了:“我说的可是有依据的,金星上现在发现的像金字塔式的城市废墟有两万多座,只是智能生物不知哪去了。至于火星人的年龄与地球人比较也是这样,地球在太阳系中离太阳的距离由远至近排第三,火星排第四,地球自转一周是24 小时,火星自转一周是 24 小时 33 分,地球绕太阳公转一周是365 天,也就是一年,火星绕太阳公转一周 687 天才是一年。你说两星球人的寿命差近一倍竟是被这一点原因左右的。”超然也感叹这星空的自然力,头点得很诚恳,首肯了玉珠的论述,“你说得很有道理,我是说把这些客观因素忽视,如果按照这个思路,太阳系中现存的人类寿命火星人应该是最长的,等两星球通船时,我得把我的爱人接来火星生活,人来世走一遭,我可不想过早地离开我眷恋的人类。”玉珠被他说乐了。连连点头称:“是,是应该接来,在这里你这么多好朋友,幸福、美满、长寿的生活绝不会是虚构幻想。”超然笑着叹气:“但愿不是幻想。”玉珠笑得开心:“是幻想又怎样? 可以通过努力把幻想变成现实呀。关键是行动,什么事情只是想一想就放下了,那他一辈子也别想做成一件事,更关键的还要有勇气和实事求是的精神。比如说，飞碟吧，你天天都看到而且还亲自乘过，所以从你本身讲就不会像其他的地球人一样看见飞船就大惊小怪，更不会像一些科学家做一些自己都不敢确认的解释。什么事有幻想是好事，再搭上通往现实的舷梯，就是强者之路。再比如飞碟，如果地球人登不上月球，能知道月亮背面有飞碟基地么？这是强者之路，如果你们不来火星，怎么能知道有火星人，能知道飞碟只是火星人的交通工具而已。”超然感叹玉珠对生命的理解程度，边听边点头赞许。玉珠说得起劲，加上超然的奉承倒有些止不住的感觉，看着超然叹气：“也难怪，如果不是受地球这样的神话影响太深，你也不能把梦说成是幻想，什么事差只差那一点，实事求是，仅银河讲认识到的事有几件没真存在过？”超然听了笑：“星际之间的生命体，有一种理论认为是依据星球磁场圈来断定，再依据磁场来分析星球生命的意念，反馈星球生命的存在方式、形式。分析生命星球生命的物质存在。”玉珠听超然对生命分析的理论也很惊叹，不住地赞。超然倒是被赞得不知该继续说什么了。用恳求的口吻请玉珠讲讲在地球的事。玉珠笑笑：“你这是在考我对地球的认知程度，那我就试着讲讲地球的故事吧，请你这个地球考官评判一下。”超然不语，只投以肯定眼神。玉珠似陷入了回忆：“地球神话中，有个二郎神，传说他有三只眼。”见超然点头，玉珠继续说：“我知道他的第三只眼，就长在眉心处，其实地球人都有第三只眼，只是长期不用退化了，退入了大脑中。”超然笑着解释：“地球古人类的眉心处有一个眼状的窟窿，有人手指眉心处，有痒的原因，地球人的特异功能也源于这第三只眼。”玉珠笑了：“我们探测你们地球人的生命轨迹，靠的就是这第三只眼，因为这第三只眼能映射出其脑中的生命图迹。”超然大悟似的：“我明白讲第三只眼的原因了，你们是不是根据对地球人第三只眼的探测来推理地球生命的整个发展轨迹的？”玉珠禁不住竖起拇指：“聪明人不用点拨。”

“讨论什么呢？这么热烈？”玉珠回头看是张山、罗飞、淑花、莉萍走了进来，待四人坐下，玉珠说：“受你们启发，我们再商议如何解决分别流泪的问题。”淑花笑道：“还不是上了你的当，本来早晨挺高兴的，都是你骗了我们。”玉珠忍不住笑了起来：“谁想到你痴情到这地步？不过几句话让你们喜极而泣的效果还是蛮感人的，以后冷静分析问题就好了，你们想想时间这么紧，我怎么能发善心让你们休息一天，就是今天贸然让你俩去了使馆也是插不上手，今天这一张一弛倒显出了你们的真情实感。不过像我这样的好领导是不易碰到的，多么体贴周到，你们该感谢我才对。”莉萍撇嘴：“搞得我一路失落，才不感谢你呢。”玉珠说：“你喜极而泣的感觉好不好？”因问得突然，莉萍本能地答道好！说得大家笑了起来。玉珠看看大家，“今天的情绪波动，让我想起了一个健康的问题，就是如何在工作中寻找健康，防止工作中的压抑，因为人在压抑过程中或高度紧张时体内会产生一种毒素，它毒到一口气的量可杀死一只白鼠。”说着看看超然，超然补充道：“地球上许多患抑郁症的最后都自杀了，原因就是体内毒素含量超出了其身体的承受量，使他们无法承受这痛苦。很多人看似健康的身体，由于工作的高度疲劳而猝死，原因也是紧张中体内分泌了过量的毒素，给毒死了。”玉珠点点头：“超然说得很具体了，咱们以后的工作应该摸索一套放松加高效的工作方法，现在的各位，你们将来都要走向领导岗位，领导者的作用之一，就是能不能带好一支健康的团队？智能的领导会让他的员工快乐工作，主动工作。我这点儿发挥也请你们借鉴。”莉萍笑着说：“我的体会也想说说，我的工作效率就是在身体和精神方面极佳的状态下出来的，我深有体会的是工作的快乐不仅仅是看到自己工作中的成绩，伙伴之间的融洽也是创造快乐工作的好办法。”玉珠点点头：“来这儿的路上，我一直在想，一般的制度、纪律好制定，这星际间新组建的机构，是不是得先规划系统循环体系，在这个总章程统领下制定适宜的保密制度、泄密的惩罚措施以及泄密后的补救措施，你们看是不是先研究一下？因为这不是在一个星球上而是涉及两个星球的问题。还有这使馆内部的互相监督机制都要定得相当缜密才是。”听了玉珠的话大家静了下来，玉珠说：“受淑花、莉萍的启发，我想将来两星球通航后，肯定得有地球人来火星找伴侣或火星人到地球寻爱的事发生，如果到时发生这样的事该如何处理？这个工作得做到前面，以免到时被动。”大家一致点头，表示赞同。玉珠想了想又说：“我们今天的工作就安排在飞船上吧，这样我们的一些意见地球上也能直接听见，咱们也能直接听见地球的指示。等一般制度制定时，再在临时办公室工作。最好形成这个规律，重要的事情在飞船上研究，和地球意见吻合后，就可以执行了。这样工作效率就相对提高了许多，也能防止工作上出现偏差，保密性也相对提高了。”

玉珠吩咐莉萍通知飞碟回去，午餐、晚餐送到飞船。看莉萍去了，玉珠对大家说：“那咱们就先从两星球通婚开始谈吧，大家有什么思路，先想一想，各抒己见，集思广益。”舱里静了下来，莉萍通知完回来听见了玉珠的话。她挨着罗飞坐下，见大家都在沉思，低语征询了罗飞的意见举手说：“我想谈谈我个人的一些想法，请大家参考。”玉珠点了点头。莉萍清了清嗓：“地球派人来火星，也是地球人第一次主动地踏上火星，也才使我和罗飞有了相识相恋，幸运的是得到领导的首肯与支持。我认为这是通过婚恋方式来表达两星球人友好的一种方式，我自己觉得很荣幸，参与了这创历史先河的行动，我相信地球领导人也会支持今后两星球的人继续通婚的。”说着看看罗飞，罗飞笑笑：“从优化人种方面讲更行得通。所以在讨论具体事情之前，首先肯定了这个大方向。”玉珠看着莉萍：“罗飞这个大方向提得好，我看就在这个大方向的前提下制定具体的制度吧，这得重点提示一下，制度得充分体现出尊重人权、维护人的尊严这一点。”罗飞笑笑：“有思想倾向污点的人，可以借鉴吗？”淑花反应比较强烈：“我认为尊重人权得相对来讲，尊重应该尊重的人，那是对人权的维护。如果一味尊重人权，不从优化未来星际人类种源考虑，会出现偏差的。”罗飞笑道：“人没有固定格式，思想的改变也得考虑，还得考虑后天的认识。”张山笑道：“思想观念的形成是先天和后天的组合，鉴别时把关大方向可以解决一些疑难症，在两星球人类友好关系的基础上，把握使两星球人类产生爱情直至通婚的高尚性、纯洁性，搞成一种人人向往的氛围。”玉珠点了点头：“尊重人权，维护人的尊严是个体导向，星球友谊是指导。严把婚姻质量关既是对人权尊重也是对婚恋当事人负责，这是今后在这方面工作中我们必须做到的，必要时应专人管理。”超然接过话题：“严把质量关，地球火星使馆应与将来火星驻地球大使馆形成系统秩序，形成婚姻管理专线，两边同时把关才能避免不必要的疏漏。这在细则上可以有一定倾向性。”他的说法得到众人首肯。超然的兴趣也盎然起来，提高了声音：“我赞同玉珠的说法，设专人管理最好，为地球来人设专档，进行信息跟踪，这样来的人以及他们的后代飞往其他星球的时候就可以有具体资料可查，这对未来研究人类种群优化是有深远意义的。”莉萍听了有些抑制不住地兴奋，她第一次深度理解了档案管理的意义，提出向外事部提议，现在就着手组织一批到地球的人，不但要传播火星人的语言文字，更要传播火星的星际未来思想，传播思想的同时设立婚姻登记传媒，就可以直接优化希望来火星的群体。玉珠脱口夸她：“高论，提得精准、及时且富有创造性。”她打开语音磁吸收器记录性地保留了大家的思想。

大家谈兴正浓，飞碟来了，几位火星女孩送餐来了，看着飞船里的人们，几位火星女孩婀娜妩媚显尽了，麻醉了男人，嫉妒了女人。好不容易捱走了她们，玉珠生气：“这是成心和我们作对呀。”

转念间又觉得话说唐突了,忙改口:"常听宏星人夸咱火星,男人英俊女人柔美,常常被他们夸得找不着北。"淑花看了她一眼:"这是自恋的结果,谦虚一点就没有事了,没有戒备很容易上当。也容易引起其他星球的嫉妒,万一因此引起星球之间的嫉妒,并因此影响星际团结,你的责任可就重大了。"玉珠笑她小题大做,称自己不是自恋,是对别人懂得欣赏美的一种肯定,怕说多了又引火烧身,便拿送餐女孩说事,违心地赞她们美,甚至都能把同性羡慕住。说到心痛起来的时候,又不得不拿水土环境、饮食文化说事,转夸是水土、饮食、文化孕育了这美若天仙的火星人,把话题转得直到心痛减轻,才壮起胆子说:"如果为这个原因引起星际争议,她无所畏惧,如果派来男入侵者她可一人应战,放出自己最妩媚的一面。""如果对方派女入侵者怎么办?""让玉昇哥应战,应不失为一个好办法。"说着又自我肯定地点点头,"应该没有闪失,玉昇哥那里一立,那些人不飘然下拜,才怪。蜂拥而上、围而抢之的可能性也不是没有。"玉珠的发挥性陶醉,令淑花把刚喝的水一下子喷了出来,呛出了眼泪,忙做作揖状,求她免开尊口,称自己没被他迷倒,却被她给麻软了。玉珠看众人笑得前仰后合的样子,自己倒更显出一副木然样。见众人还笑,玉珠板着脸低头吃饭,忙中又抛出几句话:"吃到嘴里归自己,吃饱了有精神干活,分秒必争时傻瓜才浪费时间呢。"众人又被她涮了。

遨游太阳系

哈娜和亚洲上了飞碟后,先复习操作了昨天所学的内容,接着开始了今天新课程的学习。时间的观念在他们身上该说是最好的体现,指导师指着哈娜前的圆镜一再叮嘱:这跟踪瞄准镜,不用时千万不要打开。被这跟踪,跟踪光子弹就自动锁住了打击目标。打开了瞄准镜,出现在瞄准镜上的目标就被输入导航系统了,所以不用时得时常按黄键消除。前面这些按键,指导师本想详解,碍于时间只有做功能上的解释。哈娜乖巧,边听边输入,亚洲只有听哈娜无数次的复述才能记下。三人试着操演几遍,接着关上舱门,哈娜和亚洲按下了起飞键。飞碟缓缓升起,穿过大气层绕火星几周后,指导师指着哈娜面前的灰白键让哈娜按一下,飞碟停了下来,指导师说:“要想在太空中休息,按一下它就可以了,它还有使飞碟躲避流星的作用,也有自动躲避其他飞行器的作用,休息时别忘了开警戒开关;要继续飞行按一下这小白键就可以了;要定向飞行,只要把目的地的位置用意念加在这处理盘上就可以了,只是别忘了开警戒开关,取消就按一下定向飞行器取消按钮就行了。”看着哈娜输入完,指导师笑了笑,“基本程序也就这些了,现在你们操作几遍吧。”听了指导师的话,哈娜、亚洲的兴奋点被激发出来,兴致勃勃地开始正常飞行、停飞、定向飞行的演练。指导师看他们从手忙脚乱到操作自如,才放心地移开了关注的视线。待他们演练了几十遍以后指导师伸手按下了大白键,笑着说:“二位领导废寝忘食，我可没有你们的境界，最好现在能吃点什么，我可饿了，在你们家里，总不至于饿着属下吧？”哈娜听了，忽然记起在这飞碟上她是主人，她看看时间也笑了，开了警戒开关，向指导师道歉，取出三盒套餐，每人一盒，笑着对指导师说：“只顾演练了，真是对不起，先简单吃点儿吧，学习结束后我好好地做一些好东西答谢你。”指导师边吃边笑自己是熟不拘礼，哈娜笑他多虑，希望他把这儿当成家。亚洲的兴致并未因吃饭而转移，边吃边问现在飞碟的位置。哈娜叮嘱他：“看看位置显示器。”告诉他离本星球不远。吃完饭指导师坐在休息椅上，对哈娜说：“这时间不妨演练一下远距离飞行，去太阳系里转一转，别闯出去，以免引起其他星际的抗议，等你们独立飞行时，给你们在银河宇宙的星际间备案，申请航道就可以随意飞行了。”说着笑看哈娜、亚洲的好奇，“那时你们落在哪个星球，只要有友好关系都会受到礼节性的待遇，那时飞碟需要补充什么，他们都会无条件地提供给你们，给你们一种回家的感觉。”

亚洲听了哈娜翻译过来的话，好奇地问：“为什么？”哈娜笑着给他解释火星与银河系、仙女座星系等许多星系都有战略同盟关系，所以在那里我们会得到无条件援助的。亚洲点点头，感叹人的结构是相互支撑，扩大到星际之间也是如此，通过相互支撑扩大友谊圈。看亚洲天真的样子，哈娜笑了，笑他像个孩子，时不时地便会产生出许多感慨，不过跟着用心体会这孩子的样子蛮可爱的，笑着对亚洲说：“星际之间与我们友好的星球很多，不过也不要被这眼前的和平迷住了双眼，一切都是相对的，和平就是这样，不要以静止的眼光看待，要在动态中看问题。”说着叹气，“你看太阳系现在平静，银河系就不一样了，那边想平静都平静不下来。那里每天都有数十颗星星爆炸，有不少还爆炸多次，在极端的情况下，比核爆炸还猛烈，有的可以触发 La 型超新星爆发，那里为了生存，为了延续生命，都在争夺有效星球，所以和平是相对的，这也是我们该认识到的一个节点。从生命生存延续大方向看，各星球间订立战略同盟的可趋性、增强人类的星空机动性是人类不会灭绝的关键所在。”哈娜看亚洲用很崇拜的眼神欣赏着自己，心里很得意，边收拾餐具边关切地问亚洲是不是需要休息一下。亚洲摇摇头，一再申明自己的兴致正浓，很想去更远处周游。哈娜开解他身体健康要紧，周游的时间还有，她心里想到了蜜月旅行。亚洲这时倒粗线条起来，没有了解哈娜的心意，只推说是被她的工作热情感染，哈娜的女人柔情在亚洲面前又不自觉地显露了，不自觉地在潜意识增强了对亚洲的依附感，理解他被浩瀚的星空所吸引，是想让自己的遐想梦在星空中遨游。亚洲看哈娜含情的眼神，倒有些腼腆地低头笑说：“来的路上只顾学习，没想其他。”指导师心笑，这有心爱的人在眼前就是效果不同，哈娜看亚洲的支吾，更是心里很甜，看亚洲的眼神更深情了，这也是情侣协作疲劳后的一种很好的缓解疲劳的方法。她目视窗外向亚洲低语：“在这里没有阿尔卑斯，因为它会使你感觉它小了许多；没有长城，因为它被局限，给人想挣开的感觉；不需要潺潺的溪水来养性，因为这有更广阔的遐想空间，有无尽的星空流星为我舞蹈，星星眨着眼睛向我们微笑，向我们祝福。”看哈娜渐渐显出动情的样子，亚洲笑了，称她为这星空填补了一页。看哈娜好奇地问他填补了什么空白。亚洲得意地解说道：“是填补了爱的空白，是为激情爱情相伴才铺设了这通往梦幻的爱之路。”哈娜脸红得有些抬不起头来，亚洲的坏并没有因此而收敛，问她是不是累了？还是觉得很热？虚情地劝她休息一会儿。哈娜还沉浸在爱海中，没有察觉亚洲的坏，只是摇头说不累，称听了他的话心里激动。她把亚洲劝她休息理解为丈夫对妻子的关心，说：“你愿意驾驶你就驾驶吧，谁让你是一家之主呢?”亚洲挺了挺胸：“这驾驶和一家之主有什么关系，我看你还是在梦幻中没醒过来吧。”哈娜笑了笑，“体会这类遐想挺养心情的，不说了，现在我给你做助理。”亚洲望了一下驾驶座，挥了一下拳坐了上去。哈娜坐在他身边，看他忙三火四地想启动，伸手阻止他说：“先别忙开船，查看一下位置。”亚洲看了看位置显示仪：“这都能看到木星的卫星了。”随即感叹：“真是放眼星空才能知道什么是渺小，才知道做的事是伟大的。”哈娜看着他天真的样子笑了笑，“好好驾驶吧，再伟大的事也得从平凡的事做起，没有具体的平凡一切都是空谈。”亚洲做惊讶状：“可以啊！很有远见卓识的头脑嘛！看问题能看到问题的实质所在。”哈娜笑道：“我始终把自己看成一个平凡的人，小人物只知道做大事得从小事开始，而且实际到最渴望有个温暖的家庭，有爱在身边。”亚洲略显得意：“小人物，爱你，也经看。家，你现在就在家里，应再看远一点，就是如何经营家庭。”说着启动了飞碟。哈娜笑着说：“每个人都有自己的生活方式，每个家庭也都有自己的生活方式，像我们每天架着飞碟穿梭在星空宇宙间，既能为宇宙间、为星球间传递信息，又能独享这别致的爱，寻找一种永恒的浪漫，应该是不错的目标吧！”亚洲听了一时还理解不透，只是说：“好啊，我可以陪着你每天看着流星飞舞，云卷云舒，一直到老。”哈娜笑出声：“想得美，我才不和你一起到老呢。”亚洲粗声低音地恐吓：“你是不是异想天开了，还幻想能出现个第三者，我坚信你不会有这个机会，正视现实吧！”哈娜得意地说：“一定有，我想还不止一个，希望能有好多个。”亚洲瞪着眼问：“是谁如此神通，夺我爱的人，哪个星球的？”哈娜眨了眨眼睛，“你斗不过他们的。”见亚洲急了做出要争斗样，哈娜笑了：“咱们将来的孩子，你斗得过么？”亚洲一听泄了气似的说：“斗不过，甘拜下风。”哈娜笑了起来，拍了拍亚洲的肩：“小男孩，收收心注意航向，别忘了自己是掌舵人。”亚洲会意地一笑：“放心吧！浩瀚的银河，谁主沉浮？你该先看我。”哈娜笑得开心，“小男孩，注意流星。”哈娜开心，气氛就暖多了。亚洲兴奋地唱出了声：“如果各星球都可以忘记，至少还有你我一生的记忆。”哈娜点了一下他的头,你应该唱的是:“因为有你,安全驾驶才是你最该注意的。”说着又拍了他一下,目视位置显示仪:“你还应该唱,因为没注意,开反了方向,远离了目的地。”亚洲一听忙停下来问:“不是开往银河方向吗?怎么开反了?”哈娜笑着看位置显示仪,“都快回火星了,现在是处于小行星带之间。小男孩儿,这天文知识你还真得去实践中好好补补。”亚洲嘟嘴说:“从地球到火星一切程序都是输入好的,从火星远飞这是第一次,谁知是什么意念无意中输入了。”哈娜笑:“没关系,以后飞的次数多了自然也就熟悉了,开吧。”在哈娜的协助下,调整了方向。亚洲这回可不敢大意了,边开边注意位置显示仪,哈娜提醒他方向对也得看看窗外的星云分布,通过熟知行星带的星云分布来熟悉航道。亚洲见外面时不时地有流星划过,问哈娜,“这么多流星飞过,就是撞不到飞碟是什么原因?”哈娜说:“在宇宙万有引力的作用下,流星因各自质量形成了它们的飞行轨道,熟知了这些轨道在其中航行,自然就撞不到。再有飞碟也有自动躲闪流星的功能,在流星要偏离轨道之前,飞碟就感知到并计算出躲避的程序。”亚洲点点头,一会儿又问:“从地球起飞的时候先是有点儿恐慌不安,后来飞远了心里又萌生一种孤独感。可是现在不但离地球远了,离火星也远了,这心中孤独感却没了,反而更踏实,你说为什么?”哈娜笑着揪了一下他耳朵说:“你给我老老实实地开,别心里老想着什么坏点子。”被看穿的亚洲龇牙喊疼,翻着眼睛说她不懂情趣。说在这个太空中只她和自己,这种孤独情况下最应该是心贴心,不趁此心贴心,负了这氛围。哈娜笑着看他,说他痴得厉害,忘了这里还有一个人,说着又瞪起眼睛说亚洲的假斯文,多亏没给他机会,这还有外人在就露出了邪恶的嘴脸。亚洲皱起眉头看她,怎么也想不明白她说话的含义。看着亚洲又傻又坏的样子,哈娜恨得心痒,本来想找各种星的位置,被亚洲一搅就错过去了。

飞了一会儿，亚洲面前出现了一个大星球的远影，他问哈娜是不是木星？哈娜点了点头说离木星近了。她问亚洲对木星了解多少？亚洲摇头现出心虚样：“在地球时对它的认识，只是通过太空望远镜看过几次，知道它是太阳系中最大的行星，地球人称它为朱比特，相当于神话中的宙斯。近距离看它还是第一次，传说这里是艳遇的高发区。”哈娜捏了他一下，“别异想天开了，所谓的艳遇高发区是木星有六十三颗卫星，因为木星的质量是太阳的千分之一，又是太阳系其他八大星球质量总和的2.5倍，所以它能吸引的卫星就多，它的大的卫星就有五个，告诉你个秘密，木星的质量还在扩大，由于太阳进行光辐射和太阳风等原因，太阳每秒损失的成亿吨的物质都被木星吸收了。预计30亿年后，木星的质量将与太阳相等，那时木星自动演化成发生热反应的恒星，成为太阳系的第二个太阳，所以你就别满脑子艳遇了。色字头上一把刀，这木星外表美丽，里面却是狂暴的木星云，它的云层就达1 000多地球千米，而且内部温度极高，它是气态和液态组成的球体，里面没有着陆点，记住以后遇上这多情的星球绕着走，被它卷进去可就连一点生还的希望都没有了。”“那火星就没有深一步地探查吗?”亚洲问，哈娜想了想：“应该有，具体的我不知道。火星的学者们，因为木星的红斑发生过争执，其他的细节就不知道了。”看亚洲听得认真，哈娜怕他又出错，让他注意开，说这艳遇区的轨道也很危险。亚洲点点头：“家长的训斥牢记在心。”哈娜笑了笑：“往前开吧，前面遇到的可能是土星。”

飞碟绕了一个大弯便进入了黑暗的太空中，不见了星星闪烁，黑暗成了飞碟外的主题背景。飞了一段时间，亚洲觉得闷得很，看看哈娜还在盯着位置仪，想说句话，又怕扰了她，再看指导师，忽觉得指导师很亲切，虽然他坐在那儿并不看自己一眼。哈娜看亚洲回了几次头，以为他想找什么，问他，亚洲笑说，“只想说说话，觉得寂寞。”哈娜看看亚洲有些心软，说愿意陪他说说话。亚洲看看她又觉心疼，不想说了。静了一会儿又按捺不住，笑笑说怕她寂寞请她说前面会遇到什么。哈娜看着亚洲说，“你的傻劲还没过去。”见亚洲更傻的样子忍不住说：“按航程过了木星就该是土星。”说话间，前面能看见土星了，虽然离得远了一些。亚洲兴奋，边开边听哈娜说，看亚洲的兴趣浓，哈娜说得也有信心。“土星是太阳系第二个大行星，是扁平的行星，它的卫星也很多，目前能确认的就有62 颗，仅就这一点看它也该是太阳系的‘高富帅’了。”

亚洲看哈娜饶有兴致地介绍土星，投入得把自己也感染了，笑这信息传染，也开启脑筋，将记忆中的土星知识说给哈娜：“你不用那么羡慕吧？长得又扁又平的还高富帅呢？我看到的可是它的另一面，土星上狂风肆虐，风速是木星的四倍，地表是液氢和氦的海洋，它是情妇多，可它的第七个情妇是很像洗脚石一样的卫星。”哈娜笑着看他问：“吃了多少醋，酸成这样子，我只是说了个高富帅你就这么多话，我要是说土星在美丽的光环环绕下分外妖娆，你还不得跳进醋缸里。”亚洲笑了笑：“我才不会呢，我相信我的魅力。”说着指了指前方：“我看见光环了，你看那闪着金黄色的多美！”哈娜问他金黄色的光环是由什么组成的？亚洲摇头，哈娜笑了：“远处看是很迷人，离近了就没想象的那么神秘了，这个光环实际上是由冰块和岩石碎块组成的，发光的是冰块，其实刚才木星也有光，只是你没细看，心里只想艳遇去了，我生气就没提醒你，现在说也晚了，已经绕过去了，等前面到了天王星、海王星注意观察就是了，它们都有光环，而且不比土星的光环差。其实许多事物就是这样，远望的时候神秘感很强，离得近了就兴趣索然了。这和在地球上看月亮是一个道理，当月亮被薄云笼罩时，那月胧的神秘感才能引起许多人的联想。再比如亚洲……”亚洲一听忙摆手，“你快别说了，下句说不出什么好话来。”哈娜笑笑：“你不是很自信吗？怎么现在又心虚起来？本来想夸夸你的，现在我改主意了。”亚洲叹了口气：“前人说的话一点也不假，易涨易落山溪水，易反易复哈娜心啊。”哈娜扑哧一笑，揪住亚洲的耳朵问这小人的解释方式，亚洲疼得咧嘴连说：“自己口误，本来想说自己出口却成了哈娜。”哈娜并未因此松手，反而更紧地捏住了：“说错了话不承认错误，还敢狡辩。”亚洲忙说：“我承认错了，可现在有客人在睡觉，等客人不在了，任打任罚随你。”哈娜松了手：“这次放过你，注意开吧！记住航道、两边流行云的特点。”亚洲点了点头。太空的时光，是无法计算的，哈娜和亚洲边说笑边休息，时间仿佛才过了一会儿。又一段航程后，亚洲指远处，前面好像是颗行星。哈娜端详了半天说：“可能就是天王星。”亚洲观察了一会儿，他也确认那就是天王星，他兴奋起来：“太好了，终于可以近距离地观察天王星了，我从小就觉得天王星有种神秘感，他满身蓝蓝的色彩，给人以无尽的遐想。地球上称它是盖亚的儿子兼配偶，是古希腊神话中至高无上的宇宙之神乌拉诺斯，是农神土星和独眼巨人及奥林匹斯山神的前身，泰坦的父亲。”说着亚洲指了指：“哈娜你能看出这蓝色星球美在哪里吗，这蓝色的星球给了我童年无限幻想。”飞碟靠得近了些，亚洲看着看着有些纳闷，他对哈娜说：“我觉得旋转有些特别。”哈娜听了他的话笑出了声，说没见过这么好奇的人，像个孩子，但嘴上这么说，还是耐心解说：“它的旋转就像小孩打滚一样，你看他转得快不快，差不多每 16.8 小时太阳就在它的上空升起，他还有个显著的特点，当太阳照在天王星的北半球时，他的北半球处于夏季，太阳就一直照在北半球上空，永远不落。相反背向太阳的南半球则处于冬季，整个冬季要经过长达 21 个地球年的漫长黑夜，只有在赤道附近狭窄的区域内可以体会到迅速的日夜交替。天王星的赤道接收热量少，但它的两极相当热，注意别靠它太近，它除了有五个大卫星，还有十五六个小型卫星，太近了容易被它撞上。这天王星还有个特点，由于21年才换一季，所以天王星上1年相当于地球的84年。”亚洲听了笑：“这天王星上有这么多未解的谜，我倒有个想法，在天王星上建别墅，在那儿度个年假就够在地球上熬一辈子了，还可以跟着太阳走。”哈娜看了他一眼：“你总是孩子性格，总是异想天开，按你的说法这人体细胞更新代谢得花多大代价维持呀？再有这小孩打滚式的转法，还不得把人转晕呀？还有这42年的极昼42年的极夜你能承受得了吗？”亚洲一笑：“晕球的问题时间长了就适应了，至于极昼、极夜嘛，夸父逐日，我相信只要有信心，一切皆有可能。像咱俩原本都生活在各自的星球上，现在不是走到一起了吗？而且你爱我还爱得死去活来的。”哈娜听了脸红着打他：“看你说着说着就歪了，人家不和你说了。”亚洲厚着脸皮：“我怎么说歪了？难道我不值得爱吗？”哈娜白他一眼：“你还是闭上嘴，好好开吧！不过你要是爱财来天王星算是找对地方了，这天王星和海王星一样都有钻石海洋，这儿的钻石你千年也采不完。”亚洲的脸皮似乎更厚了，看着哈娜：“我要那些钻石干吗，你就是我心中最贵的钻石。”说着眼神有些色眯眯，哈娜听得心里美，所以他色眯眯的眼神也动人了。她问亚洲知不知道钻石表达的是永恒的爱，是用时间来考验的。亚洲说他知道在爱情方面钻石的含义。哈娜笑他痴情说：“时间不早了，往前开吧。”亚洲加速开了一会儿，才把速度降下来。太空遨游这点好，速度可快可慢，不必因为超速而被罚款吊扣，遇有太空巡视也有星际关系掩护。亚洲把飞碟驶近海王星，把速度降到了最低点，看看哈娜笑着说：“不用问，这蓝色星球就是海王星了，也就是说离猎户不远了，快到银河了。要不要我讲讲海王星的故事给你听啊？”

哈娜笑着点头：“好啊！我最爱听故事了。”亚洲看着海王星语重心长地说：“这海王星啊，很大很大，是太阳系的第四大天体，它的质量可能是地球的17倍。记得天王星吗？天王星的质量是地球的14倍，这天王星啊……”哈娜拍了拍他：“说跑题了，现在该讲海王星，你提天王星干什么？即便它俩是双胞胎，你也不能这样跑题呀！”亚洲瞪了瞪眼：“想蒙混过关，还是被发现了，这可如何是好，要不咱往前开吧！前面有冥王星，我讲冥王星还是比较熟练的，到时候我给你讲冥王星。”哈娜摇头不语，弄得亚洲一脸的难受相，说哈娜是在折磨人，哈娜点了他的头一下，“什么折磨不折磨的，老老实实地讲。”逼得亚洲强打精神，搜索着大脑的记忆：“这海王星是海神尼普顿，是地球希腊神话海神波塞冬使用的三叉戟，海王星是个气态星球。求求你了饶了我吧，我实在想不起什么了，要不你讲给我听？”哈娜笑了笑：“小男孩，这海王星就在眼前，看着什么讲什么呗。”亚洲为难地说：“有些特点不是一眼就能看出来的，我仅知表象，具体的还是你介绍一下吧！”哈娜怨他白耽误了这么长时间：“小男孩，首先你得注意它的整体运行情况和天体结构，海王星自转一周是15小时58分，它公转一周时间可就长了。海王星的一年相当于地球165年。与天王星不同，这里有春夏秋冬四季。”说着看看亚洲：“怎么样，是不是也想在这儿建别墅？”看亚洲的情趣又起，哈娜忙打消他的念头：“别胡思乱想了，这海王星从外看神秘感强，实际上它的球面是超低温的，而且还有大风暴。好比一个美丽的女人，性格被外貌遮蔽了，可不是和你们比拟的一样嘛！主席当初就分析过海王星的情况，认为应该在海王星上打好提前量，根据海王星的具体地理条件，播散适宜的生命种群，形成它的生物圈，再逐渐改变环境，向人类生存环境方向演化，使太阳系人类多一个落脚点。主席甚至想过借助猎户座恒星加强海王星的光热，其实很多事情是你无法想象到的，至于海王星的卫星以后再给你讲吧。以后哄你睡觉时，就给你讲海王星的故事。”亚洲回头看她一眼，真像小孩子似的努力点点头，然后加速开去。

飞碟继续前行，开着开着，前面出现繁星满天的景象，亚洲、哈娜相互望了望,忍不住笑了,笑把柯伊伯带行星给忽视了。哈娜看亚洲,说是亚洲闹的,把她的大脑搞乱了。亚洲也确实没想起这个行星带,他被哈娜的甜言蜜语说昏了头。其实人往往是这样,有了极其特别的事就忘了主题。哈娜说完,便紧盯着显示仪,考试似的问亚洲,阋神星的位置。亚洲的知识多源于计算机,实际观测的经历是零,心里虚,嘴上还得遮掩说阋神星是一个善于争吵的行星。说着又看哈娜的反应。看她的神情亚洲心有了底,说阋神星就在眼前。在哈娜的惊讶中,亚洲又心虚。这一点被哈娜看出来,看来猜的总还是不把握。哈娜没想那么许多,只笑他的第三只眼怎么就发达起来。对亚洲来讲掩饰还是非常必要的。她装作无事的样子问附近还有什么阻碍。

人有了精神,辨别事物的能力也就强了,哈娜见亚洲的闪烁其词,觉察出了什么,微笑着看亚洲,直看得他心慌,亚洲躲开她的话题说:"猜测往往也是有一定基础的。"哈娜笑出了声,她不想揭亚洲太多,只是用劝告的语言说以后知道就是知道,不知道就是不知道,不懂装懂的后果是很严重的。亚洲慌忙点头,瞥见了显示仪,忙把意念导向大脑。随口说,"我想起来了,鸟神星后面是女王神星。"哈娜的感知更强,她感觉出了亚洲是通过她的大脑说出的星体名称。看亚洲的狡猾,哈娜本想生气说他几句,可话到嘴边还没说出口就气乐了,她努力地把自己的笑收回去,眼眯起来,说亚洲该开得快一点。飞碟疾驶在太空中,冥王星羞答答地出现了。亚洲放慢了速度,哈娜看着这无精打采的矮行星,笑说:"这冥王星也停止工作了,居然还有四个卫星,令人费解。它的1号卫星的体积与它差不多少,记住这冥王星转周需要6.39个地球日,他公转一周计算时间合你们地球约248年,这不,机器显示出来了。别看它表面灯枯油尽,其实它有地下海。"她看亚洲听得认真,笑道:"这个星球你就别打它主意了,它不仅温度低且大气层全是有毒的一氧化碳,你在心中想象它是一颗毒气弹就行了。”亚洲看了一会儿略显失望,加快了行进速度,想到太阳系外的猎户、银河去。他问:“你去过银河?”哈娜笑了笑:“以前放假的时候,爸爸带我去的,他教了我许多银河的知识。说到我爸爸,你打算什么时候去见我父母?他们可是急着让我把你领回家呢。唉!你什么时候才能不让我两头操心,让我真正安心静一会儿呀!”亚洲直视前方:“这不是忙嘛,也真难为你了,没关心好你,什么时候去听你安排,不过一说见你父母我这心里还真挺怕。”哈娜闻言,笑他胆小,说她的父母又不吃人。听亚洲文不对题的解释,哈娜笑个开心:“就披着羊皮装羊喽!从地球那么远跑过来夺了我父母的孩子,你还装得可怜兮兮的,你该是披着羊皮的狼。”亚洲笑起来,学着狼龇牙的样对哈娜说:“我就是把你夺来了,就是不讲理了,你能怎么样?”哈娜很怕他一副可怜相,哀叹自己苦命,一会儿又气自己不识人,没认清亚洲这个色狼,落到他的手上被他宰割。说着看看显示仪,提醒亚洲快进入银河了,提醒他别被漩涡卷了去。亚洲听得忙停下来,“不是没有猎户座吗?”哈娜笑了笑,“只是方向不同,不过这也属于猎户云团。”亚洲问:“漩涡是怎么回事?是不是星系云团旋转形成的?”哈娜略作严肃样:“事情没你想的那么简单,这太阳系是整体的星系,它有它的大气层范围,每个星系都有自己范围的星系大气层云团,它的整个体系都在大气层的包围中。你看显示仪,咱这左右两肩还有两个星系团,前方还有一个星系。说细致点叫星云团,它们组成的这个更大的星云团是猎户的总称。你看这条云线是猎户的臂,太阳系云团就在银河系的边缘。在这猎户的边缘靠里,看这计算结果,看咱们距银心约 2.64 万光年,咱们这大云团在银河系是逆时针旋转,转一周得 2.5 亿年。注意云团的变化,别只听我说。咱们得利用这云团旋转形成的空洞穿出去。”亚洲想了想,问哈娜:“你说的是不是霍金说的黑洞。”哈娜笑了:“怎么说呢?有许多火星人也这么认为，认为这是黑洞，如果按火星人的黑洞理论，这样的黑洞称法有些牵强，以后再给你讲更多的黑洞形式吧，现在就把眼前这个比作黑洞穿越它吧。”哈娜看亚洲有些神色紧张，便说：“飞越的时候记住台风理论就可以了。”亚洲笑了：“这地球人都知道，台风的中心是平静的。”哈娜笑道：“这台风不仅给地球带来雨雪形成淡水，也给你带来生命的智慧。”亚洲说她取笑自己，说自己已经记起霍金黑洞理论，是由比太阳大了多少个千万倍的恒星强力压缩形成的，它吸入物质信息也释放物质信息，很多地球人被这种散发出来的信息辐射到，头脑便会聪明异常。因为这物质信息能改变人的脑生命纹路，也就促使这些人在其人生经历中有突出成绩，说俗了也就是星光照身。哈娜听了，也觉得新奇，问亚洲：“地球上有什么龙凤，生命与人体相合可能产生所谓祥兆是怎么回事？”亚洲笑道：“龙行云中能携带更多太空信息，凤栖的地方磁场特别清新，带出清新玉洁的信息，这两样事物与人体结合自然会产生非凡效果。”说着看看前方：“不跟你说了，是得小心的时候了，万一它是霍金所说的黑洞就躲不及了，非被它扯得粉碎不成。”哈娜又笑：“别紧张，只当它是虫洞，是时间隧道，火星的飞行器什么时候像其他星系一样可以随意穿梭虫洞就好了，就不用这样等待了。”说着看亚洲：“有没有那种体会，飞得远了见得多了，就体会出自己不足了。”亚洲点头：“是该看得更远，总在一个水平线上争斗，不去更高的境地探索是误己误人。”

指导师走过来对哈娜说：“现在要慢速行驶，等到通道出现时再加速前进。”说着帮助调整了飞碟的速率，又飞了一会儿，一个巨大的通道出现了，指导师忙加速。飞碟在这平静的通道中稳稳地飞过了。指导师急忙将速率减掉停下飞碟对哈娜说：“这是太阳系外了，虽说还在猎户，相对讲也算银河了，今天你们就先在这儿看看吧，回去以后我去注册，然后你们就可以随意飞行了。”说着看几架飞碟飞来，指导师忙把飞碟左右摆了摆，那几架飞碟飞走了。“你们看吧！”说着回一边闭目养神去了。

亚洲向窗外望了一会儿说：“真有梦的感觉，眨眼工夫就离开太阳系了，这猎户大星云有多少未解的秘密！”哈娜笑他多愁善感，嘱他现在只把这一切当成一幅图画看就行了，让他努力想象猎户的长尾云团在银河如何把银河的第三条臂衬得更美，尽量地用形象的思维描绘这银河的主体结构，以银心为中心像螺旋一样形成一个螺漩涡，银心如一个银棒，指挥几个大星团由里至外地围着它转，银河其他星系又因引力连起来绕着宇宙能转。亚洲笑道：“就这么简单？”哈娜笑说：“不究其理，从形势上看是这样，也可以把宇宙比作一个海洋，众多的星系就是这个海洋的岛屿，以后咱们谈的时候我给你讲宇宙及宇宙外的原理，今天以开心为主题。”亚洲像小学生一样听着哈娜娓娓道来，这些太空的事，像在一层层揭开神秘面纱，他多次把哈娜当成一本书来读，越读越觉得深奥，以至于他感觉现在的哈娜像一部天书，读不尽，他有些为她而感动了，他为她的真情感动过，被她的勤劳质朴感动过，今天他被她的渊博知识吸引了，他像个饥饿的婴儿得到乳汁一样拼命地想吸尽点滴。哈娜看着亚洲这充满好奇的样子，反劝他该休息返航了。亚洲不依，摆手说自己兴趣正浓，申明自己有强烈的求知欲，说在这儿听总比在火星上听感受深。看着他哈娜无奈地点点头说：“再给你一些时间然后返航。”她像哄孩子一样，哄着亚洲，亚洲还算听话地点了点头，同意一会儿返航。

讲什么呢？哈娜想了想说，“既然说星系那就还是讲星系吧。”她像个教师一样正了正色，“首先得明白什么是星系，一般讲星系是由几十亿颗恒星组成的一个大家族，万有引力的作用使恒星与恒星之间的星际空间里漫布着不计其数的气体、尘埃，还有神秘的暗物质、暗能量、反物质。咱们所处的星系有 2 亿多颗恒星，咱们这个银河系的中心已进入了中年阶段，前不久银河中心还发生过超大质量的黑洞爆炸。其实银河中心经常发生新星爆炸，尘埃飘得哪儿都是，前些日子我和玉珠开玩笑，说去仙女星系，副指挥长给我介绍，仙女星系和银河系一样都是呈漩涡状的形式，只是它的体积比银河大一两倍，有三四亿颗恒星，有七条螺臂在飞舞。火星的天王学预计银河系的活动如果出现了停滞情况，可能500万年后，银河与仙女会组合在一起重组一个大家庭，进入婴儿期。现在的实际情况是红星系的活动不是完全停滞不前，很多红星系还在退休阶段，还会保持一个十分充实的生活，这使银河和仙女的组合也就有可能延续几百年。不管多少年这种组合是早晚的事儿，现实会证明这个真理的。一切都是运动中得来的，所以在我们的观念中就应形成这样的理念，事物是运动的，社会在运动发展，人类在运动中生存，比如你们地球。”亚洲笑了：“这说星系呢，怎么又说起地球？地球在宇宙的浩瀚星系中太渺小了！”哈娜笑说：“再渺小也是你的故乡，拿地球做比喻可以增加你的印象，你看假如地球没有什么变化就这么平稳转着，其他星球呢，不可能也没有变化吧？木星30亿年后可能成为太阳，会导致太阳系结构的变化，那时地球是什么样子？地球生物又会怎样？为什么地球经常会在大气层中有生命力细胞存在，很多不就是星球爆炸形成的么，所以说以后不管发生什么事都要有紧迫感，前人对我们的生存尽了责任，我们也得为后人的生存尽责。”亚洲说：“你最好还是先对我尽尽责吧，讲些具体生动的，别吊我胃口了。”

哈娜笑了一阵：“看银河最好是飞出猎户座才能觉出其奥妙，今天我就给你先简单说这银河系是由远而近的人马臂、矩尺臂、盾牌－半人马臂、猎户臂、英仙臂、外臂等组成的。以后可以自由飞行了，我带你一个个地去看。要是火星能造出可以穿越复杂的虫洞这个隧道的飞碟就好了，那时从一个星球飞到另一个星球瞬间就能到，就会像现在这样。那时银河外的麦哲伦、小麦哲伦、三角飞马、凤凰、船底座、仙女等瞬间就能到。那时想看到北斗星、牛郎织女、天狼什么的多容易啊！”说着说着陷入了沉思。亚洲看她幻想的神态，觉她幻想时更美。片刻后亚洲拍拍她，问怎么不讲了？哈娜回过神来笑自己把自己带进幻想中去了。看亚洲求知的眼神，提了提神：“现在是猎户座，就给你讲个猎户座的故事吧！”亚洲笑了，表示自己很愿听，哈娜微微摸了摸他的头：“听话，现在哈娜妈妈给你讲个神话。”亚洲摇开了头：“听你讲个故事真不容易，还得被你占便宜。”哈娜笑了：“我这叫爱心泛滥，你就别得了便宜卖乖了，不听话我就不讲了。”亚洲听了急道：“别这样，我错了还不行吗？”哈娜说：“人犯错误不怕，要知错能改，别总赖在这儿不回去。”亚洲听出哈娜在催他回火星，闭口不语。僵得哈娜只好给他讲，让他边听边观察窗外星云变化。

“有个女神凯莉她温柔美丽，天神宙斯非常喜欢她，百般追求她，后来他二人便在一起了，再后来凯莉便生下个儿子叫修翔。这件事后来被天后赫拉知道，她嫉妒心极强，异常愤怒地把凯莉变成了一只大母熊，并将她赶入了森林。自幼失去母亲的修翔长大以后成了一名非常出色的猎人，可他并不了解母亲的遭遇。有一天赫拉命令命运之神让修翔与熊妈妈在森林里见面，他母亲看着日思夜想的儿子兴奋极了，忘了自己是只大熊，情不自禁地向修翔跑来，毫不知情的修翔以为大黑熊要害他，忙举箭要射她，一场儿子杀母的冤孽就要发生了。这时宙斯出现了，原来他得到了消息，知道了天后赫拉的阴谋，可碍于儿子而且心里又胆怯就没敢露面。当命运之神告诉他已执行了天后的命令时，宙斯再也坐不住了，他冲破了愧疚与胆怯的心结赶了来，把修翔变成了一只小熊安置在天上，成为大小熊星座，这样他们母子就永远在一起了。他担心天后再加害他们母子，就派了两只猎犬跟在母子后面保护他们。”亚洲望着哈娜："是不是讲完了。"哈娜点点头问亚洲："听出了什么？"亚洲想了想："你是想告诉我不仅像狼一样把你夺来，还得学猎犬样保护你和咱们的孩子，保护咱们的家。"哈娜说："我还想告诉你的是猎犬座星际的漩涡中，就有智慧的生命存在，有高度文明的人类，记住吧！这猎犬座。"亚洲醒悟地说："我明白了，你讲这个故事有双重含义，和你在一起真长见识。这说到人类我还得问你个问题，你知道上帝的住所天堂在哪吗？"哈娜想了想："在火星。"说着自己笑了："你都看见了，火星地表是消失的海洋，干涸的河流，到处是被流星砸的陨石坑。在来的路上各星球的情况你也看了，金星有两万多城市废墟，金星的一天相当于地球的一年，金星的可能性大。但我以为天堂就在每个人的心里，境由心造。"亚洲有所悟地点点头，哈娜拍了拍他的肩，"宝贝还是回到现实中来吧，踏踏实实地做咱们平凡的事，在平凡中体会伟大，在平凡中体会浪漫。"亚洲望着窗外："是得回到现实中来了，这次飞行让我悟出了一个道理，现实比神话先进得多，以后我陪你去仙女座旅行，我对那儿还是挺神往的，没经过的总有一种诱惑力在吸引。"哈娜觉得心慰："我也没去过仙女系，还不清楚向仙女座派没派人，咱定了，等回去我做个请示，让外事部派员导航，眼前还是游遍银河系再说。"亚洲不理只问："到仙女系能不能碰上传说中的神仙？"哈娜笑他稚气未脱，说他着魔了，醒不过来了。亚洲笑道："我着的魔不仅是咱们，还梦想咱们的子孙将来飞得更远，能体会更多的浪漫。同时也希望以后在这美丽的星河中更多地出现地球人的身影。"哈娜握了握他的手："我，怎么能把你的心收回来呢？实现你那未来的梦，还得靠我们这平凡的工作。"亚洲感慨："第一个踏上月球的人说过，我迈出这一小步是人类迈出的一大步。现在就我所在的位置，有理由说，我亚洲飞出的这小小的距离，是地球人飞出宇宙的开始，我坚信我的说法。"

哈娜笑出了眼泪："我还是赶紧把你带回太阳系，把你带回火星，否则你的妄想症严重了。"亚洲做出惊恐状："为什么要把我抓回去？这挺好，我哪也不去。"哈娜好言相劝说要把他带回去，是让他好好做事，实现自己这个伟大的理想。

这时指导师走过来说时间不早了，该回太阳系了。哈娜点点头，指导师又说："来的时候飞得太快，你们没熟悉一下航道，回去的时候要以熟悉航道为主，特别是经过星云密布区的时候，那段航道很危险。"说着通道出现，亚洲驾飞碟急忙穿过通道，飞回了太阳系，指导师回到椅子上闭目养神去了。

哈娜望着亚洲神态自若的样子，禁不住夸他聪明，说高智商的人好合作，一架飞碟不到两天就驾驶自如了。亚洲倒也谦虚，"还不是被逼无奈？本来只是只小羊，现在被迫披上狼皮装狼。"哈娜知他的语意是在夸自己，眨眨眼问他对自己到底有什么感觉，是不是仅仅看上了她的长相？这话问得亚洲一时哑然，半晌才分辩自己是更被她的气质和智慧所吸引。哈娜笑他狡猾，亚洲很听话地做出狡猾样，说哈娜是玫瑰。哈娜很开心，拉了亚洲一把，叮嘱他慢点开，记住航道的特征。亚洲坚持说航道记得不多了。看亚洲有些自满的样子，哈娜想说他可又于心不忍，耐下性子把该注意的细节说给他听，并一一地指给他暗星云的位置特征，给他讲阋神星、谷神星、鸟神星、妖神星的位置、意义。亚洲说："只记住木星区的行星群了。"哈娜听亚洲把自己的话听进去了，有了些欣慰，讲解起来更是细致。亚洲在哈娜娓娓道来中飞向火星。

婚　　礼

同为人类,不同的群体在为同一目标而努力,一个生命群体的共同目标在细划分的群体中闪着不同的光彩。火星上玉珠等经过一下午的议定,制定出了两星球通婚的管理审批制度、保密制度。

紧张的工作需要放松的心情来调理,特别是脑力工作者。停下工作,玉珠看大家样子都很疲惫,提议大家放松一下,风趣地劝大家把紧张的心情放飞。看看莉萍,笑道:“今天讨论的事情要保密。这恋爱该谈,接着谈。再有,这恋爱不抓紧时间,拖得太久了,审美感也就淡了,这种恋爱方式是非常时期形成的,得非常对待,把它看成是纽带结合到工作中去。”大家频频点头,认为这也是两星球的共同观点。超然对玉珠提到的工作恋爱两结合的观点很钦佩,提醒张山、罗飞,地球领导人不会花这么大代价送几个人到这里无所作为的,既然来了又有了突破口就得一步更进一步,有收获别忘了主题。玉珠不觉地跟上了超然的思路,也提醒大家要珍惜现在,珍惜分分秒秒,每一步都是历史。说完自己又觉得好笑,在这些精英面前谈这些觉得有些不合适,便转移话题笑说淑花、莉萍要珍惜时间,语气中把她们比作了小自己许多的年轻人。玉珠的语言被淑花理解出了讽刺的味道,笑问玉珠芬芳何时消逝的?贵庚几何?什么时候走在了她们的前面?从淑花的语气中玉珠听出了她还很疲劳,暗想自己得尽快想办法消除她们的疲劳,于是笑称自己很久前就渡过爱河了,现在老了。莉萍听了,笑问玉珠:“那个叫李风的青年是谁?”玉珠皱眉:“李风? 哪个李风?”整个想不起来的样,忽又恍然大悟说李风可能是她的大儿子,得问问这李风谈朋友没有? 说着开启了身上的信息装置,在众人的一片笑声中毫不顾忌地呼叫李风,也不在意那边传来的李风的昵音被大家听到,忘了一切地娇语自己的想念心情。那样惹人心麻,麻得莉萍耐不住手指玉珠骂玉珠贱,说:“没见面就这样,这要是见了面还说不上什么样呢?”玉珠看看莉萍不以为然地继续。一会儿结束了,用气人的口吻说莉萍没有自己有魅力,且嫉妒心强。莉萍撇嘴:“何止是嫉妒,应该说是羡慕、嫉妒、恨。”一句话说得大家又笑起来,笑声暖了气氛放松了情绪。淑花搂着张山胳膊,俺有现成的比你那遥远的贴切。玉珠见她俩一起挤对自己,又开了通信器撒娇:“你怎么样啦? 我好想你,我这里被莉萍、淑花围攻,你最好快来帮我。”边说边瞧淑花、莉萍气到了什么程度? 又听李风那边只笑不说话,无奈地关上了,还自我解释:“不帮就不帮吧,一个人也能对阵她们。”说着又想起忘记嘱他在停车的飞碟场会面了。

看淑花的得意,玉珠问张山在火星上恋爱有什么感触,张山看着搂着他胳膊的淑花说:“一句两句说不清楚。”再想说什么又顾及淑花的感受不敢表达。玉珠发坏地追问:“张山是不是有什么心里话不好说,怕淑花伤心,其实有些话热恋的时候轻描淡写地婉转些表达出来效果也许更好些,为将来天长地久打好基础。”见张山只笑不语,玉珠叹了口气,“你不说我替你说,你们地球人不是流行一种说法吗? 说爱是有寿命的,爱要有情感做辅衬,其实爱的目的地是两人营造的家,有的人一生不幸运,那就是这家中的另一半逃走了。”张山似乎有些被玉珠引诱了的感觉,点头称玉珠说得对,说自己在地球上也遇到过相爱爱到家庭解体的事,并称每遇到这事都对心灵是一种打击,以至于有时觉得自己患上了恋爱恐惧症。说着见玉珠诡异地笑,忽然明白过来上当了,忙转口:“也许是命运的安排，这次来火星遇上了淑花，现在觉得心情豁然了许多，我现在明白了，有了爱的感觉还不够，还得努力地呵护它保卫它，把它看成一种神圣感、自豪感和责任感。”张山的话淑花听了感动，玉珠却有一种没达到目的的感觉。罗飞和莉萍像看戏一样瞪着这三位演戏的人，至张山说出了这些感人的真谛，罗飞才说出自己的感慨：“爱的感觉是你不再感到孤单，爱可以使人产生质的变化，就像两个原子结合在一起成了分子。”莉萍抿嘴笑说：“还有甜蜜的味道。”

玉珠看着这两对恋人，心中无奈违心地说：“与高智商的人谈话心里就是痛快，我真该拜你为师了。”罗飞的头脑转不过玉珠，把她的话当真了，听她说完忙摆手说玉珠谦虚，说这样反弄得他俩心虚，像谈过多少次恋爱似的。说罢又看莉萍：“恋爱我可是第一次，我想也是最后一次。”张山见罗飞有重色轻友的嫌疑，瞪他一眼不再理他，转向玉珠求教怎么才能不肉麻地具体把它体现出来。玉珠被张山问得有些发蒙，想了想，“这对事物的认识，男女可能有差别，就我而言，我认为是两条折不断的直线相交了。爱就是这个焦点，是唯一的，排他的。如罗飞所说，两个不能体现物质属性的原子结合了，形成了有具体含义的分子，表现出新的甜蜜味道。”张山点点头，“两个原子结合了体现出了新的属性，两个人结合了体现出的是一社会群体新增的细胞，成为了社会群众的基本组成单位。我不理解的是当这个社会基础细胞又破裂为两个独立的个体时，社会群体的结构变化该如何理解。”玉珠被问得有些无措，心想这是社会群众组织学原理，个体的社会组成不安定影响群体，但能不能影响到群体的结构组成和总体意识导向，有个比例比较的问题。她想说出来，又觉偏离了她谈话的主题，于是笑笑：“理解一个事物，得看他持什么样的认识观，有数地在范围内调整好认识观就不难理解家能蕴藏多少含义了，也就不难理解恋爱的过程中，把未来的提前量输入对方的大脑，这是恋爱能不能美满顺利地走到家庭这一站的关键。打入提前量也是增加相恋的人的黏合度，两个原子的离子差小，来电不足相互吸引力就小，容易产生游离态的分离状，容易被另外的带电原子吸引，但当两个离子的电子差足够大的时候，相互的吸引中也就排斥、终止了其他原子的放电，就像我这样。”说着给淑花递个眼神，引来众人一片笑声。莉萍笑道：“恋爱时如果对方就是不给你来电，那岂不是悲惨。”玉珠笑道：“对方来不来电，也得看你的引力强不强。”超然笑道：“如果罗飞不来电，就把他排斥掉。”莉萍忙搂罗飞的胳膊：“才不呢，我们现在就是一个分子，放不放电也不让他跑掉。”张山伸长脖子四处张望，像寻找什么。淑花问他找什么，张山喃喃地说：“找醋呢。”淑花瞪他说他捣乱，张山说自己这是好意，找些醋把他们的甜蜜分子放在醋里泡一泡，增加点他们的生活味道。罗飞倒是不在乎地说甜酸口的好吃。玉珠旁边发狠：“加点麻辣口。”淑花不解其意地说她喜欢麻辣口味的。超然笑着给她解释那是生活的味道，也是两人相互吸引的一种方式。生活中两人为对方的味道所吸引，为共同的味道走向结合。张山连连点头：“世间百味，像结合度一样，结合的不同就有了幸福的家庭是相似的，不幸的家庭各有各的不同。”罗飞说：“你这说法不恰当，刺猬的生活方式也不失为结合体的一种选择。”张山反驳。超然见二人又要争执，忙摆手相劝，“每个人的人生观不同，反映的方式也不同。就像你们现在一样，你们有幸福感。亚洲和哈娜怎么样了？”超然说着思路转移了，脑海里浮出亚洲的样子。

亚洲和哈娜的辛苦也许只有两个人自己才有深刻的体会，亚洲现在正驾驶飞碟向火星飞呢，已快飞近木星，哈娜伸手擦着亚洲的汗，双目却不离开飞行航道，因为快接近小行星群了，得格外小心。疲劳度在不住地袭扰着她，坚定的信念努力地在她脑海里浮现，她得度过这个疲劳期。看亚洲的样她有些心疼，抢着要替他驾驶。亚洲也很疲倦，可看看哈娜他还是摇起了头，坚持自己驾驶。

开始时注重驾驶,现在注意力随着哈娜的提醒转到了行星带上,边飞边时不时地看显示仪上几个矮行星的位置移动。看到亚洲的疲倦逐渐明显,哈娜忍不住站起来,“你就别撑了,休息一下,疲劳驾驶效果不好。”看哈娜执意,亚洲让了位。哈娜坐上了驾驶座看着亚洲,“你歇息吧,看这几个小行星的位置图就可以了,这是识别航间的一个方法。时间不够了,要不真该带你去地球转一圈,你也好久没看见地球了。”亚洲说不忙,他的心思都用在训练上了,没想过去地球的事,心却已随着哈娜的提议飘向了地球。哈娜问他是不是想家乡了,一种潜意识的醋意开始滋生。亚洲沉默了一会儿说:“有时也会想,甚至有时想得心痛,不过现在有了你,感觉有了家,想得不那么强烈了。”听了亚洲的话,哈娜的心宽慰了些:“亚洲,真难为你了,过些日子咱们得想办法去地球转几圈,做蜜月旅行,让你甜甜蜜蜜的,减轻些思乡的痛。”亚洲没说话坐下来直直地望着哈娜,直看得哈娜窘,不自然地问他为什么这样傻看自己,问了几次,亚洲才说:“我想抱抱你。”哈娜看了看指导师,“说话小声点,有外人在呢?”说着心已投入了亚洲的怀抱。亚洲看看指导师转向哈娜:“今晚还去你家吗?”哈娜问他有什么顾虑。亚洲懒洋洋地说:“我有些累了。”哈娜无表情地看着亚洲,“我也有些疲劳,去不去的等回头再说,这个面儿早晚要见的,走过场也得走,这是礼貌问题。”亚洲叹气:“这和闯关一样。”一脸的苦笑。哈娜看出了亚洲的恐惧心理,自己也是无奈,毕竟是要步入一个新的开始,不可能没有陌生感,想不出宽解的语句,注意力又转到了航道上。亚洲看着位置显示仪忽地问哈娜婚后要几个孩子?哈娜一愣,旋即红了脸说不知道,又骂亚洲想歪主意,赌誓再也不和他讲话了。指导师一旁只是心中暗笑。亚洲则不依不饶说要孩子是哈娜提出来的,又怀疑此时模棱两可是另有图谋。哈娜像看孩子一样看着亚洲,觉得亚洲的脸皮越来越厚了!看哈娜看他不以为然的表情,自己也像什么都没发生一样，目光转向了显示仪。哈娜叹气他不注意航道识别，说现在的时光被他的厚脸皮遮住了。亚洲笑说并不是完全损失，至少在这时光里捉住了她。哈娜再次赌誓不再理他了，笑着讥讽他，如果这样下去太阳系的人类不理他，银河系的人类也不会理他。听了哈娜的话亚洲垂下头，自怜怎么会落到这种窘地，没人理、没人疼，抬头做可怜巴巴的样子望着哈娜，祈求她发怜悯之心拯救他。见亚洲样，哈娜又好气又好笑，骂他是个坏东西，是披着羊皮的狼。见哈娜开心，亚洲感觉心和她贴在了一起，自我批评说："我虽坏，但最多是只披着狼皮的羊。"哈娜被他缠得无奈，手指亚洲的头只说他脸皮厚。亚洲捏了一下自己以示惩罚，刚捏到感觉疼，听哈娜哎呀一声叫，忙劝哈娜说无所谓，自己这是在惩罚自己，哈娜嘘了口气："只听你胡说了，一走神差点闯到木星大气层里。"亚洲被闪了一下，悻悻地望着木星的大气层说："这大气层好像运动得快了。"听了亚洲的话哈娜心也细起来，仔细看了看说木星可能在下雨，看随风而动的样子，这雨不亚于暴洪。

伴着亚洲的疑问，飞碟飞离了木星，哈娜不理亚洲对木星地理的疑问，转问他到没到过金星。亚洲摇摇头："那里离太阳比地球近，现在温度高得让你难以承受。"哈娜笑说："热不死人的，人和其他动物都有适应本领，从金星的温度就能理解出它上面金字塔城市多的原因了。今天去银河这一路，温度低成什么样子，这里还不是恒温？"亚洲白痴一样只知道点头随和。定了航道的位，哈娜轻松了一些，聊起了金星，觉得是个谜："有这塔时太阳的辐射温度与云层之间存在着什么？火星的金字塔与地球的金字塔的先后建设程序存在着什么联系？"亚洲笑她脱离实际，是在做先有鸡还是先有蛋的比较。哈娜看着亚洲劝他关于鸡和蛋的问题去请教莉萍，说鸡和蛋的问题是她研究出来的，听说许多信息都认为她的论点能站住脚。亚洲对火星的科技水平也不免赞叹，羡慕地自语："地球上空几乎被人造卫星覆盖，而火星上一颗都没有。”哈娜笑他智商涨跌太快，拿这么简单的问题问自己。亚洲狡辩这是个复杂的问题。哈娜笑得开心：“地球人造卫星多，方便了地球，也泄露了地球，为外星球整理地球信息打了前站。飞碟现在除有特殊任务光顾地球，其余只把人造卫星的信息吸取，就把地球人的形态掌握了。”说着眨眨眼，“且研究起来很方便。”亚洲终于把头点得有力了，“我明白火星的人类生命圈环境形成的原因了，在自己感觉未强大之前不能过早地暴露自己。”哈娜笑说：“还有一层理解就是自我鞭策，永远有学习机会，学习进步不自大。”亚洲听着也有所悟地点头，心想如何提醒李风把飞船藏起来。哈娜看了看位置仪，“地球上也好，火星上也好，特别是地球上，谁先与外星球取得联系，谁就掌握了星球控制权。”看亚洲听得认真又笑，“你很聪明，看问题能看到实质，能把复杂问题简单化，只是有时候像个孩子好奇心重，你说你这本（书）读哪一页才好呢。”亚洲一脸木然：“当然是全读最好了，一直读到我闭眼，那时给我立块无字碑，称是句号式的结束。”哈娜看他一眼：“你别美，我还没说完呢，你还有最可恶的一面。”亚洲愣神：“我还有最可恶的一面，我怎么不知道？”哈娜瞪他一眼：“你满脑子歪点子，总打我的坏主意。”亚洲听了一笑，一脸无赖相地看哈娜，看得哈娜没了感觉地自怜：“哈娜啊哈娜，你怎么没感觉到亚洲的险恶，怎么没眼睛睁大，上了大灰狼的当，害得自己羊入狼口，命苦！”亚洲一脸的得意说哈娜还是认命的好，把心调理好让他宰割，好把她一口一口地吃掉，后又咬牙说吃个一点不剩。哈娜哼了一声，“只想着吃我，不怕我反咬一口，咬你个伤痕累累。”亚洲自信哈娜不会那么做，哈娜浅笑着问为什么？亚洲想说她心疼自己，又怕她说自己脸皮厚，便竭尽全力地绷着脸做男人样，惹哈娜好感。

指导师走过来看了看位置显示器，快到火星了，着陆时要小心，长途飞行后更应注意。说着看看亚洲自语："常言道，无论你飞多高飞多远，关键是怎么着陆，能不能安全着陆。"哈娜领会指导师说话的含义，不再说话，注意力不再分散，转到驾驶上，看着位置显示仪叮嘱亚洲："这是小行星带，以后飞到这里都得格外小心，提防这小行星群打冷枪。"显示仪中流星不断划过，碟外星空，星星在星云中轻轻漫舞，时不时地眨眼，像是在调皮地问候，又像是孩童怀着童真，真诚地欢迎他们归来。当星云渐渐被雾气笼罩，飞碟进入了火星的大气层，速度缓下来，再看云雾中的星云似乎是依依不舍，显弄着自己，努力地透着一种神秘感，挽留人们的留恋，留住人们对星空的一种向往。星星渐渐远去、消失了，飞碟已穿过大气层，可以清晰地看见地面，看见飞碟表面的伪装了，飞碟缓缓地驶入飞碟场，稳稳地停了下来，安全着陆。

掌声传来，是指导师，他羡慕地说："就是驾碟多年的高手也不过如此，而且也不见得这么稳。"哈娜这时却显出了腼腆，开了舱门，对指导师一路的辛苦一再致谢，示意亚洲陪指导师出去散散步，她好准备晚餐招待指导师。指导师听哈娜留他用晚餐，忙摆手说晚餐回家吃，说她一路辛苦，该好好休息休息才是，"现在我给你注册去。"哈娜再三挽留，指导师执意不肯，走出了飞碟，哈娜送出来与亚洲一起看指导师离去。看指导师的身影在视线中消失，哈娜和亚洲转身要回飞碟，却听身后有人喊他们的名字，回头看是玉珠在向他们招手，哈娜忙喊他们过来。李风从车上下来，亚洲一看乐了，忙不迭地跑上前去扳着李风的双肩推来摆去。消停下来后同众人一一握手。见少了超然，问李风怎么回事，李风笑说超然喜欢孤独，现在飞船上留守呢，亚洲放心地笑了。哈娜招呼大家进飞碟，亚洲把众人拉进了飞碟。众人进入飞碟，不顾及主人的谦让，四散地浏览起飞碟的陈设，如检查员一样把飞碟查个仔细。

飞碟的设施、环境羡慕得淑花一次次竖大拇指，叹这里的豪华。莉萍让罗飞把这里的布置格局记在心里,说这里的布置格局好,巧妙合理,等结婚的时候也按这样布置。这里豪华又不失简约的格调深深地吸引了他们。罗飞对这里的布局也很有兴趣,与莉萍商议设计时就取这里的简约格调,把更多的文化含义注入里边,把文化的韵味搞得浓一些。李风看完各房间凑到亚洲面前说:“你交上了好运,在这遥远的星球上奇迹般创下了这般家业,俨然一高级官员家庭。”亚洲推他一下,“你还是老实坐吧,别讽刺加挖苦了。”李风凑到亚洲耳边问他是不是没买单上车了?亚洲摇头说没得着机会。李风笑得诡异,“豪华温馨的环境,两人相对,冰清玉洁,上苍知道。”亚洲笑:“上苍作证,我不想守规矩,可现实条件迫我高尚。”亚洲的话李风一百个不信,亚洲否认,他也无可奈何只得转了话题问星空旅行的事,边听边瞪着眼睛,嫉妒亚洲去的比他远,见的比他多。气得亚洲骂他病得不轻。哈娜听了亚洲的话过来问亚洲:“谁病了?”李风听了笑。哈娜招呼他坐下,想说话,却被亚洲推去招呼大家了,他怕李风说不出什么好话来。哈娜笑着对李风表达了歉意,转身招呼去了。李风看亚洲催哈娜离开,笑笑说:“亚洲狡猾怕说漏了嘴。”亚洲见他认死理,一个话题没完没了地纠缠,只有坐着不语看他唠叨。“聊什么呢,听得还这么认真。”张山、罗飞走过来,亚洲招呼二人坐,这厮寻我开心呢。罗飞有点儿神秘色彩的样子问亚洲:“二人世界过得怎么样?”亚洲苦笑:“飞行训练只知疲倦了,没什么感觉!”张山笑,“罗飞问的是另一回事。”亚洲不解,罗飞也不解张山说的另一回事是什么事。哈娜端着水递过来,笑着问他们的情况,罗飞喝了口水说,“工作了,虽然辛苦些,倒也快乐。玉珠领导调度,在她那里工作能体会出什么是火星速度。”张山笑问哈娜:“亚洲表现得怎么样?”哈娜笑说:“他能独立驾驶了。”说着看看亚洲:“他是这个家的主人,我现在是他的助理。”玉珠过来笑道:“他们家谁是主人看不出来,美满和谐是有目共睹的。”哈娜拉玉珠到淑花、莉萍这边，心里美滋滋地体会着玉珠的话，对淑花、莉萍也关心起来，询问她们的感觉。玉珠说：“这还用问？通过几天的接触，彼此的了解已有了飞跃的进展，你看莉萍的幸福感，再看淑花俨然家庭女人就知道了。”淑花笑道：“我和张山哪儿都感觉好，只是再有架像你们这样的飞碟就好了，我们也把飞碟当成家，我肯定会把它收拾得像花园一样，美丽舒适，把我们张山侍奉得像王子一样舒服。”莉萍也说有同感，说她要是和罗飞有一架这样的飞碟，她会把它布置得温馨浪漫，每天都沉浸在幸福的二人世界里。淑花听得兴奋，连说对，还说到时就在飞碟上举行婚礼，不走家长他们那老一套的婚礼模式。飞碟上办婚礼，仪式后就飞向星空，把蜜月行在星空中，那种方式想都觉得美，觉得幸福。哈娜笑了，安慰她们似的说会有的。随着工作的需要，这一切都会有的。看着哈娜，淑花叹气说：“只是想想罢了，把这当成一个美好的梦吧！”哈娜用鼓励的眼神望着她：“要把这当成美好的梦，而且是可以实现的美好的梦。”玉珠灵机一动说：“对，要相信自己努力就会变成现实，我忽然有了个想法，你们看行不行，难得今天咱们凑得齐，趁着咱们人都在这儿，咱们起义吧，造家长的反。”玉珠说着激动起来，“咱们就在这里，在飞碟上举行集体婚礼怎么样？”她顿了顿：“抛开世俗的老一套，办一个属于自己的婚礼。”说完了又觉得有些心虚，咳了声解释道：“这样既满足了想在飞碟上结婚的心愿，也省了家长们的辛劳，两全其美。”

玉珠的一席话如空中一声雷，大家一时惊呆了。李风忙过来拉住玉珠说：“你说什么混话呢？这婚事哪是随随便便办的，得有家长参与，得走法律程序啊，咱们这是两星球通婚，会产生重大影响。你们今天刚制定完两星球通婚管理制度，怎么能带头违反呢？”玉珠看他一眼反驳道：“我们没有违反制度，按制度的要求我们都合格了，你说说看吧，我们还差在哪里？要么我们现在就自己审批。”说着似乎来了灵感，“对！我们自己审批，让李风找出理来，我们自己制定的制度我们自己不能违反，在这种特殊的情况下办婚礼……”说着忽然说不下去了，受了委屈似的，禁不住眼泪流了下来。

对忠贞的恋人，结婚是他和她一生的大事，对这一生的唯一都会想尽善尽美，不想也不愿留下什么终身的遗憾？李风见玉珠伤心流泪，忙点头鞠躬地向她赔不是，发自肺腑地检讨自己的不好。劝她别再哭了，这样会有遗憾的事发生。哈娜也在一旁劝解，在这提及喜事的日子里应该高兴，又看看李风埋怨道：“李风是个混蛋，大喜的日子惹玉珠伤心。”玉珠哭了一会儿，抬头望着李风，抱怨他惹她伤心。李风心中暗暗叫苦，女人难缠，但嘴上还得赔小话，“都怨李风这坏家伙，胆大包天，敢惹白雪公主伤心，回头把他吊起来用皮带抽他，蘸凉水抽，还不准喊疼。”一席话把玉珠说乐了。

看着李风，哈娜暗笑，这李风怎么和亚洲一样，气完了你，嘴上像抹了蜜似的哄着你，真如一个模子刻出来的。看来这智商再高、再聪明的男人在日常生活中也会把他平凡的一面露出来，也许这就是生活吧！激情过后剩下的就是平凡的家庭琐事，直到爱情成为了亲情，所谓的不舍就是一辈子牵手到老，再看着儿女走下去。哈娜想得自己有些黯然神伤。见哈娜黯然的样子，亚洲过来问她什么事让她这样忧伤，哈娜从忧思中回过神来，依偎在亚洲怀里轻声说自己在想婚姻，想得有些后怕，她问亚洲是不是激情过去，爱情也会渐渐消失？亚洲奇怪，问哈娜怎么忽然提出这个问题来？哈娜摇摇头答不出亚洲的提问，只说自己也不知道，说自己有些伤感，好像进入了盲区，忽然看不见路了，心里好害怕。亚洲听了有些漠然，“这世间没有一成不变的事物，没什么永恒不变的，爱情也是这样，也就是说没有一种长久不变的爱情，爱情也有疲劳期，所以它的存在期是短暂的，也正因为如此人们才格外珍惜它。”亚洲搜肠刮肚地说着这些话，听得哈娜更是茫然，看着亚洲有些心怯地问："如果我们的婚姻进入了疲劳期那该怎么办，我真的有些害怕。"亚洲笑了："怕什么？这不是有我吗？"哈娜娇态："说的就是你。"有了前面总结式思考，亚洲的思路清晰了许多，笑说："爱情是有疲劳期，不过要看如何经营婚姻，经营得好就可以避免这婚姻后的爱情疲劳期。"哈娜好像看见了希望，问亚洲怎样经营婚姻，亚洲说自己也说不明白，说没有固定的模式，只能根据每个家庭的具体情况说话，说着他笑了："有些好的经验，还是可以借鉴的。像吵架就是一门学问，婚姻中应该有争吵，这不但是一种感情的交流方式，也是一种相互寻找依存，寻求一种对事物共同点的认识的一种方式。吵架要信任对方，给对方一定的私人空间。生活就像抓沙子，用力要适度，越紧剩下的越少，时常的小浪漫就是爱情保鲜剂。"哈娜似有所悟地点点头，轻声说："我这一辈子，托付给你了，希望你负起男人的责任，能让我们长久地生活在幸福中。"亚洲笑了笑说："傻丫头，没人敢为长久打保票，这责任心是一点点从现实中培养起来的，时间久了就养成习惯了。我也会努力这么做的，尽我一生来呵护你，爱你，经营好我们的婚姻。"哈娜望着亚洲："这就足够了，谢谢你，爱你。"说着流下眼泪，亚洲心里一热，也觉得有些湿润，把哈娜抱在怀里，抱得很紧。

玉珠走过来掰开亚洲的手，"你们这是怎么啦？是不是得了婚前恐惧症？这有思想的人真难办，真不如低文化无思想的人，想的没那么复杂，直线条。"淑花反驳："有思想怎么啦？我们张山说过，地球上有个科学家就曾经说过，人的尊严在于他有思想。""那是帕斯卡尔说的。"罗飞补充。淑花点头。李风笑淑花孩子气，笑说女人擅长于味道，她们总是通过闻男人身上的味道来判断男人有没有叛变投敌。"哈娜你闻闻亚洲叛变了没有。"一席话说得大家哄然大笑，哈娜羞得满脸绯红。

玉珠说哈娜腼腆得不是时候,提醒她婚礼的事,说这是在她的家里,这集体婚礼可否办她得表个态。大家的意愿也得有个主舵的人,这毕竟是咱们的终身大事,得有个统一领导。大家把心里话能公开地讲出来,也有一个好的开端。

哈娜看看亚洲的表情:“这是我和亚洲的家,既然玉珠让我先表态,那我就先谈自己的看法。从星球到星球,能相聚在这里应该说是奇迹,也应该是个开端。按我对主席的理解这应该是个大开端,所以我认为在这里不存在谁欢迎谁,而应理解为相聚,对！相聚。”哈娜把相聚的语气说得很重,再看大家的表情,这两个字好像产生了什么特异的力量,众人的心被聚合了。她又看了看玉珠:“关于结婚的事,我赞同玉珠的想法,作为年轻人,咱就该体现出年轻人的活力。依我看咱们就把这集体婚礼当成独立处理问题的开端,锻炼自己独立处理问题的能力,学习怎么把事做得细致一点。”说着自己吓了一跳,想起了自己的父母:“得考虑大家的心愿,也得考虑不让家长暴跳如雷,在婚礼设计程序上做得简约一些,还有一点,这点得特别注意,要以咱们八个人的名义写出向家长的认罪书,只造反是不行的,造完了反还得认罪。”

淑花听了认罪书的提法,乐出声来了,说这是一个闪光点,结婚办喜事向家长认罪。玉珠也笑:“我认为这认罪书提得好,有实用价值,不管能不能起作用,起码也能消消他们的气,免得被他们使用暴力,这造反可真不容易。结婚的事,哈娜同意了,你们也得表态吧？决定仓促,先需要一个统一的思想。”见大家不言语,玉珠提议举手表决,不待说完几个人的手全都举起来了,全票通过。

罗飞进入角色要快一些,看了玉珠一眼说:“既然全票通过那就按哈娜的意见,设计具体的程序吧。”李风说:“既然是集体婚礼,是把复杂的问题简单化,如果再设计一些程序进去,岂不又把简单的问题复杂化了吗？我看没必要。”玉珠说:“就是复杂问题简单化，也得有个简化的程序吧？”亚洲赞同玉珠的提法，李风见自己人单势孤，也只好让步。

哈娜笑看李风又输了一阵，提醒大家要有分工，张山举手请缨写认罪书，罗飞提出设计程序，张山搓着手自语，“再合计合计，免得以后惹我家淑花不高兴，怎么这心里紧张说不出来呢？”大家看他的样子不禁笑起来。看来喜庆的气氛里心情的感染还是很怡人的。淑花瞪他一眼，说他在众人面前出她的丑，让人认为她不贤淑。莉萍提议：“以后你不高兴，也不用他写认罪书，直接捏他鼻子。”听了莉萍的话，张山脑海里立刻闪现出玉珠被她俩蹂躏的场面，不自主地捂着鼻子。“你这后半生可怎么活，可怜的鼻子。”言出又惹大家一阵笑。哈娜笑他趁鼻子还在快写认罪书，其他人也分头准备，亚洲、李风负责餐厅布置，女同胞准备餐品，话没说完，亚洲举手，“我请假，我想洗个澡，这一天忙的全是汗。”李风也积极响应地说要请个假。哈娜看俩人一起耍赖，态度和蔼地告诉他二人，他俩的无理要求不批准，先把工作做完再说。李风和亚洲见没被同情和理解，齐声提出抗议。哈娜转身不再看他们，只扔过一句话：“抗议无效，敢罢工就对你们使用暴力。”哈娜的话还是有杀伤力的，使亚洲、李风伸出的脖子缩了回去，溜进餐厅干活去了。

哈娜打开食品仓的门，女人们搬出食品准备晚餐，看着这么丰盛的食品，女人们只是赞叹，一时不知从何下手。玉珠说：“哈娜是个贪官，竟腐败到这个地步，家里要什么有什么。”哈娜对玉珠的发难毫无为难色，只特意地解释这是上级领导批准的，是她该享受的待遇。笑道：“你以为这些食品我都愿意吃呀？可不吃不行，工作需要，总在太空飞船里，没个好身体是吃不消的，你别以为这是福，我是情愿吃粗茶淡饭地养生，你愿意吃咱就换个位置你来吃。”玉珠一听忙摇头：“我可不想成为肥婆，这个福还是你享吧。”说着看看散开的食品，皱起了眉头，不知从何下手。

莉萍的家事操作看起来比她们强一些，她环视了一下食品的种类，提议四个人每人做一道菜品，然后再来一次集体创作，大家齐声附和表示赞同。亚洲过来同玉珠商议是不是把超然请来热闹一番。玉珠的样子有些为难，她看看哈娜，哈娜说时间来不及了，启动飞碟怕有影响。玉珠想想："能不能用这架飞碟？哈娜苦笑，这架飞碟还没注册完，不能随意起飞。没办法，这是纪律。"玉珠叹气，觉得是件遗憾事，只得明天知会他一声补救一下了。亚洲也是一脸的无奈，哈娜说，"他不来也好，否则看到今晚这个场面，难免会勾起他的心酸事。"听了哈娜的话亚洲没再言语，转身干活去了。

大家都在忙碌，张山的效率似乎高一些，写完了认罪书，耐不住地喊了起来，让众人放下手头的活儿听他宣读认罪书。他的话没引起什么反应，淑花说他出丑，他倒不以为然，说只是读给你们听听，也没有征求意见的意思。即使有人提出来自己也不会改，他的话把大家逗乐了。莉萍笑："这是认罪书吗？首先态度就端正得不够，写的人就这态度，这书也好不到哪儿去。"哈娜说："这整个一个蛮不讲理。"玉珠摆手，先念完再说，写得好表扬，写得不好惩罚，众人听了玉珠的话，放下手中的活，等着看张山出丑。

张山的自我感觉还是处在良好状态，端着认罪书运足了情绪开始朗读："尊敬的父母大人好，首先感谢你们的养育之恩，感恩今生成为你们的子女。这些年，是你们含辛茹苦，使我们得以成人，是你们的呵护，是你们的爱伴随我们成长。你们的无微不至使我幸福至今。在婚恋问题上是我们不对，没考虑你们的感受让二老操碎了心，现在我恋爱啦，我感知了二老的喜悦心情，也让我的心里充满了甜蜜。我已成人，即将融入一个新的家庭，组建一个新的安乐家园。越是这一时刻的来临，越是难舍那伴我成长的安乐窝，越是难舍给了我们生命的爹娘。此时此刻，才感到依依不舍的痛，也才理解了人生自古伤离别。我知道二老忙着筹备我的婚礼，我也无数次梦想过在二老的主持下，走进结婚的礼堂，可现实无情地打碎了我的梦。工作的紧迫，使命的需要，促我把更大的责任感，放在了梦的前头，我已没有时间浪费在结婚仪式上，只好在未告知二老的情况下举行了婚礼，这也许就是工作的特殊性决定的，它决定了生活的内容。责任感、使命感，迫我放弃儿女情长，把有限的生命用到为人类生存延续的事业中。我知道这会使二老伤心失望，也痛感对不住二老关怀之情，无奈我已无力再做其他选择，只在此向二老赔罪，女儿向二老认罪了。”

声音没了，空气中透出一种伤感，张山的心情却与大家迥然不同，急于征求大家的意见，旁敲侧击地鼓励大家赞他：这么短的时间里写得这么好。莉萍偷擦了一下眼说写得不怎么样，淑花讥讽他态度不诚恳，听不出认罪的味道，倒像辩解，莉萍说还有强词夺理的味道。玉珠摇手：“这就是个形式，就是向家长做个解释，让他们消消气，又不是诚心向他们认罪，再说咱们让他们少操多少心，何罪之有？我看是有功无过，咱就别在这小事上计较了。”哈娜笑看着玉珠说完，也说：“咱们这是独立性强，认罪是让老人消气，差不多就行。”看哈娜说完，玉珠想到了下一步：“婚礼后你们先暂时住在家里，咱们的使馆马上就完工了，到时分给你们房子，你们就搬到使馆区去住。”淑花说不妥，她和莉萍都是借来的。玉珠拍了她一下说她幼稚，借人是借口，目的是借了就赖着不还，直拖到把你俩分给使馆为止。莉萍听了高兴地跳起来，“那太好啦！我们可以天天在一起了。”

哈娜看众人说的多做的少，训他们偷懒，这么长时间一个菜也没做出来。玉珠不理会她，吩咐把认罪书一式四份写完，然后去了亚洲、李风那儿。哈娜做着自己的拿手菜。罗飞却傻了眼。

罗飞自告奋勇编程序，可弄起来就觉得不是那回事儿了，这不是写公文、写情书，这两星球的人类相结合不是一句口号就能办的，火星的婚礼是什么样的，地球的婚礼是什么样的，两头都没经历过，万一犯了火星风俗怎么办？一会儿的时间就头上冒汗了，无奈只得向玉珠请教。玉珠见他急出了汗，笑着说他不必刻意造作，既然已经简单化了，那就简单个彻底，主持的时候临场发挥就行了。哈娜也和玉珠的看法一样，说把握住简单自然就是合了今晚的主题。说着请罗飞给自己当助手，请他也显示一下做菜的手艺。罗飞看哈娜快完工的菜品不敢动手，只是做些助理的事。李风路过，看罗飞助理哈娜做菜，笑他笨，自诩自己做菜拿手，又说自己水果沙拉做得好。玉珠问他那边的活干完了没有，跑这儿捣乱。不待李风回答，亚洲抢过来报功，说都布置完了，就等菜品了。哈娜见他满脸的汗，叮嘱他去洗澡，亚洲听话地去了。

看亚洲的乖顺，玉珠问哈娜："你家的亚洲，火星语言学得怎么样了？"哈娜往洗手间望望："还可以吧，现在和我单独讲话都用火星语，只是有外人的时候他不敢说。说来也怪，我讲的火星话他都能听懂，别人讲的就一知半解，甚至一点也听不懂。"玉珠神秘地笑说："是心领神会的感觉，我家李风就不同了，刚学个一知半解，见谁都讲，常闹出一些笑话，他那儿还不知趣，洋洋自得，真拿他没办法。"哈娜笑说，"怎么没办法了？以后严加管理，睡着口对口地教他。"玉珠捏了她一下，"口对口怎么教，你不是口对口地教过亚洲吧？要不怎么这么有体会。"哈娜被玉珠说得笑称秘密不可传。

"一团和气"，随着莉萍的喊声，罗飞捧出了一盘五颜六色的菜，众人看了齐声喝彩。一会儿又听到淑花喊"一心一意"，端盘向餐厅走去。玉珠一见忙把雕好的花放入盘中喊"新金玉满堂"，也端起盘向餐厅走去。望着三人做好的菜，男人们直了眼，口中啧啧称赞。哈娜不慌不忙将拼好的虾放入盘中，围上花边端起来喊了声"同心同德"，李风忙跑出来接过盘，跟着喊了声"同心同德"，笑着向餐厅走去。

玉珠、淑花、莉萍从餐厅出来，玉珠对张山说："怎么样？敢不敢挑战？你们男人合作一道菜，我们合作一道菜比比。"亚洲走出洗漱间笑着应答："比较是可以的，只怕比不过你们，日后笑我们不够体贴。"哈娜见他衣装不整，责怪他不会自理，洗漱完了不知道换衣服，害她操心。亚洲应了一声，忙回屋换衣服去了。李风一旁笑："你不操心怎么办？你这大儿子人长得高，可心理上还是个孩子。"随着大家的笑声，亚洲闪进了里屋，玉珠拍李风："怎么样？让男人女人合作一道菜。"李风一想，没有什么敢不敢的，随着男人们的附和声，男士们抢先一步开始忙起来，刀切、拼盘，一会儿李风就端起了盘子高喊"群英荟萃"。一旁观看的女人们哈哈大笑，玉珠手指李风的水果沙拉笑弯了腰："这分明是群魔乱舞。"男人一听连声抗议，哈娜笑道："抗议无效，菜品勉强。"李风愤愤地端着盘子进了餐厅。哈娜招呼女人开工，男人们围过来观看，边看边你一言我一语地在一旁捣乱。一会儿哈娜端起盘子瞥了一眼男人们轻声道"喜结良缘"。望着这精美的花拼，伴着哈娜麻酥的声音，男人们不再挑讽刺的词语，只跟着阴阳怪气地喊"喜结良缘"。当菜品摆上桌子的时候，男人们围上来，围个紧凑，啧啧地夸赞，看似真诚，感觉上虚伪作怪的成分多些。

随着男人们不阴不阳的赞美声，哈娜去了储藏间拿出两瓶路易十三，这酒一亮相把男人们看愣住了，"这怎么有这种酒？"李风问："火星不产酒啊，就是饮料也没见过，喝的都是白水。"不待李风的话说完就被哈娜打断了，笑他心粗："我喜欢收藏酒，这是我当年回火星时，地球朋友送的，后来又从以后回火星的朋友那儿敲诈了许多，咱们省着点喝以后聚会就有酒喝了。"李风连连点头说，"等地球派人来时，我通知他们多带些酒来，这样咱们的酒就可以源源不断了。"亚洲拿杯子分给大家，哈娜给男人、女人们斟上酒，指着男人们："各找各家，别牵错了手。"男人们像听话的孩子跑到自己的女人面前,哈娜看人们静下来,向罗飞点了点头。

罗飞清了清嗓子,看大家一眼说:"像地球上有些地方行成人礼一样,我们今天在这里,在火星上,在飞碟中进行我们的成人礼,举行表达星球爱情,也表达星球友谊的婚礼。这里没有亲人的祝贺,没有亲朋好友的祝福,但我们拥有了爱人拥有了爱,我们不再孤单,我们现在感受到了快乐、幸运、幸福。此时此刻,让我们牵起爱人的手宣誓。"大家齐声和:"我们宣誓,"说着各自牵起爱人的手,庄严地相望,"从今以后我们将一心一意忠于对方,无论遇到什么困难、什么诱惑,我们都不会动摇,用一生去爱。"随着大家的附和声,罗飞宣布婚礼开始。

掌声响起来,一对对的新人面对面地相望,用尽真情体会着人生的异动,然后相互道喜,庄严,真诚。

亚洲放下杯子,看了大家一眼,"这个时候我的心是激动的,我想先说几句。"大家刚要鼓掌,亚洲摆了摆手,"从降落火星到现在,经历了许多坎坷,从险些被吃掉到发现同类时又险些被吃掉。"说着有些哽咽地低下头。哈娜见状忙捏他一下,"我替他吧。"说着笑看亚洲:"从飞船一降落就被安全部门监控了,谁知你们竟神奇地进入火星人居区,至于如何对待你们,很多细节保密的原因不便说明,只是您喊的一些谁也听不懂的四不像的话,倒值得研究。"一席话说得大家笑起来。淑花、莉萍好奇地望着亚洲,奇怪着刚才说他的词。亚洲被看得窘,抬起头,深思的样子:"我怎么脑子转不了弯了,他们后来把我怎么样了?"哈娜抿嘴笑:"这不是有我么,记我,我是你一生的幸运星。"亚洲一拍脑门,转过弯来了。哈娜忽然明白过来,一不留神又上了他的当。看众人笑,李风举起杯对哈娜感谢说:"你不仅是亚洲的幸运星,也是我家的幸运星。"他提议为对今天这幸运付出艰辛的幸运星干杯,大家的心近了。

几只杯子碰在一起,这是爱心的碰撞,爱情的碰撞,是人类友好的碰撞，虽然历尽艰辛，但收获了爱情，为全人类为幸福干杯。

放下杯子，罗飞说："我是孤儿，没敢想过自己的爱情会怎样，有幻想时又总被无情的现实扑灭。曾几何时我关闭了自己的心，是莉萍开启了我心门的锁，温暖了这颗冰冷的心，莉萍是我的幸运星，我一个人的幸运星。以前我以为孤独是一种美，现在体会到了幸福相伴才是真正的美，感谢！感谢今生有爱。"说着把莉萍紧紧抱在怀里，眼睛湿润了，罗飞把感动传给了所有人。

张山凝视着淑花，好像看见了什么。淑花看他脸有些红："这么仔细地看着我看出什么了？"张山笑了："我看出了幸福，以前我喜欢站在高山上，遥望那朦胧的村庄不知道自己在寻找什么，总是想象一种遥远，常想那远处的村庄。我喜欢基隆港，我喜欢鼓浪屿，更喜欢有你，爱你。"说着挽起淑花的手喝了交杯酒。

随着张山的思绪，李风想起了心中的事，拉起玉珠的手，深情地望着她，"你知道我在想什么吗？"玉珠摇头有些紧张。李风若有所思地说："我在想青藏高原，想那遥远地方的天路。常想能站在喜马拉雅山上遥望，想看得更远。有时茫然，现在想起来还感动，因为在天际的那一头望见了你，仿佛是北斗星，感谢今生有你。"李风的话说得玉珠有点心酸，强忍着做微笑状，端杯一饮而尽。

哈娜给每杯斟满酒，看着亚洲问他："此情此景想不想说点什么？"亚洲一直在沉思，被哈娜一问回过神来笑笑，"在地球上的时候，我最喜欢的风景是夜晚坐在奔驰的列车上，看车窗外家家亮着的每盏灯，看炊烟袅袅升起。自己也奇怪为什么有那种感受，后来渐渐地觉得那是渴望自己有个家，有个爱人，可又哪里知道，无意间竟放跑了爱人，让她跑到天际的那一头，直到现在才逮着她。今后我要紧紧地看住她别被狼叼去，保卫和她共有的窝。"哈娜喝了一大口酒，把嘴凑上亚洲的嘴唇让酒慢慢地流进亚洲嘴里，亚洲慢慢地咽下口里的酒，感叹说："你像这酒，值得用一生品尝。"哈娜一抿嘴:“你更像一本书,值得用一生来读。”俩人说着都用心凝望着,幸福地笑了。

这时耳边轻轻传来歌声:“同样的路一起走过,同样的欢乐给我们同样的感受,同样的感受给我们同一首歌。”心融入了歌声中,在歌声中凝聚。一曲终了,哈娜招呼大家,在这大喜的日子里咱们不能亏了肚子,欢乐的日子岂能没有美食,说着自己拿叉先吃了起来。哈娜的吃相,惹怒了大家的肠胃器官,在饿的指令下,奋勇地抢吃起来。吃了一会儿,莉萍有些胆怯:“咱们现在是乐了,可回家该怎么办?”玉珠一副耍赖相:“什么事就往我身上推,木已成舟,他们拿咱们能怎么样? 就按认罪书上说的随意说。”她自己说着也渐渐地觉得底气不足了,有些虚。哈娜的想法是怎么躲过这一关,她提议都住下来,先不回家。其实,她心里最害怕,不知回家怎么交代,怎么跟父母交代呀,她惦记父母,却不知父母也在考虑她。

早晨,哈娜出门后旭东问曲飞,“哈娜的婚事准备得怎么样了?”曲飞看了看旭东说:“正准备着,她早出晚归的,自己的事也不知着急,这朋友谈得怎么样了,也不说一声。”旭东笑说:“是哈娜太要强了。”曲飞叹气:“按理说孩子大了恋爱了,我这做母亲的应该高兴,可不知怎么的这心里就是高兴不起来,提起来就心酸难过,总有点舍不得。”旭东看了看曲飞,“我心里何尝不是如此,小时候盼她长大,长大了不希望她长大,看来呀养儿育女都得经过一场艰难的心理磨难,一辈传一辈。”曲飞一脸无奈的表情:“孩子大了要飞了,要找自己的天地了。”两人说着说着都沉默了,半晌,旭东说:“不管她谈得怎么样,咱们该准备还得准备,免得到时候她提出结婚我们准备不齐。”曲飞苦笑,笑自己在做一种无偿服务,孩子还不见得满意,再想也觉得顾不了这么多了,还是按礼数准备吧。她问旭东,这亲朋好友的,有些是不是得提前知会一声,否则会怪咱们礼数不周的,旭东说应该以女儿的意见为主。曲飞笑他糊涂,结婚的事儿得由家长做主，不能一味地顺着孩子的意，外边她有纪律家里也得遵守规矩。旭东无奈摇头："亏你是她母亲，孩子什么性格还不了解，你拿她和别人家的孩子比较，你看别人孩子遵从父母的意，那是被父母溺爱的结果，我看独立性比哈娜相差有距离。"曲飞说旭东对哈娜的关心只在形式上，东一条西一理的，没从做父亲的角度考虑问题。旭东愤愤地说他只对那些只知溺爱而不知培养孩子独立性的家长不满，说依他们的做法，未来的火星就失去了抵抗外侵的能力。曲飞见他生气的样，笑说他生气也走形式，旭东真的气了起来。看旭东真生气了，曲飞说他气性大，这该考虑的事不想，尽往那没有用的地方钻牛角尖儿，说他生气改变不了现状，该把眼光放远些，说这火星的未来还是光明的。说着自己笑了，"这说着婚事，怎么又说上没边的事了，说着说着就被带沟里去了。"看着旭东语气又坚决起来："我也是得知会一声，孩子的婚事必须得办得像个样子，这是体面问题。"旭东看看她，"这是你的态度？"曲飞点头，旭东又挑衅地坚持还得征求哈娜的意见。曲飞气他总是与自己作对，白眼看他，说不论他征来什么意见，婚礼是一定得办得热闹体面，说着收拾桌子。旭东见她这么说也只好退一步，说想把玉珠父母请来商议一下，看他们怎么准备玉珠婚礼的，也好做一下参考。曲飞说："也行，那你晚上把他们请来商议一下，看怎么办好。"旭东站起来，说很忙，说完出门走了。

曲飞收拾完桌子，坐那儿发呆，看着空房子觉得一种说不出的孤独感。寂寞无助地站起身，又不知该做些什么，转了半天，想想哈娜，还是先为她准备嫁妆吧，这样打发打发时间。她打开箱子，拿出一块兰花绸缎，准备给哈娜绣个花裙，忽心发酸眼泪掉了下来，朦胧中见哈娜扎着小辫，圆圆的小脸，忽闪着两只大眼睛跑到跟前伸手喊妈妈。她想伸手把她抱起来，可一下抱了个空，哈娜不见了，急得她直喊，忽然有人拍了拍她。

曲飞揉揉眼抬头见玉珠的母亲站在面前，忙站起来笑着说：“这给哈娜绣个裙子，绣着绣着走神了，快请坐。”说着倒了水递给她，并招呼刚进来的玉珠父亲。看着他们曲飞有些不解，问玉珠父亲怎么没上班。玉珠的父亲不待说话，她母亲看看曲飞反问：“你怎么啦？哪儿不舒服吗？”曲飞摇摇头：“我这不是挺好的吗？你看有什么不对的吗？”玉珠妈指了指外面：“这天都快黑了。”曲飞往外望了望，笑道，“我是有病了，午饭没吃，就到晚饭时间了。”说着笑：“你们也没吃吧？正好就在这里吃吧，你们先坐一会儿我去做饭。”曲飞说个不停，起身要进厨房，玉珠妈拉住她说不让她做了，说把吃的带来了。曲飞笑着看玉珠妈，“我看是你病了，怎么到我这里来，还带吃的。”玉珠妈笑道：“是旭东说你心情不好，让我们跟你聊聊，所以带了吃的来，要知道你好好的，就不给你带吃的了。”不用做饭，且有美食，曲飞自然是心里美，问玉珠妈是什么时候见旭东的，玉珠妈笑她在家里待得久了，说刚刚见到的。说谁谁到，玉珠妈话音未落，旭东进来了，手拎一包东西，看见二人笑说：“你们走得太快，我这买完吃的就追赶你们，还是落在你们后面了。”说着把一包吃的放在了桌上，让曲飞拿出盘子装上。曲飞拿出了盘子说玉珠父母也带来了吃的。劳丹过来翻着旭东买的吃食，赞叹他把好的都买回来了，问他是不是发财了。旭东笑说是把卖食品的人恐吓了，玉珠妈笑他是被卖食品的人恐吓了，四人围桌坐下。玉珠妈说，该把饭给孩子留出来，说着拿出两个盘子给哈娜分了些出来。

劳丹见了吃的也就忘了其他，夹块肉边吃边说他们的好，吃的速度倒不减。玉珠妈说他饿了。劳丹边吃边分析说可能是种病态，这半天没吃就受不了了。大家看他的吃相也顾不得许多，抢先用餐。

家庭中，生活的氛围很重要，食品的好坏先不说，人多的时候吃起来总是香的,不比单人食而无味。

一会儿吃完饭,曲飞和玉珠妈收拾桌子,旭东陪劳丹坐下歇息。劳丹问旭东何时启程,旭东看看曲飞,“还在准备哈娜的婚事,婚事办完就启程。”劳丹笑笑告诉旭东:“宇宙体外来了不明飞行物,侵略的可能性很大,银河系的许多星系进入了戒备状态,火星也在备战。”说着指了指,玉珠妈和曲飞走了过来,曲飞问劳丹是不是头疼?劳丹愣神说没有,旭东看了曲飞一眼不让她说话打岔,曲飞白了他一眼对劳丹说,“你好好开导开导他,最近也不知道他怎么了总是莫名其妙地发脾气。什么事总钻牛角尖儿。”旭东瞪她一眼:“我发什么脾气了?什么时候钻牛角尖了?”曲飞气愤地说:“你还狡辩?哼,在我同学的面前我也不怕丢人。”说着转向玉珠妈:“你说他这个人,今早我和他商议哈娜的婚事,他呢?扯到孩子溺爱的问题上了,什么事都和我作对,你说这婚事与对孩子溺爱的问题挨得上吗,还把他气得不得了。再有疼爱自己的孩子有什么错?我没听过哪个被溺爱的孩子因为溺爱而失去独立生存能力的,溺爱只是一个阶段性的过程。”玉珠妈笑劝道:“你也别总挑旭东的不是,对爱的理解你有偏差,这疼爱和溺爱不是一回事儿。”劳丹插嘴说:“对孩子的溺爱往往使孩子失去了独立性,对孩子的成长是不利的。”玉珠妈打断劳丹的话问曲飞:“你给哈娜准备婚礼,打算怎么办理,我这也为玉珠的事发愁呢。本来这些事是男方操办的,可他们的家又在地球,这担子只能落在我们肩上了,咱们又没经验,真是头疼。”曲飞看了她一眼苦笑着说:“这一早我就和旭东商议,一时还拿不定主意,这才请你们来的。你脑筋聪明。”玉珠妈的头脑并未发热,还是问曲飞打算怎么给哈娜操办。曲飞说:“按传统礼仪办,把场面办得大些。旭东说得征询哈娜的意见,开始我还笑他,现在想来,旭东说的也不无道理,那边毕竟还担着亚洲,这地球的婚礼有什么规矩咱们又不知道,一时间真不知道怎么办好了。”

玉珠妈叹气说，“也就为难在这个地方了，想和孩子商量又挤不出时间，有点时间又被劳丹占去了，总是工作工作，害得我也没了主意。”曲飞也颇有同感：“我家不也一样吗？他这是回来休假，孩子呢都这个时间了还没回来，都把这个家当旅馆了。”说着听到门响，曲飞脸上立即堆满了笑，“说着说着就回来了。”扭头一看是嘟啰秘书长和夫人敬辉，旭东起身让进，笑问是什么风吹来了贵客？嘟啰笑说是仙女风，说着向劳丹夫妇打了个招呼，坐下说，“吃完饭没事儿，敬辉说到旭东这儿坐坐。”曲飞端来两杯水，望着敬辉说她瘦了不少。敬辉笑说是为了年轻，说着接过水递了一杯给嘟啰，笑着说自己体态比前些年好，与曲飞和玉珠妈憔悴的样子比，更显自己魅力，不过还是问她们是不是遇到了烦心事，身体哪儿不舒服了？玉珠妈说是为了哈娜、玉珠的婚礼，怎么操办闹心呢。敬辉听了只是笑，她也没有主意，只随意说：“该怎么办就怎么办。”曲飞说：“亚洲是火星的孩子就好办，可他是地球来的，那儿的礼仪咱又不懂，办婚礼又不能不尊重他的习俗，这结婚是一辈子的大事，办不好会给孩子留下遗憾的，就是做父母的心也不安。”嘟啰说这事同哈娜和亚洲一起商议最好，他们的独立性很强，会有自己的观点，把双方的观点合起来就是最好的办法。劳丹笑道：“嘟啰的方式好，集思广益，凡事有个商议就好办。”敬辉问玉珠妈：“玉珠的事怎么办？”玉珠妈说：“我也没了主意，正和曲飞商议呢。秘书长的一席话点醒了我，我按秘书长说的办。”嘟啰笑起来对敬辉说：“敬辉你今天做了件善事，把我拖到这儿来，让我又解决了一个难题。”敬辉指着嘟啰对大家说，“你们看看这越老毛病越多，这又添了个自恋症，哪有自己夸自己的。”一席话说得大家笑了起来。

飞碟上婚礼已经结束了，收拾完餐桌，大家觉得意犹未尽，坐下来喝水聊天。聊了一会儿，玉珠看了看时间说，“天下没有不散的宴席。时间也不早了，明天还要工作，我看今晚就到这里吧，各回各家。”玉珠这一提醒大家马上静下来，效果比开会维持会场的纪律要好。半晌哈娜说：“刚才我还安慰莉萍，其实我这里也很忐忑，咱们这样没请示家长自作主张办理了自己的婚礼，这回到家还不得把他们气死，要是对咱们使用暴力怎么办？我从小就没挨过打，我真的害怕，这个认罪书能起多大作用，心里也没底。”玉珠笑说，“你呀，做都做了现在又开始后怕了。”淑花说：“不只是哈娜怕，我也有些后怕。要不今晚我们就不回家了，去休息处或就住在飞碟上和家人耗时间，等他们耗不过咱们气消了，主动来找咱们，那时再认罪伏法。”亚洲笑了笑，“这不是好主意，躲过初一躲不过十五，问题得考虑全面些，别打无准备的仗。”哈娜听亚洲这么说，忙急切地问，“你别只讲理论，说说现在，怎么才能渡过难关。”

亚洲看着哈娜想了一会儿，“先把责任推到地球领导身上，离得远，反正家长也不能到地球去问责。就说请示地球领导，地球领导命令特事特办，还主张从快从简地把婚事办了，而不同意大操大办，浪费财力物力，咱们是奉命行事。再说这也能体现两星球的创业精神。”

听了亚洲的话，大家不觉得来了精神，哈娜喜极地推了亚洲一把，“你这家伙有这么好的主意不早说，害得我们提心吊胆。”亚洲笑道：“你这么大领导也害怕。”哈娜苦笑了一下说，“多大的领导在父母面前也是孩子，在丈夫的面前也是妻子。”玉珠笑了，想到回家可以怎么对付家长格外开心，暗笑地球领导人的指示谁也没办法。作为地球的外派员，只能执行地球领导的主意，这就避免了被家长指责自己对婚事的轻率处理了。想得开心，对亚洲竖起大拇指，夸他了不起。亚洲看了看哈娜，心中得意，得意得有些忘形，想做出领导人的姿态再讲几句，哈娜见状忙拦：“我们已经知道该怎么做了，现在不想听你说了。”哈娜的话引起共鸣，大家不理亚洲，把他当成空气，互相鼓励着，把胆量壮起来。亚洲看人们的眼神，刚才的洋洋自得变成了愤愤不平,“你们这些人怎么能兔死狗烹,卸磨杀驴?也不对……”说着挠头找不出词了。哈娜笑出了眼泪对玉珠说:“本来今晚我不打算回家了,现在不怕了,干脆今晚的事就今晚做完,不拖后了,这一关早晚得过。”想想为稳妥起见,让玉珠用车把她和亚洲送回去,说是人多力量大。玉珠面上胆壮,可提到自己的父母,心虚害怕的表情还是时不时地露出来。

胆怯归胆怯,玉珠努力将话题转开:“你是想让我给你做车夫,做你的免费助理吧。”说着勉强地笑。话题转了,心情也会渐渐地转移,像一种思维代替了另一种思维。哈娜拉着玉珠的胳膊,撒娇央求,直把玉珠求得无奈,做出慷慨样同意哈娜的请求。淑花一旁觉得有转机,忙凑过来央求玉珠,你好人做到底也帮我回家解释解释,解释完就带我们跑,到休息处去。玉珠看着她笑笑,“你可真会见缝插针,没问张山同不同意。”不待张山回答,罗飞抢先表示赞同。哈娜和亚洲把头摇得紧,说他们不去休息处。不等玉珠说话,莉萍的讥讽抢了先,“你想去也得留你,你的家在这儿,我们住休息处是为了工作方便。”哈娜笑:“你们方便,我们也方便,明天我和亚洲得做次蜜月旅行。”听哈娜话,玉珠羡慕不已,说自己就没这么好的福气,婚假没有还得连续工作。哈娜看玉珠心在绞,宽慰她休息时带他们去旅游,又说浪漫补得晚一点更有情韵。哈娜的话听得淑花、莉萍拍手叫好。想着这第一关还没过,哈娜冷静下来说:“把好事放在后面,先酝酿好情绪,怎么回家骗家长,先把要说的谎言想得细致一些,分工明确,逃跑的理由合理一些。”亚洲笑,“酝酿好说的理由,随机应变,关键是把握好时间。”玉珠叹气这挑战传统的束缚,追求一种全新的自由怎么这么难。亚洲看着她说这是生物固定线路形成的结果,想改变就得付出,两种思想斗争就是这样,从一个逻辑过渡到另一个逻辑,打破一个旧的条条框框很难,需要斗争,艰苦的斗争,人类的进步也就是在这种固定生命纹路痛苦的改变上开始的。亚洲的观点玉珠欣赏，哈娜听了却不耐烦，岔开话题说时间不早了，请他把高端的论点放在以后阐述，让他抓紧时间行动早去早回。八个人走出飞碟，鱼贯地进入玉珠的轿车。玉珠开车先把淑花、莉萍、张山、罗飞送到，然后开车驶向哈娜家。

哈娜家，玉珠妈和曲飞、敬辉正兴致勃勃地说怎样操办孩子的婚事，玉珠妈说满脑子都是怎么与孩子们商议的办法，兴奋得一夜都不想休息，直等玉珠、李风回来把地球如何办婚礼的事说明白。敬辉笑她热情过了头，只想自己的感受不考虑子女的身体。玉珠妈想不做解释，可耐不住女人有话想说出来抑制不住的通点，“玉珠与李风把家当成驿站，每日早出晚归抓不着影，不对他们实行强制手段，这结婚的事儿永远是个过程。”敬辉叹气，心疼孩子，说难为孩子了，他们肩上的担子太重了。曲飞也叹气，她也心疼孩子的身体，可婚事的问题她还是态度坚决，不能由着孩子的意愿随意地拖下去，其实这时她的内心已转到怕哈娜、亚洲两人天天守在一起，发生婚前不该发生的事，丢她的人。看着曲飞说出了自己的想法，敬辉宽解她说：“哈娜、亚洲都是高智商的人，他们更注意的是做人的质量，不会随便越范围的。”说曲飞多虑了。旭东说曲飞是个多心的人，整天疑神疑鬼，对孩子没有真正的了解，说她思想落后。曲飞辩解，自己的思想先进得很，而且思想还成一个完整的体系，不像他那样，把自己的思想搞杂了，发狠为了维护自己的思想，会同他和哈娜斗争到底。敬辉忙摆手说他俩谈话总是脱离主题，谈孩子的事提到思维模式上去了。曲飞笑说旭东说话始终就缺乏逻辑性，说不了几句就钻牛角尖里去了，拉都拉不出来。曲飞的话把大家说乐了。

劳丹轻拉旭东一下，“她们说她们的，咱们避开她们的话题，别蹚她们这浑水，没好果子吃。”敬辉用手一指：“我这一波未抚平，你那又起风浪，想起义是不是？”玉珠妈也指责劳丹，“忠告你一句，希望你能老老实实的，想造反就把你压下去，飞上天也把你打下来，今天你要交代清楚，我们怎么就成了浑水，清水是什么样子?”嘟啰忙起身，“和平，和平，你们是清水，我们是浑水，你们谈婚礼婚事，我们谈战争战略，互不干涉。”敬辉笑，“一脚没踩住，又蹦出来一个。”嘟啰忙笑:“不关我事。”说着他坐下来，劳丹笑他碰了一鼻子灰。嘟啰叹气:“和她战争了半辈子，就没打过胜仗，造反一次都没成功过，每次都被她冷酷无情地镇压了，读书时多读点儿兵法方面的书就好了。”敬辉冷笑:“你就是读再多，也是纸上谈兵。玉珠讲过一个地球上的故事……”不待敬辉说下去，嘟啰就投降了，他知敬辉再说下去对他讽刺更重，劳丹看着他不紧不慢地说:“苦命人啊！我看你还是先练练防卫术吧。不过说起战争，银河正进入戒备状态，咱们作为银河系的一员，也得有所准备啊。”嘟啰满脸惆怅:“咱这移民还没开始向地表运动，这形式就突变了。”他转向旭东，“你飞银河宇宙这么多年，以你的经验，宇宙那边能不能挡住这外来的袭扰?”旭东摇头，“这我也说不好，不过据我所知银河的几个星球已做增援准备了，听说二龙座星系、仙女座星系有人类存在的星球，也都做了相应的准备。”嘟啰转向劳丹:“我个人想法是先把地球武装起来，建立战略合作伙伴关系，应对突发太空战争。只是目前不能和地球领导者沟通，不了解这地球方面是什么意见?”劳丹笑着打断他的话说:“这你就多虑了，从地球领导者倡导亚洲他们和咱们沟通，支持建立星球使馆方面可以看出，地球方面是希望与我们建立友好合作关系的，他们是有危机感了。关于武装地球，建立合作关系，我看应站在战略关系的角度考虑，我敢肯定他们比咱们更急切，他们需要这种关系，没有理由推开这掉下来的惊喜，他们比我们更知道自己的处境，他们露在星球表面，而不像我们，隐于地下。他们抵御侵袭撞击的力量还不是很强，他们现在为击破落向他们的小陨石块就耗力巨大，他们还没有能力移动大的天体，通过这点他们的防御力量再清楚不过了，毁掉他们，几架飞碟的力量就够了。不同点就是我们遇到袭击，袭击者找不到我们，而且我们还有能力消灭侵袭者，这是根本差别所在。我个人认为从建立战略合作伙伴入手，这也是我提议亚洲、哈娜任正副部长的原因。”嘟啰问，“这人选方面考没考虑过地球方面的意愿?”劳丹笑，“我不是神，不会预测，但我分析得合理，用人是不能感情用事的，依据事情发展的需要，根据全局利益平衡的需要来考虑问题，地球领导者知道他们最需要的是什么。”嘟啰想了想：“是‘安危’。”劳丹肯定地说：“对，是‘安危’。他们不惜人力、财力、物力向外扩张，为的就是这点。”嘟啰笑了，“你说的那是主观上的，当然也不排除他们对人类未来的构想，客观上他们也在这么做。”劳丹笑：“我认为他们还是扩张第一位，科学考察等托词都见鬼去吧，他们要扩张，他们知道弱星球无外交，他们需要强大，需要外援，现在是咱们考虑问题的时候了，唇亡齿寒战略合作势在必行。”嘟啰笑着看看旭东，对劳丹说：“依你的意思，亚洲、哈娜是担这一担子的不二人选?”劳丹笑笑：“从我和他的交往，测他的大脑纹路知道他始终用战略眼光看问题，他有这个基本素质和条件，只是我当时没想这么多，我相信战略方面亚洲是强者。”他凝望了旭东一眼，“更何况有这样飞行多年的专家，为他做参谋呢。一个人做什么工作不能凭想象，而要根据他本身擅长的结合实际需要而定。如果都循了这一使用规律，大局就平衡了，历史也会平稳发展。纵观历史，多少剧变不是因为大局平稳被打破而发生的。有目共睹，从地球领导者的角度看，地球还有第二个明白火星领导者意图的人吗?”嘟啰竖起大拇指，你分析透彻，明天我把你的观点报告给主席，只是办公地点设在哪里呢? 劳丹笑，“合作吗，两个星球都设，亚洲居中指挥，做一个地球前所未有的模式，其实这也是星球之间合作的先进模式。亚洲、哈娜直接接收两星球最高领导者的指令。”劳丹谈得兴致正浓，身上的呼叫器响了，劳丹听了几句脸色变了，对嘟啰、旭东说：“出事了，快走。”二人不知发生了什么事，跟了出来。女人们都不知出了什么事，劳丹的语气很低，所以也不放心地跟了出来。

仿佛在太空中飘，海王星过了，星星闪烁，鸟神星在追着向她招手，仿佛告诉她去凤凰星的路，告诉她那里很洁净，可以在恬静中享受自己的华贵。累了有流星雨飞过，告诉她人生短暂，她觉得流星带走了她的阳光。不知昏迷了多久，哈娜听到有人哭泣的声音，她想动一动，可身体就像不是自己的一样，想说什么也说不出来。她的嘴翕动了一下，耳边传来亚洲的哭泣声，在轻轻地喊她。她的嘴动了一下，隐约觉得亚洲在耳边轻声地问，声音小得她得努力听才能听到，好像问她想不想喝水，接着觉得几滴水珠流进了嘴里，嘴又翕动了一下，就什么也听不见了。

隐约地她看见了家的门，亚洲正微笑着站在那儿向她招手，她努力想跑过去，努力想抓住那温暖的手，可怎么也到不了他的身边。渐渐地跑不动了，她急切地喊着亚洲的名字。守候的亚洲见她的嘴又动了一下，忙把耳朵凑上去想听她说什么，又一点声音也没有了。

看着哈娜一动不动地躺在那儿，玉珠再也控制不住情绪，蹲下呜呜地哭起来。她舍不得，她不愿意哈娜就这样离去，哈娜给了她太多的留恋，她舍不得。

嘟啰、劳丹等人赶到门口听见了玉珠的哭声，曲飞推门进来时，玉珠正蹲在床边哭得软弱无力，她没顾上说安慰的话，眼已经瞟到了床上的哈娜，张了张嘴什么也没说出来，身体直挺挺地向后仰去，曲飞昏了过去。

旭东接住曲飞，劳丹忙喊医生。听见喊声，医生急急地赶过来，见曲飞倒在旭东怀里，忙简单地摸了摸脉，吩咐护士抬到床上，按住人中穴，说得注射急救针。一会儿曲飞吐了一口气，慢慢睁开眼，她颤颤地下床向哈娜走过来，护理人员忙拦住，叮嘱她病人休息时需要安静。医生示意旭东把曲飞扶出去，大家也跟了出来，李风扶着还在哽咽的玉珠走了出来。玉珠看见曲飞上前紧紧抱住，忍不住地大哭起来。曲飞站在那儿脸色苍白，眼光呆滞，一声不出，傻过去了。旭东一手扶着她的背，忙了半天，曲飞才缓过神来，见玉珠哭，悲上心头，也哭了起来。

此时的亚洲也傻过去了，只知道握着哈娜的手望着她两眼发直。刚刚有多少人进屋，他都不知道，好像都没见过。玉珠哭了半天，他也好像没听见，他的脑海里只有一个信息，抓住哈娜她就走不了，哈娜是他的，是他一个人的，谁也夺不走，为此他还和医生争执过，现在他也累了。

哈娜朦朦胧胧的，好像身体轻了许多，又飘了起来，慢慢地、慢慢地飘向太空。走了，就这么走了，没留下话语，就这么离开了眷恋的火星、眷恋的父母。飘，还在飘，还有什么舍不下的，慢慢地想起来了，还有亚洲。想着忽觉揪心地痛，舍不下，不，不能啊，就这么走了，舍下了亚洲怎么办，舍下父母怎么办，还有许多事没做呢。她想留下，拼命地想抓住点什么，哪怕是一根稻草，她拼命地喊，喊得喉干，却喊不出声来，太累了。

病床外，嘟啰见场面乱成这个样子，病房里躺着病人，而医生却无动于衷，一点治疗措施也没见，他愤怒了，直奔医生办公室，没敲门就进去了，手指医生气得浑身发抖说不出话来。他质问医生："病人躺在床上为什么没人护理？没人管？"医生正在给病人诊病，听见喊叫抬头见嘟啰这种神态，不知怎么回事，听完嘟啰的话更是满脸疑惑，不知所以然。愣了半天问："病人怎么没人管？"说着要按铃，又好像想起什么，"是哪个病房的？什么病人？"嘟啰说出哈娜的房间，医生听了笑："怎么，没人告诉你具体情况吗？这护理是怎么搞的？具体护理事宜我都和她的男人说明白了，怎么他们没和你说？”嘟啰的气消了些，态度也缓了许多，说没人和他讲过，询问病人得的什么病。医生望着他笑笑说：“她不是病人，这是过度劳累，再加精神过度紧张才累成这样的。我已嘱咐过那两个男人好好护理她，让她好好地睡，睡到疲劳解除就好了，本来应该安静修养，可你们不让她安静，又哭又闹的，非闹出人命来不可，真不知你们是怎么想的。”听了医生这番话，嘟啰笑了，握了握医生的手道歉，请医生原谅他不礼貌地打扰了他的工作，见医生忙，知趣地退出了房间走了。屋里那位看病的患者见医生没有礼貌地送嘟啰出门觉得好奇，小声问医生，“认识不认识这个人？”见医生只看病不作声，又说：“是嘟啰秘书长。”医生笑着说，“在这个屋里，我只认识患者，只知道怎么医病，不知什么秘书长、指挥长什么的。”说自己是医生得尊重自己的职业。

嘟啰从医生办公室出来，想想这造成的误会，忍不住笑了。人们正安慰曲飞，见嘟啰面带笑容走来，敬辉愤怒地指着他，骂他没人性，人都这样了他还笑得出来。嘟啰没理她，人开心的时候是什么打击都可以承受的，他问玉珠是什么时候看见医生的，玉珠擦了擦眼泪说：“停好车后进屋时看到的，医生看了我一眼，没理我就走了。当时我心里一凉想可能是不行了，没有抢救价值了，就忙着给我父亲通了话。”嘟啰看着玉珠，嘱咐她和李风留下陪亚洲，他们先回去了，有什么情况再通知。转身对大家又笑，唤大家回去，说在这儿又哭又闹的，影响孩子，大家可以见哈娜的时候会有通知的。人们见嘟啰这种神态一时不知所以然，曲飞停止了哭泣疑惑地望着嘟啰，他理也不理地走出了医院大门，回头看跟出来的五个人，忍不住又笑。敬辉见他忍笑的样子猜可能有什么不便说的原因，似是好消息。听不到他解释，心急，要骂他。旭东看嘟啰心里有了底，摆摆手问嘟啰这到底是怎么回事？嘟啰说：“先回家，有事家中说。"旭东和玉珠妈扶着曲飞回到家里,把曲飞扶到椅子上坐下,曲飞还是两眼发直,傻傻的。嘟啰见大家都坐下了,笑着对劳丹说:"你们也别发愣,都是你惹的祸,问玉珠是怎么和你说的?"劳丹回忆了一下,"最初好像说哈娜不行了,在医院呢,然后咱们就去了。"嘟啰笑笑:"这亚洲和李风的火星语言得强化培训培训,否则咱们说话快了,他们就是个一知半解,今天就是个例子,医生说给他俩讲了哈娜的情况,可他们呢硬是没听明白,玉珠进去的晚,这里外里地闹了个大误会。"旭东说:"从医生办公室出来见你的态度缓和了很多,我想哈娜的病不会是很重,只是曲飞心里急。"嘟啰笑着说她没有病,只是疲累加过度紧张才这样的,休息一会儿就好了,不待嘟啰说完曲飞噗地笑出了声。

哈娜没事,曲飞长出了一口气,对劳丹说:"以后别一惊一乍的,差点要了我的命。"嘟啰看着曲飞脸上流出的眼泪,对她说:"哈娜出现这样的情况,你是有责任的。"曲飞说责任是嘟啰强转的,嘟啰让曲飞想想事情的前因后果,说想仔细了,就不难理解哈娜今天这种情况的出现了,讥笑她关心孩子的方法,劝她吸取教训以后凡事多与孩子商议,不要再给她太多压力了,孩子肩上的担子够重了,再施加压力会把孩子压垮的。正说着玉珠、李风推门进来,劳丹忙问他们怎么不在医院陪着,回来了。玉珠坐下来说:"是医生让他们回来的,医生说我们在那儿影响她休息。"旭东问怎么回事,玉珠看了李风一眼,"地球领导人希望我们从快从简地把婚事办了,不让我们在这方面浪费太多时间,把更多的精力用在工作上。"旭东看了看大家说:"这是好事儿。"玉珠低下头:"我们也是这么想的,就根据地球领导的指示,今晚也没通知你们就在飞碟上把婚礼办了。"众人一听顿时目瞪口呆。玉珠心里有些胆怯,"婚礼结束后又怕惹你们生气。"看大家确实很生气的样子,忙把话说完:"哈娜可能就是这个原因,心里焦虑,压力很大,急火攻心地昏过去了。"

不待众人开始喷火，李风忙抢先拿出了灭火器，“我们在飞碟上不知这事如何是好，该怎么解释，想来想去就写了这份认罪书，向家长认罪。”说完低下头等待怒火喷来。看李风的样，劳丹差一点笑出来，暗笑这些孩子顽皮，想出这些骗术来掩饰自己的过失，伸手接过认罪书没作声。和劳丹不同，曲飞和玉珠妈气到了极点，哈娜不在曲飞只得忍，玉珠妈浑身发抖地指着玉珠骂她任性，目无尊长，竟然心血来潮地把婚礼办了，想想自己的期盼一下化为乌有，失落至极眼泪一下涌了出来。劳丹见玉珠妈的样子也不敢劝，象征性地说了玉珠李风几句，才劝玉珠妈让她缓缓情绪，事情做都做了再责骂他们怕也把孩子们吓坏了。玉珠妈正在气头上怒斥劳丹：“你们倒做好人，孩子做了事儿我当母亲的说说，怎么了？这样目无长辈凡事自己做主，传出去怎么得了？”她恨劳丹太宠孩子了。曲飞见玉珠妈的伤痛样，也忍不住了：“你们办婚礼，怎么也得通知我们一声吧？还不管不顾地自作主张……”嘟啰见势不妙忙打断她们说：“木已成舟，再火也无济于事了，孩子结婚了，在喜庆的日子里，该替孩子们高兴才对，这样咄咄逼人，怕会给孩子留下终身遗憾的。”他看看旭东：“孩子这么做，是说明孩子长大了，独立处理事情的能力强了，是好事儿，应该高兴。”说着又转向玉珠：“这事你们做得有欠妥的地方，如果先知会父母一声，事情就圆满了。”玉珠忙点头：“是考虑问题不周到不缜密，惹父母伤心了，这也怪李风不阻拦。”说着忙收口，心中暗惊，险些说漏了嘴。李风低头偷看她，想笑又不敢。敬辉看看两个孩子心怀鬼胎的样儿也感觉好像被他们骗了，可这场合又不好说话，只得笑劝些实际的话，看看曲飞，“哈娜在这喜气的日子反倒急火攻心晕过去了，说明还是在意父母的，只是职责所在，她也得顾及大家，该替孩子高兴才对。玉珠、李风给你们道喜啦。”李风、玉珠忙起身感谢，这是他和她婚后听到的第一声祝福。玉珠又要哽咽，看着母亲她还是忍住了，和李风对玉珠妈和劳丹鞠了一躬。玉珠看着妈妈："感谢您和父亲对我的养育之恩，女儿不懂事，这些年你们劳心了。"说着流下了眼泪，扑到妈妈怀里又哭了。母女连心，怀抱着女儿，伤心的怨痛随着流下的眼泪化解了。曲飞看她母女的心情与众不同，怒气化为伤心，她回头擦了把眼泪。这时，哈娜和亚洲走了进来。

回想女儿曲飞正失落间，见哈娜回来了，管不住腿地迎上去，不自主地一把把哈娜搂在怀里，生怕别人抢去，晾亚洲在一边。旭东拉亚洲坐下，嘟啰送一杯水："很累吧？怎么回来这么早？"亚洲一脸疲倦，"哈娜醒来医生建议我们回家休息，所以我们就回来了。"说着看看哈娜刚要开口说话，劳丹摆了摆手，"你们什么也不用说了，情况我们都知道了，要休息你们还是回飞碟上休息吧。让玉珠、李风送你们。"说着向亚洲使个眼色，亚洲会意地点点头。劳丹见曲飞还不放手，就对曲飞说："还是让哈娜边休息边待命的好，可能随时都有任务。"曲飞舍不得，想让她在家休养，有任务时再去，她想在家照顾这两个孩子。劳丹显出一脸的无奈，他怕哈娜、亚洲在家里勾起曲飞的谴责，说最近要有重要物资运到飞碟上，他们不在会误事。曲飞听劳丹这么说，放开了哈娜，叮嘱她好好休息。回屋取了许多钱、穿戴、生活用品让他们带上。成亲了，曲飞看亚洲的眼神也变了，叮嘱他注意休息。玉珠此时抬起头看看妈，"送完哈娜我们也不回来了，明天还有好多事要做呢。"玉珠妈问她住在哪儿，李风说住休息处，过几天就住进使馆区了，也可能长待在飞船里，那里与地球通话方便。劳丹对李风说飞船已经被拖入使馆区，李风忙感谢，说这样省了去外事部的时间。劳丹笑笑催他们起程，天都快亮了，哈娜、玉珠等四人出门上车向淑花家驶去。

车到淑花家的门前，隐约见屋里还亮着灯，玉珠停下车，看看他们都没有反应，想拉哈娜一起去，看哈娜的憔悴样又忍了下来，叹了口气自己下了车。

这里淑花和张山进门后淑花见哥哥不在，本想等哥哥回来再把事说出来，可张山却积极地把事情抖了出来，弄淑花个猝不及防，淑花只好添油加醋地把张山的话夸大其词地翻译给父母听。也在于心地善良的父母盼女儿交友心切，也没怀疑就相信了他俩的话。新人进门父母的心情自然欢喜，盯着张山问这问那，看张山说话紧张，提醒他慢慢说。淑花盼玉珠快来接他们，她还没有摆脱孩童做错了事想方设法逃避责任的心理。

玉珠进屋后对淑花的母亲、父亲鞠了一躬，向二老笑着问好。淑花妈见是玉珠便拉她坐下数落她，不来看她。玉珠早年也是淑花家的常客，只是这几年责任多了，玩耍的机会也就少了。她看着淑花妈有些苍老的脸忆起早年她的风姿，心中不免生出一种伤感。这是早时被自己当作母亲的人，她看她的眼神透出的是真情，握着她的手比握妈妈的手觉得舒心，本来想好的话一下忘个干净，只说工作忙脱不了身。淑花在旁解释，玉珠现在是她的领导。淑花妈看着玉珠禁不住夸她一番。玉珠带着在家里的感觉，说领导只是工作上的事，在这里她只是她的孩子。淑花爸深有感触地望着玉珠，叹这岁月无情，原总以为自己很年轻，可现在孩子转眼长大成人了，印象里还是孩子的影子在眼前晃，现在成了领导者了。玉珠笑道："您可不老，只是我们过早地承担起了责任，连玩的机会都没有了，就连婚姻这样的事，也是在我的坚持下没请示你们，也没和你们商议的情况下，就草率地自己办了，惹得我父母雷霆万钧，哈娜的父母满心怨气，把哈娜吓得都不敢回家了，晕过去了。二老还好，一团和气，和蔼可亲。"淑花父亲摇头："其实做长辈的心都是相同的，只是忍受的程度不同罢了，从内心讲我也认为你们的做法欠妥，风俗不是一时的风气，是年久积累下来的一种习惯，能沿袭下来还是有相当的可取之处，要打破这个宗法不是容易的。"淑花说："我们是特殊情况，新事物是在旧习的废墟上建立起来的，开始会遇到各种困难，但不要动摇，这和您搞科研的道理一样，坚持下去就有希望。”淑华爸笑了，“不论怎样，我还是恭喜你们。”说着无奈地笑，玉珠深鞠一躬，调皮地说：“感谢您的一句话，让我认识了许多。”淑花爸说她还是孩子气，又想起了什么，问：“这么晚了，你们来是不是有事要做，别误事。”玉珠感慨：“我来就是怕您二老因淑花的事生气才赶来的。”淑花爸很感动：“难为你，自己的喜日子还得顾及淑花，我们俩有气也没气了。”随着笑声，玉珠适时地站起来：“您二老理解我们，我就得寸进尺了，把您的心肝宝贝借走了，等过了这段时间，他们再回来看你们吧。”淑花爸点点头：“工作要紧，工作是第一位的。”说着送他们出门，看着淑花有些不舍。车向莉萍家驶去。

忐忑是在心里没有把握的情况下形成的，莉萍和罗飞下了车不觉得都有些发抖，深呼吸好久才往家门走去。没走几步莉萍看了看罗飞：“你能不能好好走，怎么走起舞步来了。”罗飞辩解：“你看清楚点，这是舞步么？”说着他感觉发抖，莉萍说：“你可得镇定，否则我这心里更紧张了。”说着拉起罗飞的手，推门进了屋，见没人，便对罗飞说：“爸妈没在家。”罗飞长出一口气：“有惊无险！吓死我了！”莉萍看他那样笑道：“爸爸妈妈又不吃人，你怕什么？”家里无人，莉萍胆子恢复了许多。罗飞俨然家庭的主人说话慢了起来，“正是因为这样才吓人，不过现在不怕了。”说着坐了下来，莉萍向他浅笑，好像开始进入家庭女主人的角色，“瞧你那点出息，躲得了初一躲不过十五，面总是要见的。”罗飞环顾房间，“躲一时算一时吧，你说二老这么晚了，能去哪里呢，可别马上回来呀。”说着下意识地跳了起来，莉萍也吓了一跳，两人如受惊的小鸟看了看各房。莉萍笑罗飞胆小，说父母可能去姨妈家了，姨妈家大姐也要结婚，罗飞忙问：“离得多远，今晚要是整晚不回来就好了。”莉萍的脸一红不敢接话了。罗飞一脸坏笑，“要是整晚不回来，就可以考虑下一个程序了。”莉萍羞红脸木在那里心空了，罗飞忽然间像变成了野兽，一把把莉萍搂在怀里，吓得莉萍慌乱，想推开他双手却无力，身子软得挣扎不起来，只嘴里喃喃地说：“不要这样，若父母万一回来碰上了不好说。”罗飞不顾那许多，说去莉萍的房间。莉萍无力的手指指自己的房门，闭上了眼睛，罗飞抱着她进了屋。罗飞从莉萍身上下来，已是满身汗，按亮灯，看着余韵未消的莉萍还在满脸绯红，还在娇喘，样子很迷人，灯下的体态神情更觉柔美可爱，他不忍心破坏她的情绪，又拥着她抚慰直至莉萍平息才轻声喊她起身。揭了面纱，莉萍第一次体会了女人的幸福，她又不愿幸福离去，搂着他的脖子不让起来。罗飞依着她又躺了一会儿，轻声哄她起床去洗漱。忽然想起来说他们马上会来接了，听到这话莉萍才懒洋洋地起身叠好床，拉着罗飞去洗漱。洗漱一番来到客厅，罗飞坐下闭目养神，莉萍倒在他怀里睡了。罗飞闭着眼渐渐地陷入了深思，这一切都来得太快了，宛如一场梦，一场让人不愿醒来的梦，可还是醒了，想想无奈，从今以后自己得负担起责任了，担负起对这个女人的责任了，用一生呵护她、保卫她，这样想来又感到迷茫，也许这就是人生吧，人生意义也许就是这样体验出来的吧，责任促使着人类一代一代地繁衍下去。人从出生之日起，就踏上了走向死亡的道路，人生中一个又一个梦想是在走向死亡的道路上实现的。是啊，作为生物群类的一员，自己的存在也应该有一个可实现的理想，才能体会到实现理想的喜悦，得努力，不要听到终了时的一声叹息。看着怀里的女人，感慨美丽是短暂的，欣赏是永恒的，难怪人们总想温柔乡，温馨宜人，看来责任感是不用刻意去寻的，是源于自然而生的，一切的可能都是这样的吧？想着摇头笑，看看门，等的人还没来。

闭上眼又静不下来，一阵心乱，有多远走多远，从地球到火星的艰辛，真如所说的，具有指导人生的意义吗？是指导生命的起源还是延续？想到这儿他看看莉萍，心喜眼前的温柔。个人有个人的梦想，人的一生心有多大舞台就有多大，人的一生何尝不是在这舞台上跳舞呢？人对什么负责，对爱人负责也就是对社会负责，对历史负责。在地球、火星、宇宙、银河、宇宙的长河中，人的一生如萤火虫转瞬即逝，如何延长自己的闪亮时间，增强自己的闪光度，像星星一样。看看莉萍，罗飞又笑了。睁眼看看门觉得门的装饰显示出的古典美与莉萍的激情对比还逊色一点儿。想想自己从小在孤儿院长大，没得到过父母的爱，在这里却实实在在体验到了爱，再看看莉萍，有一种把爱延续下去的想法。

“想什么呢？这么投入，进来人都不知道。”罗飞一惊，抬头看见玉珠站在面前，忙笑道：“一时乱想走了神。”玉珠四处望望，怎么就你们两个？罗飞推醒莉萍，莉萍醒来见是玉珠，忙起身：“我们回来我父母就不在，我们只好在这里等他们。”玉珠说：“既然这样就留下字条说明情况，把认罪书也一并留下，咱们快走吧，他们在车里等着呢，到了休息站，都有豪华房间，到那儿去休息吧。”莉萍忙写了字条，并和认罪书一并留下。怕罗飞等，她紧跟着玉珠出门上了车。玉珠开车把哈娜、亚洲送到了飞碟旁，然后开车向休息处开去。

亚洲开了舱门，把用品服装送进去，回来扶着哈娜进了飞碟，关上舱门扶哈娜进卧房，哈娜晕晕的，头发沉，软在那里，看亚洲的眼神也显得极其无力。亚洲心痛不让她说话，并弄杯水过来喂她，安慰她，说昏过去是疲劳过度。哈娜无力地笑说昏过去是吓的，是怕爸妈火大，还好一切都过去了，压力源没了压力也就小了。哈娜觉得自己是幸福的，她提前体验到了危难时爱人的心痛，也让她提前感受了今生的不舍不弃。她拉亚洲过来坐在她身边近些，亚洲给她擦了擦嘴角的水滴，让她半倚在自己身上。看她脸色好了许多，亚洲要给她弄口吃的，哈娜说不饿，这样挺好，她喜欢这种相依的感觉。相恋的时候带来的体慰中透出安慰、安全的感觉，这种状态想出的任何事情都会产生别样的韵味。哈娜看着亚洲觉得他老了一些，很是心痛，她想亲吻他，可身子软，只喃喃地告诉他自己该尽尽做妻子的责任了。亚洲的心突然抖了一下，他想，可他又克制自己，哈娜的身体还未恢复。哈娜说完心好像贴在了亚洲心上，她感叹这一天悲喜交加，心痛亚洲的劳作。她和有同感的人一样，愿意放弃其他的一切，把这时间无限延续。她死死地抓住几次要起身的亚洲，不让他离去，直至亚洲说怕有人送原材料，哈娜才不情愿地放开手，怨秘书长、副指挥不近人情，不给留点儿温存的时间，只知道工作、工作，把她当机器使用。亚洲笑："让咱们赶回飞碟待命，应该是有更重要的原因。"哈娜想了想，"也许是吧，开始我以为副指挥长向你使眼色是让咱们快逃避开父母呢?"亚洲笑笑："这方面不排除，只是宇宙形势的变化在起主导作用，还是整理一下心情吧，从今天起就开始一种全新的生活了，小日子这就过起来了。"说着心里透进了蜜，生活真好!

哈娜、玉珠走后，屋里显得空了许多，跑了发泄的对象，人们的心也空了。嘟啰望着怅然若失的劳丹，静心看他的失落，看得劳丹摇头苦笑不停地絮叨这事来得突然，完全超乎了他的想象，不断地求证嘟啰是不是他们预谋好了的。旭东笑，"预谋也好，不预谋也好，这样的基本素质还是相当好的，潜意识的临场发挥毫不偏颇。"嘟啰笑得开心，"当地球人注入灵魂时，就是几个星球在竞争，他们都想把自己星球的灵魂注入地球人。"劳丹笑，"那是争夺地球的主宰权，使他们成为自己星球的同胞体的另一个生存地。"嘟啰点点头，"据我所知给地球注入灵魂的星球不下几十个之多，一个液体星球把龙的灵魂注入在了一个繁殖力强的群体，另一个主要星球将广义、广大、博远注入了另一地球群体，这两个群体压制了被注入忍耐的群体，是这两种主宰灵魂主宰着地球人的思想，亚洲这些人是在这两种灵魂的斗争中融为一体的，所以他们成为了两种灵魂的集合体，成为了地球人的精华。这智慧高等级的人即使有闪失也会被理解的。”听了嘟啰的话，玉珠妈笑得开心，心中的一切被嘟啰的一番话释然了。嘟啰看了旭东一眼：“孩子们长大了，有他们自己处理问题的方法，在他们面前也得承认现实了，进步就是真理，从高一层次理解他们吧。”劳丹叹气说：“总觉得有一种被抛弃的感觉，割舍难，牵挂又痛，心里说不出什么滋味，也许每个人的人生都必须过这一关吧，割肉。”说着苦笑。嘟啰劝他平息哀叹，说这肉该割的时候就得割，劝他耐心等待，等待他们优异成绩的回报，让他耐心等待那痛并快乐着的一天。说着让曲飞准备饭，释然的女人们听了自是欢喜，忙着为男人们准备吃的去了。

女人们走了，劳丹对旭东说：“你到外事部知会一声，做好人员集合准备。”旭东点头说：“也该走了，时间耽搁得太久了。”嘟啰嘱他把宇宙信息集合好后及时回传，随即又想起了什么对劳丹说：“提供地球的飞碟原料该上飞碟了，应该通知技术人员待命。”他问外事部的张未回来没有，让通知许刚任张未为火星驻地球大使，飞地球。劳丹想了想说让超然任副大使，外事部的贾东海任武官、王铁锁任参赞，等张未回来让他和李风沟通一下，还得给他们再配备飞碟，亚洲的飞碟只载原材料，在前面领航。嘟啰点头说：“那就把张未驾驶的飞碟归属大使馆，以便于地球领导人的来访。李风那边应该配上一架飞碟，亚洲提供需要的飞碟数量，地球方面地球提供，火星方面火星提供，工作人员也是一样，你今天去主席那儿把任命书给他们办完吧！哎，这专项责任看似简单，其实复杂得很。”劳丹说任命亚洲为两星球战略合作部部长，哈娜任副部长。嘟啰笑着催女人们的饭菜，看饭菜上桌便忘了一切地开始进食。劳丹匆匆吃了几口向旭东道了声珍重就走了，剩下的人慢慢吃着，却都像有什么心事。

旭东送嘟啰回来，看女人们吃得满意，心想多耽搁下去可能会引来她们的攻击，忙吃了口也要走。曲飞问他这次外出得多长时间。旭东心里也没底，只估算说二十几天时间吧。曲飞起身要给他准备用品，旭东摇头说飞碟上备了。看看曲飞，又碍于玉珠妈、敬辉在场不好再说什么，和玉珠妈、敬辉打了个招呼就走了。看着旭东的背影，曲飞心里又空了许多，叹气这大的、小的都走了，又要守空巢了。敬辉看她哀怨的样没好眼神，说她未老先衰，玉珠妈解释这是现在的通病，在这种特定环境下，难免不会出现心理年龄比实际年龄老的现象。敬辉不吱声，半晌也慨叹起来："这空穴现象在火星上越来越多了，这孤独寂寞是挺可怕的。"玉珠妈说民事部也采取了一些措施，可收获都不是很大，看来具体的工作还是有不尽如人意之处。敬辉说是普及的面不够，增加心理辅导就好了。曲飞笑："心理辅导？从心理入手，这么大年龄了总不能再转换脑筋，换思想吧，再有，思想已经凝固，也转不过来了。"敬辉笑说："关键是怎么能让脑筋开动起来，得内因外因都起作用，我相信一切皆有可能。"玉珠妈也不服气地说："我还未老，还能做许多事，不需要别人的帮助，如果知识不够可以继续学习。"提到继续学习，曲飞的眼睛一下子亮了，一拍手，"对呀，怎么把这茬给忘了，离开学校这么多年，咱们也该重温一下上学时的快乐时光了。我提议咱们还是上一个班怎么样？"敬辉的心被曲飞拉回了学童时代，儿时的玩耍心里又涌上来了，她止住曲飞让她不要拉关系，说曲飞是后转入他们班级的，说得曲飞气往上涌，说敬辉是班里的差等生。玉珠妈只得劝解说把争斗的时间用去报名。听玉珠妈这么说，敬辉、曲飞才注意到时间过了许久，忙吃完饭，洗漱一番，准备去报名。敬辉说老同学孙宏也没什么事要拉她一起去报名。提到孙宏，曲飞也说几年没见了。想想上学时的小团体，敬辉感叹这时光流逝。看看曲飞，玉珠妈长嘘，"丢开三载离别恨，收拾长吁短叹声。"曲飞笑接,“重温旧时梦”。三人说笑着去找孙宏。

从银行退休后,孙宏的失落感很大,从紧张忙碌的领导岗位回到家里,这落差搞得她有失去知觉的感觉。几个月来,还是每天早晨忙起床,忙准备,然后坐下发呆。她好像适应力很差,调整得很慢。早晨孙宏起床给爱人做完饭,习惯性地又坐在一边发呆。爱人看她憔悴的样子也是心疼,试探着问她这个周末放年假孩子不在家,是不是报个旅游团做个太空旅游。孙宏并没有因爱人的话提起精神来,说已经几个月了心情没调整过来,怕去旅游也没有好心情,反而坏了他的心情。看着爱人,孙宏说他忙碌了一年,该去报个团去旅行放松一下,缓解一下心里的疲惫。爱人国庆苦笑:“你现在这种状态,我就是出去旅游心情也好不了。”孙宏想也是,不过倒也觉得安慰,相伴几十年了。她看他一眼说:“我也恨自己这么长时间了还没调整过来,找了几次心理医生,真想找点事做缓冲一下心里的落空感,心理医生也这么建议我,可一时又想不好该做什么。”国庆听了这话也觉得有道理,以一种精神填补另一种精神。他夸孙宏的承受能力强,鼓励她的想法。孙宏的心情似乎好了许多,催国庆吃饭。国庆吃饭间孙宏察觉出他脸上的皱纹多了许多,一阵心酸,怪自己对这个家照顾太少,对他的关心太少了。国庆问她看出什么了这么入神,她只轻声说了句你老了。国庆笑说是工作累的,说要赶时间便急忙吃饭以掩饰差点落下的泪。一会儿吃完饭,岔开话题:“晚上做鱼吧,有日子没吃鱼了。”孙宏笑笑说他是猫,说着又想起些事,说国庆应给母亲送鱼了。国庆一经提醒也记了起来,拍着脑门儿说自己的肚子没良心,吃了母亲的鱼,把给母亲买鱼的事忘了,他轻吻了孙宏一下转身出门走了。

孙宏简单吃了点饭便有了饱的感觉,她看看剩下的饭菜,叹了口气,心老了,忧伤脾胃的遗症在她身上体现了,从前几口就吃下的饭现在成了负担。收拾完餐桌,来到客厅打扫房间,擦完地这心也亮了许多。心情好的时候看什么都舒心，今天的她坐在那里不再木然，脑子开始活动，心想得思考一下做些什么。想了许许多多，又觉得都很遥远，想起工作时人际关系复杂，可又没觉出什么负担，什么原因呢？是压力和动力的相辅相成吗？想想工作中社会关系的复杂，又觉清闲挺好，想这火星上，思想源来自于多个星球，集中汇总在这里变化融合，这错综复杂的思想统一起来是个工程，对，是个工程，巨大的工程。她的心突然开朗了，她忽然觉得兴奋，热血沸腾。忽然一双手蒙住了她的眼睛，蒙得很紧，孙宏的心一下子提到了嗓子眼，喊不出来吓住了。曲飞忍不住笑起来，敬辉只好松开手，骂曲飞是个没用的东西，沉不住气，浪费了她的临场发挥。孙宏揉揉眼，向后看是敬辉，内心处甚是惊喜，待敬辉转到她眼前又哀叹她变丑了，伸手打她，说她旧习未改总爱恶作剧。再看看玉珠妈、曲飞，笑问她们三个今天怎么这么齐地来这里？敬辉说："我们商量好去继续读大学，去回回炉，特意过来问你去不去？"孙宏差点蹦起来。没等她表态，曲飞接着说："跟她有什么好商量的，去也得去，不去也得去。"敬辉、玉珠妈连连点头赞同。孙宏争辩骂她们霸道，剥夺她的自主权，说要和国庆商量了再定。敬辉瞪眼："和他商量什么？从现在起就造他的反了，起义了。"说着架起孙宏就走，被胁迫的孙宏没奈何只得跟从。阳光下这些女人童话着自己的心理走向报名处。

把哈娜、亚洲送回飞碟，玉珠一行人开车回到休息处，这时天已亮了，她和李风商量了一下，告诉服务员早餐免了，午餐晚些时候送来，说累了想多休息一会儿。服务员与众人都很熟悉了，看他们疲惫没再纠缠学说地球话，打开了几个房间就走了。玉珠招呼一声，笑对淑花、莉萍说："可以睡个长觉了，什么时候送餐？什么时候起床？"二人脸上流露出无力的笑，拉着自己的伴侣进了自己的房间。李风拍了拍玉珠笑道："领导都各就各位了，咱们也休息吧！太累了，有些承受不住了。”说着进屋脱鞋上床，转头玉珠不见了，正疑惑，玉珠端了盆水进来，把盆往地上一放，喊李风起床。李风侧躺身不动，玉珠上前抓住他双脚拽到床边，一边说他懒一边把他的双脚按在盆中。李风挣扎着不想洗。看李风孩童似的，她心想这家里家外真是不一样，看样子不哄还得使小性子，想着低下头给他洗起脚来，哄他洗脚可以缓解疲劳。当李风双脚被按入盆中时，他的心也随水的温度温暖起来，还是有家好。

脚的部位反射着人体器官的各部位，每晚泡泡脚是人体保健的好方式，从另一角度又有一定的隐私性，有时也是传达爱的一种方式，是一种无言的传递，有人在传递，有人在接收。

给李风洗完脚玉珠端盆出去，自己又洗漱一番才回到床边，机械地替李风宽衣。边解边觉得手有些抖。她的动作慢，李风可等不了，把她拉到床上闭上了灯……

淑花被敲门声惊醒时，已是后半日时分了，看看时间都快晚餐时间了，揉揉惺忪的睡眼，看看还在睡的张山，想起他不斯文的猛烈，脸又起了红晕。经过了总有留恋，管不住的手轻轻地摸着他的身体。张山被她唤醒了，看淑花还是满脸的红晕，觉得女人羞涩的时候最美。他看了一会儿问什么时间了？“起来吧！该用晚餐了。”淑花轻声说。张山把手搭在淑花身上说太累了，还想睡一会儿。淑花有心要把他拉起来，可手却不听指挥地动不了。还是敲门声把他从懒惰拉回，坐起身穿衣。两人来到洗漱间，见人们都在洗漱。张山发现并不是自己最懒。玉珠边擦脸边说是自己考虑时间欠妥，用机械的观点处理问题了，忘了金属也有疲劳性的，说自己忽视了人体的承受能力。莉萍理解，说不怪她，现实摆在这里，不拼命也得拼命，谁都想有个蜜月，可现实不允许，说她支持玉珠。玉珠看着她笑，说她把实际情况说了出来，并对她表示理解，说将来想办法把蜜月都给补上。李风看着她们想，真是三个女人一台戏。他催大家抓紧时间，说大把的活等着做呢。正说笑间服务员进来告知许刚可能快到了，请大家去餐厅等候，李风听完忙摆手，止住人们的说笑，示意跟着服务员去餐厅。

许刚早早地来到办公室，多年养成的习惯，想迟到都难，没想到路过秘书处见秘书也在，许刚纳闷，问她怎么今天这么早？秘书笑，她也说不出什么理由，只说昨晚有些文件没处理完，想在上班之前整理完。许刚笑笑说让她注意自己的身体，注意休息，说有了好身体才能出高效率。秘书笑："真让您说着了，这屋里就有一位不注意自己身体的人。"许刚问是谁？秘书笑，"他不让说。"许刚笑她要滑头，跟自己打哑谜，说着推门进屋。"人格的魅力是无穷的。"听到声音许刚一愣，见主席坐在他的椅子上向他笑呢，忙上前握主席的手。主席笑说："本来想在你们上班之前，来你这儿坐坐，求你帮忙解决一下眼前的危机，谁知才来一会儿你就来了。"许刚笑问："什么事情把主席难住了？"主席看看门外小声说："借我点钱。"许刚一听便摇头说没有，心想在我身上卡油，找错人了！我可是出名的铁公鸡，借我的钱，再借了不还，何异于与虎谋皮，自己的这点收入被夫人管得严，自己用点钱，还得躲躲闪闪的呢。他倒了杯水递给主席，主席见他的样子说借的不多，半个月薪水足矣。见许刚还是为难相，想：在抠门、吝啬人身上占便宜真不容易。还得提醒提醒他："谁都有困难的时候，太吝啬不好，总还有不怕贼偷就怕贼惦记的说法吧。"许刚倒杯水说自己舍命不舍财，他变相地影射主席谋他的财是徒劳的。

两人对峙，许刚傻看着主席，感觉主席的身高矮了不少。僵持的局面迫使主席说了实话，说借钱是为了送礼，他问许刚知不知道哈娜和地球使馆的人举行集体婚礼的事。许刚说不知，他反问主席是不是听错了。主席笑说自己的情报绝对准确无误。许刚喝了口水，"真没想到，太突然了。"他忽然明白了主席是为了给哈娜他们送礼。主席摊开手，“我听了也是一惊，可家里又拿不出钱，你说开始咱们不知道，现在知道了，作为官方总得有个态度吧？这是一个关键环节，他们年轻想得不周全，把包袱全抛给咱们了，这两星球友谊的纽带看来还得咱们系，这是我刚借来的，表达一下态度，卡不着你的钱，就劳你把这些带给使馆的朋友吧。”

许刚听完才注意到主席身边放了许多礼品盒，忙笑说，“只要不借钱，一定办到，毕竟有连带关系，还有哈娜那里。”主席笑说，哈娜归他直属管辖，他得亲自去。许刚点头称是。主席站起来要走，说怕耽误他的工作，又抱怨没占着便宜，反倒赔上许多，说着出门走了。许刚也没送，望着主席的背影，想这全球的事操碎了他的心，想着苦笑，坐下忙碌起来。

敲门声，秘书进来倒了杯水给他，提醒午餐时间快过了，说该用餐了，再不去过了时间要饿肚子了。听了秘书的话许刚才从文件堆里抬起头来。“时间过得真快，中午了，把午餐拿过来吧，得抓紧时间把这些事处理完。”秘书出去了，一会儿把午餐送了过来，许刚喝了口水吩咐道：“通知要去地球的张未、王铁锁、贾东海过来开个会，先不要惊扰超然，明天见的昂星团几个星球的代表就一起见面吧，注意时间控制在两个小时内，谈话范围规则明早交给我。”说着边吃边写起来，秘书应声出去了。

亚洲醒来时，哈娜已醒多时了，正侧身端详他，把亚洲看得有些发傻。迷迷糊糊地问怎么醒得这么早。哈娜没听见似的说：“你熟睡的样子好看，要是不说梦话就更好了。”亚洲瞪了下眼说自己从来不说梦话，哈娜笑说是他哇里哇啦的梦话把她惊醒的。亚洲听了笑说可能是疲劳的缘故，哈娜听了又笑：“你不仅说梦话，而且我醒了以后，你的梦话声音就低了下来，刚睡着就被你惊醒了，没法再睡只得看你表演了。”亚洲忙问他表演得怎么样。哈娜说演得不好，傻乎乎的，而且还扰民，说他不一定是疲劳，很可能是兴奋过度。亚洲听得来了精神,说可能是兴奋的原因。哈娜说他傻得可爱,亚洲摸了一下脸说:“他和她有同感。”哈娜捏他的鼻子说:“脸皮厚,给点笑脸就飘。”亚洲摸摸脸,“你怎么总说我脸皮厚?”哈娜用哄他的口气说:“以后不这么说了,只说你威猛。”亚洲听了忙问:“你说我威猛得怎么样?”亚洲的话说得哈娜脸红,“不许瞎说,你这个厚脸皮的家伙。”亚洲把哈娜搂在怀里,“刚才我做了个梦。”哈娜柔顺地在他怀里问梦见了些什么?是不是又在梦里把我扔了。亚洲笑了笑:“怎么会呢?我是梦见我在火星上定居下来,火星上有十几家人,人们来自不同的星球,聚在一起。空中的光线很灰暗,屋里点着原始的灯,有一些简陋的家具,说梦话可能是另一星球的人喊我去帮忙。对,是喊我帮忙,把刚做好的桌子搬到屋里。你知道,这十几户人家里,他们这是富有的,有两张桌子,很多椅子,还有两张床,好像还有地。我后来的梦话,可能是商议春天的时候种庄稼的事儿。”哈娜听着皱眉问:“怎么这里没有我呀?你是不是幻想和别的女人过日子呢?”亚洲说:“那个女人是火星的原居民,名叫哈娜,被我勾引到我屋里以后蹂躏了,她无奈,也就跟着我了,刚才好像是要瓶子给我买酒呢。”哈娜觉出他后面的话有些牵强,使劲儿地挣扎着打了他几下,“你真坏,竟然这样虐待我。”亚洲一脸严肃地辩解说那不属于虐待。话题又说岔了。哈娜在他怀里温存了一会儿,觉得时间不早了,问他想吃什么。亚洲苦笑着说:“咱家破桌子上不是还有些干巴饼子呢吗,省着吃也就够了,还有一袋子米,那米就是饿死也不能吃,那是留作种子的粮呀!”哈娜笑出了眼泪说他没出息天生一副穷酸样,连做梦都不敢富有。亚洲像进入角色一样继续他的穷酸梦,“刚到一个陌生的星球,大家又不是很熟,而这儿的一切又都从零开始,从原始开始,就得劳动,富有是从劳动中创造出来的,不是幻想出来的。”哈娜点头说对,哄他去睡,继续那个劳动创造财富的梦。哈娜的巧嘴把亚洲哄得舒心,两人相拥着又睡了。

敲门声响起，秘书领着张未、贾东海、王铁锁等赴地球馆工作的人员进来了，许刚放下手头的工作，起来招呼大家就座。秘书给每个人递上杯水。许刚笑问张未去地球的准备工作。张未说先期的准备工作还在进行中，一些专业性强的制度还未制定完，他们在争取时间。

许刚点头说，李风、玉珠也在制定各项规章制度，建议他们互相接触熟悉一下，多一些相互了解。又谈火星的原则，许刚叮嘱张未的神情似就要起航，飞往另一星球。张未说话外交辞令的色彩很浓，奉承许刚部长的指示正确等语言也用得很婉转，直到许刚笑他，让他说些具体事宜时，他才从自己的习惯中缓过点神来，说王铁锁也提了一些具体措施，说两个使馆的一些规章应当尽量一致或接近，这样可以避免以后工作中因条例的差异而产生分歧，影响工作效率。许刚想了想点头说王铁锁的这个意见很重要，应当重视起来，做好工作的提前量，把可能产生的危机解决在萌芽中。“你看这样行不行，在制定规章制度时，两个使馆的人员合并起来使用，在制定时多寻一些共同点，再把已制定的协商修改，尽量达到大体一致。这样在今后的工作中相互联系起来方便一些。”张未赞同说，果真如此就再好不过了，只是现在同地球方面人员接触还是个问题。许刚想了一会儿：“这事我来办吧，我做个中间人出面与李风商议，争取给你们把桥搭上。”这时秘书进来把拟好的稿子递给许刚，提醒时间差不多了，该去休息了。许刚看看时间让秘书做准备，提醒别忘了把主席的礼品带上，说着向秘书低语问能不能借点钱给自己。秘书心笑，问做什么用？许刚看看张未小声说，买礼品。听了许刚的话，秘书、张未一起笑起来。秘书笑他这么大的领导，挣那么多薪水还四处借钱。许刚诙谐地笑道：“每月的薪水不少，可家里有铁公鸡，每月只给少得可怜的零用钱，上个月刚建立起来的小金库也被夫人端掉了，现在小金库还没建成。在这青黄不接的时候又赶上这事，没办法。”说着苦笑、摇头，秘书把钱数给他说自己也只有这些钱了，记着早点还。许刚接过钱数了数：“够用了，放心，等我的小金库一建立，第一个先还你的钱。”张未笑着说：“看来部长还欠许多人的钱啊！”许刚说应酬太多，欠了不少人的钱，欠得人家都不愿意借钱给他了。张未也有同感的样子说他的小金库前不久也被夫人端掉了，说现在的小金库还未建立起来，好在没有外借。许刚告诉了他一个建立小金库的秘密方法。张未夸他的办法不易被侦破，看看许刚，又表示明天会取出些钱来支援他，先还上外债，免得以后借钱不好借。许刚笑着表示感谢，说有钱一定先还他。张未心想这钱借出，主动权就交到对方手里了，不如送个人情：“我的钱不用急还，什么时候手头宽裕了什么时候还不迟。”许刚自是高兴连说了几个好，表示还钱的时候还请吃饭。许刚的幽默把大家都逗笑了。许刚说他们也该准备礼物了，空手见面还是不好，场面尴尬。看大家认同了他的看法，吩咐秘书通知休息处布置餐厅准备宴会。看秘书出去了他又嘱贾东海、王铁锁买礼物别忘了一式三份，免得漏掉哪个失礼。几人说着，许刚看看时间，提议出发。路过秘书待的地方，又嘱咐她务必带上主席的礼物去休息处，秘书应着，目送许刚几人买礼物去的背影。

等许刚等人出现在布置好的休息处餐厅时，服务员告知李风等人被安排在另一个餐厅等候，许刚立即请来在餐厅等候的李风等人。李风等人等了些时间才见服务员过来，说许刚部长有请，便跟着服务人员来到休息处的高级餐厅。一进门大家被眼前的场面惊呆了。他们的思想中是和部长进行礼节性的工作，没想把自身的因素考虑进去。李风看看玉珠，玉珠在愣神，她也没有心理准备，她参加过的工作餐，都是普通的工作进餐。许刚走过来，拱手：“新人们，道喜了！”看大家机械地还礼，心里想可能是被这场景弄转向了,笑着解释:“主席特别关照,向你们的新婚道喜,主席脱不开身,委托我转达向你们的祝贺。”说着看了秘书一眼,秘书会意,捧着三盒礼品过来,递给李风,“请你转交吧,祝你们新婚快乐。”李风才缓过神,忙接礼品,转交给玉珠表示感谢,又和玉珠一起向许刚表示感谢。代表地球使馆人员向来客们鞠躬。许刚笑说:“今天是从管理层角度给你们补婚礼仪式,方式也是以快乐为主题,不包括其他,劝你们放松为好。”许刚的话,令张未等人放松,服务人员放松,李风这些新人却放松不下来,紧张的心情在脸上呈现无遗。看他们手足无措的样子,餐厅里的笑声一阵接一阵,把三对新人围攻得无处躲藏。许刚几次拦场都没拦住,无奈只好等大家闹到兴尽。待人们稍静,许刚笑说李风要忍耐,说这是一种能量的传递,李风只有附和的份儿:“对,是能量的传递,我的感受就很深。”张未笑:“有了这些正能,可以克服许多困难。”贾东海、王铁锁也感到了这种机缘,这比硬性的礼节相见更能拉近彼此的距离。看着这场面,他们羡慕地球使馆的同仁,进入火星竟有这番创举。李风来来去去地到处扑火,许刚一旁笑他窘,等李风走到自己面前的时候,拉住他让他歇一会儿,挡开了追嬉他的人,笑着对李风说:“我得趁你高兴的时候,献上我的祝贺,免得总是谈工作影响兴致。”说着接过秘书递过来的礼物,交给李风,并说了一堆祝贺的话,直说到自己无词时,才转身拉张未:“现在向你介绍一位重量级人物,火星驻地球大使张未。”张未上前与李风、玉珠等六人依次相见道贺,人群中他很欣赏李风的风度气质,笑着对他谈自己的认识。李风握着张未的手,对他良好的开端话非常感兴趣,也饶有兴致地描绘了一番他对两星未来的见解,两人聊得投机,几乎忘了所在的场所,直到许刚提醒他们才松开相握的手。张未转身拿过三份贺礼递给李风,说是送三对新人的一份心意。李风接过并称谢,作为同行他对张未有一种见面比其他人更亲切的感觉,特别是在今天这种特殊的日子里，铁要趁热打，贾东海、王铁锁及全体使馆的同仁们，齐拿出贺礼祝贺，把气氛推到了高潮。

收礼总是高兴的，特别是喜庆的礼物，许刚一旁端起水杯喝着一边看李风六人的兴高采烈，回想起自己结婚的情景也觉得好笑：身穿着绣满各色花的长袍，在主持人的摆布下，上花船、拜土地、拜父母、拜亲友，一会儿吃饼，一会儿吃蛋的。简单的内容，复杂的仪式，一天里夫妻竟说不上一句话，直到天晚进入新房。闹喜的人高兴了，新婚的人得到的是人们走后留下的疲倦。他清楚地记得自己当时连脱衣服的力气都没有了，是和衣而眠。想着又乐，想着结婚带来的几十年的夫妻相爱，为些鸡毛蒜皮吵过、闹过。想想这几十年自己忙忙碌碌的，也多亏妻子默默支持，是她给了自己一个家，一个稳定的大后方。几十年了，怎么没想起说句感谢的话，反而不时还有私设小金库的举动，这小金库藏得已经很隐秘了，怎么还会被发现呢？发现也没关系，想这也许是夫妻间交流的一种乐趣、一种方式，无论怎样，相爱就好。

秘书走过来笑着问："部长想什么呢？这么入神！"许刚一下回过神来，笑说："想过去的一些事，这么热闹的场面也想不出别的事来，有点累。"秘书听了忙说："那就抓紧时间把今天的程序进行完，早点结束也多留些时间给新人们。我进来的时候，听服务员说，他们还嘱咐服务人员午餐时唤醒他们起来工作呢。哎！刚办完婚礼就得工作，连休息的机会都不留给自己，说真的我挺赞赏他们的。"许刚点头："这是一群值得崇拜的人。"说着走向正在交谈的李风、张未。他们笑说是自己的过失，把他搁在一边自己聊天。张未笑说聊得投机忘了部长。许刚问聊什么？李风笑说："张未提议共同拟定使馆的一些规章制度。"许刚笑他们谈话不分场合，看着张未说得对他提出口头批评，今天主要是来贺喜的，谈工作不适宜，说他们是工作狂人。张未笑说接收批评，但既然谈上了，就请部长也参加吧,也听听部长的看法。李风也想听听许刚的看法,所以也很赞同。许刚笑说:“具体的工作是你们做,我干预多了不好,我只是认为你们合作的路子好,有利于工作上取得一致,沟通起来也很方便,这人多思路广,工作也就能做细做好,我只表达一个态度:我会尽力为你们提供外在帮助的。只是今天谈话不是时候,你们最好约个具体时间谈,今天咱们共同的主要任务是完成任务早点结束,给新人们多留点时间。”

送走许刚等人,淑花对玉珠、莉萍的激动情绪一时找不出抚慰的办法,干笑说:“贫富一瞬间,刚才还一贫如洗,转眼就发财了。”玉珠忽地想到自己的身份,强压制住内心的激动,笑说这财来得太突然了有点不适应。莉萍看着她俩说她们是穷命,劝她俩先清理好大脑,别一时见财激动得过了头。玉珠缓解情绪的能力确实有些超群,她看看礼品非常首肯莉萍的提法,“准备晚宴吧,用完餐回去分赃。”众人笑。李风说玉珠可能已经疯了。玉珠盯着礼品:“只要财富在,疯就疯吧,要是天天有人送礼,我情愿天天疯。”淑花提醒:“那你得天天结婚,一结婚就有人送礼。”玉珠笑:“行,要是天天有人送礼,我就天天结婚,只是不知李风同不同意。”说着看了李风一眼,李风笑:“我要是同意,可就真见鬼了,记着想得到财富就得去劳动,财富是靠劳动创造出来的,世上没有免费的午餐。再说,这也不是财富,是友谊,是情谊,是有深刻含义的。”莉萍笑说,“他说话太理智了,没体会到她们现在的心境。”淑花也笑:“可不是,看着这么多财富谁还想真理。”李风偷看玉珠一眼:“说的也是,这时最好别想真理,因为真理是赤裸裸的。”玉珠瞪他一眼,她把李风的赤裸裸理解成了别的意思,她认为当着淑花的面讲这些不好。李风不服,要为自己辩解。玉珠见他又要讲起来没完,忙向他摆手:“打住,我不是傻子,还用不着你来说教,我们哪个人都比你清楚,比你明白。”李风心想也是,又想会不会是此时的玉珠心情已转到礼品上了，没心情揣摩自己说的话了，不过嘴上还是笑问玉珠疯病好了没有。玉珠看看礼品说不疯了，饿了，说着转身叫服务员拿吃的来。门外的服务人员闻声进来，玉珠笑说请他们上菜。莉萍冷语：“是不疯了，又变成吃货了。真不知是怎么想的，要是我就宁肯饿着守着财富。”莉萍的话引得人们开心地笑，争着表态说自己的想法与莉萍不谋而合。人们嘴上的态度坚决，可眼却盯在门口，只盼着服务人员早点把吃的拿来。

也许是信息感强烈，强烈得令服务人员也心忙，来回跑着去餐厅，不长时间，一盆盆的吃食送了进来。看盘中的餐品，玉珠开心，环视人们，善意地奉劝注意自己的财富，然后低头慰问起自己的肠胃来，有了吃食，再动听的话玉珠也听不进去了。

生活要有主题，现在的主题是解决饿的问题，人世间快乐的事，吃也许是一种。

吃完饭，大家把礼品都搬到了玉珠的房间，看着满床的礼品，玉珠想到了家。她问李风使馆什么时候完工，李风粗算了一下，说得三天时间，问她怎么提及这事？玉珠说早点完工，就早点分房，要不这么多东西往哪儿搁，我想有个家，后一句说得声音很低。她翻着礼品平息着内心的渴望。看都是些居家生活用品，对房子的期盼又升起来了自语道：“早点分了房，直接搬到新房里，到那时新房子、新家居、新摆设，想那情景该多美。有了家就没有了后顾之忧，就不会再有这漂泊的感觉了。”说着心里发酸，眼睛湿润起来。李风见她这样怕在众人面前出丑，低语让她注意形象，看着人们笑道：“明天一早我就去使馆建筑区，得加快进度，争取早点入住，那时咱们的家都挨着，谁家做好吃的都能闻到。”莉萍翻看着礼品，嘴里啧啧称赞，“谁说男人粗心，看这礼品挑得多细致，也真难为他们了。”罗飞看看莉萍：“心粗心细得看用在什么地方，这粗细要适当应用。”莉萍听完想了想：“说得对，你今后看我的缺点要心粗一些，看我的优点要心细一些，你得和谐咱们的生活。”罗飞笑说不公平，莉萍不紧不慢：“你急什么呀，我还没说完呢，我看你的缺点要心细一些，看你的优点可心粗一些，或者可以忽略不计。”罗飞被说得失去了反抗能力，直视着她，怕多一句会被她细心划分。淑花一旁见罗飞张口无语的样子觉得可笑，劝罗飞识时务些，别论什么公平不公平，这是夫妻间交流感情的一种方式。看礼品的张山说淑花的理解程度不深，这夫妻就像穿鞋子，合不合适两人自知。淑花想想也觉得张山说的有道理，夫妻间表达感情的方法确实是千种百样，共同点中存在着不同，所谓幸福的家庭是相似的，不幸的家庭各有各的不幸。张山说：“但愿不幸远离些。”玉珠听了笑，“又卖弄地讲哲理，当潘多拉打开魔盒时，不但放出了魔鬼，也放出了希望。”张山叹这警句火星上也有。李风有所感触，“人是为希望活着的，为了希望劳动，为了希望创造，这人间奇迹都连上了希望。想这一生可能回不去地球了，得在火星上安家劳动了，在这里繁衍生息，只能把希望转到子孙后代身上了。”看李风的感慨，张山说他不切合实际，影响了气氛，说该谈分房子的事。提到房子张山又觉不对，说房子分配的想法有偏颇。李风愣神，不知哪句话说错了。张山不考虑他的感受，说亚洲留在火星是把家安在飞碟上，说亚洲是战略部的，战略部部长和外事部的使馆工作人员住在一起，影响将来的工作环境。李风听了笑，“你百密一疏，怎么把超然给忘了。”张山听了醒悟，说自己忘了超然，又想超然用不了多久就回地球了。李风惆怅的样子：“超然的事我想过，既然提出来了就给留着，以防他把爱人接过来。”想想又乐，“超然要是将来回火星定居，咱们就可以在火星上安养晚年。咱们并肩战斗过，把他扔在地球上总是于心不忍。”玉珠在旁说：“真羡慕你们这份感情，哈娜、淑花、莉萍我们得向你们学习，不舍不弃。”李风摆手：“闲话少说，张未大使提出要与咱们共同制定一些使馆的规章制度，许刚部长也很赞同，说这样将来两个使馆交流方便。我想这样做的益处很多,所以我就答应了下来。这里我还是要强调一点,咱们与他们毕竟是代表了两星球的利益,看到共同点时,也要看到差异点,所以在这个差异点上要格外注意,该保留的条例必须保留,这点明天工作中要特别注意。”玉珠接过淑花递过来的一杯水,“该咱们保留的条例规则除了已经制定的以外,明天的讨论中尽量不提,至于超然能给他们讲多少那是超然的事,剩余还未制定的需要保留的条例,等到超然他们走了以后再定,至于会议的共同条例,与他们共同工作的时间也限制在一天内,不能延长。”她喝了口水对李风说:“明天去建设区,该把住房的项目提到最前面,先保证三家住处。这样后天无论什么情况,都有放假的理由了。”张山问:“什么理由?”玉珠看他一眼说:“搬家的理由。”说着又嘱张山通知餐厅准备一个月的食品,“搬新房,得过日子了。李风明天也该与外事部联系一下,该拨经费了,经费下来由莉萍掌管,后天把所有家的事处理完,以后工作好安心,争取在哈娜进行正式工作之前把使馆的前期工作做完,腾出手来配合哈娜的工作,也在火星驻地球使馆开始工作前抢个先手。”

女人有她的特殊性,所以她们处理起问题的时候方式方法也就不同。

听完玉珠的布置,人们也觉得累了,淑花说先把礼物分好了回房休息。分完礼品淑花、莉萍走了。罗飞、张山走后,屋里只剩了玉珠、李风,玉珠望着礼品叹息:“要是哈娜今天在就好了。”李风说:“她操心太多,你还嫌她不够累呀!她现在需要的是休息而不是礼品。”玉珠看着李风:“你是说哈娜现在还在睡觉?”李风摇头:“我也不知道,我又不是神仙,我想她还是睡觉好,多休息一会儿养养身体。”玉珠也叹哈娜的身体,“身体是一切的本钱,咱们也休息吧,我给你倒洗脚水吧!”说完出去了。

战略新概念

人类对事物的认识程度,往往取决于他看待事物的角度,是窥一斑还是见全豹。所谓登高可以远望,观全局方能识大体。井底之蛙不识天地之大,是其认识的局限性问题。现如今随着科技的发展,人类认识事物、理解事物的程度早已不限于本星球、本恒星系,而是把目光放到了银河系,以及银河以外的各大星系云团,开始用宇宙观重新武装自己的大脑。人类的战略思想观也开始发生质的转变,以前人类对战术家和战略家的认识是:战术家是盯盘里的菜,研究怎么把它吃掉;战略家则是看锅里的菜,盯着吃菜的人,权衡怎么把菜均衡地分配到各盘中。现在就得根据宇宙运动的趋势,从思考人类如何能无限延续生存的新观念上来考虑问题了,战略观演变成了宇宙观。

当呼叫器响起的时候,已近傍晚了,哈娜推了推还在熟睡的亚洲,亚洲睁开惺忪的睡眼问:“你怎么又醒了?是不是我又影响你了?”哈娜笑着说:“快起来吧,你都睡了一天了。”亚洲又合上眼睛说,“求你别叫我了,让我睡个自然醒行吗?”哈娜又推他说:“你现在睡足了,那你晚上还睡不睡了?”亚洲闭着眼说:“晚上我就不睡了,得做功课,做夫妻间该做的功课。”哈娜一听满脸通红地使劲儿打了他两下说:“你这个不要脸的家伙,说着说着就下道了,你快点儿起来,来人了,在门外等着呢!”亚洲一听忙坐了起来,边穿衣服边唠叨:“真是当差不自由啊!新婚的日子也不得消停。”两人收拾好房间，简单洗漱了一下开了舱门。主席走了进来，后面跟着秘书长、副指挥长，哈娜愣住了，一时不知该说什么好，主席见状，笑着问：“怎么啦？是不是没想到我会来呀？”哈娜缓过神来，忙向客厅里让，边上边喊：“亚洲快出来，主席来看望咱们了。”正擦地的亚洲一听忙跑了出来，主席上前握了握亚洲的手，笑着说：“你们结婚也没请我，我只好主动来了，反正欢不欢迎的我都扑面而来了。”说着大家一起笑了，亚洲边往客厅里让，边连声说欢迎。主席等三人落座，主席接过秘书长递过来的三大盒礼品放在桌上说：“这是我们三个人的一点心意，也不知合不合你们的心意，就请你们收下吧！”亚洲和哈娜忙不迭地表示感谢。哈娜给每个人的杯倒上水，笑着说：“这结婚本来的意图是想用简约的方式把婚事办了，把省下的时间都用在工作上，可还是把主席惊动了，真不知说什么才好。”主席点点头说：“你们这出发点是好的，想法也很积极，只是没有通知我，没有请我给你们主婚，我这心里啊还是很失落的。”大家又笑了起来，哈娜笑出了眼泪。

秘书长边笑边说：“为了给你俩准备这礼品，我和副指挥长可真是受累了，中午就被主席抓了劳工，说是陪他选礼品，足用了近一下午的时间，是选这也不行，选那也不中意，好不容易选出这些礼品来。这耽搁我一下午的时间不说，还受了他一下午的气，你说这哪儿说理去？”副指挥长笑说：“主席如此认真地为他俩选礼品，正说明了主席对他俩的重视程度，主席批评你是因为你只把心思放在了自己的工作上，而没有认真地帮主席选礼品。你看我就不一样，我是认真地帮主席选，所以主席没批评我。”秘书长笑着指指副指挥长说：“你这是恶人先告状，你一下午才选了几件？你敢说你一个下午没考虑你的工作？”主席笑着对二人说：“难怪兵书上讲堡垒是从内部被攻破的，你们俩呀充分地印证了这一点，且真实感特别强。”

随着大家的笑声，主席转向哈娜说："借这个时间，跟你们谈点儿事儿，你看怎么样啊？"哈娜笑着说："谈吧。"主席问："怎么谈呀？"秘书长笑着说："主席的意思是能不能弄点儿吃的喝的。"主席说："知我者，还是秘书长啊！"哈娜笑着说："我明白了，我这就去准备。"主席笑着说："我可听说你家里有不少好酒啊！"哈娜笑着说："主席放心，今晚保证您喝到满意。"说着转身出去准备晚餐了。看着哈娜出去了。主席转向亚洲笑着说："我是喜好每天喝点儿酒的，可是咱火星上没有酒厂，环保大臣不让建酒厂，说对环境保护有影响。没办法，只能让步，总不能因为个人的嗜好，影响了整体的利益。部分得服从全局啊，所以我要喝点酒，只能托人到别的星球去买。今天很幸运可以借着你们俩的好日子，讨杯酒喝了。"亚洲笑着说："从到火星至今天，通过我听到和看到的，我感触颇多，火星的星球治理很是值得地球人借鉴和学习。"主席笑了笑，看了亚洲一眼说："尺有所短，寸有所长，地球人治理星球的许多经验也是火星需要学习和借鉴的，这叫互通有无，现在所缺的就是这个通，不要轻视了这个通字，特别是星球之间，你知道治水离不开通，疏通；治国离不开通，政通；治理星球更离不开通，贯通，也就是文字、语言、货币等的通；那么星球之间这个通呢？"亚洲摇摇头没作声，只听主席加重了语气说："那就是战略上的通，是星球之间、星系之间战略上的通，此非常事，愿君思之。"

主席正要说下去，哈娜走了过来，笑着对主席说："酒宴准备完毕，请主席、秘书长、副指挥长入席。"亚洲也赶忙把客人们往餐厅里让。走进餐厅，主席往餐桌上看了看，笑着对副指挥长和秘书长说："看，如此丰盛，的确不虚此行啊！"二人也是啧啧称赞，夸哈娜好手艺，赞亚洲好福气。大家入座，哈娜给每人斟上一杯酒，主席站了起来，对哈娜说："今天我可要喧宾夺主了，有人说福无双至，我偏不信那个邪，今儿我要来个双喜临门。"哈娜手里端着杯笑着看主席，主席端杯与哈娜的杯碰了一下说：“我非常高兴地通知你，你已被任命为火星地球战略合作部副部长了！”哈娜听了手一哆嗦，酒洒了一半儿，苦笑着说：“求主席别吓唬我了，我已被吓晕了一次，可再经不起吓了。”主席笑了，秘书长笑着说：“吓你干吗？主席说的是千真万确的。”哈娜连忙摇头：“我做个联络员还可以，副部长这担子太重了，我可担不起来。”主席严肃起来说：“担得来要担，担不起来也要担，这是历史赋予的使命。”哈娜见主席一脸的严肃，无奈地苦笑了一下问：“那部长是谁呢？”副指挥长一指说：“是亚洲啊。”亚洲刚要张口说话，秘书长一按他的肩说：“别说话，听主席的。”主席看了亚洲一眼说：“任命你为两星球战略合作部部长。”说完掏出任命书递给了二人，“你们二人从今以后的一切直接对我负责。同时，在特殊情况下，你们有权自己做主，而不受任何外来影响。记住，你们的工作自主性很强，工作成效的大小往往取决于你们的独立性，独立判断处理问题的能力，这需要你们今后要不断地学中干、干中学。”

亚洲、哈娜接过任命书说：“请主席放心，我们将尽自己的全部力量来做好这份工作。”主席举起杯对秘书长和副指挥长说：“看来今天咱们的任务是圆满完成了，那咱们就共同举杯庆祝二位新人，小日子过得和和美美的，并祝二人荣升高官，干杯！”哈娜把大家的杯又斟满了酒说，“我和亚洲感谢领导的祝贺与信任，同时也祝愿领导身体健康，事事如意，请干杯。”

在欢笑声中晚宴开始了，主席举着杯说：“现在的时间可算是工作外的时间了，大家就不称职务了，以本名相称，咱们现在的身份是朋友，我先带个头，干了杯中酒。嘟啰和劳丹你俩怎么喝随便，可别学我的喝法，我的酒量可比你俩高多少倍呢？”劳丹说：“你不说我俩也知道，所以呀，你让我们比我们也不比，喝多了自己遭罪不说还影响明天的工作，我们才不傻呢！”哈娜对亚洲说：“你陪主席喝，我陪二位长辈喝，这不就均衡了吗?”亚洲点头称是，主席也说:“这个建议好，正好我和亚洲边喝边聊，来！亚洲干杯。”二人碰了碰杯一饮而尽。

亚洲给主席斟满杯，主席看着酒杯问亚洲，看来你也很能喝酒。亚洲说:“在地球训练时学会的，可单独的时候我不喝。”主席也笑了，说:“你我的共同之处是单独的时候不喝，不同的地方是单独的时候你是有酒不喝，我是想喝没酒。”说着两人都笑了。亚洲说:“这就联系上了，您说的这个通字，我到地球的时候得先把您的酒买足了，保障供给，保证质量。”主席笑了:“那我就先感谢了，作为谢意其他星球送我的礼物你随便挑，咱们等价交换。”亚洲笑着说:“不用交换，酒我白送您的。”主席一听，忙摇头说:“白送可不行，必须等价交换，纪律是铁打的，我可不能带头搞贪污，那是腐败之风。”亚洲点头笑。主席又说:“看来你对这个‘通’字理解很快，这还不够，还得做战略上的深理解。”亚洲想了想说:“作为两星球之间的战略是一个新概念，还得从这个‘通’字上做文章，就是从两个星球的根本利益出发，互通有无。通过人员的交流，互通思想，在星球安全上建立合作机制。当然，我的这些认识还很肤浅，想听听主席的看法。”主席点了点头:“你说的不错，但眼光放得还是不够远。这星球之间的战略，就是把星球看作一个整体单位，联合起来的星球看成是一个联合体单位，这联合有星系内联合也有星系外联合，这是它的特殊性之一。还有一个特殊性就是不仅看宏观也要看微观。比如地球，它的大气层中有着大量的组成生命体的物质基因，像 DNA，RNA 等等，这些是彗星带来的，这是在地球的外太空很平静时。但当外太空的平静被各种人造卫星扰乱时，其云层中的许多基因就会发生变异，当有些变异基因落到地球地表时，就有可能产生一些奇异的生命体。这些生命体中，有些就以传染性病毒的形式开始传播于地球的各种生物体中，这里不免就有威胁地球人生命的种类，而科技在发展，人造卫星的存在又是地球人的一种必需，面对这种矛盾又当如何处理呢?”亚洲摇了摇头说:“这我还真没想过，请主席指教。”主席端起酒杯喝了一小口，称赞:“好酒!”说着看了看亚洲，“你就没想过出现问题就地解决，争取工作主动性的办法吗？既然问题出现在太空的大气层中，为什么不在太空的飞船上，就地取样，就地研究措施呢。太空的问题太空解决，这会给生活在地球地表的人类省去多少麻烦!”亚洲兴奋地点了点头说：“主席的教导我一定牢记在心，把这件事办好。”主席笑了笑说:“情报部门说，地球农业化肥、农药的使用超量，已在地球出现了威胁人类的现象，地球人这是在自我慢性自杀。这种现象要阻止，必须阻止，我建议你俩早点儿去找环保大臣谈谈，他在这方面很有经验。”亚洲点点头说:“我们会尽早去谈的。”又叹道:“难怪哈娜嚷着担子重怕担不起来，看来这担子还真是不轻!”主席看了他一眼说，“怎么了？怕了？妥协了?”亚洲笑了笑说:“妥协了!没有，只是我始终有一种负重感。”身旁的哈娜听了心中暗笑，想这个亚洲说大话脸也不红，这种场合作为妻子，只能维护他，她端起杯看了看亚洲笑着说:“让你陪主席多喝几杯，可你只顾和主席说话了。”说着哈娜往主席的杯上碰了碰说，“主席您别只说话忘了喝酒，来干杯。”说罢，一饮而尽，主席也干了杯中酒。哈娜给主席斟满了酒说:“主席，关于战略工作的问题，我和亚洲还都是小学生，将来的工作方向还请您多多教导才是。”劳丹说:“哈娜，你这可不对呀！说好了咱们仨是一伙儿的，你怎么喝着喝着就叛变了，跑到他们阵营去了。”嘟啰也说，“哈娜快回头吧，这回头是岸啊!”大家笑了，主席说，“哈娜你还是陪他们吧，免得他们乱叫，再把异类招来。”大家又笑起来。

主席想了一会儿，对亚洲说:“哈娜提的对啊，一下把这么重的担子压到你们的肩上是有些为难你们了，看来今晚咱们有必要把一些问题一起分析一下，对一些问题有了初步的认识，将来工作起来也能轻松许多。头几步走顺了，以后的路就好走多了。”亚洲点了点头说：“头三脚难踢，开局开好了，以后再遇什么困难也就不至于手足无措了。”主席笑了笑说：“对，年轻人有勇气，有棱有角，要趁着不怕天不怕地的年龄干出一番事业来，别等到棱角被磨平了，再前进一步都难了。”亚洲说：“勇气我们有，困难也不怕，就是担心走错了方向，白白地浪费了这青春时光。”主席拍了拍亚洲的肩说：“勇敢地前进。记住，当你迷茫的时候想想身后还有我，我会时刻关注你们的，干吧！”亚洲说：“有了您的关注，我们工作起来就义无反顾了。”主席说：“你像我年轻时的样子，那时我也是充满激情，充满幻想。现在想想，有时也很激动，有时想啊，要是倒退几十年该有多好啊，可历史的车轮是不会倒着开的，过去的就永远过去了，不会再来，好就好在前面还有路，人还活着，只要活着就有时间填写未来的白纸。”

主席说着低头笑了笑，又说：“我这老牛还想再犁几亩地呢，你们年轻人还有什么可说的呢？”亚洲说：“生命的每分每秒都是宝贵的，我们没有理由不珍惜它。”主席说：“对，有了这种认识的人生何愁不能成大事，在浩瀚的宇宙里，咱们的一生都不如星星一眨眼的时间，就这么短的生命再不抓紧时间奋斗，到闭眼的时候可真是对不起自己了。”亚洲笑着点了点头，举起杯说：“咱俩只顾说话又忘了喝酒了，人生要奋斗也要欢乐，这样的人生才是多彩的。人生，知己难得，我却很幸运，今生遇到了长辈您，您是我的领导、长辈，也是我的老师、知己，咱们为了这份幸运干杯！”主席笑着端起杯和亚洲碰了一下，一饮而尽。亚洲给主席斟满杯说：“主席刚才提到宇宙星系我很感兴趣，能不能请主席指导一二。”

主席笑了，想了想说：“也好，谈不上指导，我只是把知道的说一说吧。”亚洲点点头，主席继续说道：“这宇宙啊，只是太空中的一个天体,只是我们还无法准确地测出它的体积,我推断它是个球体的附属体,也在自转,也在为找另一个更大的天体公转,这一点我坚信未来终会有一天能证明。宇宙间的这一切是宇宙依存的那个天体大爆炸的产物,而事实证明,宇宙现在还在膨胀,也许几千亿年后还会爆炸,只是到了那时候爆炸也不可怕了。因为到了那时人类就可以自由地在环宇中通行了。我相信这一点,我也相信,用不了几十亿年,人类就可以飞出宇宙了。而且现实证明,有许多飞行物是来自宇宙以外的,这足以说明,宇宙以外有更先进的生命体存在,有更文明、更先进的星球存在。对了,如果你们的飞碟在太空中与这些不明飞行体相遇,应用有防备的心理礼节性地对待,为以后打基础,切忌夜郎自大、矮人开店的思想,多存有容乃大的理念。这就好比咱们现在在太阳系,可以轻而易举地飞出太阳系,轻而易举地把太阳系的人类移民出太阳系一样,因为前人早已为我们打好了基础,因为太阳系不缺太阳,在太阳系内咱们是地球人、火星人,但到了太阳系外他们则称咱们为太阳人。”亚洲感叹道:“是啊,这太阳系内也好,太阳系外也好,人类毕竟是人类,都应该团结一致,在对待其他高智商生命的问题上,确实应多用求同存异的理念来处理事情。”主席笑了,说:“能这么想问题很好,用科学观、发展观的理念处理问题,即使工作上一时有偏差也就不怕了,因为大方向是正确的。同类也好异类也罢,都有生存的权利,这种权利是我们都应尊重的,因为这是生命权。我想我们能认识到这点,其他高智商的生命也会认识到这点的,当然这也不能排除意外事情发生的可能。所以在友好中也应存在戒备,如何把握友好与戒备的尺度,就要看战略领导人的水平了。正如所说的,没有永远的朋友也没有永远的敌人,只有永远的利益一样,平等是建立在一定基础上的,这战略工作就是在不平衡中求平衡,这是战略工作的关键点啊!”亚洲深深地点了点头,嘴里重复着主席的话:“用发展观、科学观来处理问题，在不平衡中求平衡。”他望着主席说：“主席的教诲太深刻了，我有听您一席话，胜读三年书的感觉。”主席笑着说：“言过了，我说的这些也不能当成永远的真理，就像宇宙每时每刻都在变化一样，真理也需要发展，也需补充和完善，这些任务就需要你们年轻人来完成了。”亚洲说：“对事物的认识离不开科学的发展，这是毋庸置疑的，就像古时地球上的一些星相家认为火星是灾星一样，他们认为，当火星进入猎户座时，就会有亡国、亡君的事情发生。而且，当时的事实确也应验了他们的预言。可今天看，我们到了火星，同火星建立了友好关系，而且我和哈娜还成了恩爱夫妻，现实又无情地推翻了那些古时星相家们的说法，更可笑的是咱们太阳系本身就是猎户座星云的组成部分，如果按那些古星相学的说法，地球上就得日日时时地亡国、亡君了。”说着禁不住笑了起来，笑了一会儿又说：“所以我说您的科学观、发展观是至理名言，一点都不为过，而且科学越发展，越能证明您的理论的正确性。”主席笑了，指着亚洲说：“我可上了你的当了，我被你架到云梯上下不来了。”亚洲笑着说：“我说的是真心话，绝没有什么虚言。”主席说：“你多虑了，至于猎户座星云，我建议你应该更多地重视一下，这对咱们太阳系的人类讲，是会产生深远影响的星云。比如这猎户座星云里，除了咱们太阳系外，还有参宿一、参宿二、参宿三、参宿四和五、六、七及宏星等。”

扑哧一声笑，劳丹把刚喝到嘴里的酒喷了出来，大家齐看向劳丹，嘟啰问：“想起什么了？让你这样忍俊不禁。”劳丹擦了一下嘴，笑着说：“刚才主席提到宏星，我猛地想起了一个人。”主席笑着问：“想起谁呀？值得你这么开心。”劳丹说：“家文啊。”主席问：“你说的是张家文？”劳丹点了点头，哈娜的脸红了。主席说：“张家文不是宏星的四大才子之一吗？有什么好笑的？”秘书长说：“张家文和唐伯虎、时惊雷、任洪军并称宏星四大才子，很有名气，但也没有什么好笑的呀?”劳丹说:“这你们就不知道了,家文曾数次追求过哈娜,都被哈娜拒绝了。他又改追我们家玉珠,玉珠也没理他。这哈娜要是领亚洲到宏星,让家文知道了哈娜嫁给了地球人,玉珠也嫁给了地球人,还不羞得跳到醋缸里自杀呀!”大家笑起来。主席说:“他是才子,我们哈娜、玉珠不也是火星的才女么。再有,感情的事得双方情投意合,他这剃头挑子一头热当然谁也追不到啦。我看哪,让亚洲在地球上给他介绍一个倒是一个办法,也能增进一下宏星和地球间的友谊。”亚洲说:“办法是个好办法,只是在他眼里,我是他的情敌,他能听我的吗?”主席笑了笑说:“那就看你处理事情的技巧了,再有,不是还有哈娜帮着吗? 别忘了,你是搞战略的。”劳丹说:“你有了哈娜的协助,这事的成功率就会大大提升,应该相信自己,可以把家文与地球人的联姻当成地球与宏星建立友谊的突破口!”主席点了点头说:“劳丹说得对,从家文这个点开始突破,逐步扩大地球人与宏星人的婚姻联合,到一定程度上宏星的领导就不会不把宏星与地球的关系问题重视起来,这对地球来讲是好事,对火星来说也是好事。等以后地球与宏星也建立了战略关系,加上火星与宏星的战略关系,这也可以使你的战略步伐成功地迈出第一步。下一步就可以考虑英仙臂星云了,飞出银河系,躲不了英仙这一关,而且这英仙和银河系的外臂在多少亿年后还会有更特殊的作用呢,这是块对咱猎户星云及太阳系有更深远意义的大星云,只是你和哈娜不要往银心方向去,离人马座星云远点,特别是人马座的 A 星云,因为那里有一个超大的黑洞,光线都逃不过去。”

亚洲惊出了一身冷汗,他想到过人马座、半人马座,因为那里有人类的同缘体。他看了看哈娜,哈娜点点头说:“主席说的对,这个大黑洞大得很,在宇宙中也能排到前面的名次中去,就连以后有机会到船底座也得小心一点儿,比如去蟹状星云、昴星团也得经过一些暗物质的历险。”“暗物质?”亚洲问。哈娜说:“对,在银河这个银盘外有一个延伸至75万光年远的暗物质,因为咱们以后要满宇宙飞了,所以得提前把一些困难考虑进去。”嘟啰碰了碰哈娜的杯说:“主席在和亚洲谈话交代任务,你怎么总是打扰他们?”哈娜转回头笑着说:“我这一不留神又叛变了。”劳丹问哈娜:“你家那边种的是什么?”哈娜回头看了看说:“是西红柿,亚洲从地球带来的,玉珠说等她家安顿下来也养几箱西红柿。边上那浮萍草长得也快连成片了,等玉珠安顿下来也得给她拿一半。这浮萍可是好东西,营养价值高不说,生命力也强,氧气的产量也高。”哈娜还想继续说,嘟啰碰了她一下,哈娜这才意识到劳丹低下了头,她猛然醒悟过来,刚刚自己提到玉珠安家,劳丹这是想孩子了,忙转移了话题:“副指挥长你有没有领到任务?”劳丹抬起头,不解地问:“什么任务?”哈娜笑道:“是一种古菌类生物,它专吞噬甲烷、硫化氢等,适宜在极寒冷的环境中生存,分派的人说,每次经过天王星、海王星时都要撒包下去,说是要逐步改善这两个星球的环境。”劳丹笑道:“这两个星球的风力那么大,撒下去也得吹飞了,白浪费资源,不如撒到地球的海洋中去,地球的海洋深处有冷泉,喷出的是甲烷、硫化氢等,撒到冷泉区还可以发挥它这种吞食硫化氢、甲烷而产生氧气的作用,还可以扩大一些吸氧生物的生存空间。”嘟啰说:“你这么说就不对了,天王星、海王星的风力是大,但我们要是坚持不懈,持之以恒地撒,总会有一些被风卷进去的,日积月累、水滴石穿,总会有氧气充满天王星、海王星的一天,不管是一万年、十万年,那时你想这两个蓝色的星球会是怎样美丽。当然,你今生是看不到那一天了,但总不能因为你今生看不到就不去做这些事情了吧!你还有后代,人类还有后代,总得有一代人开始做这事吧,否则怎么一代一代地传承呢?”哈娜也在一旁帮腔说:“对呀,你说该不该从现在做起呀?今天说不明白就罚你的酒。”劳丹笑道:“你俩这是强权主义,为什么不允许我存在一点儿个人的想法?”嘟啰说:“因为你的想法没有前瞻性,没有开拓性。”哈娜说:“秘书长说得对,今天你必须得做出解释。”劳丹指着哈娜笑道:“你这是助纣为虐,残害忠良。”哈娜笑着对嘟啰说:“你看他这样子,还在强词夺理,看来今天必须得罚。”劳丹端起杯说:“喝这杯酒我是被逼的,但我仍坚持我的观点,因为真理往往是掌握在少数人手中的。”哈娜给他斟满酒笑着说:“其实两位老人家的观点都没有错,问题是,二老都只坚持了一部分,若合二为一,两项工作都做,岂不是更完美。”嘟啰和劳丹相互看了一眼笑道:“咱俩只顾掐了,结果上了她的当。”

主席笑着对亚洲说:“哈娜看问题的方法就很值得学习,因为她既看到了眼前的利益,也看到了长远利益。”亚洲点点头说:“她确实像一本书,一本充满智慧的书。”主席笑道:“那这本书你就读吧,恐怕得用一生来研究了。”亚洲笑着说:“对于一个喜欢读书的人来说,一生能得到一部爱不释手的好书,那将是他一生最幸福的事了。”身旁的哈娜听了心里甜滋滋的,但嘴上又不好说什么,只能心里怨亚洲说话太露骨,脸上还得装作什么也没听见的样子,殷勤地向嘟啰、劳丹劝酒。

主席笑着看看哈娜又看看亚洲,不住地赞叹,不禁喜形于色地想,真是天造地设的一对最佳拍档。他看着亚洲说:“我越来越坚信我的选择是正确的,我想将来你们会用工作业绩来证明我今天的话。”接着又说:“这话要说,事也要做,你想好没有对英仙座的工作从哪下手呢?”亚洲想了想说:“我是这样想的,做事儿得有连贯性,不能捡一个丢一个,保留巩固好已有的成果,再利用一切能利用的现有条件去开创新的局面,至于英仙座得利用火星与他们的友谊,与当地人类接触,借助宏星人的联姻口碑,炫耀并夸大与宏星人建立友谊关系对双方带来的益处,采用逐步渗透的战略战术,使他们在不知不觉中接受我们,培养他们的依赖性、习惯性,剩下的就都好办了。对英仙座目前我能想到的也只是这么多，一些不正确的地方，考虑上的一些漏洞还请主席指导。”

主席笑了笑说：“总的来讲还可以，这思路和战略方法也可行。只是你忽略了你最不该忽略的重要一环。”亚洲一愣，觉得会忽略的可能是一些细节处，怎么可能是重要一环呢？难道是逐步渗透这个大方向出了问题？见亚洲发愣的样子，主席笑着说：“你忽略了你身边的人，哈娜，还有你丈人旭东，哈娜的翻译总局副总长的职位我为什么还给保留着，没给免掉，就是为了你们以后工作上方便，你可知道哈娜这个副总长和许许多多的有人类存在的星球，都有着联系，你丈人更不用说，他是火星上著名的宇宙通，把这两个人忽略了，你今后的工作可就困难重重了。”亚洲猛然醒悟，一拍脑门儿笑道：“真是疏忽了，而且是大疏忽，这可真是只看路了，忽略了扶你走路的人。”主席笑了，亚洲也笑了。

“哈娜，你看荧屏上有文字。”劳丹说着指了指哈娜身后的屏幕，哈娜回身看了一会儿说：“这种文字没见过，可能是从哪个陌生星球传来的，翻译局解不开才发到我这儿，今晚又别想睡了，得把它破译出来。”主席看了一会儿笑了，对亚洲说：“这可真是想什么成什么，想开银河的门，这替你开门的人就来了。”又对哈娜说：“你们那，该休息就休息，不用熬夜，这些文字我认识不少，这离银河不远的星球，全球有两个民族，哪个民族执政就用本民族的文字为外交文字。”说着又仔细看了一会儿，笑道：“这是发给我看的，他们知道我在这儿就转发到你这儿了。”哈娜笑了笑说：“主席，这文字找时间你得教教我。”主席点点头说：“你不提，我也得教会你，这对你们今后开展工作是有帮助的，这屏幕上的文字是通知近期他们的首脑要来见我，你俩也可以参加这次会面可以全程陪同，先增进一些认识，为以后工作打好提前量。”说完又转向嘟啰和劳丹问：“使馆的工作怎么样了？”

劳丹看了嘟啰一眼说:“今天上午在使馆建设区,监督的人向我汇报说工程已近尾声,预计最多两天就可以全面交付使用了。”主席点点头说:“工友们辛苦了,明天代我去慰问他们一下,带点实用性的礼品。”劳丹说:“许刚去看望李风、玉珠他们,听说带的也都是过日子用的礼品。李风他们刚安家正用得着,看望工友再买些家用礼品,是不是多余了?”主席笑了笑:“我也是昏了头了,至于买什么礼品我只想着过日子了,忽视了接受礼品人的需求,那你就按实际情况办吧。”劳丹点点头,主席又转向嘟啰说:“你明天通知许刚,让他给张未他们赴地球工作的人多准备些火星产的家庭用具,免得他们在地球上生活不习惯。”秘书长答应着笑着说:“放心吧,这些我一定会办好的,您还是抓紧时间把亚洲的工作布置完吧!”

主席笑着说:“我今天主要是来讨酒喝的,随便谈谈工作的事儿,你们可不要把我看成是只认工作不识生活的人啊!其实我还是很热爱生活的,为了证明我对生活的热爱,我提议咱们共同干一杯。”说着举起杯喝了,看着大家都喝了,主席又说:“这酒喝了,菜也得吃啊。”说着吃了口菜,说,“真好吃。从现在开始,咱们要多吃菜少喝酒。”哈娜笑着说:“这菜要吃,酒也得喝,酒没喝好,你们又该说我小气了。”嘟啰笑着说:“没人说你小气,主席只是提醒你,这瓶里的酒没了。”大家哄地笑了起来,哈娜红着脸不好意思地说:“是我疏忽了,喝吧,酒还有。”说着进到储藏间又取出一瓶酒,打开斟满了大家的杯子。主席笑着对嘟啰说:“以后不管去哪里,讨酒喝我都得带上你,有你在我可多喝许多酒啊。”劳丹笑着说:“主席要是去我那儿,我可不欢迎嘟啰,有他在场我得多费许多酒。”嘟啰指了指劳丹对主席说:“看见了吧,还没去呢,这小气劲儿就来了。你以后去劳丹那儿呀先通知我,我等你们开始喝的时候再去,咱一气儿喝穷他。”哈娜笑着说:“你们别斗嘴了,以后想喝酒只管到我这儿来,亚洲陪你们喝,喝多少都行。我们以后不管到哪个星球,首先要做的是先换酒，然后再工作。”主席说：“要是这样人家还不以为是酒鬼来了呀。”哈娜笑着说：“只要能换来酒，什么鬼都行。”大家又笑起来。主席对劳丹说：“咱们每天睁开眼就忙工作，闭上眼也得想工作，要是工作一段时间后能像今天一样放松一下有多好呀！”嘟啰也叹了口气说：“可不是吗，想抽点时间休息真难呀。”劳丹摆摆手说：“你也别叹气了，还是快点儿喝吧，等主席把工作交代完咱早点走，他们也得休息呀。”主席听了点了点头。

宇宙新理解

在劳丹的催促下，大家加快了喝酒的速度，主席看看亚洲，又看看哈娜说："你们年轻，思想比我们进步，你们今后呀不仅要学会怎么工作，也得学会怎么休息，学会劳逸结合，身体好了工作的效率也自然会提高的。人生是短暂的，不可能一下子把所有的都做完，应切合实际地规划自己的奋斗目标。你们这届如果能实现把地球人移到英仙一部分，把地球人、火星人移到天蝎座三颗行星中哪怕其中的一颗，就算完成了80%的任务，把小行星带的开发开展起来就算圆满完成任务。等到卸任离休时让你们的子孙接你们的班儿，继续你们的事业，你们老两口驾着飞碟满宇宙飞，度一个幸福的晚年。你想呀！得有多少人羡慕你们?"劳丹也笑道："主席说得对，地球也好，火星也罢，谁能像你们一样有自己的飞碟。我要是有架飞碟，我明天就退休。"主席笑道："你的想法很好，只可惜无法实现。"嘟啰笑着对劳丹说："你呀，先把那想逃避劳动的心收一收吧，弯下腰来好好地为火星人民服务。"劳丹说："其他说什么都是空的，眼前喝酒才是最真实的。"说着举杯喝了一口，哈娜笑着对劳丹说："您放心吧，酒要喝，太空也得去，等您退休时我和亚洲陪您游太空。"劳丹笑道："你们有这份心意我就知足了，你们大胆地往前闯吧，这未来是你们的。"主席点点头："是啊，劳丹说得好，这未来是你们的。"劳丹笑着对主席说："关于太空的一些基本常识我认为您有必要对亚洲讲一讲，这也有利于哈娜疲劳时亚洲驾驶不出意外。”主席笑着说：“这宇宙太空说神也神，说简单也简单，它的神秘之处在于它有许多的不确定因素，因为宇宙中的一切都在运动之中，比如黑洞，暗物质行星不时地在运动中相撞爆炸，但如果把这样复杂的问题简单化处理，它也就自然简单了。”亚洲不解地问：“这些复杂的问题，是不以人的意识为转移的，又怎么能简单化呢？”主席看了看亚洲说：“这就好比战略和战术的关系，在战略上要藐视它，在战术上要重视。”见亚洲还有些疑惑的样子，主席想了想说：“就拿地球打比方吧，这宇宙和地球相似，它在自转，也在围绕另一个更大的天体公转，这你都知道吧，你就把地球看成是宇宙，宇宙间的各星云，当成地球上空的云，星球当成地球上空的月球。行星相撞，当成是地球的电闪雷鸣。地球上空拥有太阳，等你飞出猎户飞出银河的时候，你会看到数不尽的太阳，它们在进行核反应的同时，也在为你照亮宇宙的太空，到那时你会看到宇宙中的星球有的在飞奔：比如牛郎星在跑，织女星也在跑，天狼星在追，它们都在向地球飞奔。它们的这种奔跑在人类的眼中是极快的，但用宇宙的时间衡量，又似漫步。当你飞到大熊座的时候你又会看到北斗七星在演练它们的阵法，当然也会和你做恶作剧：比如蜘蛛星云，露出个秃头吓唬你，在这宇宙中你可以想象出许多的故事。就拿银河系和仙女云团来说吧，你别看太阳系的太阳正在壮年，银河系的银心却已接近老年了，而正向银河系靠过来的仙女却是青少年。火星人戏称这是老夫娶少妻。狼犬座有故事，室女座也有故事呀，将来在太空飞得久了，像大麦哲伦、小麦哲伦都会讲故事给你听的。只是，有一点要当心，黑洞要给你讲故事时，给多少好处也别听，因为黑洞太小人心了，你听了它的故事，你就知道了‘黑哥很生气，后果很严重’的含义了。”

主席的话引起一片笑声，主席却没笑继续说：“当然了，你熟知了宇宙的一切后，不妨去试着穿越一下黑洞这个时空隧道，侦查一下哈娜前世是做什么工作的，你和哈娜前世是什么关系？为什么今世隔着这么远的太空，分属两个星球却相识在火星上，恋爱成亲。”亚洲笑出了眼泪，他擦了擦眼泪说，“主席这一番轻描淡写，谁听了都会对这宇宙依依不舍的，更何况还能尝试着穿越时空隧道呢，搞不准一下子穿到宇宙的外面去了呢，去看看另一个神秘的宇宙。”劳丹笑道：“想法是好，但也得当心宇宙外的一些不法分子的袭击，咱宇宙的几个星系就遭遇了袭击。”主席说：“怕什么，我们爱和平，但也绝不怕威胁，他们想对我们实行歼灭战，那好吧，等待他们的也必将是歼灭战。理想与现实是相对的，战争与和平也是相对的。在运动中求发展，在战争中求和平，这是长久以来历史经验的总结。许多事物相对来看，关键是态度，比如黑洞，人们往往把它搞得神秘莫测，但你要是把它看成是一个有巨大能力的吸铁石，你还会觉得它神秘吗？再有，当宇宙外的好战分子挑衅时，又何必浪费什么财力、物力地同他们作战呢，搞一些无人飞碟把他们引向黑洞，一切不就迎刃而解了吗？在这种状态下，黑洞又会成为人类的帮手，正反一瞬间，关键看条件怎么用，态度决定一切。”

亚洲看了哈娜一眼说：“主席理论，使我们更透彻地理解了战略的概念、宇宙的概念，我们会用一生奋斗的，因为我们更深一层地理解了自己的责任。”哈娜握了握亚洲的手说：“主席放心，为了地球人飞向太空，为了火星人飞得更远，我们会当好这马前卒。”主席笑着对劳丹、嘟啰说：“看见了吧，这叫响鼓不用重锤。”又对亚洲和哈娜说：“从明天开始你们自主地安排你们的工作，除非有极重大的情况可以向我汇报，其他你们自己处理。你们的工作人员我亲自培训，争取这几天就进驻战略部，听你们俩的调配。地球方面的工作人员我就不干涉了。如果没歇过来，明天就再歇一天，后天再去太空巡视也不迟。”嘟啰笑着对亚洲和哈娜说：“遇上这么智慧的上级，算是你们的福分了。把工作安排得有节奏些，身体是主要的，没有一个好身体，一切都等于零。”哈娜点点头问主席：“我和亚洲这次出行想以度蜜月的形式，您看行不行?”主席笑着说：“以什么样的形式那是你们的事儿，我只做我的事儿，我现在的任务是喝酒吃肉。”劳丹也笑着说：“我的任务是陪主席喝好酒。”嘟啰对哈娜说：“你看见了吧，刚刚他还心急火燎的，现在又变着法儿地向你要酒喝了。”亚洲说：“喝到现在才喝出点滋味儿来，现在工作的事儿也谈完了，不如咱们再喝一瓶。”主席笑了：“亚洲的提议很合我的心意，可职责告诉我不能再喝了，酒是好东西，但美味也不可多用啊，明天许多事儿还等我去办呢，谢谢你们今天的酒，我们也该走了。”劳丹笑着说：“主席也是没办法呀，回家太晚了家人怕工作累坏了他，酒喝多了又怕影响明天的工作，我们早点走，你们也好早点休息。”说着三人告辞要走，亚洲再三挽留，主席摇头，无奈只好把三人送了出去。

送走主席三人回来，关了舱门，哈娜笑着对亚洲说：“我早就看出你没喝好，其实今天主席也没喝好，他不喝主要是怕影响咱们休息，咱们现在还是蜜月期，你要是没喝尽兴，不如咱们来个烛光晚餐继续喝怎么样?”亚洲说：“别喝了，听你这话我就知道你醉了。”哈娜一脸委屈地说：“我这不是好好的吗，你怎么说我醉了?”亚洲笑道：“你没醉？没醉怎么想烛光晚餐？看清楚点这是火星不是地球，哪来的蜡烛。”哈娜笑了，点点亚洲的脑门儿：“你呀，太现实主义了，没有蜡烛不会从灯光上找啊，把灯光调暗点不一样能调出烛光的效果吗?”亚洲拍了拍脑门儿笑道：“可不是嘛，我怎么没想到这点。说来也怪了，我的智商也不低呀，怎么在你面前就发挥不出来了呢?”哈娜抿嘴一笑说：“想知道为什么吗?”亚洲点点头，哈娜说：“想知道答案，很容易，快把酒拿出来放在桌上，再把本夫人抱到桌前毕恭毕敬地给本夫人斟满酒，侍奉本夫人喝完。”亚洲问：“然后呢?”哈娜看了看他又说，“再毕恭毕敬地把酒斟满。”亚洲说：

“我是问你我然后干什么呢?”哈娜说:“你就这么周而复始地侍奉我呀。”亚洲看了看哈娜点点头说:“我现在明白了。”哈娜问:“你明白了什么?”亚洲哼了一声说:“我明白我是怎么智商不高的了,你这是在驴眼前挂串玉米,让它能看到却吃不到,只能不停地向前走。”哈娜点点头说:“对了,你这辈子只能,也必须给我当牛做马,要任劳任怨,不能有半点怨言。”亚洲原地转了一圈儿说:“你总说跟我是掉进了火坑,羊入虎口,可到底是谁掉进了火坑,是谁进了谁的虎口啊?”哈娜噘起小嘴撒娇地说:“你先别说什么口不口的,你就说愿不愿意给我当牛做马吧?”亚洲忙点头赔笑说:“愿意,我愿意,不但这辈子愿意,下辈子也愿意。”哈娜一笑说:“这还差不多,回座上等着吧,本夫人这就给你拿酒去。”亚洲苦笑了一下:“哎,和女人可真是无理可讲。”

常言道女人宁可被骗死,也不愿被气死,这也许是人类女性的通病吧。一个甭管多丑、多恶的女人,只要你喊她一声美女,她立刻像加了催化剂一样在你面前展出她的温柔,这是因为人总是希望自己被尊重,总是希望有人重视自己的缘故吧!

哈娜一手端盘一手拿酒走了进来,亚洲看她又端了盘儿菜便问:“这还有剩菜呢,你怎么又加菜啊?”哈娜一笑说:“这盘菜是我特意为爱人做的。”说着给亚洲斟满了杯,自己也斟满杯,举起杯说:“小女子请哈娜的爱人满饮此杯。”亚洲端起杯,“请问您是哪位?”哈娜抿嘴一笑,“亚洲夫人啊!”亚洲恍然若醒的样子说:“哦,原来如此,朕知道了,请爱妃同饮。”哈娜笑着说:“小女子想看圣上先饮。”亚洲看看哈娜问:“莫非是爱妃在酒里下了什么药?”哈娜点点头:“是的,圣上,小女子在酒里下了情药,下了长生不老的药,愿圣上长情长寿到永远。”亚洲哈哈笑了两声说:“如此甚好,朕愿饮此杯。”说着一饮而尽。哈娜也喝了杯中酒,又给两人杯子满上。亚洲叉了一片肉递到哈娜嘴边说:“如此美味佳肴,朕赐你先吃。”

哈娜接着边吃边问:“圣上,在这菜里下了什么药?”亚洲摇摇头说:“朕什么药也没下,只是怕你在菜里下药。”哈娜一听站起来指着亚洲说:“好你个邓亚洲,你这披着羊皮的狼,你这是想毒死我呀,我不活了。”亚洲把她按在椅子上坐下,笑着说:“你可别不活了,你要不活了,我要是找别的美女可怎么办呀?”哈娜一手抓住亚洲的胳膊说:“哼,想找别的美女,你想得美,我才不死呢,我要让你找别的美女的想法成为永远的、无法实现的幻想,你信不信。”亚洲说:“我相信而且非常坚信,我也不会那么傻,放着身边最美的女人不要,去看那些丑女。”哈娜翻眼看了看天顶板灯说:“本夫人宽宏大量,才不和你一般见识呢?”亚洲小声自语:“差点没把我吓死。”哈娜问:“你嘀咕什么呢?”亚洲说:“没嘀咕什么,我是说玫瑰花美,就是刺儿扎得慌。”哈娜一笑说:“对呀,就是因为怕被别人摘了去,才身上长刺的。但对自己的心上人它的刺就收起来了。”亚洲说:“那可真是让我占了大便宜。”哈娜说:“你以为呢,你就心里偷着乐吧。”亚洲举起杯:“来,为我捡了这么个大便宜,干杯。”喝完后亚洲拿起酒瓶,“我也给你满上。”哈娜看了看他说:“你也别只顾喝酒多吃点菜。”说着夹片肉送到亚洲嘴里。“你是咱家的顶梁柱,你的身体可别垮了,我要把你侍奉得身体棒棒的。”亚洲笑道:“放心吧,就咱这身体,永远也垮不了,我还得把你伺候得舒舒服服的呢。”哈娜脸一红啐了他一口:“不要脸的家伙,说着说着就下道了,吃也堵不了你的嘴。”说着又夹片羊肉喂到亚洲嘴里,亚洲边吃边嬉皮笑脸地说:“你也别不信,看我今晚怎么收拾你。”哈娜的脸更红了,又夹了一大片儿肉送到亚洲嘴里:“看你还怎么说话?”这回亚洲可说不出什么话了。哈娜笑着看他把肉吃完,端起他的酒杯递给他,“喝口酒,酒能化解肉食。”亚洲喝了一小口,放下杯说:“这肉真好吃,你是怎么做的?”哈娜说:“这你就甭管了,只要今后你馋这肉了想着我就行,这叫想拴住男人的心得先拴住他的胃。”亚洲摸了摸肚皮说:

“完了，这辈子是让你给拴住了。”哈娜抿嘴笑着说：“上当了吧，晚了！你今生别想逃出我的手心儿啦。”亚洲叹了口气说：“是上当了，我这馋嘴呀你怎么就这么不争气呢？”哈娜举杯劝道，：“别自责了，没办法了，已入虎口，就既来之则安之吧，你已没什么别的出路了，喝口酒借酒消愁吧。”亚洲喝了一口说：“也只能借酒消愁了。”哈娜也喝了一口，“后悔也来不及了，还是想想怎么在我的正确领导下去完成自己的使命吧。地球人在期待你，火星人在关注你，你的亲人在盼望你。”亚洲说：“那是明天的事，我现在的任务是喝酒吃肉。”哈娜给他斟满酒笑道：“主席给你的任务你不思考，主席喝酒吃肉的话你倒记得清楚。”亚洲边吃边说：“任务已经明确还思考什么？具体步骤还没开始考虑那么多干什么，你就是想出一千条措施可出现的是一千条以外的情况怎么办？别忘了一切都是在变化的，要用运动的眼光看问题。再说了，为了身体好我多吃点有什么错？要记住现在的任务是休息，不是工作。”哈娜哼了一声说：“歪理。”亚洲也哼了一声：“歪理也是理。”哈娜看了亚洲一会儿说：“每次我说你一句，你总有十句在等着我，你是不是想犯上作乱呀？”亚洲一听忙摆手：“微臣岂敢有不忠之心。”哈娜冷笑一声说：“忠不忠你还是小心点好，免得让我火山爆发。”亚洲向她嘘了一下，“咱吵架能不能小声点。”哈娜愣了一下说：“声小了还怎么吵？小声吵架多累呀，再有了，声太小你也听不见呀？那不白吵了？”亚洲抿了口酒说：“声小了我能听见呢，只是声大些我怕蚂蚁听见。”哈娜也抿了口酒：“还怕蚂蚁听见，看清楚点这是在飞碟上，哪来的蚂蚁？就是有，也是你从地球带来的。”亚洲笑道，“地球上的地价那么高，蚂蚁洞穴也被人类占领了，无处藏身，才托我带它们来火星找一个叫哈娜的美女，求块安生地。”哈娜笑了说：“亏你想得出来，不过这也反映了你潜意识里的一个优点，说的也是咱们人存在又何异于蚂蚁，还不是像蚂蚁搬家一样，一个接一个星球地往外移，总是希望能找一个长久生存的星球安居下来歇一歇。”亚洲也叹了口气说：“谁说不是呢？可现实告诉我们那只是个梦，一个美好的梦，一个只能做一阵而不能长做的梦，咱们外面是猎户的其他星系，猎户外是银河，银河的外面又是仙女、麦哲伦、巨蟹、长蛇、猎犬。”哈娜笑出了泪，摆了摆手说：“行了行了，亲爱的咱缓口气再念经成不成，咱这宇宙有2 500亿多的星系呢，你一下子是说不完的，别一口气儿上不来憋过去了，你还让我活不活了？你忍心把我一个人扔在世上！”亚洲喘了几口气说：“不让我说不行，我刹不住车了，我疯了。不过你放心我不会留你一个人在世上的，我得陪在你身边。不过为了平等，我必须得说下去，直到把你也说疯为止，那时咱们俩一对疯子，驾着飞碟飞出宇宙这个天体，去寻找宇宙外的乐园，因为那里有更多、更先进、更美好的乐园在等着我们，那里人类更智慧、更文明。你知道我为什么这么说、这么想吗？因为宇宙也不可能是长久的，它可能在几千亿年后消失在现在许许多多的宇宙黑洞中，我说的这些绝不是妄言。”哈娜听了，笑弯了腰，连连求饶，双手扶着亚洲的腿，半晌才缓过气来：“求求你别说了，你说的我都信，我也疯了，我真的疯了。”亚洲绷着脸问：“你真的信我的话?”哈娜说：“百分之百地信你的话，因为你说的确是事实，只是我还有一点点疑问。”亚洲喝了口酒说：“有什么不解的，尽管问，我会耐心地给你解答。”哈娜问：“你能活一万年吗?”亚洲摇了摇头：“那你怎么能在你的生命中飞出宇宙呢，是幻想吧！”亚洲看着她，皱了皱眉说：“忘了吧，有虫洞嘛，那可是时光隧道呀，看来你还是没有疯，我还得继续说。”哈娜说：“我疯了，真疯了，求你别说了。”

两人正说话，信息屏亮了，来信息了：刚刚测出太空的暗物质有些异常，恐信息系统被干扰，建议停飞一天。哈娜看了看信息笑着对亚洲说：“我说呢，今晚你怎么忽然胡说八道起来，看来呀，你的神经系统也可能被这些暗物质暗能量干扰了。”亚洲摇了摇头：

"我的神经好着呢,才不会被这些所谓的什么暗物质暗能量干扰了,对于这些暗物质暗能量的说法,我至今都是半信半疑的。"哈娜叹了口气说:"也难怪你这么想,这暗物质暗能量对科学界来讲,至今也是个未解开的谜,说它暗是因为它不发光,除了那些太暗而不可见的恒星、已冷却的白矮星以及黑洞外,现在所说的暗物质可能是目前科学上还未知的神秘粒子组成的,计算机描绘出它的图案是网状结构,科学家们推测正是由于它的存在,它的引力作用才使得咱银河的这些星团高速绕行而不致被甩出银河系。目前天文学家只能通过暗物质对发光物质的引力作用追踪到它的踪迹。对于咱银河讲,银河系的总质量中暗物质贡献了绝大部分,在银盘之外,很有可能还有一个延伸至 75 万光年的暗物质晕,它的总质量至少是我们可见恒星的十倍。"亚洲直愣愣地看着哈娜。哈娜见他那样不解地问:"你傻子一样看着我干什么?又想出了什么坏主意?"亚洲摇摇头说:"我有点怀疑自己的感觉了,我娶的是一个真实的人,还是取了台计算机?"哈娜啐他一口说:"我是人还是机器,你昨晚干什么你不知道?这突然冒出这么个想法,我看你才是计算机呢。"亚洲忙笑道:"你误会我的意思了,我的本意是说你的知识太渊博了,你太了不起了,你绝对有资格称为才女中的才女。"哈娜喝了口酒说,"你以为什么呢?娶了我你就偷着乐吧!"

亚洲看哈娜得意扬扬的样子笑着说,"你是凭借自己的才学而骄傲,而我更欣赏的是你的温柔。"哈娜调皮地眨了眨眼睛说:"是吗?我美吗?"亚洲咬牙切齿地说:"你美,你很美。"哈娜打了他一下,"有你这么夸人的吗?你这像是要吃人。"亚洲说:"我是要吃人,但不是吃你,我是要吃那个不知天高地厚的张家文。"哈娜笑着问:"家文又不认识你,怎么得罪你了?何况他在另一个星球上,离火星、地球都还远着呢。"亚洲说:"正因为这样,他才更可恶,你想啊,离这么远的两个星球,还敢追求你。他这要是在火星上还不天天围你转啊。”哈娜笑了:“怎么吃醋啦?我倒是很喜欢,起码他不会像你似的,做梦把我扔了,他一定会百倍地关心我、呵护我,像对公主一样对我,每天什么活也不让干,还时不时地带我去太空遨游,去昂星团看这七姐妹星团在金牛的肩膀表演,看金牛这地球古希腊传说中宙斯伪装成的公牛,我们还去大麦哲伦,看那恶作剧的红蜘蛛表演小丑。”

亚洲喘着粗气说:“你们是不是还要挎着胳膊去大熊座看北斗七星的剑术表演呀?”哈娜恍然的样子:“对呀,我俩是要去的,谢谢你的提醒,到时候我俩一定去,只有在家文那儿我才能感受到,窈窕淑女,君子好逑的幸福感,我要让家文练好七星剑法,杀了你,把你那变黑了的心剜出来,煮熟蘸醋吃。”

亚洲一手扶桌子,一手摆了摆说,“不劳家文动手,我这就吐血而死。”哈娜忙不迭地说:“你现在别忙着死呀,你现在死了,等家文来了,你的肉就臭了,你就成了一块臭肉了,就没人要了,你的心不但黑了,而且也臭了,那我和家文可怎么吃呀?”

亚洲直起身喝了口酒说:“你行!你真行!你就变法儿地骂我、气我吧。”哈娜嘿嘿笑着说:“你活该,这都是你自找的没趣儿。”亚洲瞪着眼说:“我也真是,谁知开玩笑的一提会惹出你这么多话,句句往心上扎。”哈娜抚摸着他的胸说:“好了,我的小心肝儿,别伤心了,我不会和家文怎么样的,用不着吃醋。”亚洲一撇嘴:“我吃醋!我吃他的醋!拜托搞清楚点好不好?他该吃我的醋,因为我是赢家。”哈娜抿嘴一笑:“瞧把你美的,你是男子汉大英雄,行了吧。”亚洲得意地说:“这可都是你说的,我可没逼你。”哈娜说:“咱不提这些,伤感情,不过给家文在地球上找女朋友的事儿,你可不能掉以轻心,这关系到咱们的工作开展,一定要打好这第一枪。”亚洲看了看哈娜说:“放心吧,领导,我心里已有了几个人选,等我最终定下来后再告诉你,只是有一点,家文会讲地球话吧?”哈娜很有把握地说:“这个你尽管放心,他的地球话说得比我都好。”亚洲点点头:“这就好办了,现在咱们还是谈暗物质暗能量的问题吧,根据你所说的,我推断光的行进速度一定和这暗物质、暗能量有关,极有可能是因为暗物质暗能量的摩擦力和吸引力,延迟了光的行进速度。”哈娜点了点头说,“我也这么想过,最近科学家、天文学家已初步测出我们所熟悉的普通物的总能量,只占宇宙中物质总量的4%,宇宙中有23%的物质是暗物质,而剩下的73%是一种神秘的起斥力作用的暗能量。”亚洲说:“如果是这样,就不难理解暗物质有异常的问题了,很可能是宇宙的膨胀速度突然加快了一下,但又立刻恢复了正常的膨胀速度。”哈娜说:“有道理,如果按你的分析看,明天是能飞还是不能飞?”亚洲想了想,为了安全起见,明天停飞一天。哈娜说:“如果明天停飞一天,咱就把部里的工作安排一下。”亚洲摇了摇头说,“目前还不是时候,你没听明白主席的话吗?主席要亲自培训,你知道这是什么意思吗?”哈娜看着他没说话,亚洲说,“主席的意思是要把战略部牢牢地控制在他的手中,包括你我,因为这个部门太重要了,他不能疏忽。”

哈娜问:“那明天就真的休息一天?”亚洲说:“对,明天就是纯休息。”哈娜站起来说:“你去洗漱一下吧,我把桌子收拾了。”她伸手拿起酒瓶,“这怎么剩这么多?”亚洲看了看哈娜说:“你把精力都用在气我杀我上了,自然就顾不上喝酒了。”哈娜把瓶子递给亚洲说:“这些酒怎么处理你决定吧?”亚洲接过酒瓶笑道:“这哪里是酒?分明是烫手的山芋吗?你想喝不明说,大不了就是让我当回罪人呗,我是直来直去的,干脆就把它喝了,把剩菜也都吃了,免得扔了可惜。”哈娜拿过杯来,亚洲斟满了酒,哈娜端起杯抿了一口说:“刚才只顾和你斗嘴了,现在品起这酒来,味道还真不错。”亚洲夹起一片肉来喂到哈娜嘴里说:“别只顾喝,一晚上你就没怎么吃东西,只照顾别人了,你以为你是铁打的!”哈娜边吃边美滋滋地说:“这世上啊,最心疼我的还是我的老公啊!”亚洲笑道:“你这小没良心的,别忘了你还有父亲、母亲,最疼你的是他们,你的亲爹、亲娘。”哈娜看了他一眼说:“亏你还是高智商的人呢?你要搞清楚,这是两个概念,父母是我一生最亲的亲人,而你是我一生都不愿离开的人,懂了吧。”亚洲夹了一大片肉边吃边说:“我还以为你傻呢,看来也不傻。”哈娜打了他一下说:“你才傻呢,我也是读万卷书行万里路,一步一个脚印走过来的。”亚洲笑道:“我和你可不一样,我是穿越太空飞过来的,虽然艰难些,但结果还是好的,只是往后的路怎么走,实际上讲也还是个未知数。至于家文是否能按我们设计的路线走,谁有百分百的把握?”哈娜摇了摇头说:“能有80%的胜算就已是烧香了。”亚洲端起杯一饮而尽:“所以现在要研究家文,首先得从他按我们设计的路上下功夫,要知道人是有血、有肉、有情感的高等动物,家文有权选择他的幸福,他不会没有选择地生活,现在的问题是要摸清家文目前需要的是什么?这要是在一个星球上就好办了。”哈娜吃了口菜说:“如果在一个星球上,就用不着你我了,就是因为在两个星球上,才需要我们去攻坚克难。在这攻坚克难的队伍里,才需要你这样的精锐先锋。在关乎人类永远延续生存的大方向上,我想他张家文不会狭隘到只顾自己的程度,他应该是有所认识有所作为的。”亚洲叹了口气说:“要是一切如你所说的就好办啦,可问题是人类是有差异的,每个人有每个人的世界观,人的思想境界是不同的,应该多从差异上入手,从差异中寻找共同点。”哈娜给亚洲斟满酒,自言自语道:“是啊,得从差异中寻找共同点,家文的世界观是什么呢?”望着陷入沉思的哈娜,亚洲问:“想什么呢?这样入迷。”哈娜望着亚洲说:“我后悔,后悔没在他追我的时候多了解一些他,如果能多了解一些现在工作起来就好办多了。”亚洲吃了块肉说:“马后炮,你以为你先知先觉啊!”哈娜把盘里的剩菜倒入一个盘中递给亚洲,亚洲一口扒进嘴里,哈娜端起杯和亚洲碰了一下杯说:“远的我不知道,眼前的事儿一看就明,酒菜已尽来干杯,我宣布烛光晚餐结束。”

循访银河

亚洲洗漱完回到休息间,一会儿哈娜洗漱完也走了进来,看着亚洲问:“不老老实实地睡觉,像个色狼一样,看着我干吗?”亚洲瞪着眼说,屋里就咱俩我不看你看谁?想看玉珠,李风也不让啊。”哈娜哼了一声:“你倒是想,就是李风让,我还不让呢。”亚洲双手一摊:“就是呀,所以我只能看你,而且还得仔细看。”哈娜低头看了一下自己的身体,问:“怎么有什么不对吗?”亚洲边看边说:“没什么不对的,很完美,我只是在考虑,今晚先从什么地方下手。”哈娜听了脸一红,啐了他一口说:“我就知道你满脑子没什么好主意。”亚洲一下把她拉到了床上,把她压在身下说:“好主意、坏主意,等收拾完你再说。”哈娜看了看亚洲闭上了双眼。

生命的合成是由细胞在一定的条件下组合而来的,家的组成是男女两个人因爱而来的,家是男、女两个人的阴阳平衡体,也是人类延续的基地。男女之间的爱是宇宙上另一主宰的杰作,他将舒适的感觉加入了他主宰的生灵身上,使他们快乐,乐于这个方式,也因此有了生灵的繁衍生息。

哈娜醒来时已是第二天的中午了,她看了看还熟睡的亚洲没忍心唤醒他,还是让他自然醒吧,她悄悄地起身,穿上衣服来到洗漱间,慢慢地冲洗着自己的身体,冲洗着连日来的疲劳。从参加工作以来,一直在忙碌,没体验过休息的滋味儿,像一台连续运转的机器,这一下停下来还真有些不适应,倒觉得有些茫然起来。冲洗完她悄悄来到厨间准备午餐，还有半天的休息时间，午餐得准备得好一点，让亚洲好好地品尝一下自己的厨艺。这也许是世上许多妻子的共同点吧，做好饭菜看着丈夫美美地享用时，不时地听几句夸奖声，虽然累些心里却很美。哈娜做好午餐端到餐厅，静静地等候着亚洲。亚洲醒来时不见了哈娜，他静静地躺了一会儿，起身穿上衣服，冲洗一番来到餐厅，见哈娜正笑眯眯地坐在那儿等他。往桌上一看，精美的四样菜点，鱼、虾、肉、馅饼一应俱全，真是简约而不简单，禁不住地称赞。哈娜站起身笑着说："别夸了，请坐吧，今儿还喝不喝酒了？"亚洲摆了摆手："不喝了，酒是好东西，但天天喝不就成了酒鬼了吗？这么好的饭菜加上这么美的妻子，哪还用什么酒？我可真是上了天堂了。"哈娜听了心里美美的，柔声说："既然不喝了就快点吃饭吧，早餐也没吃，这两餐并到一起吃，让你受委屈了。"亚洲笑着说："早餐不用吃，能早晨起来时看见你就知足了，这叫秀色可餐。"哈娜递给他一张饼："别只顾了说，还是先吃饭吧，吃完饭你再睡一觉，下午我给你做身衣服，晚上咱俩去看看妈妈，晚饭在妈妈家吃，你看行吗？"亚洲点点头："一切听你的安排，这婚也结了，总不见老人于情于理都说不过去，总不去老人心里会寒的。"哈娜听了也点点头说："你说得对，这老人一天天地盼儿女，却总也见不着，时间长了会得抑郁症的，到那时后悔就来不及了。"亚洲说："那还等什么快吃吧，今儿你得多吃点儿，饭量总这么小可不行，会影响健康的，体型是保持了，健康却没了，这哪头轻哪头重？"哈娜夹起一只虾边吃边说："行啦行啦，一个男子汉说起话来婆婆妈妈的，也不怕人笑话。"亚洲眼一瞪说："笑话什么？我关心自己的妻子有什么错？再说了，这是在家里，对待妻子啊，还是柔情一点好，妻子本来就是用来呵护的嘛，在外面你想让我婆婆妈妈的也不可能。不过，这美味佳肴想让我不赞美几句，更是不可能，我呀还是边吃边夸你吧。"哈娜拿起一个饼来吃着说："那就夸吧，慢点吃，慢慢夸，我心里还是很喜欢听你的甜言蜜语的。”亚洲笑着说：“露馅儿了吧，想听就明说，何必遮遮掩掩的，犹抱琵琶半遮面的。”哈娜笑道：“这叫烟笼寒水月笼纱，是一种朦胧美，亏你在地球上生活了这么多年。”两人边吃边谈着，不觉间饭菜吃光了，亚洲拍了拍肚皮说：“吃饱了，桌子我收拾，你去休息吧。”哈娜把他推出餐厅说：“还是你休息吧，这是我的活，你还是养好身体，准备做大事吧。”亚洲见拗不过她，也只好回房休息了。哈娜收拾完桌子，歇了一会儿拿出一块布料按亚洲衣服的尺寸做了起来。

亚洲再一次醒来时天已近傍晚，哈娜拿着刚做好的衣服走进来，见亚洲已经醒了，把衣服展了展说：“你看怎么样?”亚洲接过来前后看了看，不住地点头，“不错，真不错。”哈娜笑着说，“别只是比量，换上看看。”亚洲换上衣服试了试，看了看哈娜称赞说：“正合体，你也没给我量身体的尺寸，怎么就做得这么合身? 我怎么觉得和许刚部长的衣服一样啊!”哈娜笑着说：“你俩都是部长嘛，只是你比他大半级，我是按照你的太空服尺寸做的，没想到这么合身，明天就穿这身衣服去宏星，也显得庄重些，出入各种场合，也是对他人的一种尊重。”亚洲点点头叹道，“有妻子就比没妻子强啊，今晚我就穿这身衣服去见妈妈，让她老人家看看把女儿嫁给我没亏。”哈娜笑了：“你可真是穷汉得了金簪，一身衣服就美成这样。”亚洲笑了：“这你可就说错了，衣服是合体，可更重要的是看谁做的。”哈娜又看了看衣服后身说：“别贫嘴了，收拾一下，快点儿走吧，咱早去早归，明天还得去银河访问呢，还得过家文这关呢。”亚洲点头称是，孩子似的说：“走，穿新衣服，看妈去。”

曲飞放学回家放下书包，拿出路上买的食品，欣赏了一会儿正要吃，听见门响，回头看时，哈娜走了进来，后面跟着拎着礼品的亚洲。看见女儿，曲飞先是一愣，一下子把哈娜抱在怀里，嘴里不住地说：“女儿回来了，女儿回来了。”哈娜抱着妈妈，流着泪，话也说不出,好一会儿曲飞才撒开手,见亚洲还傻站在那儿,忙招呼。亚洲叫了声妈,深鞠一躬递上了礼品。曲飞擦了一把泪,连声应着,接过礼品放在桌上,拉亚洲坐下。

常言道丈母娘看姑爷越看越喜欢,曲飞也不例外,看着亚洲更是发自内心地喜欢,再看看哈娜气色比前些天好了许多。哈娜给妈妈和亚洲各倒了一杯水,冲妈妈嚷嚷着喊饿,曲飞看了哈娜一眼笑道,“都出嫁的人了,怎么还和小姑娘似的。”哈娜一脸的委屈,“出嫁怎么了?出嫁这也是我娘家。”曲飞看着哈娜委屈的表情,抚摸着她的肩安慰道:“行了,行了,妈还能让你饿着不成,妈这就给你做饭去。”说着和哈娜、亚洲打了招呼转身进厨房忙去了。

哈娜见妈妈进了厨房,转身对亚洲说:“妈妈没责怪你吧,妈妈是蛮心疼你的。”亚洲笑道:“还不是因为我是她姑爷。”哈娜点点头说:“这倒也是,姑爷么。”亚洲和哈娜正谈论着,曲飞端了满满一盘饭菜走了出来,哈娜接过盘子,招呼亚洲,“快过来吃吧。”亚洲见曲飞忙得满头大汗,歉意得一时不知说什么好,连声道谢。曲飞笑着对亚洲说:“这孩子,都是一家人了还这么见外,以后可别这样了。”亚洲点头称是,于是三人围在餐桌前开始用晚餐。吃过饭,哈娜拍了拍肚子说:“妈,我吃饱了。”亚洲站起身要收拾桌子,曲飞忙拦住说:“新姑爷上门是娇客,哪能让你干活。”亚洲无奈只得坐下来,哈娜伸手拉了拉亚洲。曲飞瞪了哈娜一眼说:“要干你干,可不能累着我的孩子。”哈娜怨道:“在家是我干活,回娘家还是让我干活,我这辈子怎么这么命苦啊!”说着委屈得要掉泪,曲飞见状连声说:“行了,行了,都这么大了,怎么还和小时候一样。”亚洲也拉着哈娜的胳膊笑着说:“妈妈说说你怎么了,妈妈说我,我就会认真地接受。”哈娜娇嗔地看了亚洲一眼:“这头次回娘家还让我干活。”亚洲笑道:“好了,等回到家我多干点还不成吗。”曲飞笑着对亚洲说:“你们平日工作忙,哈娜还得你多照顾了。”亚洲笑道:“妈妈放心吧，她是您的女儿，也是我的妻子，是将来陪伴我一生的人，我呵护还来不及呢，您就放心吧，我一定会照顾好她的。”曲飞抚摸着女儿的长发，对亚洲说：“我就这么一个孩子，自小娇生惯养，你们成了亲，她成了你一生的伴侣，我当然信任你，可她是我的心头肉，妈妈希望你能今生善待她。”亚洲见状忙安慰道：“妈妈放一百个心，我邓亚洲是个有血有肉的男子汉，怎么善待自己的爱人，我自会用今后一生的行动来做给您看。”曲飞点点头：“愿你们能今生和和美美的，贫寒夫妇，结发夫妻，更何况你们肩负着人类生命延续的历史使命，更应团结一心，夫妻恩爱，共同携手，来度过你们的一生。”亚洲点点头：“妈妈，她是您的心头肉，更是我一生的爱人，我从地球飞来，今生能遇到哈娜也是我一生的幸运，我得感谢您，您培养了一个优秀的女儿，能和她今生相伴是您的功劳。”曲飞笑道：“亚洲啊！我可是忍痛割去了心头肉。”亚洲笑道：“您的心头肉也是我的心头肉，你还有什么不放心的呢?”哈娜一旁笑着说：“瞧你们这娘俩一见面就唠叨起来没个完，肉不肉麻。”曲飞笑道：“这丈母娘见姑爷当然会多说几句。”哈娜笑道：“明天我们还要飞宏星呢，今晚得早点休息。”曲飞见亚洲也站了起来，叹道：“这回来一次的就在家里待这么短的时间。”哈娜安慰说：“瞧您，我们又不是不回来了，这次宏星的任务一完成我们立刻就回来看您。”亚洲也安慰说：“我和哈娜一回来就来看您。”曲飞拉着哈娜的手望着她叮嘱道：“这次去宏星，可别和家文多接触，你是成家的人了。”亚洲笑道：“妈妈这次我俩飞宏星所要接触的正是家文，我还要在地球上给他介绍女朋友呢，他是我们地球人与宏星人类连接的纽带，是人类能飞出太阳系的关键所在。”曲飞看看亚洲又看看哈娜说：“工作上的事我不便多问，只希望你们能夫妻和美地生活，互相关爱，我这做长辈的也就放心啦。”哈娜一旁催促道：“有什么话等下回谈吧。”曲飞无奈地摇头道：“真是嫁出去的姑娘泼出去的水，才成亲几天就胳膊肘往外拐。”亚洲说：“这的确是工作需要。”曲飞叹道：“既是这样我也就不多留你们了。”哈娜、亚洲告辞妈妈回到了飞碟上。

上了飞碟，哈娜对亚洲说：“今晚早点儿休息吧。不知怎么了，今晚回家像是做客，总想快点离开。”亚洲说：“这可能是你眷恋这个家太用心了，我这头一回见丈母娘心里还很紧张，妈妈她很担心你。”哈娜笑道，“这是世上母亲的通病。”亚洲笑道：“女儿是妈的贴身小棉袄嘛。”哈娜抿嘴一笑说：“就你嘴甜，说不过你还不成吗？”亚洲笑道：“就别只说我了，还是研究一下家文吧。”哈娜说：“你还是研究一下你的宇航技术吧，明天还要经过小行星带，我还得给你介绍看谷神星呢。”亚洲横了一眼地板，“拉倒吧，上回经过木星时，你就左一个木星情人右一个木星情人地刺激我让我吃醋，这回又出现个谷神星。”哈娜笑道：“这宇航的事可不是能粗心的，前面还有伊伯带星群呢，在咱猎户座星团中，还有许多的白矮星，还有许多恒星，它们的热能可比太阳多得多。”亚洲点头称是。哈娜说话的工夫已把餐厅又打扫了一遍，亚洲说：“你呀，总是忙，就不能好好歇歇。”哈娜对着地板看了看说：“我这也是这些年忙惯了。”亚洲歉意地说：“我都答应妈妈了不让你受累，今后你还要掌控这飞碟的航向，事业还在等待我们，主席的嘱托你我都不能忘呀。”哈娜笑道：“这是在家里说话，实际点，别让人听了虚伪，时间长了自己也就乏味了。”说着看亚洲黑着个脸，想他这样也是习惯了，只是不注意在家里流露出来了，怕自己说深了他窘，也只好顺着他的意：“为了后代，为了人类的未来我们都应珍惜我们的现在。”亚洲没言语，洗漱了一番进房了，躺在床上，闭目养神。哈娜走进来没理他，也上床睡了。

第二天，天刚亮亚洲就起床了，他看了看还在熟睡的妻子，悄悄地走出房间来，到储藏间拿出食品准备早餐。哈娜醒来不见亚洲忙奔向厨房，见亚洲正手忙脚乱地忙着，哈娜一言没发地来到餐厅，静静地坐在椅子上，等丈夫给自己做的第一次早餐。亚洲手忙脚乱地忙完早餐，端着餐盘悄悄地来到卧室，见床上没了爱妻，心里本想给她一个惊喜，怎么她又起这么早，只好端着盘子来到餐厅。一抬头，看见哈娜正冲自己微笑，他把餐盘放在桌上说，“本想让你多休息一会儿，你可倒好，让我一早的心意白费了。”哈娜心疼地看着早餐，“我不是和你说过吗，以后家里的事你别插手，这是我做妻子的责任，你的任务是多给我说点儿甜言蜜语。”亚洲笑道：“能分担的我得分担，家是我们两个人的，我可不想做只说嘴不干活的事儿，该心疼妻子的事儿，我一样也差不了。”哈娜看了看他，心里甜甜的，“那妈妈就放心了。”说着夹起一片肉来边吃边说：“一会儿起航的时候我掌舵，等飞过了木星再由你驾驶。你别只看我吃，我的吃相不好看吗？”亚洲笑道：“这叫秀色可餐，你比这早餐可口多了，我只是不敢吃美丽的早餐。”哈娜笑道：“有那时间还是尝尝你做的美味儿吧。”亚洲拿起一个饼来了个通吞，咬了好一阵子才咽下去，喝了口哈娜递过来的水，喘了口气说：“我做的早餐肯定不好吃，是不是？”哈娜说：“比起妈妈做的，可差得远了。”亚洲说：“这还用你说，我连你的手艺一半都不如，更何况是妈妈呢，你是自小就学的吧？”哈娜瞥了他一眼说：“我自小就被送到地球学语言了，哪里又在妈妈身边，我的手艺是取众家所长自学的。”亚洲说：“今后啊，我可得好好地向妈妈学，超过你，让妈妈能真正放心。”两人边吃边聊，天已是大亮了。

吃罢早餐，亚洲说今儿的餐桌也是我来捡吧，哈娜站起来：“你既然要干，那我就去把设备检查一遍。”亚洲边捡桌子边说：“你呀就不能关心一下自己的身体，等一会儿起航的时候，看你还有时间歇？”哈娜苦笑了一下说：“咱们都是凡人，都得做凡人的事，你是咱家的当家人，你该注意自己的身体才是。”亚洲说：“你是我的爱人，呵护你本来就是我的责任。”哈娜说：“那我可就听你的话喽！”亚洲笑道:“不是你听我的话,而是我在您的领导下为您服务。”俩人说笑间亚洲已收拾完餐桌。哈娜拉起他说:“你呀也别歇,到驾驶室去,咱俩一起检查一遍设备吧,起航时得缓一点。”亚洲笑道:“起航时你掌舵,我只是观看。”哈娜说:“你是学习。”亚洲说:“训练的时候不是学过了吗?”哈娜瞪了他一眼说:“学了几次你就以为掌握全了吗? 勤练才能练出真本领。”亚洲笑道:“夫人说得极是。”哈娜抿嘴笑着:“既然我说得对,那你就认认真真地学习吧,以后航行的时候还得靠你呢。”亚洲微笑着说:“起航吧!”

飞碟缓缓地升了起来,转了个弯儿升上了天空,转眼间消失在茫茫太空中。虽然飞碟有缓冲设置,但在起飞之初加速度时,人还是有些反应,如瞬间的头晕。当加速度趋于平缓时,人的神态才能正常如初,这是亚洲第一次离开指导师在飞碟中的感受。

茫茫的太空主题是黑暗,时不时闪烁着星星的光芒,由远及近、由少到多,渐渐地能感觉星星连成了片。不一会儿的工夫,来到了小行星带,哈娜指了指前面密密麻麻闪烁着光亮的群星说:“上次回航你只顾着熟悉道路了,这次你得知道这些小行星们的经济价值,它们有地球和火星所缺乏的稀有矿石,这些矿石是制造飞碟的重要原料,得记住这些。”亚洲点头,“原来给超然女友治病的矿石是在这里采的。”哈娜笑道:“那是自然,咱们是一家人了我才告诉你的,这是火星所拥有的专利。”亚洲笑着说:“现在应该讲,这是咱太阳系所拥有的专利,你也别只顾着说它的经济价值,也得注意航行。”哈娜笑着说:“知道了! 夫君。”他们小心地进入了小行星带。哈娜指了指右前方的那颗较明亮的星石说:“那就是谷神星,他可比火星小多了,但它的经济价值更好、更高,只是采集起来要困难许多。”一会儿的工夫,穿过了小行星带,迎面的就是木星了。哈娜让开了舵手位,亚洲坐了过来,看了看航道,基本上和上次返航的航线相符合。再往前就是海王星了,这蔚蓝的星系啊,这充满钻石的行星！亚洲看了一眼右下方的一颗闪烁星体问："那是什么星啊？"哈娜看了一会儿说："那是鸟神星，左边的那颗是什么星太远了还不能定，等过了海王星才能根据航标确定。注意！前面是伊伯星带了，穿过这个星带就出太阳系了。"亚洲让出了驾位。哈娜说："这次你得独立驾驶穿越太阳系的风洞。"亚洲说："这次航行和上次的一样吗，上次是指导师和你共同操作的，回行时才是我独立驾驶的。"哈娜拍了拍他，"勇于探险才是男子汉。"亚洲点点头，停住飞碟等待风洞的出现。一会儿的工夫风洞便出现了，亚洲忙开启飞碟穿了过去。出了太阳系，哈娜接过舵盘说："现在该我驾驶了，这猎户座云团有许多的暗物质、暗能量，再有，去宏星的航道你又不熟。"亚洲说："我这是第一次出太阳系，第一次是在太阳系的外围，对于猎户座星云团里的航道你自然是指导老师了。"哈娜说："这宏星呀细说起来，真是挺大的，比木星要大很多，所以你还得注意它的云层变化，这儿的云层厚度比地球、火星都大，而且氧气层的厚度也深，臭氧层的厚度更深，需注意降落时的匀速度。"

亚洲仔细地看着哈娜的操作手段和航盘上的速度标志，飞碟在哈娜的驾驶下，徐徐地降落在宏星上。哈娜看了看亚洲，打开舱门，两人并肩站在了舱门口。亚洲看见许多的宏星少年男女舞动手中的绿色花篮，一队穿着和亚洲差不多的人列队站在那儿，哈娜指了指前面的人说，"这就是家文。"亚洲看了看家文，微笑着招手，走下飞碟，哈娜紧随其后。也许是宏星开朗性格的气场把家文的诙谐带给了亚洲，看见亚洲像素未谋面的老朋友一样，家文走上前和亚洲握了握手，对跟在亚洲身后的哈娜说："这就是亚洲，我的情敌？"家文的话说得亚洲脸红，有些许不自然，好在提前感应了家文的气场故作镇静状，笑说自己的歉意，检讨自己的不对，表示愿和他成为朋友。哈娜笑着点点头。家文对亚洲说："你可是夺走我情人的人啊！"亚洲笑着说："你的情人恐怕不止哈娜一个吧，还有玉珠呢。”家文说:“甭管几个,我还是欢迎你的。”转身笑说:“这是我们的贵宾么。”火星驻宏星的大使走过来,哈娜给亚洲介绍:“他是我们的大使。”大使迎上前来和亚洲热烈地拥抱了一下:“部长欢迎您,我们接到了通知就来了,没想到我们刚到你们就着陆了。”亚洲对欢呼的人招了招手,对家文说:“感谢你的热情,你我也算是没见面的老交情了。”哈娜在后面捅了他一下,家文笑着说:“还是到休息处吧。”亚洲问:“你们宏星的名称怎么和火星一样?”哈娜说:“我上次来他们改的名,这也是对火星人的一种尊重吧。”亚洲点头,家文说:“休息处已准备好了,本来想安排仪仗队的,考虑到你们是地球和火星之间的战略大使,就……”哈娜一旁纠正说:“我俩是火星与地球的战略部长和副部长。”家文笑着,“这还不是考虑我和你的关系,我把个人的友谊放在前面了。”哈娜正言道:“这是两种关系,是关乎我们太阳系尊严的问题。”家文笑道:“和你开个玩笑,认真成这个样子,这么多年了,认真的劲头还是老样子,今天还是看在咱们是老朋友的关系好了,公事为重。”哈娜笑:“我们认识的时候,我父亲可能不知道,今天过来是希望把你和亚洲的关系搞好。”家文懂了哈娜的意思,又抱怨她不该断了和他的通信联系。哈娜笑着解释:“是通信部门根据领导的意见做事情,老朋友久未见面,见面时礼仪往往成了次要的事。”家文听完哈娜的话,看远处仪仗队快列队完毕了,笑着招呼亚洲。亚洲看了哈娜一眼,往远处看,见仪仗队已整齐地排列在那儿。哈娜有些歉意,家文做了个请的手势,三个人在大使的陪同下,来到仪仗队前,和地球列兵不同的是他们列兵都是手拿花篮,指挥员像乐队指挥一样,指挥着列队,跳起了欢迎的军舞。亚洲第一次看见这种仪式,哈娜则是很多次了。亚洲看了哈娜一眼,微笑着对家文小声说:“你让我开了眼。”家文没说话,等仪仗队停下来,三人走了过去,上了停在那儿的敞篷车。火星驻宏星的大使上了第二辆车。两台车前后行了一会儿后停了下来，下车后站在中央的亚洲前整齐地列着三军仪仗队，指挥官手像地球人古时大将行军队礼一样，跨在马上高举军刀，以地球语言对亚洲喊了声："宏星仪仗队列队完毕，请部长检阅！"亚洲行了个地球的军礼，车辆缓缓地驶过了仪仗队，直奔休息处而去。在休息处门前一队宏星服务员身着火星人的空姐式服装整齐地站列一旁。家文先下车，然后请哈娜和亚洲下了车，来到休息处的会客厅，大使跟在后面，大家分宾主落座。家文笑着对亚洲说："这星际交往得循星际外交的规矩，时间的控制是第一位的，我也不敢破坏这个程序，所以我觉得立刻进入主题好一点，这叫谈完公事好办事。"亚洲笑脸向前："我们根据经验，交往从交朋友开始，所以谈之前还是先确定这一点好，家文点头表示赞同。"你们的大使透给我一个消息，说你要给我介绍女朋友，不知是出于什么考虑？"亚洲回头看了哈娜一眼说："这当然是从人类延续生存发展角度来考虑的。"家文说："这是咱们猎户星座的共同点，也是在银河系的人类共同面对的问题，当仙女座云系团在几十亿年后靠过来的时候，咱银河系的旋转速度还是不是再这样自转一周得 2.4 亿地球年，是不是也像双子星座一样各自旋转？"亚洲说，"这也很难说，在银河系还有很厚的暗能量斥力和暗物质，而这占宇宙总物质 96% 的物质作用力，不能忽视。"家文点点头："是啊，宇宙体本来就是大爆炸的产物，距今也才 46 亿年上下，而且据测量宇宙还在膨胀，能否飞跃出宇宙的年龄，这需要银河系及大、小麦哲伦系的人类共同努力啊！"亚洲看着家文说："看来呀，我这个部长的位置得由哈娜来做了。"家文笑道："哈娜坐你的位置你不吃醋呀？"亚洲笑道："我给我的爱人当助手，有什么吃醋不吃醋的。"家文笑道："我呀，还是和你谈比较合适，因为咱们共同肩负着银河系人类延续的使命。"哈娜看了看家文说："当我们有了会谈共同点的时候，我们也就有了共同的话题。"亚洲补充说，"没想到您的战略思想也这样超前。"家文笑道："这都是从你岳父大人身上学的，没想到现在用上了，你不会嫉妒吧？"亚洲笑着说："我当然嫉妒了，只是为了人类是否能延续的大方向我们才能坐在一起。"家文笑着说："你真是个豁达之人，关于两个星体的团结问题，我也考虑过了，你能从战略上考虑，我们宏星也能考虑，我们的目标是一致的。"亚洲看了看哈娜说："听到家文的这些言语，可真有些相见恨晚的感觉。"家文笑着说："你我是情敌，我可不希望与你常相见。"亚洲摆摆手说："你不希望与我常相见，我能理解，只是关乎我给你介绍女友的事你怎么能不考虑一下呢？就像我们地球人和火星人的结合一样，因为我们的结合是牵起两星球人类的纽带，我想地球人与宏星的纽带就得由你来牵了，这是关乎宏星人和太阳人的关系问题，也是和平与共同发展的问题。"家文点头称："是，你说得很对，我会考虑你的建议的。"说着看了看时间，说是用餐的时间了，说完站了起来，亚洲和哈娜也站了起来，在大使的指引下来到餐厅。家文对大使说："是按火星的礼仪开餐吗？"大使说："我看应该按太阳人的礼仪开餐。"家文对服务员吩咐说："那就把地球食品和火星食品一起上来吧。"于是两星球的食品一起摆上了餐台。家文说："也不知合不合你的口味儿。"哈娜看了亚洲一眼说："我和亚洲感谢您的盛情。"亚洲说："宏星和地球本来就该是一家，我们现在坐在一起，就是友好和平的纽带，请先用餐，我们的现在也是人类未来的开始。"家文笑着说："头一次接触您，我也没想到我们谈得这么融洽，看来呀，你我虽是情敌，还真是有些相见恨晚。"说着端起了水杯，做了请的姿势，亚洲、哈娜共同端起杯，四只杯碰在一起，亚洲笑着问家文："宏星与火星的生活条件和地区环境，都不一样，怎么也用水来招待我们呢？"家文笑道："这水是最健康的，比起什么酒啊其他饮品的，都有益于人类肾脏的吸收，地球人多发肾衰、尿毒症是因为什么？不就是因为长期不饮水的缘故吗？"哈娜笑着说："现在说的是吃饭的问题,先吃饭。”亚洲笑着对哈娜说:“家文说得对,招待客人,首先得从健康的理念来考虑,更何况是对咱们呢。”家文笑道:“这是我和火星人类的交往礼节,是宏星人的礼仪方式。”大使也说:“宏星人类很重视与火星的关系,这都是两个星球许多前辈辛苦耕耘的结果,我们应该把这种友谊传承下去。”亚洲看大使一眼,对家文说:“前人的耕耘,开创了我们今天的大好局势。”家文笑着对亚洲说:“你还是跟我谈谈,怎样?给介绍介绍地球的情况吧。”哈娜笑道,“关于地球的过去我可以和你谈,至于地球的现在状况,只能等你去火星与李风交谈了,李风是地球驻火星的首任大使,如何接洽还要经过火星外事部的部长许刚批准。”亚洲说:“我和李风是一起来火星的,对地球的了解不比他少。”哈娜说:“咱们现在是讨论人类持续发展的战略问题。”亚洲说:“这也是在和家文谈这事,你怎么能把它分开而论呢?这地球、火星、宏星都是共同基因的人类,干细胞都在98%以上,地球现在之所以没有新陆地、新的高级生物产生,是因为地球太空中的大气层中这些基因干细胞着陆后都被冲入了海洋,所以海洋中不断有新生物产生,这也是地球人起源的关键所在。地球人称自己的身上都有外星的基因,说地球人身边都存在着半个外星人,这是有科学依据的。因为太空中的这些干细胞都是彗星掠过地球时留下的。”家文说:“这人类的延续不能仅仅依赖于这些基因细胞,还得考虑这外太空的干扰,使基因细胞变异。”亚洲点头称是:“地球近些年流行的一些人类不可抗拒的流行病,除了太阳的核辐射外,和人类不注重与自然环境的和谐是分不开的。火星的人与自然和谐治理堪称猎户星云的第一了。”

哈娜心里充满了自豪感,笑了笑说:“咱们都是一家人,别让人家觉得我们自大了。”家文心里多多少少有些醋意的感觉,不自然地对哈娜笑笑:“看见你们这样,我真是挺羡慕的。”哈娜的心偷乐一下,语气轻了许多,看了看亚洲自语道:“有些事情很难解释,说不清，道不明。”亚洲倒有一些不自然了，讪讪地说：“还是情感加理智吧。”看到这些，家文心理平衡了许多，故作大方地问了问题外话：“玉珠现在怎么样了？”问得很勉强。哈娜不语。眼看着挺和谐的局面，谈到了这种尴尬的程度，餐厅有了一点醋的味道。还是亚洲开口打破了这种尴尬的气氛，笑道：“这肚子又开始饿与饱的战争了。”家文会意，连声说着：“对，对！还是吃饭要紧。”亚洲的心里平坦了不少，看着哈娜的心情渐渐回转，笑着调侃家文：“用餐的时间我可以让出，你俩可以谈谈往事。”家文心情乱了，开始对哈娜的感觉缓缓地画上了句号。随着渐缓的情绪，家文羡慕地对亚洲说：“我对哈娜当初可没少费心思，可她就像一支玫瑰，在我这儿浑身是刺儿，到了你那儿竟然这样了，是不是有什么秘诀？”

哈娜的心情终于回转过来了，笑着说：“既然是秘诀，他不会说，我自然也不会说。”家文故作酸态。哈娜耸耸肩：“想知道更多，得先让我吃好。”家文笑道：“那是自然，晚餐上来了。”亚洲看了哈娜一眼：“心里的话讲出来了，以后相处也就轻松多了，好比生活中的醋加糖。”家文点点头，叹了口气说：“还是理解高于一切吧！”

心情放开了，少了拘谨的哈娜娇泼起来，“刚说到兴头上，怎么又扭转话题了呢？”家文诡异地看了她一眼，“你的意思是用餐的时候，亚洲吃饭，我吃醋？”哈娜笑了，“表现好可以加点糖。”亚洲翻着白眼儿，“这话可有意味啊。”哈娜开心地笑了。糖和醋是生活中的点缀，也是对人生的理解。在亚洲、哈娜、家文三人的人生历程里，糖和醋又不失为他们的一种调解剂，往事！未来！

看着亚洲、哈娜的和谐，家文心中难免有一种悲剧的失落感。没进城门就关上了，永远地关上了。

亚洲摆出一副胜利者的姿态，“我和哈娜多希望你能结缘地球人，至于能产生什么样的意义，后来的历史会见证的。其实从某种角度讲，我们都肩负着使命和责任。”

家文的情感轻松了许多，醋意在不知不觉中消散了。哈娜看了看家文笑道："在火星你是没有寄托了，还是去地球找安慰吧。"家文一脸的无奈："也只好如此了！言归正传，仙女座频频传来旭东即将飞到宏星的信息。"听到这个信息，哈娜欢喜的心情按捺不住，好久未见到父亲了。看着哈娜有些兴奋的表情，亚洲看了家文一眼，家文会意，回头吩咐道，"再往仙女发信息催一下。"哈娜这时的心情，家文是很了解的，宇宙体的结构总是不断变化中的，飞行轨道时时出现偏差。哈娜似乎解出了家文的心情，担心父亲，心里又有些犹豫。看着哈娜的表情变化，亚洲又不语，家文只得开导："想想你父亲的丰富驾驶经验。"哈娜镇静了许多。三人漫不经心地聊了一会儿，家文站起来，"时候不早了，早点儿休息吧！"

望着家文远去的背影，哈娜有些惆怅，软坐在那里陷入了沉思。亚洲喝了口饮品笑着问："想什么呢？"哈娜默默地看他良久，"我有点失落感，不知道怎么了？说不明白。"亚洲显出一副慷慨的样子："有什么不明白的，我把你俘虏了，所以你有了安全感才开思想上的小差儿的。"哈娜笑了笑："只有你才理解我。"亚洲笑了笑："你这一提我倒有了另一层的认识了，爱把生命延长引申为生命的衔接。当流星把生物基因带入能诞生生命的星球时，有了生命也有了爱。"看着亚洲的情绪化，哈娜被感染，依偎着亚洲许久。抬头看亚洲有些疲倦，柔声劝道，"还是早点休息吧，把精神养足了。"亚洲看了她一眼没有表情，哈娜把他拽起来，"好丈夫！现在不是把思路定在生命怎么延续的问题上，而应转到生命体怎么健康上。"亚洲还要辩解，哈娜直视着他，"我听过一个故事，有一种动物的生存方式是靠压迫形成的。"亚洲一听忙站起来，有些恐慌："别说了，在下知道，你是说你一放松管理我就要起义。"哈娜笑了。

天蒙蒙亮的时候，工作人员敲门说家文在客厅等着呢，俩人忙起身洗漱一番来到客厅，见家文满脸坏笑地看着他们，哈娜有些脸红。亚洲看看家文问,“这么早,看样子一夜未眠?”家文不语,只是笑,见二人有些不自然时才说:“这么早影响你们是让你们见一个人。”说着往里面套间指了指,哈娜顺着一看,激动得心差点跳了出来,是父亲。旭东站了起来,笑呵呵地看着他们。望着一脸疲惫的父亲,哈娜本能地跑过去扑在父亲的怀里哭泣了起来,亚洲傻站在那里不知所措。

看着哈娜像孩子一样哭个不停,家文也不知说什么好,只是不住地干咳,哈娜听到家文的咳嗽声,醒悟过来,抬头看看父亲苍老了许多的脸,抹了一下眼泪,拉着父亲走向亚洲,亚洲见状忙上前握住旭东的手,一时嘴笨得不知说什么了,旭东握着亚洲的手只是笑,半晌才说出一句话,“与在火星的时候比你可瘦多了。”一句话让亚洲仿佛回到了童年,心里说不出的暖。看哈娜一家人相聚,家文有落单的感觉。而哈娜则欣赏雕塑一样望着那二位,心中暗笑,见二人只笑不说话才想起得上前圆场。亚洲见哈娜走近了才吞吞吐吐地问旭东:“什么时候到的?”旭东松开手看看哈娜说,“昨晚到的时候你们已经休息了,家文陪我聊到现在。”哈娜听了父亲的话,看着家文,满脸歉意地感谢。又见父亲和亚洲说话样子有些吃力,有些心疼父亲,拦着不让父亲说话让他休息。旭东笑着摆了摆手坐了下来,他们也只好坐了下来。

旭东看了看亚洲问,“你现在也有了星际航行的经验,你们这次来宏星,具体的规划步骤是不是考虑成熟了,家文说你们谈得很融洽。”

亚洲低头像一个被拷问的学生,半天才抬起头来,用火星语言,很努力地说出了自己从星际到宇宙的战略构想,旭东听着只是不住地点头不作声。家文脸上倒是一脸的得意,哈娜看他的样子不免心疑,趁他不注意问:“你只听不说,是不是提前得知了什么新情况?”家文笑了:“我总不能一夜未合眼而没有收获吧,现在离早餐时间还早，趁这个时候，不妨交流交流，因为这关系着三个星球的利益，如果能达成初步的共识，我也好向领导汇报，这也是个学习的好机会呀。”哈娜看着家文说：“这不是正式会谈的场合，别用外交语言好不好？”旭东看着三个晚辈有些意味深长，“我宇航这么多年，好多经验是用风险换来的。”家文讨好地请求他讲点儿宇航实际的事。哈娜从家文的口气判断，家文有可能想把宇宙最近的知识套走，不能让他独享现成的宇宙理论，想着便摆手阻止家文，“你提的放在后面，得先讲宇宙最新动态，仙女星云向银河的靠拢速度不断加快的问题，我一直无法合理地理解。”旭东笑了笑，“这种解释对你来讲不应该是难事吧？”哈娜噘起嘴：“我知道的理论的解释不是说服不了我自己吗！”旭东看着她：“你是不是忽视了宇宙是旋转的这一论述，而只从宇宙爆炸形成来考虑星云的变化了？”哈娜恍然大悟：“我可不就差在这点上了吗。”家文和亚洲都笑了，旭东看着哈娜说：“你长大了，以后别小孩子气。”哈娜只调皮地笑，旭东无奈地摇摇头，对亚洲笑了笑，转向家文说：“你们谈星际战略组合我插不上嘴，只是我在宇航的一点认识，跟你们讲一讲。”家文只是看他们三人谈话，见话题转向自己，忙点头称是。旭东皱了皱眉，“这宇宙体的结构变化可以根据磁力线平衡寻找航道，能宇航自如还要关注对黑洞的利用，有一种理论认为黑洞是个强磁场体，进入它的吸蚀范围会被磁场引力吸附过去，把其他的等物质喷射出来。随着一批一批宇航员的历险，对黑洞的认识又有了新发展。认为黑洞是宇宙爆炸时由于宇宙的旋转形成的一种旋涡式的洞，吸引力强是宇宙体自身的引力强，也就是说因为这样我们的飞行器被吸进去以后又被宇宙的喷力超速度地从另一端斜向推出，很快就可以到达另一个星云。”亚洲心中一喜脱口说：“这不就是宇宙的时间隧道吗？”旭东点了点头，“正是这样，只是这黑洞隧道在实际飞行中要特别注意。”

亚洲看大家深思，忍不住问："在想什么?"家文抬头看着天花板一字一句地说："重新构思宇宙战略。"没等家文说完，工作人员进来报告主席通知尽快启程。家文一愣忙问："出了什么事?"工作人员说："信息反馈，宇宙体外的一些形状怪异的宇航器正接近宇宙磁力圈。"旭东闻言也是一愣，"形势变化得真快呀，看来这些外来体生命对宇宙结构的变化规律感兴趣了。"家文不以为然地笑了："宇宙现在还在膨胀，各星云的位置还处在规律的变化之中，外宇宙的飞行器如果真能穿进宇宙磁场圈，在这暗物质、暗能量密布的星云中不见得占有优势。"旭东深思了片刻："是啊，怎么没考虑这一点，我给你补充一点，这宇宙星云分布的问题是大爆炸时产生的喷射力，是达到平衡前的宇宙体本身的膨胀，是宇宙体在旋转中用喷射力把各星云向外推，前者还会有新的新云产生，后者是各星云远离宇宙体飘向平衡点。"亚洲没敢说话，哈娜眨着眼直叨叨："这理论太深奥。"深思片刻，大家都有些茫然。家文会意，吩咐把参谋团调过来随他去火星。亚洲看看家文的果断，不禁想自己对宇宙观的认识是不是太缺乏内容了。哈娜回家心切，忙说："既然主席催促，还是早点起航好。"家文看看旭东，布置了一下飞行次序，没顾上用早餐，大家赶到飞碟场，登上各自飞碟向火星飞去。

飞碟编队像画一样在太空中移动，黑暗中像移动的星星在飘。编队绕过了侧出太阳系时的航道，贴鸟神星进入太阳系。家文在飞碟里看伊伯星带的漫天繁星，心里充满了自负感，想亚洲虽然生活在太阳系，可他对这一带的天体环境还没他熟，搞不好他现在还在飞碟里穿着宇航服受罪，转念想这也是难免的，火星的飞碟比起宏星来落后了许多，想着想着自己抿嘴笑出声来。

领队的旭东在飞碟里有昏昏欲睡的感觉，过伊伯星带时，脑中未有印象，他进入了半休眠状态，他太累了，忘了开飞碟里的心理调节器。助理员眼睛盯着群星的运动，满心疑惑，想这星星的运动不规律，好像开始反方向移动了，想请教旭东，见旭东坐在那里满眼的睡意，忽地想起了心理调节仪，忙过去打开。飞碟越过木星的时候，旭东的精力恢复了许多。测试仪上及时地跳出木星已发生的微生物变化数据，屏幕上录制着这些微生物的变化形态，助理员看得认真，努力搜索着记忆，想比较一下变化程度，直到旭东提醒他，他才想起来这微生物是木星过渡时期的一种生命形式细胞的短暂演化。“能维持多久？”助理员禁不住地问，旭东笑笑，“人生有很多未知数，谁也不可能概括全部，全都知道的等于什么都不知道。”

进入太阳系，越过行星带，橙色的火星渐渐清晰地呈现出来，隐约中几架火星拦截飞碟出现了，接近时旭东打开了辨别器，拦截飞碟让出了航道，飞碟依次降落在火星上。踏上这橙色的土地不仅哈娜，亚洲也有了一种回家的感觉。亚洲打开舱门，望着前来迎接的人，站在那里傻了起来。哈娜看看亚洲，催他快些下去，好迎接家文带来的客人们。亚洲看哈娜又进入了工作状态，忙下了阶梯和旭东、嘟啰一起招呼客人、介绍客人，嘟啰看亚洲、哈娜过来，吩咐他二人直接上车，亚洲不肯，坚持等家文。

嘟啰看亚洲坚持，无奈地摇头，令人把大家接至去休息处的车上。坐在车上，哈娜像绷紧的发条松懈下来一样，散了架子瘫在亚洲的怀里，睡着了！看着哈娜的疲惫，嘟啰把要说的话又咽了回去，只默默地看着这对奔波的年轻人。

昏昏沉沉地小憩一会儿，哈娜睁开眼睛望着嘟啰笑了笑。嘟啰面无表情地看着她无神的眼睛：“你好像身体还没恢复过来。”哈娜苦笑了一下：“没关系，我能撑得住。”嘟啰叹了口气看亚洲，“到了休息处，你俩就回家休息吧！休息处的接待我安排。”哈娜将感激的目光投向嘟啰，“这些日子确实挺累人的，到了宏星还没来得及歇息，就急着赶回来了，说是宇宙形式有变化。”嘟啰也是猜疑的口吻:“刚才我出门的时候,遇上个星球的外交官去主席办公室,很急的样子,可能像你所说的出现了新情况,不知怎么了?你们先别问这些事,抓紧时间休息,身体是一切的本钱。”哈娜点点头,她浑身无力,口气软软地向嘟啰道谢,心中又暗想:要是能休息几天该多好呀!

车队驶入休息处,嘟啰忙着安排众人,旭东过来招呼亚洲、哈娜的时候,亚洲正拉着家文让他和自己一起回家。见旭东走过来才松了手,旭东笑说:“家文来是公事在先,咱们把他拉回家,会影响他对整个程序的安排,等家文忙完公事,我会把他接到家里做客的。”哈娜碰了碰亚洲的胳膊:“父亲说得对,公事要紧,还是咱们先走吧,全家也该团聚一下了。”说着向家文无奈地笑,让他注意身体,别超负荷运转。然后寻找到自己的车,和嘟啰打了个招呼。哈娜带着父亲、亚洲向家驶去。

曲飞今天没去学校,用完早餐坐在椅子上看旭东写的天王星的起创变化分析,看得入神的时候,听到了开门声。曲飞还满脑子的天王星云图,抬头看见旭东时仿佛他是从云雾中走来的。旭东见她迷茫的眼神,开门时兴奋的心情减少了许多,站在那里有些不自然。曲飞无表情地看着他,半天才回过神来,忙放下书站起来迎接:“你回来了。”话说得很轻。旭东两手搭在她的肩上,没说话。曲飞帮他脱去外衣转身挂上。看着曲飞好一阵子旭东一句话也没说出来。这么多年了,他觉得愧对妻子太多了。曲飞呆呆地看着他好一会儿,旭东回过神来拍了一下曲飞的肩说了句:“孩子也回来了。”说着向厨房走去。听说孩子回来了,望着旭东的背影,曲飞的心里似乎又多了一份温暖,禁不住想:每天的日子都是这样该有多好,自己可以静思,他又能体贴自己。正欣赏着旭东,哈娜、亚洲走了进来,看见母亲哈娜心中一热,跑过来,抱着曲飞又抱又亲地起腻,亚洲向曲飞鞠了一躬。曲飞推开哈娜招呼亚洲。哈娜帮亚洲脱去外衣，向四处望了望，心中疑惑爸爸去哪了？看哈娜神情，曲飞不自主地向厨房看了一眼，哈娜看看厨房，正见旭东的背影，像是在忙碌。曲飞看着亚洲，觉得他消瘦了许多，关心地问这次航行有没有新的发现？亚洲看看母亲喝了口水："计划的基本上谈完了。"哈娜看他一眼，对母亲说："他还有意外收获呢。"亚洲一笑："意外收获是把家文带来了。"曲飞一愣，脱口说了哈娜一句办事欠考虑，哈娜若无其事地笑了，望着母亲："放心吧！带他来是打算促他与地球联姻的，不会有差头的。"曲飞听了也觉得自己好笑，女儿有家了，怎么还忌惮家文呢？

旭东从厨房出来，造得有点狼狈，曲飞看着他的样子倒是觉得很开心，又看看哈娜，心中感叹：父亲就是父亲，她拍拍哈娜："起来吧，你父亲亲自下厨不易，咱们试试你父亲的手艺，给你父亲一点满足感。"哈娜懒洋洋地站起来把手伸给亚洲，另一手拉着曲飞走向餐厅。旭东看着曲飞、亚洲、哈娜围坐在餐桌，心里有一种满足感，一种温暖充满了心中，温暖的家！

休息处热闹非凡，嘟啰安排完大家的住处，便把家文请进了会客厅，看着家文的样子，嘟啰心中多了些好感，谈话也亲近了许多。两人谈了许多，从银河、英仙到仙女，家文的宇宙体概念理论让嘟啰听得都插不上嘴。当看到其他人用完餐回来时，两人才有所恍然，相视大笑起来，吃饭的时间过了！嘟啰问回来的人，还有没有可以吃的，看回来的人摇头，两人都无奈得很。像是交往已久的老朋友，两人忘了客套的语言，只是觉得饿，家文想了想说，"他们不给咱们饭吃，不如咱俩去哈娜家里讨饭吧。"嘟啰听完赞这个主意好，说着起来要走，家文摆摆手说："我是开玩笑的，真去了，亚洲得多准备多少醋？"嘟啰笑了笑，"要不把李风叫来，和李风一起用餐？"家文听了说："李风我还真没见过。"嘟啰见家文说没见过李风，介绍说："李风是地球驻火星的现任大使，你要是去地球被他欺负别忘了还有我呢。”说话间张未推门就进来了，和家文握了握手，刚得到您来火星的消息我就赶来了，把你的好友肖阳也带来了。话音未落肖阳就进来了，握着家文的手，左看右看地想挑家文毛病，家文只是笑不作声，张未看看肖阳说：“别总你俩亲切，冷了我们大家，别忘了是我通知你来的。”肖阳看着家文：“张未也即将去地球了，老朋友在一起难得找个地方好好吃一顿。”他的话引起了共鸣，几个人一致通过。家文一脸无奈地看看嘟啰笑道：“陷入重围了。”嘟啰摊开两手，也是无奈，长叹：“身不由己啊！”人们你一言我一语地在充斥着老朋友的气氛中又聊了许久，然后手拉手地找吃饭的地方去了。他们刚离开超然的信息来了。

爱的方式不同表达的方式也不同。

超然走后李冰的脑里似乎注入了一种希望，渐渐地从简单思维开始有了逻辑思维，测试仪上超然的原始图像清晰了许多。引申出的思念、牵挂越来越强烈。

看到李冰奇迹般的好转，主治医生也来了灵感，为她请了一个通晓天文的朋友加速启发她的大脑思维。

仿佛冥冥中一幅幅图画在闪现，闪现出她与超然的相爱。

绿草如毛茸茸的毯，躺在上面仰望蓝天，寂静、忘我，像是刚接受了一次催眠疗法一样，烦人的是刚进入轻松舒适的境地，超然絮絮叨叨的声音便响了起来。

他说了些什么，有些恍惚，感觉他指了指远方的山，让她看远山的云，好像语言里充满了诗情画意。她说了什么有些模糊，好像很厌烦他，他仿佛全然不顾她的感受，只顾自己喋喋不休地自我陶醉。

这人间的美体现的是对大自然的感受，离开了对这天地造化的欣赏，人就不称其为智能动物了。看自己好像没感觉，记忆中好像他又谈起了地球，好像很感慨的样子，他一直指着远方的山。

"你知道吗？这地球原来都是水，是地球运行到了离太阳近点时，赶上了太阳热辐射的高峰期，把水分蒸发到了天空，才把陆地显现了出来。水中的生命爬出来演变成了现在的人类，演变出了你。"自己好像笑了。超然好像有些疑惑，眼直盯着自己，不停地问自己这理论是从哪来的，自己好像是抿着嘴说的话，"别忘了，信息时代知识都有相通性，好比现在讲的地球村。"

超然有些委屈地抱怨李冰说话不直白。

当画面闪到这儿的时候，李冰的逻辑思维强烈起来。

"不是我不直白，而是你考虑的没有现实意义，整天研究一些不可及的事。"超然有些耐不住地解释："谁说我研究不可及的事了，我研究人类灵魂的来源没有意义么？"李冰看看他："算你研究的有意义，可多缺少人间暖意啊。"超然好像来了情趣，"这你就不懂了，这人类的灵魂出处可有的研究呢，有地上注入的，有天上注入的，有地上、天上的复合体，而且我发现这种注入是注入的一种信息凝聚体。我还发现人的灵魂越大越高贵，他生命过程中的地位也越高大、高贵。引申来说，人类的种族优劣纷争也就可以从根上研究怎么融合的方法了。"李冰好像没说话，懒懒地望着天。

"你最近情绪好像不太好，是不是我关心得不够？"记忆中超然说这话的时候有些心疼与不安交织的感觉。自己好像忽然泣出了声，"我们天天厮守在一起，可你又要去外太空了。"超然难舍的样子长叹一声，"这次是飞火星，现在其他星云的主宰生命早已联系在一起了，都以本星云的名称来代称自己。只是咱们银河系还有很多未解之谜，所以要远行。""我们又到了难舍难分的地步了。远离、割舍，难！提到要远离就有一种揪心的痛。"

望着超然，大脑好像空了，心里努力地调整自己，强行注给自己一种如何在离开他以后在思念中生活的理念。可这样的心情调整一次痛加深一次，最后大脑只剩下空白。也许是大脑理念超过了这种调整平衡点吧，感觉木然了。

又好像是去了半山间，霞光照在身上，两人仿佛都忘了自己，默默地好像等待着什么，全然无知，往后的记忆模糊了，渐渐地大脑进入了休眠状态，图像定格为超然。分析仪表达出来的是，超然你什么时候回来，一种无以言状的心绞痛。

当太阳从地平线上升起的时候，地面通信站发现一组飞碟编队飞过来。睡眠中的李冰心中一动，超然回来了。